英詩經典中譯及解讀 70 首

古添洪 著

目次

CONTENTS

≫ 第二部分

》》第三部分

▶▶ 附錄

序言

　　選在這本集子的詩篇，已經伴我近四十個年頭了。其中一些詩節與發人深省的句子，已成為了我生命的一部分。這些解讀的前身，現代主義以前大多是課堂上學生根據錄音帶整理出來的簡略型的筆記稿，我此回雖然加以修訂、潤飾、增補、重寫，仍不免受到原稿的制約，仍殘留著不同學生筆觸與思維的痕跡，但這也是我引以為懷念的地方。我在臺灣師範大學英語系講授英詩選讀二十多年，課程兼及美國近代詩歌，但為了單一化及個人時間的限制，都在這選集裡割愛了，而只是以〈附錄〉的方式補上了美國後現代主義詩歌小輯。

　　在中譯方面，我是想推至直譯的極限，保持原作的原汁原味及方便講解，這有時也不得不作一些妥協；因而，在直譯有所不及之處，我會在講解裡引用原文，加以字義及風格上之解釋。這是本書的特色，也是與同類書籍有所區隔之處。為了講解之深入與方便，我也會酌量在中譯後附上原文。當然，原文使人驚豔的句子，我往往也附上原文，好讓讀者直接透過原文來欣賞。嚴格來說，詩歌是不可翻譯的！這是詩歌的定義之一！

　　在講解裡，在恰當的場合，我們也會加入一個比較文學層面，把中國文學中足以相提並論的有關詩文引進，以豐富閱讀。我們的比較，往往是求同存異，也就是尋求比較文學界津津樂道的綜合（synthesis），尤其是超越原相異的更高層次的綜合。不用諱言，這些比較文學作業都不免是輕量級的。

重讀這些詩篇，我最終的領悟是：詩是未經異化的生命主體的呼喚與回歸。或者說，這未經異化的生命主體在詩的深處召喚著我們。很久以前，我寫過一篇問社會主義是什麼的文章，那是我費心的書寫。這篇論文的重點是馬克思人文思想的異化論，也就是異化的積極揚棄與自由活潑的生命的回歸。這與我的讀詩經驗不謀而合。本書是我創作以外最後的一本書，我就順道把這篇雖已發表過的社會主義論文放進〈附錄〉裡，讓這〈附錄〉成為這篇論文的最後棲身之處。是為序。

古添洪

二〇二〇年十月於臺北

PART **1**

———

第
一
部
分

01 | 她們逃離了我

湯瑪斯・維特

（They Flee from Me, by Sir Thomas Wyatt）

他們逃離了我。昔日有時找上門來，

在我房間內赤腳躡步，

文雅、馴服、溫和。

現在變野了，忘卻

一度把自己置身於危險中，

從我手中啄食麵包屑。現在卻處心積慮，

忙碌地尋找改變——不斷地。

感謝命運，命運曾對我十二萬分的眷顧。

有一回很特殊：她穿著清涼，仿效時下

輕快的休閒裝扮；她讓寬鬆的袍衣

從雙肩滑落，

纖細修長的兩隻手臂把我抱住，

甜蜜地吻著我，溫柔地說，

「親愛的甜心，你喜歡我這樣嗎？」

我並非作著白日夢。我躺著，清醒得很呢！

所有的一切，源於我的斯文，

演變為莫名其妙的被拋棄。

出於她的好意，她讓我有權自行離開，

而她也有權賣弄她新的三心兩意。

然而，既然我這樣仁慈地被對待，

我倒蠻想知道她最終會獲得怎樣的報應。（1535 年）

解讀

引言

維特是英皇廷的廷臣（Courtier）與出使歐洲大陸多國的外交官，因而得以引進盛行於歐洲大陸文藝復興時期的宮廷愛（courtly love）及十四行詩（sonnet）。維特自己寫有十四行詩，但較為粗糙與粗獷，而其詩只在廷臣及貴婦的圈子裡流傳，歿後才根據其手稿（manuscript）出版。宮廷愛及十四行詩引進英國以來，到半世紀以後的悉尼（Philip Sidney）手中才馴服，才英國風，優美而豐富，到莎士比亞（William Shakespeare）手裡更是大放異彩。

〈她們逃離了我〉是一首頗有現代感的詩，它使用豐富的反諷語言來呈現出詩中的「說話人」（addressor）被他愛人拋棄的心情。這首詩與其同時代文藝復興時期本人及其他詩人作品相比，展現出特殊的格局。文藝復興時期的情詩，多以宮廷愛為其基礎或底色。維特這首詩在性質上與其時盛行於歐洲大陸及他引進的宮廷愛的文學傳統有所差異，可說是他作品中的一個歧異。在這首詩中，男女的地位並不是宮廷愛慣有的「女尊男卑」，而是兩性似乎趨於平等一致。

全詩分為三個詩節（stanza），每詩節七行，韻腳樣式為 ABABBCC。

講解

我們從首個詩節「他們逃離了我。昔日有時找上門來，／在我房間內赤腳

躡步，／文雅、馴服、溫和」。一路讀來，開頭雖不確定「他們」何所指，可能是女性，稍後讀到「從我手中啄食麵包屑」，就拐彎把「他們」解作為「鳥兒」，但心裡卻又隱約感覺其中蘊含著一個隱喻層面。這「隱喻」（metaphor）的「喻旨」（tenor）是「女人」，而「喻依」（vehicle）則是「鳥兒」。換言之，「說話人」以模稜的語言，以屬於「鳥」的喻況修辭來敘述並形容這與他交往過的一位女性；現在這些溫和的鳥兒變野了，就暗示這位女性也不再文雅馴服了。這些鳥兒在「說話人」手中大膽地啄取食物，一度把自己置身於危險中，象徵女性怎樣的作為呢？這或挑起我們的遐思。換言之，此詩節裡雖然已隱然對「他們」有所喻況，但未點明為女性，也沒有對「隱喻」中的細節有所著墨，要一直等到第二詩節，這「隱喻」的內涵才趨明朗。同時，如果我們要在詩中找尋所謂「詩眼」的話，這「詩眼」就落在本節末行中最後一個字「改變」（"change"）上了；這個字預言著貫穿後數節的「母題」（motif），而這也是文藝復興時期最重要的母題。這「改變」（"change"）意象反覆在這詩節中出現；從 "seek" 突變為 "flee"，從 "tame" 突變為 "wild" 的對比上襯托出來。原文用以形容這改變的 "busily arranged"（處心積慮，忙碌地尋找改變），這出人言表的詞彙，更把這女性的「變心」寫得淋漓盡致：「變心」居然是「忙碌地」並「有意安排」地進行！

　　從第二詩節開始，詩人使用了「反諷」（irony）的形式來說明他的不幸。當「說話人」說「感謝命運」（"Thanked be fortune"）時，實隱含了無限反諷。諾思諾普・弗萊（Northrop Frye）曾經在他的《文學的解剖》（*Anatomy of Criticism*）一書裡，把「反諷」（irony）與「諷刺」（satire）歸屬於以原型神話為視野的文類系統四季中之「冬天」，這樣說來，「說話人」的反諷語氣，也就意味著冬天的心境，意味著愛情已凋萎了。在接下來的詩行中，「說話人」回憶起他與一位女性交往精彩的一幕：「她讓寬鬆的袍衣／從雙肩滑落，／纖細修長的兩隻手臂把我抱住，／甜蜜地吻著我，溫柔地說，／「親愛的甜心，

你喜歡我這樣嗎？」。女的主動大膽，男的被動，也略微離開常規，使人驚訝。這解開了上節中鳥兒們「一度把自己置身於危險中，／從我手中啄食麵包屑」的「隱喻」之謎。這一幕，寫得栩栩如生，富有戲劇感，不用言詮而意義自明。

接著是最後的一個詩節，其開頭饒有趣味。由於上節太精彩了，這位少女太大膽了，「說話人」遂在這末節的開頭，預設讀者的反應與質疑，而強調這不是夢話，說他清醒得很：「我並非作著白日夢。我躺著，清醒得很呢！」（"It was no dream, I lay broad waking"）。這幾乎就是後現代預設讀者的後設技巧古典版！「說話人」接著自嘲，謂這一切的一切都是源於自己過於「斯文」（"gentleness"），才導致莫名其妙地被拋棄（"a strange fashion of forsaking"）。這出奇不意的背棄原因，留給我們一個頗為離經叛道的屬於男女的想像空間。最後，「說話人」再度反諷這名女子的變心，謂他有權利（"leave" 是 "permission" 之意，即有此權利之意）離她而去，這都是出自她的仁心，而她也同樣有權利去玩弄她的三心兩意（newfangleness；原文是 "new" 與 "fangleness" 兩字連為一字）。這兩行結尾，頗有商籟體（sonnet）慣有的結尾「對句」（couplet）的韻味，但卻有著驚人的現代性。「說話人」用了「反諷」的「仁慈地」（"kindly"），並謂他很高興（"fain" 及 "gladly"）想知道她現在應得的下場。

結語

總結而言，這首詩從男女關係的特殊隱喻手法（鳥兒與女人的喻況模稜）到反唇相譏的「反諷」心態與修辭，都一一打破文藝復興時期情詩傳統的典範與桎梏，可謂是該時期中最接近現代意識的難得作品。其中女性精彩的調情一幕，富戲劇性與現代感。論者謂，「反諷」是當代文學的特徵，這首詩正以「反諷」出之。

02 我愛至誠，願以詩來表達我的愛（商籟1）

菲利普·悉尼

（Loving in truth, and fain in averse my love to show,
Sonnet 1, by Philip Sidney）

我愛至誠，願以詩來表達我的愛。
願親愛的她會從我底心血獲致詩趣。
詩趣會使她樂於閱讀，而閱讀會使她了解，
了解會產生憐憫，而憐憫會為我贏來垂青。
於是我搜尋恰當的辭藻來粉飾憂傷晦黯的臉，
學習各種優雅的「創意」以求娛樂她機智的心。

我辛勤翻閱前人的詩篇，看從其中是否能
流出清新的甘露，來沁涼我炙熱的腦袋。
但辭彙卻停滯不前，「創意」不肯眷留於我。
「創意」這「自然」的親生子，
在後母般的「學習」淩遲鞭打下逃逸無蹤。
他人走過的足跡，看來只是陌生人般擋住我前路。
我欲言甚亟，卻有如難產，只能無助地處於陣痛中。
我咬著羽翎筆稈，並惡狠狠地敲打著自己：
「傻瓜，看內心有什麼就寫下來啊！」繆司對我說。（1582年）

引言

此為《望星者與星星》（*Astrophel and Stella*）十四行詩系列的第一首。先從題目著眼，男主角 Astrophil 意謂「仰望星星者」，而女主角 Stella 意謂「星星」。在宮廷愛（courtly love）裡，男性主角往往是「騎士」（knight），必須卑下謙虛；女性則是有貴族身分的「夫人」（lady），必須高高在上——其實這高下之別與他們實際上享有的社會地位相逆反。"Astrophel and Stella" 這個詩題遺留著宮廷愛裡男女之間的高低關係。此十四行詩系列（sonnet sequence）中的第一首，頗有「序言」的功能。在西方古典的文學理論中，羅馬詩人兼文評家賀拉斯（Horace），用韻文體寫了一篇詩論，名叫 "Ars Poetica"（*Art of Poetry*），討論詩歌的藝術；因為本身是韻文，故後人稱此體制為「以詩論詩」。推而廣之，吾人得以用 "*ars poetica*" 或「以詩論詩」來指陳文學作品中討論詩歌原理或觀點的局部。誠然，此首情詩蘊含了悉尼的詩論，功能一如 "*ars poetica*"。另外值得注意的是，此詩預設的讀者，或實際的讀者，也絕非一般平民百姓，而是宮廷中一些有文化修養的廷臣（courtiers）。其詩歌流傳的環境，就像是唐詩流傳在中國宮廷與士人之間一樣。

講解

總體而言，以其為情詩故，此詩乃是一種「愛的說服」，但這「愛的說服」裡卻蘊含著悉尼的詩觀。詩中的「說話人」為 Astrophel，而「受話人」則為 Stella。在第一行裡，Astrophel 訴說了其對 Stella 愛情之真誠，並謂很高興地用詩體來表達愛。第二行中的 "dear She" 的 "She" 實指其追求對象 Stella 本人，不用直接稱呼（第二人稱）而改用間接稱呼（第三人稱）者，可能是某種書信

修辭的客套稱謂。當然，「第三人稱」的語言形式也略有戲劇中的「旁白」（aside）況味，即旁白給讀者聽；故用第三人稱稱呼他的女士。而詩中 "might" 的「假設語氣」（subjunctive mood）在此處也很重要；這裡的假設語氣，帶有一種「希冀」與「不必然」的意味，相當地表出了「說話人」的心情與謙卑，以及對其追求對象的逢迎。"Pain" 是戀之苦，也是寫作付出的心血。詩中表示說，詩歌能將心血與痛苦轉化為樂趣（pleasure）──換言之，沒有樂趣就沒有詩歌──並謂樂趣的產生可引起這女士的興趣去閱讀，進而了解詩人的愛等等。賀拉斯在 "Ars Poetica" 中表示，詩歌有兩種功能，即教育與愉悅讀者（"Poetry is to educate and entertain"）。顯然地，悉尼在詩中呼應這個論點。

原詩中 "Knowledge" 這個字，原是 "to know" 的名詞詞態。今譯作「了解」。英文片語 "not to my knowledge" 即沿用其本義，意為「不為我所知」。"Knowledge" 作為指稱一般的「知識」，只是其衍生義。在詩中的脈絡裡，不是一般的「知識」，而是「知道我愛她」的意思，即是女士的閱讀，會使她知道詩人的愛。於是，詩人會藉此獲得她的「憐憫」（"pity"）和「垂青」（"grace"）。注意，在愛的追求裡，男女的關係是男尊女卑，故使用憐憫和垂青。同時，"Grace" 這個字有宗教的涵意，因為，就基督教而言，"Grace" 乃是上帝的恩寵。在這裡，"grace" 這個字把 "courtly love" 提升到宗教的層次，讓這個 lady 有如聖母瑪麗亞（Maria）那麼的崇高聖潔。詩人謂，在其寫情詩過程裡，詩人要找尋恰當的字眼去粉飾他憂愁的臉。第一個方法乃學習歷代詩人於詩歌中所表達的「創意」（"invention"），以便能娛樂她的「機智」（"wits"），此乃呼應賀拉斯所言詩歌的娛悅功能。於是，詩中的「說話人」翻閱書頁（"leaves"）看看可不可以獲得一些靈感，一些好東西，猶如醍醐灌頂般來解救他愛到狂熱而發燒的頭腦（"sunburned brain"）。

但悉尼以為詩歌是沒有辦法學習的，創意不能從學習而獲得。故「說話人」乃言，「字詞」（"words"）是來了，但是卻停滯不前（"halting forth"），「創

意」（invention）也沒有停下來。"Study" 是後天的學習，和 "Invention" 之間關係為何？悉尼透過「說話人」表示，"Invention" 乃是自然所產生（即親生）的小孩，不是可以經由 study 去勉強得來的。所以詩裡才會說，"Invention" 如同親生孩子逃離作為後母的 "Study" 的鞭打。同時，前人走過的足跡（作品），只是陌生人般擋住詩人的路，以強調 "Invention" 的源自「自然」（"Nature"）。「我欲言甚亟，卻有如難產，只能無助地處於陣痛中」。表示急著要訴衷情，但詩寫不出來，就猶如孕婦接近臨盆，肚子很大（"Great with child"），但是小孩出不來，只能「無助地處於陣痛中」（"helpless in my throes"）。怎麼辦呢？「說話人」只能咬著翎毛筆，惡狠狠的打著自己（"for spite"）。就在這時，掌管藝術的女神繆司（"Muse"）對著「說話人」說道：「傻瓜！看內心有什麼就寫下來啊！」。這就是詩人悉尼的「我筆寫我心」的「抒情論」。中國古代藝術家有云：「法古人不如師自然，師自然不如師心源」（范寬語），觀諸悉尼的藝術論庶幾近之。

結語

　　這首詩是《望星者與星星》十四行詩系列的首篇，作為情詩而言，乃是詩人的「愛的說服」，作為 "ars poetica" 而言，乃是表達了悉尼的詩觀。就詩學繼承而言，他承接了賀拉斯的主張：詩歌有兩種功能，即教育與娛悅讀者。就理論的開創而言，他提出了 "Nature"、"Invention" 與 "Study" 三者的關係。同時，詩的結尾，已漸漸從源自古希臘的「模仿論」（theory of *mimesis*）滑移到在浪漫時期發展到極致的「抒情論」（theory of expression）。

　　最後，在古典的關聯上，尚有兩點值得一提。首先，繆斯的出現，代表希臘的「靈感說」尚殘餘其中。其次，詩中 "Knowledge" 一辭，如從詩歌語言的眾義性來看，似乎迂迴地回應著柏拉圖（Plato）「詩人和詩能給予知識嗎？」的經典挑戰。以上各點表現出詩人對古典的熟稔，而讀者的對象預設為對這些

傳統有所認識的廷臣。這些都可視作此詩的文藝復興時期的身分認證。最後，我們得強調，詩中雖隱含著這麼豐富的一個「以詩論詩」的局部，但這個局部卻已成功地轉化為詩的表達，為「情詩」本質所在的「愛的說服」而服務。

03 帶著多麼憂傷的步伐，噢，月亮（商籟 31）

菲利普・悉尼

（With how sad steps, Oh Moon, thou climb'st the skies!, Sonnet 31, by Sir Philip Sidney）

帶著多麼憂傷的步伐，噢，月亮，

妳爬上天空。多麼沉默蒼白的臉啊！

什麼？難道在天國也是一樣，

那手持弓箭的愛神到處試射他的銳箭？

必然是的！假如對愛情長期熟習的眼睛

能對愛作判斷，我判斷妳一定是深陷在戀愛裡。

我是從妳的容顏讀出來的。妳憔悴的容顏，

對同樣遭遇的我而言，洩露出妳的處境。

那麼，既忝屬同儕，噢，月亮，告訴我，

堅貞的愛在妳那兒是否同樣被看作傻瓜？

美人們是否也像這兒一樣驕傲？

她們是否只喜歡為別人所愛，而卻

輕蔑那些為愛情而著魔似的愛著她們的情人？

她們在妳那邊是否也把忘恩負義視作美德？（1582 年）

引言

　　西元十二世紀以來的歐洲，下及十四到十七世紀中葉的文藝復興時期，「宮廷愛」（courtly love）成為上流社會的一種文化。當時的騎士（knights）以創作詩篇來取悅女士（ladies），並藉以表現其文才及斯文的氣質，以消滅其武夫的粗野特質，即所謂附庸風雅是也。詩中男女的地位與現實生活相反，詩中女子是如此地高高在上，以至於騎士們心嚮往之而不可及。以宮廷愛作為骨幹的源自義大利的十四行詩系列（sonnet sequence），往往涉及三角戀愛的情節故事。傳入英國後，這三角戀愛的情節則大大地削減。此詩為悉尼（Sidney）的《望星者與星星》十四行詩系列的第三十一首，特為優美，一方面藉月抒情，「月亮」功能有如一面鏡子，透過它「說話人」得以看到他自身，並得以向它傾訴苦戀的怨艾。一方面對愛情做了深刻的沉思，而這「沉思」的背後有著「宮廷愛」的迴音。

講解

　　這首詩的特色，是在作為「說話人」的 Astrophel 與作為「受話人」的 Stella 之間，置入了一個扮演著「中介」功能的月亮。就情詩而言，愛的抱怨不宜直接在淑女（lady）面前表達，所以「說話人」假藉對月兒的傾訴，婉轉地表達其怨懟。就愛情的沉思而言，詩人對愛情的忠誠與變心，對愛與被愛等問題提出了詢問。一般而言，月亮被視作陰柔的、女性化的表徵，如法文「月亮」（la lune）為陰性，詩中的男士把月亮稱為自己的同儕（"fellowship"），只因兩者有著相同的處境與心情：「憂傷的步伐」、「蒼白的臉」。這點，在讀者閱讀的心理認同上，或構成了一點障礙。而且，詩中認為女士們冷酷無

情，總是高不可攀，而月亮作為女性身分，詩人竟擬其處在失戀中，其間不免有所衝突。然而，月亮本身原是初一十五不一樣，在莎士比亞筆下，茱麗葉還曾因月亮陰晴圓缺多變貌，而阻止羅密歐對月誓愛。這樣看起來，關於月亮的文學想像其實很豐富，本詩的摹擬修辭也沒什麼不可，反而因其中隱含「變易」的元素而更覺委婉貼切。

說話人用 "there"（那兒）及 "here"（這兒）區分「天國」與「人間」，發問雖指向「天上」，但旨歸實為「人間」，即實際上仍是對世間女子的無情與驕傲，百思不解。最後的「難道在天上忘恩負義算是種美德嗎？」則頗有「反諷」的意味。一般而言，由於詩中的沉思性格，讀者不大會作「酸葡萄」的解釋。

最後，對詩中的句法變化及用詞說明一下。開首以呼告法（"O Moon"）來陳述自己內心的情感，第一人稱的抒情意味濃厚。接著用反詰句，加強表達的強度。「什麼？難道在天國也是一樣，／那手持弓箭的愛神到處試射他的銳箭？」。即使是月兒身處的天上亦躲不過愛神之箭。"busy" 一字帶出了愛情時時刻刻都有發生的可能性，所以邱比特（Cupid）是忙碌的。"sharp" 一字則暗示愛情一旦發生了，其對個人的衝擊與影響是相當大而重要的。句三的「什麼？」（"What?"）與句五的「必然是的！」（"Sure"），一問一答，洩露了抒情詩自言自語的特質。

英文的 "a lover's case" 語言精簡，不加枝葉，卻能讓我們想像到患得患失的愛戀狀況。這翻譯起來有點困難。英文的 "languished grace"，用得很好。一旦與愛情相思等有了牽扯，即便再怎麼優雅（"grace"）的人兒也遮不住焦思、苦惱的容顏，甚至變得憔悴衰弱無生氣。因此儘管 "grace" 與 "languished" 在意義上有所衝突，但此對比突顯了相思與愛情對於情人們的衝擊有多麼深遠。"decries" 是洩露之意。接著，說話人藉著忝屬同儕（"fellowship"）（即同在苦戀中）的關係問月。當然他並非真指望由月兒獲得答案，只是藉問月來表示自

己對愛情的疑惑與不解罷了。接著,說話人就順勢以問句的方式,對愛情的永恆與變遷,愛與被愛,美麗與驕傲等問題提問,也就是文藝復興時期變與不變這一亙古長存的問題,提出一連串的質問。順便說一下,"want of" 是缺乏之意。"possess" 用得好極了。"possess" 是魔鬼上身,也就是著魔之意,抓住了戀愛中的神魂顛倒的瘋狂情境。

結語

　　文藝復興時期,就文化層面而言,其背後深層的結構乃是「變動」與「永恆」的二元對立。在「變動」的世界裡,希望永恆,對愛情更是冀其長久不變。可惜,愛情似乎就是多變的,詩人在這裡寫下對愛情無常的沉思,詢問兩性愛情到底是什麼樣的關係。

04 | 熱情的牧羊人致其所愛

克里斯托弗·馬洛

（The Passionate Shepherd to His Love, by Christopher Marlowe）

來和我生活，做我的愛人。
我們將去實證各種歡樂，
來自谿谷和樹林，丘壑和原野
以及險峻山嶺的歡樂。

我們坐在石上，
看著牧童餵羊；
鳴鳥向流瀑清唱著戀歌
在淺河之泮。

以玫瑰為妳作床，
繞以千束香花；
一頂花冠，一條長裙
綴滿桃金孃的樹葉。

贈妳一襲禮服，由最好的羊毛織成，
羊毛出自我們可愛的羊兒身上；
一雙襯裡的便鞋以禦冷，
綴上純金的鞋扣。

贈妳稻稈和長春藤編成的腰帶，

上有珊瑚扣子和琥珀扣針。

如果這些歡樂能感動你，

來和我生活，做我的愛人。

牧羊的年輕侍從將載歌載舞，

在五月的黎明只為帶給妳歡欣。

如果這些歡樂能感動妳底心，

那請和我生活，做我的愛人。（1599 年）

解讀

引言

作者馬洛（Christopher Marlowe）在當時是有名的詩人戲劇家，地位不下於莎士比亞，甚至有過之而無不及，他是當時名詩劇《浮士德》（*Dr. Faustus*）的作者（浪漫主義時代，德國歌德撰有同名的詩劇，而一般讀者只知有歌德的劇作）。首先就本詩的標題來看，"Love" 是不可數的，與 "Lover" 的意義大不相同，"Lover" 有複數，可以有很多情人，但是 "Love" 指的卻是唯一的愛。

詩中的牧羊人（The shepherd）所指的是擁有大批羊群的牧場主人，而非雇工，有著雄厚財力，這一點將為接下來詩篇中某種的「物質主義」（materialism）埋下伏筆。

同時，詩題雖是第三人稱的語氣，但實質上，全詩是以第一人稱的語氣道出，是一位「說話人」（"The Passionate Shepherd"）對一位「受話人」（"His love"）的求愛。故此詩就作者馬洛與詩中「說話者」的關係而言，有「代擬體」的況味。

講解

首先就首句「來和我生活做我的愛人」（"Come with me and be my love"）來看，作者刻意用祈使句來展現「說話人」（addressor）的自信態度。也許，我們會問為什麼「說話人」如此自信？而其「受話人」為何種身分？第二句「我們將去實證各種歡樂」，原文 "And we will all the pleasures prove" 是倒裝句，因押韻關係，把 "prove" 放在句末。這裡的 "prove" 很有意思，表現出中西文化、思維的差別。中國儒家傳統中，「朋友有信」、「民無信不立」的誠信倫理，代代相傳，使得全民族普遍重視「名實相符」的教化。相反的，西方世界所重視的卻是經驗的教訓，他們認為所有的語言都是 "sign"（記號、符號），文字與語言是可以隨風飄逝，更可以透過姿態、笑容等等來欺騙，故所言必須加以「prove」以證明之。以後讀到的莎士比亞的「商籟體」（sonnet）第一二九首，對 "prove" 這一母題有更深沉的思考，「預設」往往經過 "prove" 後，結果相反。莎翁詩句如下：「那是求證中的福樂，求證後，毋寧是哀傷」（"A bliss in proof and proved, a very woe"）。東方重視名實相符及一諾千金的美德，使得中國人往往過於相信別人的語言，忽略掉原來文字或語言可以欺騙人的事實，這也是中國文化很危險的地方。所以，孔老夫子也不得不警告，提醒我們要「聽其言」之餘，還得「觀其行」。第四句中的 "yields" 是給予與產生的意思，並非屈服與投降。

第二詩節利用大自然的意象表達心中欲傾吐的濃濃愛意。「鳴鳥向流瀑清唱著戀歌／在淺河之泮」。這手法在牧羊人詩的詩類裡相當常見。

在第三到第五詩節裡，我們可以很清楚地看出牧羊人欲以物質來取悅所愛慕者的芳心。然而，雖然他是有錢的牧場主人，卻也願意親手用芬芳的玫瑰花

為她做出花床，用常春藤的葉子來妝點她的裙子，其用心程度可見一斑，相對於今日財大氣粗的物質主義者在心態上比較好些。今日的物質主義者重視享受，卻缺乏用心；現代讀者閱讀此詩，是否覺得有那麼一點諷刺警世的味道呢？在這裡，說話人用花草來襯托與營造浪漫情調的氛圍，賦予讀者對夢幻、理想愛情的無限憧憬。值得一提的是，詩中提到「腰帶」（"A belt of straw"）；"belt"對女性而言具有相當敏感的象徵意義（中世紀的名詩 Sir Gawain and the Green Knight"，對此有特別的鋪陳）。中國的「寬衣解帶」讓衣帶染有類似的象徵色彩。牧羊人在一一細數所願給予的物質享受後，又再一次強調 "Come with me and be my love"，充分表達出對物質主義的自信。

在最後的詩節裡，除了物質的贈與之外，他還願意以歌舞來取悅這個女孩，並且特別點出在五月天。英國的五月就如同中國的三月天，是春天來臨、生機盎然的時刻。暖和的天氣正是男男女女結伴出遊的好時節，因此英文中有一個 "go a-maying"（五月郊遊採花去）的片語，指的就是春天男女一起出遊採花的習俗。換言之，詩中利用五月天，大自然一片生機勃勃的意象，來象徵心中正在滋長的情意。

結語

在詩的表層，隱含著輕度的物質主義。牧羊人依賴物質世界的歡愉與財富，如花卉、鳥鳴等自然之美以及歌舞的樂趣，來取悅其所愛慕者的歡心。同時，牧羊人在祈求對方的語調裡，隱含著自信，這自信也就是對物質主義的信心。然而，在詩歌的深層，卻是對一種永恆不變的世界有所期待。換言之，意味著我給你的物質及愛是永遠不會褪色的，我倆的快樂將是持久的、永恆的，也就是對「存有」（"Being"）帶著「樂觀主義」的色彩。

然而，讀者在聆聽牧羊人對物質的歌頌之餘，在樂觀色彩的背後，也許會有微微的猶豫，物質世界真的可能永恆持續下去嗎？歡樂與愛情真的能不

變嗎？但這猶豫與質疑，必須在讀到此詩的「答詩」，也就是沃爾特‧雷里（Sir Walter Ralegh）的〈林間仙女對牧羊人的答詩〉（"The Nymph's Reply to the Shepherd"）（見下一首），詩中表達了一個變動的世界，在兩兩對照之下，才會充分顯露出來。

05 | 林間仙女對牧羊人的答詩

沃爾特・雷里

（The Nymph's Reply to the Shepherd, by Sir Walter Ralegh）

如果世界與愛情永遠年青，
每一個牧羊人的舌頭都說著真實，
那這迷人的歡樂將感動我，
和你生活，做你的愛人。

但時光驅使羊群離開田野到羊圈；
河流怒吼，而石頭變冷；
夜鶯啞了，而其餘鳥類
詛咒著來臨的災難。

花會謝，而繁茂放蕩的田野，
零落於冬天任性的索賠。
甜蜜的舌頭，只是苦膽的心，
幻想的春天，只是悲傷的秋。

稻稈和長春藤的腰帶，
珊瑚扣和琥珀針；
這些都沒法感動我，
走向你，做你的愛人。

除非青春永駐，而愛情繼續滋長，

除非歡樂不囿於歲月與年齡，並且永不匱乏；

那這些歡樂將會感動我底心，

願和你生活，做你的愛人。

解讀

引言

　　雷里（Sir Walter Ralegh）的這首詩主要是詰問或者駁斥馬洛（Christopher Marlowe）在〈熱情的牧羊人致其所愛〉（"The Passionate Shepherd to His Love"）中牧羊人求愛的訴求。既然是答詩，說話人就換作女方，而受話者就換作牧羊人。在馬羅的原詩中，女方的身分不明，而雷里就界定為 "nymph"。"nymph" 在羅馬神話中為山野的仙女。馬洛這個身分界定，使人聯想到羅馬神話中牧羊神追求仙女的故事。就一般用語而言，"nymph" 只是年輕的美麗女子。在與雷里的答詩對比之下，馬洛原詩中的物質主義與樂觀主義便顯露出來。牧羊人以各種世俗的物質來誘惑並企圖說服對方，似乎一切的事物都不會凋零，愛情會永恆不變；簡言之，把這個世界看作一個不變的世界。這樣虛幻的美麗，在雷里答詩的第一個詩節就立刻被點破。

講解

　　在本詩首句 "If all the love and world were young" 中，以假設語氣（subjective mood）點出世界不可能是永遠年輕的，並隨即移到當前的男女狀況：「每一個牧羊人的舌頭都說著真實」（"and truth in every shepherd's tongue"）同樣的不可能。這道出「說話人」對於牧羊人情話綿綿的不信任。其中或亦迴響著羅馬

神話裡牧羊神常用甜言蜜語欺騙仙子的故事。對於永恆事物的駁斥，讀者可以感受到詩裡的世界，是經驗的世界，是變動的世界。人以及世界的其他事物都會逐漸衰老而死去。雷里利用假設語氣營造出一個美好、歡樂且永恆的世界；但假設語氣中的世界畢竟是與「現實」相違背。

第二詩節開頭第一個字 "time"，便是促使這個世界改變的元凶。涓涓細流，剎時波濤洶湧。春暖花開的季節逝去，夜鶯不再鳴唱，萬物開始擔憂寒冬的來臨。"The rest complains the cares to come" 中的 "cares"（名詞，指各種煩憂）與前首節用假設語氣帶領的無憂無慮的世界，成了一個強烈的對比。

第三個詩節承接第二詩節的主題，繼續揭露時間對萬物的肆虐：從欣欣向榮轉為凋零的花朵、植物繁茂的田野（wanton field）抵擋不住寒冬的侵擾，變成殘枝落葉。"Wanton" 用字很好，原意為放蕩，所表現的是極度繁茂興盛的狀態，而 "reckon" 在這裡則有清算的意思，好似要用凜冽的寒氣清算這些夏日中繁盛到放蕩的花草們，其義有若歐陽修〈秋聲賦〉中的「物過盛則當殺」。接下來的兩個句子 "A honey tongue, a heart of gall, / Is fancy's spring, but sorrow's fall"，原文省掉一個 "is" 而下半的 "is" 語序顛倒；正規散文應是 "A honey tongue is a heart of gall, fancy's spring is but sorrow's fall."。"fancy" 是愛情的意思。寫的是愛情一如萬物，都會衰敗變質。在甜言蜜語過後，只剩個如苦膽般的心；而愛情的春天過後，便會有悲傷的秋天來臨。

第四詩節同樣描寫一切物質都會凋零消逝而被遺忘。其中的 "folly" 指的是人們在戀愛中被沖昏頭而認不清真相。情侶們以為享受愛情成熟，但以理性觀點而言，當事物成熟時，代表其實已經腐爛。"need" 是 "lack"（匱乏）的意思，表示一切歡樂都會有結束，都會有匱乏。詩的結尾呼應第一個詩節，再度以假設語氣突顯出完美世界的可望不可求，終究不免虛幻。

結語

馬洛與雷里兩首詩一贈一答，需要並讀才覺其趣。初讀馬洛詩時，讀者或許會覺得牧羊人所提供給其愛人者，充滿詩情畫意，令人迷醉。但雷里詩一出來，就點出其物質主義與虛幻的樂觀主義。同時，用假設語氣來表達、來點破，特別有效。雷里詩中以豐富的對比，呈現出這個世界的多變，揭露經驗世界殘酷的面貌，比馬洛的原詩更耐讀，更讓人思索。最後，在英語裡，真正的假設語氣（subjective mood）不等於絕對的否定，而是在人類心靈裡，開放出一個明知不可能但仍希望可能的世界，不把可能關死。所以，雷里的答詩，不宜逕自解為悲觀主義。差之毫釐，謬遠千里，需仔細體會，才能得之。

06 不要嘆息，女士們，不要嘆息（歌）
威廉‧莎士比亞
（Sigh No More, Ladies, Sigh No More: a Song, by William Shakespeare）

不要嘆息，女士們，不要嘆息
　　男人向來都是騙子
一腳在水裡，一腳在岸上
　　從不對任何事物專情。
那麼，不要如此嘆息，由他們去吧！
　　妳們要開心呀，要感覺美好呀，
把所有悲傷的聲音，
　　轉變為「嘿，弄泥，弄泥。」

不要再唱傷感的小調了，不要再唱
　　那些無聊與沉重的垃圾了。
男人向來都是欺騙的啦，
　　自從夏天綠葉成蔭就這樣了。
那麼，不要如此嘆息，由他們去吧！
　　把所有悲傷的聲音，
轉變為「嘿，弄泥，弄泥。」

引言

　　這首歌出自莎翁喜劇《無事自擾》（*Much Ado About Nothing*），含有某種豐富的女性主義思維。當代女性主義流派可分為三階段，第一階段主張的是要女性們站起來，走出家庭為自己爭取工作權和平等權。其所衍生的問題包括女性走出家庭後能生存嗎？是否會淪落為較低劣的工作階級等。第二階段則是「女兒國」思想。女兒國思想認為世界上的不和平，如戰爭、紛亂等，都是因為男性及父權中心所引起，因此倡議女性要生活在像女兒國一樣與男性文化不同的國度裡。所以這也稱女性分離主義（Isolationism）。第三階段則強調男女的差別並非本質性，有更多是文化性，也就是說男女的社會角色樣板觀念，主要來自於文化教育的長期制約，因而女性在發展其自身性別（gender）之餘，毋庸排斥他性，甚至應包容藏於自身的男性特質，達到所謂涵蓋兩性的雌雄同體的主體（The Androgynous Subject）。在此女性主義的觀照下，"Sigh No More" 毋寧孕育著女兒國的女性主義觀點。

講解

　　本詩一開始便呼籲女人不要再嘆息了，要看清楚男人的真面目，從古至今男人都是騙子（deceivers）。" One foot in sea, and one on shore"（一腳在水裡，一腳在岸上），有點像我們漢語所說的「腳踏兩條船」。漢語的表達比較豐富，隱含著隨時翻船的危險。詩中說，從來沒有一件事能讓男人從一而終的堅持到底。"constant" 一詞的出現，又指向了「變」與「不變」這文藝復興時期重要的母題。

　　詩的第二部分開始規勸女人，就讓那些男人走吧，好好過自己的生活。

不要再為了男人暗自傷懷，放下那些悲傷的嗚咽，改唱輕快的樂曲吧！"Hey nonny, nonny!" "nonny" 在此並沒有什麼特殊的含義，只是聽來輕鬆的兩個音節。"Hey nonny, nonny!" 表達了一種輕快的節奏，一種最單純的愉快聲音。在中國歌謠小調中也常見這種無實質意義的虛詞襯字，諸如「嘿嘿唷」、「噯唷喂」、「咿呀嘿嘟隆咚七咚鏘」、「嘿呀囉嘀嘿」等等，都是為了渲染氣氛、加重戲劇性，並圓足唱詞語氣而作，多半用於喜劇式的小調；莎士比亞在他的喜劇《無事自擾》中，穿插這首小調式的詩歌，自然是為了製造喜劇的感染力。

　　第二詩節，大致與第一詩節同，其差異的兩句最為精彩。「男人向來都是欺騙的啦，／自從夏天綠葉成蔭就這樣了。」（"The fraud of men was ever so, ／ Since summer first was leavy"），詩人以自然景物入詩作譬喻，暗示男人的謊言和欺騙就像夏天綠葉成蔭一樣理所當然。這一個結尾帶來非常好的美學效果。這一詩節的結尾重複上一詩節的結尾，再度強調放下悲嘆，活出自己愉悅的生活！這類的重複也就是民歌常有的所謂「重沓手法」。

　　最後從音律節奏方面來看，我們可以發現句尾的押韻，十分整齊清晰。前後兩詩節的押韻，都是 ABABCDCD（即 1、3 押韻，2、4 押韻，5、7 押韻，6、8 押韻）。同時，選字精簡，使得整首詩唸起來節奏鮮明，帶來希望，帶來新生活出發的動力！"Hey nonny, nonny!" 所散發的語音感染力，使本詩更見神采。

結語

　　文藝復興時期，人文主義抬頭，人們開始注重生命本身，於是他們第一個注意到的重要主題就是「生命與世界的變與不變」，其衍生出來的議題就是要如何在變動中找到不變的東西。反觀中世紀的文學作品，其主要的目的通常是在於來生的追求，所以他們對於變與不變這樣的議題，自然沒有太大的感覺。而在希臘悲劇及史詩中，也沒有強烈出現對愛情變與不變的探討，即使在喬叟

（Geoffery Chaucer）的《坎特伯雷故事集》（*Canterbury Tales*）中，對於偷情有不少諷刺，但對於愛情變與不變這個議題仍舊付諸闕如。然而莎士比亞對於這個母題，卻非常感興趣。「變與不變」這母題，在他的商籟體裡，有深刻而豐富的沉思與表達，並且一再地探討那最高貴而且總希望永恆不變的愛情。即使這首小歌，也用諷刺的方式略微接觸到這母題。

07 | 噢，我的情人（歌）
威廉・莎士比亞

（Oh Mistress Mine: a Song, by William Shakespeare）

噢，我的情人，你流浪何方？

噢，停下來，聽我說，你的真愛來了，

他高音低音都唱得很好。

不要繼續逡巡浪遊啦，美麗的甜心。

覓愛的旅程終止在情人的相遇，

任何聰明人生的孩子都知道。

什麼是愛？不是當下以後。

而是此刻的歡樂，此刻的笑聲！

下一刻什麼要來我們不知道。

沒那麼多時光可讓我們耽擱。

那麼，快吻我，二十個甜蜜蜜的吻。

青春這種東西不能持久啊！

解讀

引言

本歌出自莎翁喜劇《第十二夜》（*Twelfth Night*）。嚴格來說，歌與詩略有差別。歌注重節奏，文字要簡單，主題要有普及性，這樣才能傳唱。詩則要

求感性與知性的深度，文字密度，藝術性要求特別高，並且往往是自言自語的獨白；用俄國記號學家洛德曼（Julij Lotman）的說法，乃是「我—我」（I-I）的自我對話。目前這一首歌，字詞淺顯，韻律流動。它的韻腳模式是 AAB ／ AAB（相同字母表示押韻），上下兩節相同。就內容而言，此詩的特點是「愛情」母題與「及時行樂」（*carpe diem*）母題的結合。詩中對於愛所作的定義乃是「及時行樂」式的定義。

講解

在第一詩節裡，莎翁的唱者創造出一套愛情的「語碼」（code），圍繞著流浪的主題抒發情感："roaming"、"trip"、"journey" 等字眼，代表著愛情的流浪，尚未靠岸。這愛情語碼，在六〇年代的臺灣，頗為流行。重複意義相若的詞彙與意象，是抒情詩的一大特色，那就是詩學上所謂的「重複」（repetition）。當然，重複中得略有變化，而非鸚鵡式的單調重述。

在第二詩節裡，唱者提出了何謂愛情的詢問，然後回以「及時行樂式」的答案："'tis not hereafter"（我們直譯為「不是當下以後」）。原文的 "hereafter" 是新創字，"here" 有當下空間感，而 "after" 有時間感，時空合一於當下，太出色了。嘿，愛就在當下，而非此刻以後。"What is love?"（「什麼是愛？」）是定義式的詢問。一般來說，定義的詢問，是哲學的，邏輯的範疇，是最不詩的。然而，莎士比亞的十四行詩，往往用或隱含著定義的詢問。就比較詩歌而言，這種定義式詢答的句子，在中國古典詩歌裡：「問世間，情是何物？直教生死相許」（金・元好問），庶幾近之。

末句最為深刻。在前面塑造的愛情，及時行樂的青春歡樂場面裡，詩人隨即將之點破，謂 "Youth's a stuff will not endure"（「青春這種東西不能持久啊！」。"stuff" 一詞，在當今日用語裡，雖是中性，但在可有其他較正面的用字選擇之下，用 "stuff"（東西）來形容青春，未免略有輕蔑之意。"endure" 這

個用字非常出色,讓人想像持久地抵抗歲月的消磨的意象。但詩人簡潔地指出,青春沒有這個能耐,沒有這個持久地抵抗歲月的消磨的能耐。沒有這個句子,莎翁這首歌就不免平凡了,這個句子為愛情母題與及時行樂母體帶來厚重感,帶來耐讀,帶來感喟,帶來生命的陰影。誠然,人在青春時,往往無視於時間的流逝與空間的遷變,詩人對此卻特別敏銳。就音韻而言,"endure"同樣出色,它與前幾行與它相配的韻腳 "unsure" 產生疊字般的聲音迴盪,而且在語意上構成了有趣的關聯:我們不敢確認("unsure")青春能不能耐得住("endure")時光的侵蝕。這是讀英詩韻腳(甚至包含詩內其他的疊字與雙聲)的特殊法門,讀者宜多注意。

結語

　　愛情語碼的塑造,對愛情定義的詢問及其及時行樂式的回答,結尾深沉的人生感喟,以及它高度的藝術性,使這首歌同時具有知性與感性的深度外,尚可一窺莎翁語言藝術的一斑。

08 從最美的生命體裡我們希冀其昌盛繁衍（商籟1）

威廉・莎士比亞

（From fairest creatures we desire increase, Sonnet 1, by William Shakespeare）

從最美的生命體裡我們希冀其昌盛繁衍，
那麼美底精華也許永不殘凋。
當人成熟時會隨時間而頹委衰減，
年幼的嗣子留下人們記憶中他的模樣。
但您自戀於您明亮的眼睛而不旁鶩，
以自身為燃煤供應您生命火焰的燃燒，
把富庶變成一片饑荒；
您仇對自己，對俊美的您自身太殘忍！
您此刻是世間最鮮豔的裝飾，
華麗春天的唯一使者。
您把生命的美質埋葬在您自身的花蕾，
溫柔的吝嗇鬼，您的吝嗇卻成了浪費。
可憐這個世界吧！以免變成一位饕餮者，
吞噬掉世界應有的美的份額，以您底墳墓以及您自己。（1609 年）

引言

　　莎翁十四行詩系列（*The Shakespearean Sonnet Sequence*）在一六〇九年出版的四開本裡，一共有 154 首。傳統的說法，就故事情節而言，前面 126 首的「受話人」（addressee）是一位俊美的青年，其中前十七首是所謂「繁衍」（procreation）母題，詩中「說話人」是一位詩人，勸說此俊男結婚生子，讓其俊美能繁衍下去。接著的詩篇，一直到第 126 首，其主要內容是「說話人」對「受話人」的愛慕，其中牽涉到同性愛，並帶入了這俊男對另一位詩人的垂青（78-86 首），引起「說話人」的怨懟與妒忌等。這有點是自義大利佩脫拉克（Francesco Petrarch, 1304-1374）商籟體以來慣有的三角戀愛主題的變調。系列中最後的二十八首（127-154），是所謂黑美人（Dark Lady）部分。其中可以窺見「說話人」與黑美人的性愛，以及這位俊男為黑美人所誘惑等等，形成另一個特殊的三角關係。其實，這些內容分類，三角情節，以及性別問題，也可能只是好事者子虛烏有的建構，以懸疑心態對之可也。至於誰是詩中的俊男、詩中的黑美人、詩中的「說話人」的對手，有很多的猜測，眾說紛紜，也很有趣。事實上，目前莎翁全集的作者是否莎士比亞也許也是一個疑問，上述的四開本的作者寫著的是 "Shake-spear"，直譯就是「揮舞長矛」，學界不禁要問：Shake-spear 只是一個筆名或化名？莎士比亞是真有其人還是另有真身，如另有真身，這真身是誰？都是爭論不休的有趣議題。

　　莎士比亞十四行詩系列的價值，並不在上面引人入勝的三角關係與性別問題上，而是在這框架下詩人對人生、永恆、倏忽、愛情、情欲、美麗、繁衍等等問題的沉思，而其沉思往往能切入現實的深處，並獲致其普遍性，甚至智慧。這是評論者與讀者一直強調的莎翁戲劇與十四行詩的價值。然而，晚近學

界，自俄國形式主義及美國新批評以來，把關注放在十四行詩的藝術成就上，推崇莎翁的詩作與英語言密不可分，把英語發揮得淋漓盡致，而幾無人及者。這些成就都在下面個別的詩篇解讀裡清楚地呈現。

最後，說說莎翁商籟體的格律及其由來。它的韻腳樣式是莎士比亞所創造的 abab/cdcd/efef/gg（這標示式中，字母相同表示押韻），有別於義大利詩人佩脫拉克創建的 abbaabba/cdecde 樣式。莎翁的詩行格律為「抑揚五音步」（iambic pentameter），即每行有十個「音節」（syllable），而這十個音節，則由五個「抑揚音步」（iambic foot）所組成。所謂「抑揚音步」，是由一個「輕音」（unstressed syllable）後接一個「重音」（stressed syllable）組成的「音步」（foot）。這種詩律產生優美的輕重抑揚的節奏。事實上，莎士比亞的戲劇，其詩行的主體，也是以同樣的抑揚五音步構成，只是不押韻，故稱為「無韻詩體」（blank verse）。但莎士比亞在他的實際作品裡，並非每行詩都死板地遵守格律。莎士比亞十四行詩的章法結構，神似我們的起承轉合。其結構由三個「四句詩節」（quatrain）及一個結尾的「對句」（couplet）組成。其結尾的「對句」往往有總結全詩的功能，簡練而警語式。

講解

莎翁在本詩中把英語的同義詞與反義詞發揮得淋漓盡致，並把詞義的相反，轉化為矛盾情境。在翻譯上，也構成了相當的難度。

首個「四行詩節」（quatrain）為繁衍母題，但卻昇華為文化的層面。開首 "From fairest creatures we desire increase. That thereby beauty's rose might never die"（「從最美的生命體裡我們希冀其繁衍／那麼美底精華也許永不殘凋」）。原文 "increase" 與下面第三行的 "decrease" 的疊音，中文單音字無法複製而兼顧雅達。譯詩裡我用了「昌盛繁衍」與「頹委衰減」，前後既對仗復押韻，也算是神似原意的加與減了。"beauty's rose" 這詞彙形式，與中文詞彙結構，不盡調

合，中文沒有作為擁有格的 "apostrophe" 的用法。"rose" 在莎翁的英語表達裡是一個喻況，喻作「其最美者」，而在中文一般語言裡，玫瑰沒有形成這象徵意義，筆者勉強以其「喻旨」（tenor）代替其「喻依」（vehicle），翻為「美底精華」，玫瑰意象及其象徵意義頓失，只落得抽象的表述而已。在意義層面上，這兩行更是出色。它超越了傳宗接代的生物層面，而是對美的願望，願美永不殘凋，轉生物世界為文明的希冀。這兩個詩行，每行各為五個「抑揚音步」（iambic foot），在此願望的氛圍下，吟哦或讀起來真使人無限低迴。下兩行繼續這母題，仍然超越生物繁衍的思考，謂「當人成熟時會隨時間而頹委衰減，／年幼的嗣子留下人們記憶中他的模樣」。「記憶」（"memory"）這兩個字用得很好，人間一代一代充滿記憶。

接著的一個「四行詩節」，是寫他自戀而不婚。首兩句意象甚好，「但您自戀於您明亮的眼睛而不旁鶩」，讓人聯想到希臘神話納西瑟斯（Narcissus）的淒美故事，這俊男自戀於其水中的投影無視於林中仙女愛可（Echo）的暗戀，終於死去化為水仙；而「以自身為燃煤供應您生命火焰的燃燒」，其中暗藏意象則為蠟燭，耗盡於自燃中，而蠟燭也或有男性的象徵。下兩行則是一個相反語境，「把富庶變成一片饑荒；／您仇對自己，對俊美的您自身太殘忍」，「富庶」與「饑荒」相反，而對自身殘忍與前面的自憐情境也是很好的並置。殘忍用得很好，很有感覺。

接著的第三個「四行詩節」，在莎翁的商籟體結構上，應扮演轉的角色，但這裡沒有，只是重複「四行詩節」的母題及類似的表達方式，最多只是其變異而已。「您把生命的美質埋葬在您自身的花蕾，／溫柔的吝嗇鬼，您的吝嗇卻成了浪費」，把蠟燭意象改為花蕾意象，而把富庶與饑荒改為吝嗇與浪費的相反情境而已。

末兩句的對句扮演了其應有的總結角色。「可憐這個世界吧！以免變成一位饕餮者，／吞噬掉世界應有的美的份額，以您底墳墓以及您自己」。它一方

面沿著富庶、饑荒、吝嗇、浪費這一個軸線而進入饕餮的意象，一方面沿著自憐，自我殘忍的個人軸線而發展為大我的世界。"Pity the world"（「可憐這個世界吧！」），這個表達太出色了。

結語

莎翁在本詩中把英語的同義詞與反義詞發揮得淋漓盡致，並把詞義的相反，轉化為矛盾情境。此詩是莎翁商籟系列以繁衍為母題的前十七首之開端，但生物性的繁衍母題在此昇華為文化性的對美的永恆願望，並對家族血脈回憶之延續有所關注。在開首的兩行裡，這牽繫人心的願望與詩行的抑揚頓挫的節奏結合起來，更使人讀來無限低迴，成為莎翁不朽的名句。

09 | 在真心相愛者的婚禮上，讓我不要說（商籟116）

威廉·莎士比亞

（Let me not to the marriage of true minds, Sonnet 116, by William Shakespeare）

在真心相愛者的婚禮上，讓我

不要說：有障礙。愛將不再是愛，

如果愛找到移轉的理由便移轉，

或者隨著移我情者而移情別戀。

噢！不！它是永遠固定的航海標誌，

面對一次一次的暴風雨而永不動搖；

它是為每一迷航小舟指引的星星，

其價不可估，而其高度則須測量。

愛不是時光可愚弄的傻瓜，雖然玫瑰般的

唇與臉，都走向時光鐮刀底彎弧裡給收割。

愛不會隨著短暫的幾個鐘頭幾個星期而改變，

而是一直堅持到世界末日的盡頭。

如果上述為錯誤並在我身上證明為錯誤，

那我就從來沒書寫過也沒男人曾愛過。（1609年）

引言

　　這首詩是莎翁對愛情的沉思，也是莎翁對愛情的最高評價的名篇。依照傳統的說法，1-126 首都是寫給一位俊男，一位男性「說話人」的所愛，那麼就牽涉到同性愛的禁忌了。這或暗中指涉了詩中所提到的「障礙」（"impediment"），也就接觸到同性婚姻（無論是實質的或名義上的）的當代議題了。不過，我們不必拘泥於這傳統的三角情節或性別問題，而應把它提升為愛情的崇高境地，並且欣賞其豐富的喻況，以及具體與抽象互為支撐的表現手法。

講解

　　這首詩，是其十四行詩系列（sonnet sequence）的第 116 首，表達了「真愛不渝」的至理。詩一開始說，"Let me not to the marriage of true minds/Admit impediments"，字序有所顛倒，正常字序應為 "Let me not admit impediments to the marriage of true minds"（「在真心相愛者的婚禮上，讓我不要說：有障礙」）。有意思的是，由於字序顛倒，第一個詩行 "Let me not to the marriage of true minds" 語義不完全，帶來驚愕：什麼，不參加真愛的婚禮？昔日，在婚禮的程序上，主婚者會問來賓們是否知悉即將結婚的男女有不應結婚的障礙，如有血緣關係或惡疾，如沒有，他們即將結為夫婦云云。首兩行即是就此而成的用典與改寫，真可謂「點鐵成金」。這是詩人對愛的宣誓。這裡強調 "true minds"；它是「不變」及「永恆」的基石。如果愛會因阻礙而變質，那愛只是短暫的幻覺，而稱不上是真愛了。我們得注意，在這改寫的詩句裡，並非指婚禮，而是結合的象徵性表達。接著，"Love is not love ╱ Which alters when it alteration finds,/Or bends with the remover to remove." （「愛不再是愛，／如果愛找到移轉的理由便移轉，／或者隨著移我情者而移情別戀」），此處暗示一段三角戀情：詩中說話人、the lady、與牽涉其中的第三者。此 "remover" 就是兩人之間的第三者。同時，這句經由 "alter"、"remove" 等字，表達了「變」的母題。然而，緊接著，詩人馬上給予否定："Oh no! It is an ever-fixed mark / That looks on tempests and is never shaken." （「噢！不！它是永遠固定的航海標誌，／面對一次一次的暴風雨而永不動搖」）。接著，"It is the star to every wandering bark/Whose worth's unknown although his height be taken."，進一步再把真愛喻為帶給每一迷航小舟指引方向的北極星（應為北極星，因北極星才有此功能），其價不可估，而其高度則須測量。詩人在此把航海知識巧妙地應用到詩裡，裡面隱含著幾何上的三角計算。同時，也更暗喻著，一方面愛情價值無限，但是愛情的深淺還是要衡量一下。這是莎翁老於人情世故，寫作總不脫經驗的難得特質。下一句，"Love's not Time's fool, though rosy lips and cheeks / Within his bending sickle's compass come." （「愛不是時光可愚弄的傻瓜，雖然玫瑰般的／唇與臉都走向時光鐮刀底彎弧裡給收割」），此處顯示了莎士比亞豐富的想像力，以巧奪天工的喻況，把時間喻為農夫，把青春一一地收割，所有的青春年華都逃不過那彎彎鐮刀，一來一往的揮舞。"Love alters not with his brief hours and weeks, / But bears it out even to the edge of doom." 莎翁再一次堅定地說明，「愛不會隨著短暫的幾個鐘頭幾個星期而改變，／而是一直堅持到世界末日的盡頭」。最後兩句的結尾，可說是非常有說服力的誓言，字字鏗鏘，信誓旦旦："If this be error and upon me proved, /I never writ, nor man ever loved." （「如果上述為錯誤，並在我身上證明為錯誤，／那我就從來沒書寫過，也沒男人曾愛過。」）末行的「書寫」是指所寫「情詩」而言，意謂如我變心，我所寫給妳的情詩都等於廢話，等於沒寫過一樣。注意此句的 "me" 呼應了第一句 "Let me not to the marriage of true minds" 中的 "me"；詩人在此表明自己的心

志，證明他是真正愛過的，如果連「我」（me）都變心的話，那麼世上就沒有人真正愛過了。經由這兩個 "me"，詩人達到了抒情的愛底盟誓的功能，並且使到這首詩同時具有普遍性與個人性，其普遍性來自詩中對愛情的沉思，尤其是其中各「定義式」的陳述句，個人性則來自詩中的 "me" 的重複強調。

再回過頭來看本詩的特殊音效。第三句中的 "alter" 和 "alternation"，第四句中 "remover" 和 "remove"，名詞和動詞更換，在重複中有所變化，並達到某種美學上的密度，把「變」的主題視覺地表出。

結語

總結而言，全詩的主旨乃是在「變動」世界中追尋永恆「不變」的東西。而這世上如此多的事物中，詩人為何偏偏挑上「愛情」來著墨呢？也許，在詩人的眼裡，「愛情」是這變動世界中，最牽繫人心深處、最有價值的「不變」。至少，詩人是如此企求。

10 | 精力消耗於無恥中（商籟 129）
威廉·莎士比亞

（Th' expense of spirit in a waste of shame, by William Shakespeare）

精力消耗於無恥中，

乃是情慾處於動作時。動作依然。蓋情慾者，

乃是傷害、謀殺、血淋淋、羞辱、

野蠻、極端、粗魯、殘暴、無從信任。

享受，即時帶來輕蔑；

逝去，知性卻仍在那兒鬼魅般徘徊；剛

逝去，知性即在悔恨；它猶如業已吞噬的魚餌，

故意放置那兒讓上鉤者痛得瘋狂。

瘋狂，在追求中，在擁有中同樣是；

曾有、正在有、尋求去有，皆狂暴極端；

那是求證中的福樂，求證後，毋寧是哀傷。

事前，是預想的歡樂，事後，一場夢。

世人對此甚為瞭然，但沒人

能瞭然到躲得開這引進地獄的天堂。（1609 年）

引言

這首十四行詩寫的是 "lust"（情慾），是對 "lust" 的描述與思考。莎翁善用定義式的陳述句，此詩可謂典範；在前面系列中的第 112 首，對愛情的探討，主要也是經由這種定義式的方法。又如前面喜劇《第十二夜》的小歌裡，首句 "What is love? It is not hereafter."（「什麼是愛？不是當下以後。」），先對愛情作定義式的詢問，然後以及時行樂（*carpe diem*）的定義作回答。這種定義式的陳述句，其好處是引起我們思考，得以深探本源，孔子所謂「必也正名乎」是也。但寫來容易失手，所謂「理過其辭，淡乎寡味」（借用鍾嶸論魏晉玄學詩語）。莎翁在這方面可謂得心應手，其成就可謂無人可及者。這定義式的切入主題，也是文藝復興時期的一個特色。

我們不妨先對 "lust" 做一思考。牛津字典的定義是 "violent desire to possess something, especially strong sexual desire."（狂暴的擁有某東西的慾望，尤其是強烈的性慾望）。這個定義不錯，而本詩當然是指特定的強烈的對某人的性慾望。就此而言，漢語應翻譯為肉慾，而非情慾。這話怎解？漢語有才華、才情、情性三辭彙。從目前的視野來看，這三辭彙開導了從才及於情，終而及於性的通道：才華交會，不免生情，情之極而生慾，終而及於性，實一派自然也。《漢書》〈藝文志〉：「房中者，情性之極，至道之際」，可謂最得其真。搖蕩性情（借用鍾嶸語），即為此自然幽徑的文學表達耶？而其以才華為本耶？故必有情之所繫，方得謂之情慾，今世之所謂情慾，有慾無情，實肉慾也。但本詩中譯，仍用情慾一詞，是為了達雅，亦為順古故，即沿用前人之翻譯。

照傳統看法，商籟 127-154 首是黑美人詩篇，本商籟 No.129 歸入這情色世界。換言之，此詩指涉「說話人」與黑美人的情慾行為。此詩是寫情慾狂暴

面的傑作，尤其是其內部形式之對仗安排，可謂前無古人，後無來者。

講解

　　當代論者以為莎士比亞的偉大，乃是其對英語的潛力發揮到極限，無論在語意及語法上，都發揮得淋漓盡致，使人驚嘆。這當然構成了中譯的高難度，有若設了高低欄，不斷考驗著譯者的跳欄能耐。我在中譯裡，試圖推到直譯的極限，盡量保持原詩的語法上的形式安排。

　　詩中首句直接切入主題，對 "lust" 作了定義式的界定：「精力消耗於無恥中，／乃是情慾處於動作時」（"Th' expense of spirit in a waste of shame/Is lust in action."）。從這短短一行半的定義式的發端語，我們即可以看出莎翁語言濃縮的功力，對情慾所做的精闢詮釋。"Th' expense" 此處做「花費」的解釋；"waste" 和 "shame" 兩者都帶有強烈的負面意涵；而 "in action" 一詞，將靜態的定義變成動態；接著的 "still in action"，不單產生重疊音效，更加強了動感與延續性：情慾的一幕彷彿就在我們面前展開。語法之妙用，造成意義深遠的思索與詮釋。

　　接著的第二句，仍是定義式的句子：「蓋情慾者，／乃是傷害，謀殺，血淋淋，羞辱，／野蠻，極端，粗魯，殘暴，無從信任」（"lust Is perjured, murd'rous, bloody, full of blame, /Savage, extreme, rude, cruel, not to trust"）。此句雖比較直接，但其特色則為豐富的語意，幾乎把與 "lust" 有關的同義詞都囊括其中，而各辭有其不同的絃外之音。"lust" 也就是強烈的情慾，不管是對我們生理或心理都會造成創傷（"perjured"），一種謀殺式（"murd'rous"）的傷害，造成 "bloody"（血淋淋）的場景。接下來的文字喻況，如用 "savage" 來說明愛的原始性，或指出 "lust" 的極端性格（"extreme"）。"lust" 也就是生命之原慾，奔騰的激情，讀者都可以看出莎翁對 "lust" 定義所作的非常複雜而驚人的界定與序列；從短短的詩句中，即能充分體會 "lust" 具有的負面性。

開始時，"lust" 總是能夠為人帶來歡愉與歡樂，然而，當那段歡樂的時光尚未結束時，心中卻已開始鄙視那樣的 "lust"——太衝動、太魯莽。接下來是一個非常漂亮的平行句：「逝去，知性卻仍在那兒鬼魅般徘徊；剛／逝去，知性即在悔恨；它猶如業已吞噬的魚餌（"Past reason hunted; and no sooner had,/ Past reason hated, as a swallowed bait"）。在 "lust" 萌芽時期，人總是感覺甜美和幸福，那是一種刺激，一種冒險的歡娛；然而，當理性開始思索其中的是非時，就充分後悔。在這樣的窘境時，莎翁用了一個非常巧妙雖不合語序但卻張力十足的比喻："a swallowed bait"（一個業已吞噬的魚餌）。人對 "lust" 的不可抗拒性，就猶如魚看到魚餌時，那種致命的吸引力，剎時間即被自我的衝動所控制，而發覺上鉤而痛苦掙扎時，已來不及了。魚餌被吞噬後，人才發覺其被鉤的苦痛；原文 "swallowed"（吞噬）的被動式用得很漂亮。

同時，在莎翁文法的特殊經營下，情慾的瘋狂與極端性格更為彰顯：「瘋狂，在追求中，在擁有中同樣是；／曾有、正在有、尋求去有，皆狂暴極端」（"Mad in pursuit and in possession so; / Had, having/ and in guest to have, extreme."）。在這裡，莎翁把英語的時間表達，一方面經由不同的片語，一方面經由語法中的時態，發揮到極致。似乎，我們無可逃於情慾及其瘋狂追逐的天地之間。最後是什麼呢？就像莎翁所說的，「那是求證中的福樂，求證後，毋寧是哀傷」（"A bliss in proof and proved, a very woe"）。一開始人們以為是 "bliss"（福樂），但得等待我們去認證（"in proof"），經驗過後，原來自認為福樂的東西，卻被證明（"proved"）為我們懊悔的東西（"a very woe"），而我們以為是福樂的東西，也就變成了一場如南柯一夢的虛幻（"a dream"）。按："bliss" 若譯為大歡喜（佛語）最得箇中三昧。

莎翁詩中最耐人思索的地方，當然是結尾的對句了。「世人對此甚為瞭然，但沒人／能瞭然到躲得開這引進地獄的天堂」（"All this the world well knows; yet none knows well/ To shun the heaven that leads men to this hell."）。就像莎翁在

前面詩句所鋪陳的，"lust" 所帶來的傷害，是人人皆知的事實，但卻沒有人知道得那麼真切而得以逃避它的誘惑。句中原文的 "well knows" 與 "knows well" 又再度發揮了英語的特質，同具修辭與聲音之美。同時，句中天堂與地獄的喻況，也就是 "heaven" 和 "hell"，產生二元對立的張力，看似 "heaven" 卻實際帶領人類走向 "hell" 的通路，為 "lust" 下了辯證式的註解。

最後，說說此詩最特殊的地方。此詩的首句與尾句，尚有嵌字法（anagram）的使用。莎翁把名字嵌進詩篇裡，等於為這首詩簽了名。根據雅克慎（Roman Jakobson）在其經典論文 "Shakespeare's verbal art in 'Th'expense of spirit" 所闡述，該詩首行 "Th' expense of spirit in a waste of shame." 嵌進了 "Shakespeare" 的另一拼音： "Shaxpere"。這另一拼音散落在句中三個主要字彙裡："Expence"（嵌進 xp）、"spirit"（嵌進 spr）、"shame"（嵌進 sha）；從後面讀起，就是 "Shaxpere" 的發音了。同理，本詩結尾的對句則嵌入了其名 "William"。如果我們略過這對句中一些字母，把我們要的字母連起來讀，就跡近 "William" 的發音；這見於句中的 "well（嵌進 will）knows; yet（嵌進 y）none...men（嵌進 m）to this hell"。按："well" 是 "will" 的近音；"y" 讀如 "i"；而 "William" 中的 "a" 不發音。顯然地，雅克慎的解讀以語音為基礎。

結語

這首十四行詩可說主要是經由命題式（statement）或定義式（definition）的句子來闡述情慾（"lust"）。但莎翁經由特別的語言經營，使原本為抽象而靜態的格局，變成充滿張力與動態的詩篇。如前面講解所闡述，其中的 "in action" 與 "till action" 和 "knows well" 與 "well knows"；"in proof" 與 "proved"，其對語言潛力之發揮，實使人嘆為觀止。詩中對情慾所用的修飾詞，幾乎觸動了整個英語的語意世界；而同時，"in pursuit, and in possession so; / Had, having, and in guest to have" 更把英語時態發揮到極致。莎翁的語言藝術，在此詩可謂

表露無遺。

　　來個餘話吧！就這商籟系列而言，「說話人」與黑美人的正式交往始自第127首，而到了第129首兩人就進入了情慾的最高峰。以一首一月算，不過三個月，可謂不可思議。當然，在這以前他們應早已認識了。

11 | 我情人底眼睛並不如太陽（商籟 130）
威廉·莎士比亞

（My mistress' eyes are nothing like the sun, Sonnet 130, by William Shakespeare）

我情人底眼睛並不如太陽；

珊瑚遠比她底唇更紅；

假如雪為白，而她的胸脯居然是黑；

假如髮如辮，黑辮即長在她頭頂。

我看過粉紅、紅、和白玫瑰，

但從她臉頰上我看不到這樣的玫瑰；

而某些香料顯然遠比

我情人的口氣來得芬芳。

我愛聽她說話，而我很清楚知道

音樂有更悅耳的音色；

我自認我從沒看過女神行走，

而我的情人走路時卻是腳踏地面。

然而，以天為誓，我想，我的愛人，珍貴

一如任何被這些錯誤比擬所圍繞的美人。（1609 年）

引言

此詩是針對源於「宮廷愛」（courtly love）的佩脫拉克式（Petrarchan）「樣版美人」（stereotyped beauty）所作的反諷，語調輕快、簡易，富揶揄之趣。在詩中，「樣版美人」背後有著真實的「人間」女性作為其對照，而終能讓我們體會到「人間」女性的真實性底價值與溫馨，可謂筆力高妙。

相對於鄧恩（John Donne）的〈封聖〉（"Canonization"），雖同是對「宮廷愛」傳統的佩脫拉克式「樣版美人」的反諷，莎士比亞這首商籟體就輕快、簡易多了。

講解

這首詩可謂行文輕鬆愉快。前十二行以太陽、珊瑚、雪、玫瑰等做「比喻」，以「喻況」女人的眼睛、牙齒、胸部、臉頰等。然而「比喻」也是「比較」，需知「比喻」建立在「比較」上。同中求異，異中求同，為解讀喻況語言同時進行的交叉方向。慢慢讀來，我們最後發覺「比較」是從「相異」處發現「相同」的作業，而「比較」一觀念，居然在最後一行的 "false compare" 出現，我們幾乎可以說，莎士比亞身為創作者外，亦是一偉大的文學理論家，因為他了解「比較」就是「喻況」的基礎，而更了解到所有文學中的「比較」，都不免是一種「謬誤」（fallacy）。換言之，所有前十二行所作的「比較」都有謬誤。然而，前十二行中的「謬誤」並非出自莎士比亞，而是出自「宮廷愛」的傳統。莎士比亞所做的，乃是回響與回應「宮廷愛」中陳規的、刻板的、典範性的女性美麗；也唯有莎士比亞天才橫溢，筆力萬鈞，才能扭轉這種公認的女性的美麗。莎士比亞藉由含蓄的揶揄，解構了源遠流長的「宮廷愛」的「典範」美。

其實，就文化形成的角度來說，愛情是一種創造，尤其在「宮廷愛」形成的歷史中，更可見這種創造的過程。「宮廷愛」源自十二世紀間義大利吟遊詩人往來宮廷間所唱之抒情詩。他們創造出一種理想的愛情，根據權威學者的歸納，有四個特色：一、女性在此種愛情中地位高高在上（與現實生活相反）；二、這種愛情多是婚姻禮教外的婚外情；三、女性在這種關係中一定要冷酷無情，讓追求者鍥而不捨，苦苦追求，才顯得高貴；四、女性角色經常被理想化、崇高化、甚至宗教化，有時就像聖母瑪麗亞一般。就本詩舉例來說，在「宮廷愛」傳統中的貴婦，眼睛應如太陽般明亮，燦爛奪目，不可逼視。嘴唇應如珊瑚一樣鮮紅，而皮膚雪白，臉上應如玫瑰怒放，再擁有一頭金髮。然而，莎翁歌頌的「她」卻完全脫離了這一套審美標準。她的眼睛不若太陽明亮，嘴唇不似珊瑚豔紅，更是深膚黑髮的黑美人一個。她的口氣不比香水芬芳（用中文來說則是「吐氣如蘭」）；然而，這是與事實相違的，並不會有人的口氣比香水還香。由此可得知，莎士比亞的詩是以經驗為基礎。再往下一行，莎翁說她的聲音不及音樂美妙。莎翁繼續說，他沒看過凌波仙子步步生蓮花，而他的愛人卻是腳踏實地走路（讀者不妨想像踏踏作響）。至此，所有用以形容美麗的詞彙、比喻，都被莎翁的妙筆扭轉了，讓讀者覺得，那些「宮廷愛」所歌頌傳唱的美麗，好像都沒有那麼美了。前十二行的層層「錯喻」，讓讀者發現「宮廷愛」的美虛幻不實。女子的聲音不必像樂聲，因為 "I love to speak to her."，生活中兩人溫馨的相處互動是更重要的。若以「宮廷愛」的標準來審視，莎翁詩中的愛人並不美，並非虛無縹緲的女神；她是腳踏實地的人間女子，她的美是人間的，可親可期，並且存在你我之中、伸手可及的。如果我們願意放縱我們的想像力，這位黑美人似乎是大剌剌的，愛講話，講個不停，走起路來踢踢踏踏的。這是否也是非裔女性的樣板特寫？

最後對句（couplet）作結並點出主題：「然而，以天為誓，我想，我的愛人，珍貴／一如任何被這些錯誤比擬所圍繞的美人」。特別難能可貴的是，莎

士比亞雖深知前此種種比擬之謬誤，卻不藉否定前者來肯定後者，僅說兩者同樣珍貴美麗。他承認理想中宮廷貴婦的美好，縱然其虛幻不實，被許多「錯喻」所環繞。最後，我們可以認知到，任何作品都需要有好的讀者與詮釋者，在不斷的互動裡才得以發揚，作品的好處才得以被發掘。莎翁寫這結尾「對句」時，不一定知道其中的 "false compare" 在詩學或美學上乃是扭轉乾坤的千鈞筆力，也許當下只是神來之筆；誠然，特殊的旨趣須等待後人來發掘。當然，這只是餘話。

結語

莎翁這首十四行詩對「宮廷愛」所建立的成規化的美人，加以揶揄，作了解構，這正標幟著「宮廷愛」在英國文學傳統裡的衰敗與死亡。莎翁能把這審美標準打敗，有賴於他逆反的筆力；其揶揄，不露痕跡；並在這「解構」中提出了這有人間味的女性，吸引著我們。

此外，從詩中主角與黑美人的關係而言，詩中主角看著美人的梳妝，甚至她的黑色的胸部，聽著她滔滔不絕的講話，踢踢踏踏的走路聲音，已是生活在一起的氛圍了。而這首詩緊接著上一首關於兩人激情一刻的詩篇，也可謂發展神速了。

12 | 早安

約翰·鄧恩

（The Good-Morrow, by John Donne）

我懷疑，以真誠發誓，妳與我

相愛前何所為耶？那時我倆還未斷奶耶？

只是幼稚地啜飲著鄉野之樂耶？

或仍在七矮人洞中打著鼾耶？

定然如此！但這些歡樂只是幻覺。

假如我往昔遇到美女，為我所喜，

並為我所獲；只因以為那就是我夢寐以求的妳。

此刻，對我倆甦醒的靈魂說聲早安。

我倆靈魂看著對方不是因為害怕而提防。

愛，控制了所有愛的視線，

使得任何地方都變成私我小空間。

讓海洋探險者去尋找新的世界吧，

讓地圖展示一個又一個嶄新的世界吧。

讓我倆只擁有一個世界，各自擁有一個，但仍然是一個。

我臉在妳眼中，妳臉在我眼中，

兩顆真摯平和的心棲止在我倆臉上。

哪裡可以找到更好的兩個半球？

沒陡峭的北，也沒下傾的西？

成壞是由於其中元素沒有平等融合。

假如我倆相愛如一，或者說，妳與我，

愛相等，沒多沒少，那就沒成壞。（1633 年）

解讀

引言

　　詩題 "The Good-Morrow" 其實就是現代英語的 "the good morning"，也就是早安，向昨夜睡眠告別之意；但這「告別」也就意味著「甦醒」，故詩題本身是一個「巧喻」（conceit）。這象徵了在談戀愛之前，就好似在沉睡的狀態中，一直到有了愛情以後，人才像從夢中甦醒過來一樣。我們得注意，「說話人」與「受話人」的關係略異於一般情詩中者，因兩人已相愛，「受話人」親密地在「說話人」身邊；「說話人」的愛的傾訴，是愛的「確認」，而非追求時的「說服」。在這首情詩裡，詩人把愛情提高到最崇高的地位：詩人的生命是在擁有了此刻的愛情之後，才開始具有意義的。

講解

　　鄧恩運用了獨特的「巧喻」（conceit）的手法，世稱為「玄學巧喻」（metaphysical conceit），而根據稍後塞謬爾·詹森（Samuel Jonson）的說法，玄學巧喻乃是把許多不同性質的元素（"heterogeneous elements"），巧妙地強迫結合在一起（"yoked together"）。在第二詩節中，鄧恩引用了當時的「新科學」（new sciences）作為其「玄學巧喻」的素材。詩中的「說話人」說，「讓海洋探險者去尋找新的世界吧，／讓地圖展示一個又一個嶄新的世界吧」。這是一個以「地理」意象作為「喻依」（vehicle）的「玄學巧喻」；這反映著當時的

時代正好是世界各國運用航海技術向外擴張而不斷發現新地域的地理大發現時期。而「喻旨」（tenor）則是：只要兩心如一，則不需外求。「讓我倆只擁有一個世界，各自擁有一個，但仍然是一個」，表達了平等的愛情，他和他的情人都有一個屬於自己的世界，而兩個小世界結合在一起，形成了一個完整的大世界；提供了一加一等於一的新概念，可說是愛情的最高理想化。在此，詩人似乎回溯到古希臘以來「小宇宙」（microcosm）跟「大宇宙」（macrocosm）的概念：兩個人的世界就好像兩個小宇宙，經由完美的融合在一起後，就構成了一個大宇宙。其後，詩人也運用了望遠鏡變焦鏡頭的手法，拉遠拉近，在情人的眼中（眼球）可以看到縮小的自己。這同時表達了兩人「親昵」的情境。最後一詩節，含攝著一個「三段論」（syllogism）的推論程式，並以當時的經院哲學（Scholastic philosophy）作為論證的基礎：謂當所有的元素不是均勻地混合在一起時，物質將會變易而死亡消失；反之，當這些元素完全均勻地混合時，物質就可以永垂不朽。這裡意指愛情將同樣預期永恆。

在風格上，除運用「玄學巧喻」外，「字序」（word order）尤為突出。整首詩的「字序」都隨意顛倒得相當厲害，這做法一方面是為了配合韻腳的關係，一方面也特地增加了閱讀的難度與長度，而根據當代俄國形式主義（Russian Formalism）的美學視野，難度的增強會使到視覺拉長拉深，有利美學上的沉思。此外，口語化，以及一問一答的推演法，也是包括此詩在內的鄧恩「玄學詩」的特色。

結語

這首詩充分地表達了鄧恩玄學詩的特色，包括玄學的巧喻，字句的嚴重顛倒，口語化等。詩中的玄學巧喻，以地理學等新知識作為喻依，充分表達了當時的新科學，以及地域的新發現與英國海洋的擴張。

詩的內涵是愛情，把愛情高度理想化，把愛情提高到前人所不及的崇高境

地。更難能可貴的是，表達了平等的愛情觀，指出愛情不是個體世界的泯滅，而是一加一仍然是一的融合與擴展。在這點上，中國古典詩中：「把一塊泥，捻一個你，塑一個我。將咱兩個，一起打破，用水調和，再捻一個你，再塑一個我，我泥中有你，你泥中有我」（元‧管道昇〈我儂詞〉），其旨差堪可擬。當然，鄧恩的意象有玄學詩的沉思，而管道昇的句子則是帶有元曲詼諧的通俗；兩者並置一起，頗有對襯的趣味。

13 | 惜別：無須悲慟

約翰·鄧恩

（A Valediction: Forbidding Mourning, by John Donne）

當高潔之士平和地逝去，

向靈魂細語去吧之際，

一些悲慟的友好說，

已經斷氣了，而另一些卻說還沒有。

那讓我倆融合，靜靜無聲，

無須洪水般眼淚，無須暴風雨般嘆息；

那會是對我倆喜悅的褻瀆，

要是向不瞭解的局外人宣告我們愛的真蘊。

大地的震動會帶來傷害與恐懼，

人們知其所為與警告的含義；

而星球的運轉，移動

更劇烈，卻是無害的。

乏味的人間俗世的愛，

（以感官為其靈魂）不能忍受

原先構成那種愛的元素。

愛把我倆修煉得那麼美好

以致我倆肉體不知道分離為何事；

心靈的互信不疑，
對眼睛、嘴唇、手的不再接觸就沒那麼在意。

因而，我們兩個靈魂，其實為一，
縱然我必須離開，也能忍受；
因我們分離不是割裂，而只是一種擴展，
像黃金給捶打延展成空氣般薄透。

假如我倆靈魂為二，這二，
就得像圓規的兩隻孿生直腳；
妳底靈魂就像固定的那隻腳
毫不動搖；萬一移動，另外一隻也會跟上。

妳這隻腳挺立在圓中心。
當另一隻腳浪遊他方，
就側身傾聽它的動靜，
及至它回到原點才再直立回來。

妳將如此待我，而我必須
像圓規的另一腳斜斜地遊走。
妳的堅定使我的軌跡圓正，
使我的終點得以與起點合一。（1633 年）

引言

本詩的解釋向來無太大爭議，多解釋為男女離別的詩。近年有學者標新立異，強調 "mourning" 的追悼涵義，以為是輓詩。但我們仍認為這只是鄧恩（John Donne）慣用的「玄學的巧喻」（metaphysical conceit）技巧而已。所謂「玄學的巧喻」，根據塞謬爾・詹森（Samuel Jonson）的詮釋，是把「異質的東西強迫合在一起」（"heterogeneous elements yoked together."）作喻況。當時塞謬爾・詹森對鄧恩「玄學的巧喻」的批評是負面的。其負面評價是基於當時追求「和諧」（harmony）與「統一體」（unity）的美學標準。事實上，鄧恩的玄學的巧喻，其「喻依」（vehicle）包含了當時最新科學或地理上的新知，相當前衛。雖不協調，然而現在看來，則是極具巧思的喻況。

鄧恩的情詩表現出靈（spiritual）與肉（physical）既分復合的關係。在他之前，情詩往往強調靈而貶抑肉。但在鄧恩的情詩中，他將靈與肉兩者分開而又合一。就西方神學理念發展而言，天體運行的正確認知與地理上的發現新地域，對西方宗教觀及宇宙論造成衝擊，原有的宇宙界的「統一體」已不保，而世界是在解體的狀態。有些學者則認為，鄧恩詩中仍希望呈現一個「統一體」，藉由詩歌「試圖」重新獲得感官世界和心靈世界的和諧狀態；但是否成功，在學界爭議仍很大。

講解

這一首詩與一般情詩，尤其是「宮廷愛」（courtly love）的情詩，大不相同；詩中的女士並不是高高在上，而是已經與詩中「說話人」相愛，廝守在他身邊了。「說話人」只是透過詩歌來「再認」、來「歌頌」他們之間的愛情。

本詩以一個有趣的比喻開始，詩人將戀人間的離別，喻為人將死時靈魂離開肉體。有道德的人當他們離開人間時，他們向靈魂細語「去吧」之際，他的朋友卻為其是否已斷氣爭論不休。接著的「靜靜無聲」，已暗含下面「不足為外人道也」之意。一般人並不會了解戀人之間愛情的珍貴，當然戀人也不需要跟外人闡述。外人看待情人分離是為分手，就如看人的死亡，有人說斷氣了，也有人說還活著，爭個不休。接下來，詩人將「戀人的離別」巧妙的喻為「融合」（"melt"），離開時不需吵鬧，也不需淚水或嘆氣，而這也是鄧恩對「宮廷愛」的諷刺，他的愛情是有別於前人者，開放出新的情詩傳統。在第三詩節中，詩人運用另一個「玄學的巧喻」：地理上的知識，即地震與天體的自轉的差異。他表示天體的自轉（戀人的分離）比地震的震動還大，但卻是無害的。下一個詩節，首先點出人間（"sublunary" 為月的下方之意；在當時的宇宙觀裡，地球的位階低於月球）的事物是變動的，有成有壞，而俗世的愛情是不能永恆的，因其愛情的精要所在是 "sense"（感官），當分離時感官的接觸消失，愛情也消失了。接著下一詩節，詩人謂他們所擁有的乃是遠為精緻的愛情。身體（"selves"）已為愛所調教而變為精純，他們的愛是相互扶持照顧，較不關心肉體上感官上的分離。在第六個詩節裡中，詩人也以數學上「一加一仍然等於一」的巧喻，表現出戀人的分離，就如金的延展性，分離並不是「割裂」（"breach"）而是「擴展」（"expansion"）：「像黃金給捶打延展為空氣般薄透」。

接下來第七個詩節則是其有名的「圓規」巧喻。詩人延續之前的數學問題，若一加一等於二的話，那二必是圓規的兩支腳。詩人及其戀人是「固定的那支腳」（"the fixed foot"），平時並不會移動，除非兩個一塊動。動時，圓規的一支腳在中心固定，當另一支在外遊蕩（"roam"），固定的那支腳便會傾斜，而且傾聽，當他們直立時，他們就像「孿生」一樣合併一起了。最後，巧喻轉回詩人的愛情身上，詩人底愛人若堅定不變，就像圓規所示，詩人的愛情成就「圓正」，且使詩人回到他開始的起點。然而，這裡，可以做一個小小的幽默

推測：如對方不堅貞、不穩固，那就算劃出的圓不夠周正，也不能怪他了。

結語

　　鄧恩情詩中使用的「玄學的巧喻」是相當「知性」的，經由「知性」把性質不同的東西強迫結合一起。但仔細想來，卻兼具「知性」（Reason or Intellect）與「感性」（Sensibility or Passion）兩面。愛情是「感性」的，但使用的「喻況」卻都是知性的，如他利用地理知識把天體運動比喻為兩人的離開，而不是地震；或以當時的經院哲學的角度比喻愛情是建立在靈魂上而不是感官上；或把離開比喻為黃金塊，可以捶打得很薄，卻依舊連結在一起，表現真金不怕火煉；或運用圓規原理，將兩人分離比喻為圓規的兩腳。地理知識、哲學思維、黃金的延展特性、圓的幾何原理等的運用，都表現出鄧恩的巧思，而這也是鄧恩融合科學、哲學、地理所表現出的前衛性，也給了不同於宮廷愛的愛情詮釋與表達。

14 封聖
約翰‧鄧恩

（Canonization, by John Donne）

為上帝之故，請閉嘴，讓我戀愛去吧！
　　你們不妨責怪我風濕，或關節炎，
或者嘲笑我新添了五根灰髮，或破了產。
　　你們儘可以用財富墊高身分，用百般技藝改善腦袋，
　　　　為自己找個仕途，找個高位，
　　　　覲見皇上的龍顏，或者歡顏，
親睹皇上的真身，或者他印鑑上的臉。
　　　　儘量做你們想做的事吧！
　　　　那你們就無暇干涉我的戀愛。

嘿，嘿，誰因我底戀愛而受到傷害？
　　哪艘商船因我的「嘆息」而沉沒？
有誰說我的「眼淚」把他的田地淹沒？
　　什麼時候因我的「發冷」延誤了春天的來臨？
　　　　什麼時候因我的血管「發熱」使得
　　　　瘟疫死亡單上添上新的一員？
將士們照樣有仗可打，律師們照樣找到
　　　　一吵架就動輒興訟的人們，
　　　　雖然她和我依舊相戀愛。

你們愛叫我們什麼就叫什麼吧，我們是天生的情種。

　　說她是一隻蒼蠅，我是另一隻。

我們也是蠟燭呀，耗盡自身而死去；

　　但從我們身上同時可找到鷹與鴿。

　　　鳳凰謎語在我們身上更神妙，

　　　我倆，兩融為一，就是這更神妙的謎底：

異性別融合於這包容的中性別。

　　　我們如此死去就如此復活，

　　　愛情證實了這不可思議的神祕。

我們可為愛而死，如果不能為愛而生

　　假如我們的愛情故事不適合刻在棺與碑上，

它定能於詩歌之中得以棲身。

　　　如果我們愛的故事沒有資格寫入歷史，

　　　我們能在商籟裡建立美麗的穹廬。

　　　一個製造精美的甕，足以涵納

偉大的骨灰，毫不遜色於半畝的大墓地。

　　　世人已從這些讚美詩般的情詩中，

　　　見證我們因愛而封聖。

你們就以這些話語向我們祈求吧，　「您，

　　尊貴的愛情使您倆成為相互的歸宿。

對您們來說，愛是安詳，而今人的愛卻是爭吵較計。

　　　您們昔日吸引了全世界人的心靈，把他們

驅進您們眼睛的玻璃球裡

（您們的眼睛就這樣變為鏡子，而人們如此仰望

於是，他們就成了您們眼球裡的縮影）

人們在鄉下，在城市，在宮廷：一致地

祈求上天賜予他們您倆愛情的模式。」（1633 年）

解讀

引言

　　本詩的詩題〈封聖〉（"Canonization"）原是指修道者在經過聖蹟考察通過後得以受封成為聖人，在此情詩中，則將愛情提高到宗教的層面，因此作者及其愛人因其平和但偉大而不可改變的愛情，而受到後世人們的封聖，尊為情聖。一如鄧恩其他的詩歌，詩人在詩中用了許多「巧喻」（conceit）及「誇飾」（hyperbole）手法。本詩的語言，亦如其玄學詩的慣有特質。其一為口語化。全詩的語言非常平易，如我們在詩中第一行便可看到 "hold your tongue" 這樣的口語。其二為字序（word order）隨意顛倒，其功能在於延長視覺，增加文意上的長度，並造成「歧異」（deviation）的效果，而所謂「歧異」指的是將不相關或不協調的事物放在一起而造成不同的新效果。在結構上，卻有所新創，此即為時間的未來投射，將現在的世界投射於未來以回顧今日。最後，此詩對宮廷愛（courtly love）的「仿諷」（parody）（藉由模仿達到諷刺的效果），可視作對宮廷愛的告別。

講解

　　本詩共有五個詩節，前四詩節為詩人為其戀愛對局外人（詩中的 "you"）

所作的辯解以及反諷，第五詩節則將場景投射於未來，預設後世的人們對詩人及其戀人之間愛情的歌頌與祈福。此局外人，即其反諷對象，應為積極於功名利祿的廷臣，有若中國傳統中的仕宦階層。

在第一詩節裡，詩人身陷愛河，將愛情置於生活的重心，無論外界如何指責其耽溺於情愛，仍不改追求愛情的決心，不像一般人追求功名利祿、仕途得意，這對戀人只想相愛。詩節的前半用自諷的語氣，後半則帶有反諷的意涵。在第二詩節中，詩人非常有技巧地使用了仿諷，將宮廷愛症候群諸症狀，即「嘆息」、「眼淚」、「發冷」、「發燒」（"sighs," "tears," "colds," "heats"），加以誇飾反諷，說沒有人因我們相愛而受到傷害，並且使用了誇飾的手法將「嘆息」誇飾為暴風雨，「眼淚」誇飾為洪水等。此外，詩人也以反諷的手法，暗示戰士上場殺敵原是為了得到升遷的機會（而非保家衛國）、律師訴訟為了名利（而非真理）；在道德層面上並不比沉迷戀愛的自己更為高尚。

情愛主義（eroticism）是第三詩節的潛文本。戀人自詡為天生的情種，並以負面的比喻，把自己喻為繁殖快速的蒼蠅（"fly"），以及視自身行為如自我燃盡的蠟燭（"tapers"）；此二譬喻皆含有「性」的意味──「繁殖」有「性慾」的含意，而蠟燭成灰意指因性愛而體力耗盡。在十七世紀的情詩中，死亡（die 或者 death），更往往是性（sex）的相關詞（pun）。接著是鄧恩的「一加一仍等於一」的愛情玄學。「但從我們身上同時可找到鷹與鴿。／鳳凰謎語在我們身上更神妙，／我倆，兩融為一，就是這更神妙的謎底：／異性別融合於這包容的中性別。／我們如此死去就如此復活，／愛情證實了這不可思議的神祕」。此對戀人的合體，更達到了愛情的最高理想境界：兩個性別合而為一，成為唯一中性的新個體。與鳳凰的神話（浴火重生）相較，則更為神奇，這個譬喻更使得愛情、死亡及重生連接一起，開啟下個詩節愛不朽的命題。在第四詩節裡，詩人說，「我們可為愛而死，如果不能為愛而生」。其邏輯乃是性為愛所衍生，而死亡由性衍生，而死後因愛而封聖，而封聖更是一種更生，於是

生與死大輪迴於焉完成。這完成有賴於有如讚美詩般的情詩。因此，詩人說，即使我們相愛的故事不足以在墓誌銘流傳，即使不能於編年史（"chronicle"）上有所紀錄，至少可以被保存於詩歌中，寫在十四行詩（"sonnets"）中而封聖（由此可見在詩人心中，詩歌的價值大於歷史）。詩人並將美好的詩歌喻為精造的骨灰罈（"a well-wrought urn"）。「一個製造精美的甕，足以涵納／偉大的骨灰，毫不遜色於半畝的大墓地。／世人已從這些讚美詩般的情詩中，／見證我們因愛而封聖」。

　　第五詩節比較特殊。時間投射到將來。那時這一對戀人已因偉大的愛情而封聖，下界蒼生向他們祈福，祈求愛情，祈求愛的平安。說話人，也就是詩人，在此詩末節裡，預先為他們擬就祈禱文。「人們在鄉下，在城市，在宮廷：一致地／祈求上天賜予他們您倆愛情的模式」。這有點幽默，蓋此時戀人還在挨罵當中呢！這詩節裡有三點值得一提，一是他們示範的和平的真愛，一是他們預料的後世的愛的爭吵：「對您們來說，愛是安詳，而今人的愛卻是爭吵較計」。一是變焦鏡頭般的視覺，這一對戀人為世人所仰望，眾人就給攝進這對戀人的眼球裡。括號內的句子是進一步形象化居前的「您們昔日吸引了全世界人的心靈，把他們／驅進您們眼睛的玻璃球裡」，直接指出，戀人的眼睛成了變焦鏡頭的鏡子，而仰望他們的人群，就成了您們眼球裡的縮影；同時，括號是兩個半圓形，也形象化了眼球的外觀。

結語

　　本篇詩人寫自身與其愛人相愛的決心，並對他們的愛情加以頌贊。全詩處處可見愛情在詩人心中的崇高地位，及他們在情愛中所享受到的愉快與神奇。在詩中，詩人與其戀人已相愛，故本詩非一般單方求愛的情詩。以封聖為詩名，將愛情提升到宗教的地位，不是世俗的功名利祿可以與之抗衡或取而代之的；以巧妙的譬喻及機智的諷刺技巧，看待世俗的價值觀及人性；在戀人眼中，世

俗的一切皆比不上愛情的偉大。

　　時間的未來投射是詩人的特權：詩人不僅看到現在（不被敬重的愛情），更看得到未來（被封為情聖且為後人歌頌）。以過去式代表詩人所處年代的愛情是和平的（peace）與現在（祈求神的人們）的怒目相向（"rage"）的愛情相比，襯托他們這對戀人在愛情中的平凡但偉大，足已被封為聖人。由鄉野（"country"），到城市（"towns"），到宮廷（"court"），仰望情聖的人民，極度地縮小於這對情人眼下（"glasses of your eyes"）的寫法，近似望遠鏡的變焦技巧的應用，與當時新科學思維相表裡。

15 您創造了我，難道您底作品竟會毀壞？（神聖商籟1）

約翰・鄧恩

（Thou hast made me, and shall Thy work decay?, *Holy Sonnets* 1, by John Donne）

您創造了我，難道您底作品竟會毀壞？

修復我吧！我正匆匆走向終結。

我跑向死亡，而死亡同樣快速迎我。

我所有的歡樂彷彿已成昨日。

我模糊的眼睛不敢移向他處，

絕望在背後，而前面死亡投下

如此恐怖的陰影。我已然脆弱的肉體因罪

而更形耗損，隨著罪朝向地獄下沉。

只有您在上天，而我獲您容許，

朝著您仰望，我才得再度向上升起。

但我們狡猾的敵人誘惑我如此之甚，

連一個時辰我都無法支撐自己。

願您的恩寵給我堅強的翅膀阻擋他的詭計。

願您像磁石般把我如鐵的心吸過去。（1633 年）

引言

鄧恩（John Donne）的《神聖商籟》（*Holy Sonnet*）是一系列由傳統基督教觀點所寫就，獻給上帝的宗教詩歌，其中隱含了一些宗教內涵的矛盾卻又似非而是的「弔詭」（paradox）。如上帝既創「生」，為何又創「死」？既創「善」，為何又創「惡」？

此詩為《神聖商籟》的第一首。此詩為「說話人」（addressor）（在此即為鄧恩本人）向作為「受話人」（addressee）的上帝，傾吐其內心世界的禱告之詩。詩中表現出其與上帝之親近與親密情結，似相處多年的老朋友；一方面印證其為牧師之特殊背景，一方面也符合其「玄學詩」慣有的口語化與對話特色。

講解

首句「您創造了我，難道您底作品竟會毀壞？」呈現了一個小小的矛盾卻又似非而是的「弔詭」：人是被上帝所造，難道你的作品（人類）竟然會腐朽？這為下面將提及的走向死亡的處境埋下伏筆，思考人生走向終點時當如何自處。「修復我吧！我正匆匆走向終結」，略帶有「巧喻」（conceit）的況味，蓋「修復」（"repair"）一詞，讓讀者想像上主有如「陶匠」，懇求主「修補陶作」般重新「修復」他衰敗中的肉身。「我跑向死亡，而死亡同樣快速迎我。／我所有的歡樂彷彿已成昨日」，亦有「巧喻」的況味，蓋內涵數學的程式：「說話人」與「死亡」相向而跑，相遇「時間」變短，因而今日種種的歡樂彷彿已成昨日。「我模糊的眼睛不敢移向他處」，詩人用「模糊的眼睛」（"dim eyes"）表現自己昏花的老眼，表現其老朽，但眼神仍不敢稍離上帝片刻，因為

死亡在前頭等待。注意原文 "I dare not move my dim eyes any way" 的表達。我們習慣了 "anyway" 的用法，容易忽略了 "any way" 的用法，前者是轉折用的「無論如何」，後者是「任何之處」，這裡則作「他處」解。這一個用法，會產生新鮮感，讀時要慢些，兩字要清晰念出。「絕望在背後，而前面死亡投下／如此恐怖的陰影。／我已然脆弱的肉體因罪／而更形耗損，隨著罪朝向地獄下沉」。句中作者用了宗教詞彙 "Despair" 來表達其絕望情緒。"feeble flesh" 中的 "feeble" 一字與下文 "tempteth" 相呼應，暗示帶有原罪的肉體禁不起誘惑的試探。於是帶出基督教的信仰內涵：肉體的衰微凋零，是因原罪故（詩中的 "sin" 即 "original sin"）。原罪使人的肉身沉入地獄之中，並帶出下文向上帝求告之聲的轉折。

「只有您在上天，而我獲您容許，／朝著您仰望，我才得再度向上升起。」句中 "leave" 在此為「准許」之意，深層的含義是說，藉著耶穌的復活，人能夠仰望神的恩典，肉體也得以復活得著永生。接著看似圓滿的結局卻又出現轉折：「但我們狡猾的敵人誘惑我如此之甚」，撒旦的誘惑自古至今從來沒停歇，說話人自然無所逃。撒旦的誘惑使說話人似乎連一個小時都無法再繼續堅持走信仰正路，因而祈求上帝的 "grace"（恩典）救助。末句使用譬喻，祈求上帝如磁鐵，吸引說話人鐵般的心，為一正面結尾。文中所用宗教詞彙如 "Despair"、"Grace"、"sin" 等，以及其中所含基督教理念，如因原罪而必得死亡、上帝的救贖、永生的確鑿等等，在在印證其為宗教詩歌。

結語

讀者可能會覺得疑惑，照理說，應該聖潔無瑕的牧師為何所寫的詩，充滿著對罪的懊悔與人性的軟弱面？答案：其原因與基督教信仰有著密切的關係。在基督教信仰中，原罪（"original sin"）造成人與神的隔閡，而其中「罪」的定義又與一般社會上所認定有所不同，基督教信仰對人性中的罪惡有很深的認

知及嚴格的定義。罪的層面包括行動上的與思想性的，思想層面除了未付諸行動的罪惡思想外，也包括「未達美善」的意思，如自私、嫉妒、恨等等負面的思維或心態。基督教信仰看人的一生猶如天路歷程，必會遇上各樣困難與試探，如何奔走天路向著標竿直往而不被過程中的誘惑所引而迷失，就是其中的一大考驗。抬頭仰望上帝的恩典（grace），是每位天路客能夠堅持到底的祕訣。即使身為牧師，鄧恩也有自己所要面對的罪性與考驗，甚至處於更艱難的處境，因此他說自己不敢把眼睛片刻移開，只能靠神的恩典給予心靈的滿足與力量，如磁鐵般吸引他的鐵心，並帶領他前行。

這種獻給上帝求祂指引以救贖原罪的宗教詩歌，可說是基督教世界專有的。綜觀東西方論到人性罪惡面的宗教，基督教無疑是最為深刻。東方人的宗教觀有別於西方一神教的他律性，以及對於罪與罰的嚴厲界定。佛教雖有極樂涅槃與地獄的藍圖，但主要講慈悲為懷，萬法平等，眾生皆有佛性；道教也有地獄觀，卻保有老莊自得自化與天地精神相往來的要旨；儒家更非宗教，儒者以天道為精神信仰，那並非如基督教的人格神而是一抽象的道德本體，《周易》有云：「天行健，君子以自強不息」，儒者亟思以天道為憑去建立內在生命秩序，進而去建立人間秩序；其天道之認知則是建立在人性本善的基礎上。要之，儒道佛三家皆屬自律型的思維型態，對人性之善惡也未如基督教那樣有一套完整論述，當然就不可能產生鄧恩式的充滿仰望上帝、罪與救贖、永生嚮往之宗教詩篇。

16 | 我是巧製的小小世界（神聖商籟5）

約翰·鄧恩

（I am a little world made cunningly, *Holy Sonnets* 5, by John Donne）

我是巧製的小小世界，

由諸物質元素與天使般的靈體組成。

然黑暗的罪愆把兩者都出賣給無盡的夜。

物質與靈體這兩者，噢，兩者都必然毀滅。

您，在九重天外已找到

許多新的星球，註記上新的地名。

請把新的海洋潑進我的眼睛裡，那麼，

也許我能以真誠哭泣的淚水淹沒我這小小世界。

或者滌淨它，假如它不宜再度淹沒。

噢，它必需焚毀。唉，只因

情慾與妒忌之火一直焚燒著它，

使它更為惡臭。唉，讓這些惡火退去。

然後焚燒我吧，主啊，以我對您及您底聖家

火樣的熱忱！讓這神聖火焰捲噬我把我治癒。（1635 年）

引言

　　本詩是一首宗教詩，為鄧恩（John Donne）《神聖商籟》（*Holy Sonnets*）的第五首。首先，宗教詩往往表達了一種似非而是的矛盾弔詭（paradox）。人為上帝創造，人生應該美好，但卻是痛苦連連；而且，即使多美好，總是要消逝，這樣的矛盾往往令人感到困惑與焦慮。此外，宗教詩蘊含了許多宗教的母題（motif）與典故（allusion），需時時回溯到基督教的教義才能理解。十七世紀宗教詩蓬勃發展，在這當中，鄧恩可說是最重要的宗教詩詩人。他本身是位牧師，年輕時稍嫌風流。我們驚異的發覺，透過他的宗教詩，對基督教教義能有非常深刻的了解，感知地了解，尤其是對十七世紀的基督教教義。

講解

　　詩首句說：「我是巧製的小小世界，／由諸物質元素與天使般的靈體組成」。此句回溯到基督教教義之根本，即人由物質與靈體構成，而每一個人都是造物主所創造（"made"）這個說法，表示靈魂與肉體兩不可棄，而「靈魂」以「天使般」形容之，仍居上風。同時，也可回溯到古希臘哲學：每一個體都如同一個小宇宙（microcosm），而宇宙為大宇宙（macrocosm）。若與基督教連接，即意謂每一個人都是一個小宇宙，都處在上帝所創造的大宇宙中。"Cunning"（巧製）這個字在英文裡往往是負面的，例如 "cunning woman"，所指的即為很狡猾的女性。在本詩中卻是指極為美好、巧妙之意。除此之外，由 "cunning" 可延伸出兩個聯想。第一，古希臘人將所有的詩人和藝術家皆視為創造者（maker），能夠創作出精巧的作品。第二個聯想則溯到鄧恩本人，此句的言下之意是：他的每一首詩都是「巧製的」（"made cunningly"）；我們

甚至可以以「巧製的小小世界」（"a little world made cunningly"）來形容他的每一首詩。我們讀詩，正是需要如此發揮聯想力，以文本局部的相關內涵來指陳作者可能的多義暗示風格。

第三行再次回溯到基督教的觀點。西方習慣將 "sin" 和 "black" 連結在一起，因而鄧恩以 "black sin" 來描繪。「罪惡」把人的肉體與靈魂陷入永遠的黑暗中。在這樣的情況下，鄧恩感慨萬千的說道：「噢，兩者都必然毀滅」，意指我的靈與肉兩者必然都會因著罪而死去。從基督教觀點來看，這句話看似不合理，因為屬於物理界的肉體可以死去，但是靈魂不會死。鄧恩所說的死去，其實就是永遠與神隔絕。我們曉得鄧恩是一個非常有深度的牧師，但是為什麼他會寫出「然黑暗的罪愆把兩者都出賣給無盡的夜。／物質與靈魂這兩者，噢，兩者都必然毀滅」這樣的句子？我們必須將此解讀為：當一個基督徒反省得越深刻，就越會認識到自己內心的原罪。

在第五、六行中，鄧恩指涉了他所處的時代背景：隨著科學與天文學的突飛猛進，十七世紀的天文學家發現了許多新星球，地理學家發現了許多新海洋與新大陸。隨著這背景，鄧恩居然說上帝在九重天之外，找到新的海洋。這真是驚人之筆，可看作是其玄學詩所及之餘韻吧！

隨後，鄧恩在七、八句中，表達盼望上帝將新發現的海洋之水，注入其眼中，藉此得以用真心哭泣的眼淚，淹沒自身的小宇宙。這裡的眼淚並非為情愛所流之淚，而是「懺悔之淚」。西方宗教觀強調深切的懺悔，此處鄧恩有淨化（purification）的宗教意涵。因為人有原罪，故而需要懺悔，需要以水洗滌，以求淨化。

而在第九行裡，鄧恩展現其機智（wit），謂世界無法再淹沒一次，那就只有洗滌一途。這裡為《聖經》的用典（Biblical allusion），語涉《聖經》〈創世紀〉（"Genesis"）一章：上帝承諾在諾亞（Noah）之後，不再興洪水的故事。

除了藉由水來「淹沒」或「洗淨」，以達「淨化」外，鄧恩在接續的十至

十四行裡，呈現另一種「淨化」的方式，即「火」。浴火，本身就寓有「淨化」之意，一如鐵砂經由火燒，可以焠鍊成鋼，火鳳凰得以因此獲得更生。火的淨化強度，甚至比水更完全、更強烈。本段中出現三個 "burn" 字，分別意指最後審判前的大火、慾與妒之火，以及宗教熱情之火：「噢，它必需焚毀。唉，只因／情慾與妒忌之火一直焚燒著它，／使它更為惡臭。唉，讓這些惡火退去。／然後燃燒我吧，主啊，以我對您及您底聖家／火樣的熱忱！讓這神聖火焰捲噬我把我治癒」。虔誠的鄧恩，透過深切的宗教反省，在生命對純潔（purity）的絕對要求之下，了解人性如此脆弱醜惡，因而祈求，用對上帝的熱忱之火，將自己燃燒，淨化，而得救贖。

　　身為基督教牧師的鄧恩，他的詩顯示了原罪思想與仰賴神恩救贖之熱切渴慕。這乃是基督教義的特質。試與佛教詩作對照：基於佛教「一切有為法，如夢幻泡影，如露亦如電，當作如是觀」，「五蘊皆空」的世界觀，以及自我勤修戒、定、慧，以息滅貪瞋痴妄諸惡的開悟解脫之道，由此產生的詩歌，大抵不脫「菩提本無樹，明鏡亦非臺，本來無一物，何處惹塵埃」（禪宗六祖慧能偈）「空」的覺悟，以及「盡日尋春不見春，芒鞋踏破壟頭雲，歸來偶把梅花嗅，春在枝頭已十分」（唐比丘尼《悟道詩》）的「明心見性，佛心不假外求」之證道過程；與鄧恩詩中神恩與原罪強烈對比，凡人唯有從煎熬折磨中祈求救贖的宗教心路，兩者之間可謂大異其趣啊！

結語

　　十七世紀的宗教詩，因其豐富的宗教語涉，故解讀時須回歸基督教的教義，才能正確理解。鄧恩身為一位虔誠的牧師，卻認為罪惡會將自身的靈魂及肉體，置於無盡之黑夜，最終死亡而與上帝隔絕。這倒不是說鄧恩對自身信仰缺乏確鑿的信心，而是因著他深切的宗教反省，自覺人類罪孽深重，必須透過水與火的淨化，在上帝熱情的榮光裡，才能獲得救贖。全詩經由眾多的基督教

母題（motif）及語涉裡，直指西方基督教所強調的原罪、懺悔、淨化、救贖的歷程。鄧恩詩中所述，正是所有虔誠基督徒的心路歷程。

17 病中，禮頌上帝，我的上帝

約翰·鄧恩

（Hymn to God My God, in My Sickness, by John Donne）

既然我正走近那聖室，

　　在那兒，我將成為您底音樂，伴隨著您底

聖者唱詩班，吟唱不斷。

　　在這裡，在這門前，我調好我的樂器，

　　在這裡，預先想想，我應該怎樣做。

醫生們，出自愛心，都變成宇宙地理學家啦，

　　而我成了他們的地圖，平躺在

這床上。他們會指指點點說，

　　這裡是我西南版圖的新發現，

　　經由發燒海峽的通道我走向死亡。

我喜悅，沿著這些海峽我見到我的西方。

　　水流一去從沒把人帶回，

然我的西方又何能傷害我？

在地圖上都是一體的平面

　　（我也是一張地圖），那麼死亡也連接著再生。

我的歸宿是太平洋？還是

東方富裕的土壤？還是耶路撒冷？

白令、麥哲倫、直布羅陀，

所有的海峽，都僅是海峽，皆為通道，

　　無論其為雅弗、或含、或閃三兄弟後代生活的地域！

我們認為樂園與髑髏地，　　　　　，

　　耶穌的十字架與亞當的蘋果樹，都站在同一位置。

看，主啊，兩個亞當在我身上交會。

　　第一個亞當的汗水流滿我臉上，

　　願最後亞當的血擁抱我的靈魂。

主啊，請以他沾染紫色血漬的裹布受納我，

　　以他荊冠的棘刺給我製造另一荊冠。

我向他人的靈魂宣導您的誠言，願以同樣的

　　誠言做為我自身的讀本，向我自己佈道。

「因而他得以扶起那些上帝先讓他受折磨然後得救的人。」（1635 年）

解讀

引言

　　根據 Izaak Walton 寫的鄧恩的傳記，這首詩是在他晚年的歲月裡所寫下的，可能寫於一六二三年十二月；他死於一六三一年。全詩表現出鄧恩一反傳統對死亡的恐懼，並確信他死後一定會得救，而成為「聖家」（holy family）的一員，入選唱詩班，伴隨在主身旁。以鄧恩盡守神職一生而言，此種自信應無違反基督教中的「驕傲」（pride）誡律之嫌。題目中 "to God, My God" 的遣辭，表示出鄧恩與上帝（人與神）之間的親密關係，這同時也是基督教人神親密的宗教層面。

講解

總體而言，詩的主題圍繞在「生死本一體」和「自我救贖」上。在第一節中，鄧恩明其志，希望死後能與上帝同在，加入神的「唱詩班」（"choir"），永遠為神歌唱，成為聖徒。他使用「提喻」（synecdoche）的手法，以部分代全體，「聖室」（"holy room"）實指「聖家」（"holy family"）。

第二詩節中，使用「玄學的巧喻」（metaphysical conceit），以當時天文地理大發現的狂熱，作為「巧喻」的來源。他把自己身體比喻成地圖，熱心的醫生們則比喻成航海家們。當航海家發現一個新地方時，就如同醫生在他身上發現一個新病灶。所謂「玄學的巧喻」，也就是巧妙地把不同性質的東西，近乎勉強地結合在一起。

第三詩節中，鄧恩繼續其「地理上的巧喻」（geographical conceit），平面的地圖對接起來會東西連接，明言死亡對他來說，即是「復活」（resurrection）。鄧恩用海峽（straits）來比喻通往死亡的通道，藉由海峽，他看到了他的西方，也就是看到了死亡。西方文學傳統裡，西方代表死亡，而東方代表生命與復活。鄧恩承認，河水西流，水流從沒帶任何人回來，但西方（死亡）對他有什麼傷害呢？就像當地圖折合起來之際，東西兩方相接融合，西方代表死亡，東方代表重生，生死相連，視為一體。

第四詩節，主要是詢問宗教的問題，這問題亦是基督教常存的 "paradox"（似非而是而表面矛盾的弔詭）。鄧恩認為不管是太平洋（Pacific Ocean）或是東方富庶之地（指印度），或是耶路撒冷（Jerusalem），都只是通道，走向同一歸宿，乃是萬物同宗的象徵。海峽，被視覺地譬喻成通往最高歸宿——上帝的通道，傳達出「萬道歸一」的理念。諾亞（Noah）的後代，即雅弗（Japhet）、含（Cham）、閃（Shem）三兄弟衍生的族群，雖分布在不同的地域，但四海一家，皆同宗同源，歸屬於上帝。

第五詩節，鄧恩發揮宗教「一體兩面」的思維法則，並隨後表達自我救

贖的概念。上帝的樂園與基督被釘死的所在地，基督背負的十字架（"Christ's cross"）與亞當的蘋果樹（"Adam's tree"），都是一體兩面，互為因果，互為預設，互為涵蓋。「第一個亞當」（the first Adam）和「最後亞當」（the last Adam），一個是原罪者，另一個則是救贖者，均融匯於鄧恩身上。「看，主啊，兩個亞當在我身上交會」，就是指我身上有罪，但也因基督為世人贖罪而獲救。根據《聖經》，當第一個亞當被趕出樂園，上帝訓誡他「流汗才能獲得麵包」；第二個亞當，也就是耶穌基督（Jesus Christ）為我們救贖而犧牲、流血。兩個亞當的意象在鄧恩身上重疊，代表著得救不是由上帝降臨，救贖便垂手可得，而是須經自我救贖的過程。在人生中，個人必須背負原罪的命運，但人人得以效法耶穌，背上耶穌的十字架，洗清自己的原罪，而這就清晰地表述在以下第六詩節中。

他祈求上帝用耶穌基督沾血發紫的屍布包著他、接受他，讓他重生，並讓他戴上耶穌用過的荊棘做成的荊冠。這效法耶穌基督以自我救贖的宗教理念，非常重要。鄧恩期許自己以身作則，他講道時所宣揚的教義成為他的讀本，他對著大眾宣道也是對著自己宣道；不是僅向別人講，也是對自己講。這太棒了，因為太多的人，只是對別人講道理，自己心裡卻是空空的，甚至自己也不知自己說什麼。當代記號學（semiotics）的首義，就是所有的記號或符號，包括語言記號，都是可以作假的。就連宗教也常被一些偽善者利用為欺世盜名的幌子，到處招搖撞騙。莫里哀（Moliere）的名劇《偽君子》（Le Tartuffe），其中的主角就是最經典的例子。鄧恩在詩中表達的才是一個真正虔信的基督徒，要求自己表裡如一，只講自己所確信的上帝誠言，並且以此要求自我真誠實踐。

最後的詩行 "Therefore that he may raise, the Lord throws down." 有引號及沒有引號的兩個版本，無論引號之有無，此末句皆為全詩總結之語。這個詩行，語義模稜，我認為可有兩個解釋與翻譯，關鍵在於如何解釋 "throws down" 以

及為 "throws down" 的是什麼。這兩個可能的解讀，一為「因而他得以扶起那些上帝先讓他受折磨然後得救的人」，一為「因而，願他能高舉起上主掉下來的誠道」。第一個解讀，內含一個弔詭的辯證，受磨難才能得救，詩中的耶穌基督的生命歷程即為見證。第二個解讀與翻譯，是順著全詩文勢，解作鄧恩的自我期許：以自身的虔信實踐，以傳承並宣揚上帝遺留的教義。句中主詞的「他」指有如鄧恩的力行的傳道者。

結語

　　鄧恩晚年，以為他與死亡相距不遠，寫下了〈病中，禮頌上帝，我的上帝〉以明志。詩中可看出他對自己一生行徑的肯定與信心。鄧恩在詩中沿用了他慣常的「玄學的巧喻」，以「地理」作為其「喻依」的素材（「喻指」則為他要表達的教義與心路歷程），與當時亟欲發現新世界的航海狂熱相銜接，表現出他詩作的當代感。同時，在詩中他深度地詮釋了基督教自我救贖的精神，一體兩面的弔詭思維等，讀者讀來應對基督教義有所感受與認知。

18 給希里亞（歌體）

班·瓊森

（Song: To Celia, by Ben Jonson）

請以妳一雙明眸向我敬酒

　　我也會以我的眼神回敬。

或者，留一個吻在杯上，

　　我再也不會尋酒以解渴。

靈魂升起的飢渴，

　　要的是神聖的仙露。

即使我能夠喝到宙斯的瓊漿玉液，

　　我也不願以妳的吻痕交換。

近日我送給妳玫瑰花環

　　與其說是讚美妳，不如說

給予花環它一個希望

　　從此它不會再殘凋。

只要妳在它身上吐一口氣，

　　把它送回給我便好。

我發誓，從此它生長，綻放出的芬芳，

　　不再是它自己，而是妳。（1616 年）

引言

　　我們不妨先著眼於 "Song"（歌）這個「詩類」（genre）。"Song" 是用來歌唱的，因此內容往往較為簡易，韻律優美，且富有節奏，適合拿來歌唱。再來看題目中的 "To Celia"，我們可以感受到本詩有相當明顯的「受話人」（addressee），也就是 "Celia"。"Celia" 這個美麗的名字就是詩中「說話人」（addresser）所愛的女士。歌往往是代言體，所以詩中的「說話人」，不能等同於作者（詩人）本人。詩中的「說話人」以懇請、謙卑的語氣來訴說，表現出追求過程中「女尊男卑」的男女關係；這可看作是「宮廷愛」（courtly love）的影響或殘留。本詩的作者班・瓊森（Ben Jonson）是位桂冠詩人。此詩高貴優美，充滿了「機智」（wit）。「機智」是文藝復興時期情詩特質之一。所謂「機智」（wit），就是寫得很巧妙，想法很巧妙，別人想不到的，自己卻想得到。詩中，「說話人」以「機智」，以妙想來博得美人垂青。

講解

　　首節的「機智」藝術效果是建立在「語意上的改變」（semantic shift）以達到「機智」之效：將事情由一個層面轉移到另一個層面，將「敬酒」（"drink to me"）轉移到用「眼睛」來敬酒以及回敬的另一個語意層面上，即是情人間眉目傳情。在此 "pledge" 原是敬酒或回敬，卻同時隱含宣誓或山盟海誓的弦外之音。接下來詩人繼續以「語意上的改變」這一技巧來表現其機智。他的 "kiss" 不在臉、不在唇上，而是轉移至杯子上，寫出「說話人」希冀情人在杯子上留下一吻，而這個吻將勝過美酒，令「說話人」醉倒。並謂靈魂深處引起的飢渴，只有仙液才能解。這裡所謂的「仙露」說穿了不過是「口水」（saliva），

也就是之前所提過的 "kiss" 的延伸。由此我們可以看出「說話人」已對情人崇拜到至高無上的境界；情人就如同是天上的仙女（goddess）那樣的神聖、珍貴，即使是天上的瓊漿玉液也無法取代她的一吻。第六行的 "might" 表示假設語氣，第九行的 "late" 不是遲到之意，而是指「最近」。第十與十一行的 "not so much A as B" 的語法，可解釋為「與其說是 A 不如說是 B」，意即與其說是去讚美妳、奉承妳，不如說是給這個玫瑰花環一個希望，希望妳能在花環上吐一口氣，這樣它就不會凋謝了。這是「說話人」對情人的間接讚美，不直接說出情人的美麗，而是將情人比喻為女神，只要她輕呼一口氣，花朵就永不凋謝。在最後的兩行，「說話人」又再一次表現其巧妙的「機智」手法：其中的 "smells" 不是臭味，而是「芳香怡人」之意；而 "I swear" 則有裝腔作勢之況味。在「說話人」的嗅覺想像裡，這芳香並不是來自玫瑰花環，而是 lady 身上所散發出來的體香。

如果我們願意「解構」一番的話，我們可以說「說話人」已經為他的情人神魂顛倒，並同時將情人「物質化」，並產生了強烈的「占有慾」。想要把情人當作一個財產來變相的占有她，具有某種程度的戀物癖般的性幻想（sexual fantasy）。

結語

事實上，本詩乃是自古希臘一位名叫 Philostratus 的哲學家所寫情書中，摘選五段章節所剪貼而成，再經詩人「點鐵成金」的藝術處理，成為今日我們所看到的樣貌。為何說是點鐵成金呢？首先本詩的韻律非常優美（a a b a, a a b a, c d c d, c d c d），規律中有流動，流動中有規律。此外本詩充滿了作者的「機智」，如用眼睛敬酒隱喻情人眼波醉人；杯上留下的唇痕，隱喻成仙醪不換的唇吻；呼氣使花不凋，隱喻情人吐氣如蘭，並喻作仙女；處處可見作者的巧思。而由情人呼氣使花不凋，乃至綻放花香而成情人體香，這一段蒙太奇手法更表

現了魔幻般的想像力。

　　當我們在閱讀這首詩時，還有件事值得注意，我們不妨以當代女性的觀點來看待這首詩，來體會並批判「說話人」如何將自己的慾望投影在情人身上；我們也許不妨問，如果我們身為詩中的「受話人」（即詩中的女角），我們會如何感受呢？

19 邀友共進晚餐
班‧瓊森

（Inviting a Friend to Supper, by Ben Jonson）

今夜，嚴肅的閣下，我與家人

渴望與你作伴共進晚飯。

不是說我們值得您這麼高貴的客人駕臨，

而是您高貴的閣下能榮耀我們的宴席。

您及隨您來的賓客，其雍容優雅使宴席

增添光輝，否則宴席就無可稱道了。

閣下啊，是您的欣然接受，得令

我們的款待完美，而非佳餚。

您將有橄欖、酸豆、或者其他美好的沙拉，

用以配搭羊肉，作為開胃菜。

接著是矮腳母雞，看能不能找到

肚裡滿是纍纍的卵，以檸檬及酒

作為調醬。當然，我們不會為了

撙節，而省掉兔肉大餐。

這個季節，禽鳥不多，但陪客雅士倒是有的，

如天空沒塌下來，我想應該會找到雲雀來佐餐。

我可以騙您，告訴您更多珍禽佳餚，這樣您就會來。

鷦鴣啊，山雞啊，鷸鳥啊，

此際也許還有一些；或者塍鷸，假如我們抓得到。

還有結鳥、刮鳥、綸鳥等屬的野鳥啊！無論如何，鄙舍文士

席間將為我們吟誦一段維吉爾、塔西圖斯、

李維阿斯，或者其他名家的美好篇章；席間，

在美味佳餚中我們可暢談彼此的心得。

在此聲明我不會朗誦我的詩。

萬一出現了，那不是我的本意，

而是墊在糕餅下的稿紙不小心露了出來，並非故意表現。

幫助消化的乳酪與水果一定會有。

而那最能抓住我與我的繆斯的，卻是

一杯醇香而口感豐富的金絲雀牌葡萄酒；

此刻酒還在美人魚酒館，但不久就是我的啦！

假如昔日的賀瑞斯或者亞奈克雷昂有機會品嚐，

他們的生命會與其詩行一般永垂至今啊！

菸草啊，瓊漿玉液啊，或者費斯比清泉，

與之相較有若平淡的路德啤酒，哎！

酒，隨意喝，但我們會節制。

絕不會有 Pooley 或 Parrot 的情治人員在旁。

我們的酒杯交錯也不會帶來後悔。

分手時就猶如相見時

一般，坦然自在。歡樂的席間

沒人會講任何話，讓人

隔天早上感到不安，或者害怕

今夜享有的自由被剝奪。（1616 年）

引言

　　班·瓊森（Ben Jonson）作為英國的桂冠詩人，平日交遊者應不脫達官貴人之輩，其詩亦往往有應制之作；而其詩風則為學者所界定的「公眾體」（public mode），即非純粹私我之抒情，而是向公眾的發聲。英國桂冠詩人此一制度的沿革，隨時代而略有更易。大致來說，為終生職，皇室給與年金（pension）供奉（及至晚近，年金只是象徵性而已），並期待其在王室登基及凱旋等國家大典上獻詩。其制可上推到王室給與班·瓊森年金始，雖其時桂冠詩人的頭銜尚未正式成立。稍後的德萊頓（John Drydon），則為正式獲此頭銜者，然後世仍多把班·瓊森視為第一位桂冠詩人。

　　本詩可視為班·瓊森應制詩作以外的「公眾體」之佳例。這首詩體裁較為特殊，是一般詩歌中較少見的書信體，甚至是便條式的書寫。如詩題所言，其主旨在於邀請對方來家中作客用餐。詩中的主體為菜單，但寫來幽默。宴席中也會提供詩類及史類名著的朗讀，可見賓主的風雅及愛好。最後提到陪客中不會有身分隱藏的情治人員，大可放心，可見主賓崇高的政治身分。這首詩可看到十六世紀前後貴族宴會交遊的成規與實況。

講解

　　若將本詩分為幾個部分細讀，大致上可以分為幾個部分。本詩開頭大致上是邀請函的開場白，也就是一般敬語和客套話。在這一節中，詩人誠摯而客氣地表明自己期待客人的心情。當然，這就免不了一些類似「蓬蓽生輝」或「大駕光臨」之類的恭維話。「不是說我們值得您這麼高貴的客人駕臨，／而是您高貴的閣下能榮耀我們的宴席」（"Not that we think us worthy such a guest, but that your worth will dignify our feast.”）。雖說是奉承，然而作者的豐富詩才，卻能將平常的社交語言，寫得如此巧妙，不愧為桂冠詩人。

接著，詩人描寫宴會上準備的珍饌佳餚，讓人透過想像的味覺，激起赴宴的欲望。在這幅色香味俱全的織錦畫中，首先端上桌的是清爽的前菜──也就是由橄欖、續隨子（一種地中海果實）所點綴組成的生菜沙拉，配搭羊肉。接著的是淋上檸檬醬汁的嫩雞，裡面還有滿滿雞卵，表示是稚雞。接著，主人更預告道，昂貴的野兔將會是桌上佳餚，而雲雀（“larks”）等禽類也成為桌上餐點（此處的 “clerks” 指的是晚宴上的學者陪客，選用此字是為了與 “larks” 形成押韻）。「我可以騙您，告訴您更多珍禽佳餚，這樣您就會來」（“I'll tell you of more, and lie, so you will come.”）。此句更精采，呈現出詩人戲謔一面。請注意 “and lie” 二字，表示是騙的，不是真的。這表示接著的野鳥大餐，並非真的，我們讀者千萬不要誤讀。一般來說，既然表明騙人，別人當然不會上當。然而，詩人卻刻意違反常理，仗著他的詩人天賦特權反其道而行，宣稱自己會不惜向客人扯謊來達到目的。這裡所展現的正是詩人身為語言遊戲者所持的獨特態度與語言能力，讀者只覺得其幽默，而不會介意其騙人。

宣告前述珍饈之後，味覺的饗宴如在目前。由於賓主皆是高貴風雅之士，想當然爾，隨之而來的必然是心靈、智識上的交流激盪。此時，詩與酒這兩者定是不可或缺的良伴。若要吟詩以助雅興，當以名家之詩文下酒最佳。

席間，雅士們將吟誦維吉爾（Virgil，古羅馬詩人）、塔西圖斯（Cornelius Tacitus，古羅馬史學家）、李維阿斯（Titus Livius，史學經典《羅馬史》的作者）等詩人及歷史散文家的作品。英國像中國一樣，古代也是文史不分，史學家往往同時也是歷史散文家；司馬遷的《史記》是歷史鉅著，同時也是散文典範。詩中席間朗誦詩歌和歷史散文，也涉及政治典章與經世治國層面，應符合所邀貴賓的身分。謙虛的主人此時發出聲明：我不會讀我自己的詩，若您不小心看到我的詩，那肯定是因為被用來墊糕點的稿紙，不經意從糕點底下露了出來。

絕不是我故意展現！詩人的幽默詼諧在此詩行間可見一斑。

值此盡興之時，有詩文而無酒，豈不掃興，而唯有美酒才能與詩文佳篇相稱，方能激發心靈的繆思（muse）。於是主人貢獻出（猜想應是私藏多時）入喉溫潤的 Canary 牌葡萄酒以饗賓客。如賀瑞斯（Horace，古羅馬詩人）或者亞奈克雷昂（Anacreon，古希臘詩人，以酒歌出名）這兩位古代酒國詩人，當年如果有幸得以品嚐此美酒，他們亦將長生不老，有如其詩至今永恆不朽。相較之下，其他浪得虛名的名酒，在主人眼中看來，其實跟廉價啤酒無多大差別。

酒酣耳熱之際，人們難免酒喝太多便得意忘形，甚至因酒醉失言而惹禍上身。在隔牆有耳的皇權時代，即使身為貴族亦得小心語言，以免陷入罪罰。彷彿料想到了客人這層顧忌，詩人向對方保證，彼此適量的飲酒絕不會導致酒後的失言和隔天的懊悔，更保證絕對不會有密探隨侍。如此宴會後道別，我們不難想像，賓主往後見面皆能心照不宣，對於宴會之事絕口不提，以策安全。

我們會注意到，這貴賓在詩中個性不明顯，只能從酒席間所朗誦的詩歌與歷史散文，而推知一二；隱匿姓名身分，也是重要的，因為貴族實為權貴，其交往亦不宜公開。

結語

作為一封邀請函，這首詩可說是面面俱到。一開始的尊敬奉承之詞，珍饈佳餚的鋪陳，以至於心智（詩酒）的交流，甚至最後為免賓客恐懼失言招災而作的保證，在在都表現了作者細膩周詳的結構和表述能力。詩中亦穿插著詼諧的語言，在誠摯邀請的同時，顯現出一種愉悅和優雅──這正表現出其「公眾體」之詩風。作為一個貴客，收到這樣的文情並茂的邀請，怕是想拒絕也難了。總體而言，把一封邀請函或便條，轉化為一首清新有趣、詼諧，而社交禮儀上面面俱到的詩，實是難能可貴。同時，我們也可從此詩中略窺其時貴族宴席往來的一些成規與流風遺韻。

20 懷念我愛慕的莎翁，兼及他留下的文化遺產

班・瓊森

（To the Memory of My Beloved the Author, Mr. William Shakespeare, and What He Hath left Us, by Ben Jonson）

莎翁，我無意引人妒忌您的大名，

當我在您底著作與名聲上閑逛著墨；

坦白說，無論人與繆斯

如何讚美您的著作，皆不會過譽。

事實如此，所有人都投票同意。

然而，昔人對您的讚美途徑都不是我所認同。

最愚昧的無知也會碰巧講對，

運氣來時會回響別人正確的說法。

或者，盲目的鍾情，這不會

推進真理，只是全靠機率去摸索去推測而達到。

或者用詭詐的惡意假作讚美，

看來是抬舉，居心卻是去毀滅。

這些人就像皮條客或者妓女

講些讚美寡婦的話。什麼話會比這對她更帶來傷害？

您本身即是對這些辭語的最佳反證，

無疑地超越這些評論家的命乖或者匱乏。

我要發軔出聲了。啊，時代的靈魂！

喝彩！愉悅！舞臺的奇蹟！

我底莎士比亞，起來吧！我不願意把您

與喬叟，或史賓塞並排，或者請博蒙特

躺遠一點，挪個空位給您。[1]

不，您是沒有墓塚的豐碑，

您還活著啊，只要您的著作還活著，

而且人們有腦筋去閱讀，去讚美。

我的腦袋不容許我，把您與那些偉大

但仍與您有差距的繆斯們，混在一起。

只有當我的判斷陳舊過時，

我才會把您與您的同輩相提並論，

說，您如何遠遠地亮麗過里黎，或者

冒險的基德，或者詩行雄渾的馬洛。

雖然您拉丁文懂得不多，希臘文更少，

然我不會從古希臘與羅馬叫喚名字來與您媲美，

而是把如雷貫耳的埃斯庫羅斯，

歐里庇得斯，以及索福克勒斯叫喚到面前，

叫死去的帕庫維烏斯，阿基烏斯，與辛尼卡復活，

請他們去聽您的短統靴在臺上有力鏗鏘，

---

1 詩中提到的喬叟（Chaucer）、史賓塞（Spenser）、博蒙特（William Beaumont）為英國大文豪；前兩者為詩人，後者為戲劇家。三人都葬在西敏寺（Westminster Abbey），而莎翁則葬在（Stratford）。三人皆為莎翁的前輩，而莎翁的同輩，則提到里黎（John Lyly）、基德（Thomas Kyd）、馬羅（Christopher Marlowe）三位詩人。其後，班‧瓊森詩專注於戲劇上。悲劇方面，詩人提到的埃斯庫羅斯（Aeschylus）、歐里庇得斯（Euripides）、索福克勒斯（Sophocles）為古希臘三大悲劇家。帕庫維烏斯（Marcus Pacuvius）、阿基烏斯（Lucius Accius）、辛尼卡（Seneca the Younger，即原詩中的 "him of Cordova"），為古羅馬悲劇家。喜劇方面，詩人提到的亞里斯多芬尼（Aristophanes）為古希臘喜劇家，而泰倫斯（Terence）與普勞圖斯（Titus Maccius Plautus）為古羅馬喜劇家。

搖動整個舞臺；或者，當您穿上平底襪鞋，

我也不會把您與無禮的希臘或傲慢的

羅馬所能提供的戲劇家並論，

即使他們從骨灰裡走過來。

凱旋啊，我底英倫。您推出一人，

卻讓所有歐洲劇場的尊榮都欠他一份功勞。

他不屬於一個世代，而是屬於所有的時代！

當所有繆斯還在青春時刻，

他像阿波羅，走前來溫暖我們

的耳朵，或者，像墨丘利神，引人入勝。

自然她自己以您所創的藝術形式為傲，

並且樂意戴上您的詩行以為她的藻飾，

如此豐富地編織在一起，如此針線高妙，

有若她從此不再恩賜於他人更高的才華。

歡笑的希臘人！那尖酸的亞里斯多芬尼，

利落的泰倫斯，以及機智的普勞圖斯，目前已誘人乏力；

老古董啦，只能躺在那兒荒棄，

好像他們不再屬於自然的大家庭。

然而，我不能把一切歸功於自然！您底藝術，

我優雅的莎士比亞，同樣享有屬於他的一份功勞。

詩人的素材來自自然，

他的藝術卻給予她形式。要熔鑄寫就

活生生的詩行，詩人必須揮汗，

（您就是這樣）在繆斯的鐵砧上，再次

敲出火花；同樣使勁轉動造化之大鈞

（物我合一），窺心象而運斤。

否則妄想獲得桂冠，只會換來嘲笑！

好的詩人是天生也是後天養成。

您就是如此啊！看，父親的臉

活在孩子身上。即使如此，

莎士比亞族的心智與風采，卻

閃亮在他底製作巧妙而底蘊真實的詩行上。

每一詩行猶如揮舞著長矛，

在無知者眼睛上搖晃發亮。

艾舫河上可愛的天鵝啊！那是多美的景色，看您

浮游在我們的水上，並在

泰晤士河畔往返飛翔，

當若伊麗莎與我們的詹姆士畫舫游河盛況。

停！我看到您走向穹蒼，

並在那兒成為一個星座！

照亮吧，您，詩人中的明星，帶著

狂熱或影響，斥責或者歡呼在舞臺落幕時。

自從您離開後，若不是您劇卷的光芒，

我們的舞臺將會哀傷如深邃的黑夜，絕望有如無盡的白日。（1623 年）

解讀

引言

　　莎士比亞死於一六一六年（同年班‧瓊森獲授桂冠詩人）。七年後

（1623），莎翁劇作首度整理為全集，為對開本，後人稱此為《第一對開本》（*The First Filio*），班・瓊森這首紀念詩應是為這對開本而寫的，也事實上刊登在該全集對開本上。班・瓊森與莎翁交情匪淺，莎翁的劇團演出過班・瓊森的幾部戲劇，而莎翁更在劇中親自擔綱演出。因此，班・瓊森詩中「請他們去聽您的短統靴在臺上有力鏗鏘，／搖動整個舞臺」，是描寫莎翁在舞臺上的演出。我們須注意，班・瓊森是詩人，同時也是戲劇家。

班・瓊森在全詩中，以波瀾起伏之筆，或迂迴，或比較，或直接，或抒情，或歌頌，反復地讚美莎士比亞的劇作。同時，藉由歌頌讚美莎翁的作品，彰顯英國戲劇的獨立自主與崇高成就，有別並勝於古希臘與古羅馬戲劇傳統；作為英國首位的桂冠詩人，可謂稱職。班・瓊森首度表彰莎翁戲劇表達人類通性的特質，以及文辭與意涵兩得的造詣，為往後莎翁劇作批評及地位奠下重要的基礎。詩中警句甚多，最為人稱道的或莫過於 "he seems to shake a lance/ As brandish'd at the eyes of Ignorance."，微妙地把 "Shakspeare"（莎士比亞）大名鑲進詩行裡，蓋 "lance" 其義與 "spear" 同為矛。以漢語英語差異故，我的中譯無法跨越漢語與英語的語音差異，無法把這特殊的鑲字技巧翻出來，只能譯作「每一詩行猶如揮舞著長矛，／在無知者眼睛上搖晃發亮」，頗有遺憾。

講解

詩的一開頭即說，他對莎翁作品及聲譽的討論，不會引起妒忌，而其讚美及評論，將有別於前人，並且是有所據。他認為莎翁的成就無法比擬，而且所有人都會認同他的想法。他認為有些無知的人，或只會盲目的附和，雖然有時也附和得對；狂熱者雖有時講對了，但只是幸運而已；而有些人的讚美，卻是不懷好意。然而，這些都無損於莎翁的成就，因他的藝術成就是對這些批評的最好防範。

接下來的詩行，藉由一連串不同的比較方式，一層層的推崇莎翁至極致。

詩人強調說，這不是比較，因為他提到的劇作家，無論是古希臘與古羅馬的戲劇作家，或是與莎翁同輩的英國詩人與劇作家，都不能與莎翁相提並論。

他讚美莎翁道：「時代的靈魂！／喝采！愉悅！舞臺上的奇蹟！」。詩人說，他不會將莎翁跟之前的巨擘相比，因為莎翁不是一座墳墓，而是偉大的豐碑！他也不會將莎翁跟這些詩人相比擬，因為他們差得遠了。詩中，他認為莎翁的成就已經遠遠勝過同時代、甚至以前希臘時代的悲劇喜劇作家。詩人在此拋出一句爭議的話，說莎翁只懂一點點拉丁文，更遑論希臘文。一般評論者，對此句頗有微詞，以為貶抑了莎翁，並且辯護說，莎翁的拉丁文及希臘文都不錯，只是以班‧瓊生自身的水平而觀莎翁而已。我們在此有不同的解讀，這句貌似貶抑的句子，實表明了詩人的高見，認為英國的戲劇（與文化）成就，不依賴古典希臘羅馬戲劇（與文化）；莎翁是英國本土作家，其成就不依賴希臘羅馬傳統。這裡，讀者也可以隱隱約約看出班‧瓊森的民族自豪。

班‧瓊森是桂冠詩人的緣故，在他的詩行間自然流露出一份愛國情操，在本詩的高昂語氣裡，就可以明顯感覺得出來。他給予莎翁最崇高的讚美。詩人稱讚莎翁為「自然」所能給予的最高天分，並且認為莎翁的藝術更為「自然」添上形式（"pattern"）與光彩，可說是對詩人最高的評價。當然，班‧瓊森也同時指出，偉大的詩人是天生，也同時是後天的培養，即天分與學養不可缺一。本詩篇中有許多論詩的部分，以詩論詩（*ars poetica*），綜合起來，也就是其詩論所在。

班‧瓊森接著點出，莎翁也是經過不斷的磨練才能夠有如此令人驚豔的詩行。請注意，莎翁的劇作，是以無韻體（Blank Verse）寫就，屬於詩劇。班‧瓊森將莎翁對其詩行的千錘百鍊，比擬成在繆思女神的砧板上，以汗水及勁道錘鍊出來，並且認為不努力錘鍊而妄想桂冠，只能惹來嘲笑。換言之，莎翁劇作是經過許多的磨練以及苦心的經營才有如此輝煌的成就。這成就是光輝耀眼的，像閃亮的武器在無知的人眼前搖晃。

其後，詩人將莎翁比擬為一隻「甜美的天鵝」，一回在莎翁故鄉 Avon 河上浮游，一回在泰晤士河的河畔飛翔，而最終飛升至天上與各星座並列。在希臘神話裡，英雄以及半神人，死後將會升天，與群星並列，也就是說，詩人把莎翁的地位又往上推升，死後成為星座，永恆俯瞰大地。按：“avon” 原意為河流，故英國有許多河流都稱為 “Avon”。莎翁故鄉的 “Avon”，在英國中部，流經 Warwickshire 一帶，稱為 Warwickshire Avon 或 Shakespeare 的 Avon，以別於英國同名的河流。筆者在此譯為艾舫河，以別於坊間之譯為「雅芳」這樣女性而俗氣的名字。最後，班‧瓊森說，由於莎士比亞的殞落，整個英國舞臺就有如墮入無止盡的黑夜般一蹶不振，而在這一片黑暗的世界中，幸而有莎翁留給後人的戲劇，能給舞臺帶來一絲光亮以及希望，換言之，莎翁作品成為了英國珍貴的文化遺產。

結語

　　在班‧瓊森以前，無人敢把莎士比亞作這樣高的評價，但在現代，班‧瓊森在詩中對莎翁的評價與歌頌，已獲得大部分批評界的認同。換言之，莎翁文學地位的確認與提高，與班‧瓊森這首詩是不可分的。從歷史的長河裡來觀察，文藝復興始於十二世紀而延至十七世紀，與歐洲各民族及其文化的興起，息息相關。文藝復興意味著離開中世紀的基督教世界觀，復興古希臘古羅馬的人文主義。然而，班‧瓊森這首詩，宣稱英國戲劇獨立並勝過古希臘古羅馬戲劇傳統，卻寫於文藝復興時期，不免有點弔詭；也許，這個宣言來得早了些，也許過度貶抑了古希臘戲劇，也許正意味著著文藝復興的功成身退，讓位給國別文學了。從文化政治的角度來看，班‧瓊森這個獨立宣言，也有它的政治支撐，如前面簡介詹姆士一世的各項成就，看出英國到了強盛時期，班‧瓊森這首詩可謂適逢其會，這也符合其英國桂冠詩人的身分吧！隨著日後英國的全球擴張，英語成為了世界最流行最重要的語言，並隨著批評界對莎翁的全力關注

與解讀，其在世界文學上的地位，日益穩固，日益增強。不過，「無禮的希臘，或傲慢的羅馬」，現在聽起來總有些刺耳；而「您的短統靴在臺上有力鏗鏘，／搖動整個舞臺」，這震撼效果應更適合來形容希臘悲劇吧！

同時，詩中提到的短統靴（"buskin"）是悲劇演員舞臺上穿的靴子，象徵悲劇；提到的平底襪鞋（"socks"）是喜劇演員穿的鞋子，代表喜劇。詩中把莎士比亞比作阿波羅神與墨丘利神，能帶給觀眾溫暖與迷人。「他像阿波羅，走前來溫暖我們／的耳朵，或者，像墨丘利神，引人入勝」。阿波羅（Apollo）是太陽神，是「溫暖」（"to warm"）特質的比喻所在；而墨丘利神（Mercury），在希臘神話裡，扮演多種腳色，包括信差（messenger）及騙子（trickster），這也許是「引人入勝」（"to charm"）比喻之所賴。

詹姆斯一世（James I）原為蘇格蘭國王詹姆斯六世。於一六〇三年，獲伊麗莎白女王遺命，繼承為英國國王，改稱詹姆斯一世。詹姆斯一世有幾件值得一提的事。他頒發英國國旗 Union Jack，並聯合蘇格蘭與英格蘭為一體（1604）。他請學者及僧侶編就並頒發著名的《詹姆斯聖經版》（1604-1611）。他特許維吉尼亞公司（the Virginia Company）在英國及維吉尼亞州分別成立公司，並由維吉尼亞議會管理，而議會議員由英王任命，開殖民政府之先（1606）。他獎勵文學，莎士比亞劇團在宮廷演出，而班·瓊森的化妝劇（masque）也常在宮廷演出，而班·瓊森藉此得以結識權貴。莎劇於一六一一年在宮廷在詹姆斯一世跟前演出的《暴風雨》，即以從英國駛往維州 Jamestown（即以詹姆斯為名）的郵輪 *Sea Venture* 的船難為該劇部分的基礎。班·瓊森特地在這首詩裡，寫了詹姆斯一世在泰晤士河遊船的一幕，非無因也。

21 | 給少女們，把握時光啊！

羅伯特・赫里克

（To the Virgins, to Make Much of Time, by Robert Herrick）

玫瑰堪折直須折

時光總是飛逝中

今日燦爛笑著的花朵

明天就開始凋萎了

太陽，那天國榮耀的燈

爬得越高啊

賽程越快跑完

就越接近西沉啊

妙齡是最初最美的年華

其時青春煥發血液熾熱

一旦虛耗了，其後糟糕的、最糟糕的

時光，即將接踵而來

請不要含羞地推三阻四，趕緊把握時光吧

可出嫁時就得出嫁

一旦錯過了青春華年

妳就可能耽誤終身（1648 年）

引言

本詩的主體是及時行樂（*carpe diem*）的鋪陳，結尾則與婚姻母題相連結，其主旨與我國文化中的「男有分，女有歸」相近。

原詩結尾的 "go marry"（出嫁），它應是 "go merry"（作樂去）的相關語（pun），意謂「尋歡作樂」吧！在此詩中，我們很難決定其「及時行樂母題」（*carpe diem* motif）與「婚姻母題」（marriage motif）的主從關係。

本詩的一個特色便是運用英語「語法」（syntax）的「形式」（form）達到文意形象化的效果，也就是用 "-ing" 的進行式及比較級的文法形式 "-er" 來形象化時間的飛逝。

講解

在第一個詩節中，作者以時間壓縮手法，寫出花開花謝不過都在一夕之間。事實上，花開花謝當然不會如此迅速，詩人只是將時間壓縮，藉此將時間的流轉形象化，以警惕少女們把握青春及時戀愛結婚。其與我國唐詩中「有花堪折直須折，莫待無花空折枝」（杜秋娘〈金縷衣〉）有相似之處。而那句 "Old time is flying" 更抓住了「及時行樂母題」與時間的倏忽感（fleeting time）的關係。

第二個詩節裡，作者又將青春比擬為太陽。太陽昇得越高，移動的速度就越快，也越接近西下的時候。就如同人，達到人生的精華時段，日後歡樂的時光就不多了。在這個詩節中，我們也可以欣賞作者精確的選字與它的文法形式。藉由一連串的比較級 "higher", "sooner", "nearer"，充分表達出時間流轉的急迫性。

第三個詩節接著「及時行樂」的母題，我們這裡需注意的是「及時行樂」

母題中，時間處理的特殊方式。"The age is best which is the first/When youth and blood are warmer."（「妙齡是最初最美的年華／其時青春煥發血液熾熱」）；這不同於浪漫主義，這裡並非強調孩提（childhood）的美好，相反的，在及時行樂的母題裡，最重要的時間是「現在」。所謂的 "first" 並不是指小時候，而是「豆蔻梢頭二月初」（杜牧〈贈別〉）的青春時刻，也就是受話者少女的「現在」。正因為過去跟未來都是未確定的，人們真正可以把握的時光其實只有「現在」。這種珍惜當下的緊迫感，跟中國的一些詩句也有異曲同工之妙。馬致遠的小令〈秋思〉「昨日春來，今朝花謝，急罰盞，夜闌燈滅」，即為一例。

　　"But being spent, the worse, and worst/ Time still succeed the former."（「一旦虛耗了，其後糟糕的、更糟糕的／時光，即將接踵而來」）同樣用語言的形式，形象化時間流動之快速，與情況之越來越糟："worse and worst" 用比較級表達出層次感。

　　最後的第四詩節帶進來「婚姻」母題。"Then be not coy, but use your time/ And while ye may, go marry."（「請不要含羞地推三阻四，趕緊把握時光吧／可出嫁時就得出嫁」）詩人運用相關語（pun）把 "marry" 跟 "merry" 連結起來。表面上是叫少女及時婚嫁，骨子裡則是「作樂去吧！」，這又與及時行樂的母題扣緊。最後的兩句則有一種警告的意味，趕快及時行樂，趕快結婚。

結語

　　及時行樂與婚姻是東西方文學中共有的母題。我國《詩經》中的〈摽有梅〉「摽有梅，其實七兮。求我庶士，殆其吉兮。摽有梅，其實三兮。求我庶士，迨其今兮」。用梅實昨七今三逐漸掉落的遞進法，表現時間飛逝的緊迫感，乃至希望男士們趕快來追求來提婚。有趣的是，〈給少女們〉一詩中受話者界定為少女，說話人奉勸少女不要拒婚；反之〈摽有梅〉則以女子口吻道出擔心青春蹉跎的待嫁女兒心。說話受話者雖不同，其旨則一，異曲而同工。

22 不羈的愉悅

羅伯特‧赫里克

（Delight in Disorder, by Robert Herrick）

服飾上一點甜美的出格，

在衣服上點燃一絲放蕩。

絲巾一甩圍繞著雙肩，

形成了優美的吸引焦點。

錯出的蕾絲，參差散布在這裡那裡，

使得緋紅的束腹更迷人了。

隨意挽著的袖口，從那兒

緞帶凌亂地飄出。

引人的波浪曲線，動人的浪漫調子，

窄外套掀起了暴風雨。

鞋帶打個隨意結，從這鞋結上

我看到一份野性的文明。

它魅惑我的程度，啊！

遠遠超過每一局部都過分工整。（1648 年）

───── 解讀 ─────

引言

自古以來，美感通常源自於「和諧」（harmony）與「統一」（unity）的

狀態。那種勻稱和穩定所顯現的是一種優美。然而，本篇的詩人卻獨賞「出格或者凌亂」（"disorder"）帶來不羈的趣味。那是一種較野性、較狂放、較不安定而活潑的美。我們不妨試想少女們穿著整齊，像制服一般，一定很乏味，不如一點點適度的小小的凌亂，更來得吸引人。在此，詩人以幽默而大膽的筆法，描寫女孩子的衣著，以此為喻，表達「不羈」的美感。

講解

這首詩寫得很特殊，很美，用字遣詞往往出格，翻譯難度極高，我珍惜這份詩質，此回在翻譯上改用創意之筆，而非一向追求的「直譯」的極限。詩題譯作「不羈的愉悅」還是「愉悅的不羈」，我躊躇再三，可說是「僧敲月下門」，是推還是敲的中譯版本。

全詩描寫女孩子衣著的不羈所帶來的美感。詩人開首以兩個相互矛盾的複合詞，「甜美的出格」（"sweet disorder"），來表達某種奇妙的和諧及美的張力。這甜美的出格，在衣服上點燃了一份「放蕩」（"wanton"）。詩人在此利用這個詞彙在社會道德用語上的衍義，來表達放逸不拘的美。在本詩裡，詩人使用了一個又一個相互矛盾的複合詞，而複合詞中之一為帶有擬人性質，原用於人的詞彙，如「優美的使人分心」（"fine distraction"）、「錯出的蕾絲」（"erring lace"）、「疏忽的袖口」（"cuff neglectful"），還有任意而凌亂（"confusedly"）飄垂的絲帶；然而，「凌亂」與「中規中矩」的衣著相比，反而呈現了前者不羈的美感。而女子迷人的「波浪身段」（"winning wave"），猶如暴風雨一般，在迷人的小外套裡，傳出了「動人的調子」（"deserving note"）。最後隨意亂綁的鞋帶，加上以上全部迷人的衣著特徵，詩人用了「野性的文明」（"wild civility"），來總結讚美整個灑脫穿著的美感，並說，這比一切都工整無誤的事物，更有魅力，更能迷惑人。

結語

　　相較於一切和諧的美，〈不羈的愉悅〉（"Delight in Disorder"）一詩，呈現了別緻的所謂「凌亂」，可能有更引人入勝的美感效果。詩雖然以穿著為描摹重心，但我們也不妨擴大而指生活本身。穿著太整齊太制式反而不美，而生活太嚴謹、太教條化也會失去樂趣。荷里克繼承騎士派的詩風，就像前篇〈給少女們〉筆下突破教條及時行樂之旨，這首詩背後也透露了這個端倪吧！

　　再延伸而論創作觀，這首詩也可視為對於雕琢過甚的古典美學之反動。古典的平衡精確、四平八穩，固然也是一種美感，但其中的節制容易流於遏抑，創造容易流於表面裝飾，終而失去動人的力量。這時就需要詩人突破既定觀念、格律，運用自由的想像、不羈的筆法來創作，才能予人一新耳目的驚喜。

　　以中國的書法來比照，篆隸楷書的古典美學成就有如巍峨大山亙古長存，其中意象有如儒家嚴謹修身的風範；而發展至王羲之的行書已能灑然放逸，及至張旭的狂草，筆下更是風雲狂捲，帶出了莊子逍遙自適自由的美學氣象。以詩人而言，李白作詩在形式上也經常有出格的表現，但「粗服亂頭」反而別具一番吸引力，而這也就是會魅惑本詩作者，讓他擊節讚賞的不羈美感吧！

23 | 復活節的雙翅

喬治·賀伯特

（Easter Wings, by George Herbert）

Lord, who createdst man in wealth and store,	主，您創造人，富有而豐盛
Though foolishly he lost the same,	可惜人愚笨地花費殆盡
Decaying more and more,	愈來愈形腐敗
Till he became	及至人成為
Most poore:	最窮困
With thee	相隨您
O let me rise	讓我升起
As larks, harmoniously,	和諧地如雲雀
And sing this day thy victories:	歌唱今天是您勝利的日子
Then shall the fall further the flight in me.	願沉淪變成更強的推力飛向您
My tender age in sorrow did beginne	悲傷啊即始於我的幼年時
And still with sicknesses and shame.	帶隨著傷懷與恥辱
Thou didst so punish sinne,	您這樣降罪罰
That I became	我遂至於
Most thinne.	最瘦弱
With thee	相隨您
Let me combine,	讓我與您合體
And feel thy victorie:	好感受您的勝利
For, if I imp my wing on thine,	蓋如我把翅膀與您的連接
Affliction shall advance the flight in me.	罪苦折磨反而使我加速飛向您
	（1633 年）

引言

〈復活節的雙翅〉（"Easter Wings"）是一首典型的宗教詩。作者喬治·賀伯特是一位教區牧師。顧名思義，〈復活節的雙翅〉，即是以復活節為主題的宗教詩。復活節是為了慶祝耶穌基督犧牲後第三天復活升天的節日，而耶穌基督犧牲的意義在於他為全人類洗清了罪惡，人類得以更生。

此詩是一首圖像詩（Shaped Verse），即以詩行的長短安排，排出一對翅膀，象徵上帝復活，回歸天國，而同時詩中「內涵」的變化，也與其「形式」（詩行長短）相呼應。我們要打橫來看，才清楚地看到該詩的形狀是左右兩隻翅膀；事實上，詩題是用複數的 "Wings"，意指為一對翅膀。

講解

在構成左翼的詩節（也就是第一個詩節）前半裡，詩人說上帝剛創造人類之初，人類是如此的富足，象徵著善良的內在，但是無論上帝如何給予，人類依舊同樣揮霍用盡。"the same" 意指，無論給多少，照樣揮霍多少。詩中 "decay"（腐敗）和 "poor"（貧困）連在一起，前者為道德的涵義，後者為生活的涵義，其因雖沒有點明，從文意脈絡裡，必然是基督教的基本教義所在：「原罪」（"original sin"），其內攝母題則為從伊甸園淪為「失樂園」。這母題在詩形裡加以形象化；詩行從最開始長句來表示人類初始的富足，而一句一句慢慢縮短，來象徵人類美德與財富，都一點一滴的流失。當詩行縮到最短的 "most poor" 後，就進入了下半段，詩行又開始逐漸加長，而內容也跟隨著詩行長短而轉變，開始呼應主題：耶穌基督復活，乘翅歸去。詩人的靈魂乘著耶穌基督復活升天的翅膀，像雲雀，飛向天際，洗清罪惡，歡呼耶穌復活的勝利。

最後一行的 "the fall" 是宗教文學上的重要課題（"fall" 原意為墜落，引申為墮落與沉淪之意），不只是在《聖經》裡面代表當初亞當和夏娃的沉淪，也是指日後人類的沉淪，這讓我們聯想到 Archangel（即撒旦）在彌爾頓（Milton）《失樂園》（*Paradise Lost*）的落敗，從天國墜落後的沉淪，甚至是馬洛（Christopher Marlow）的《浮士德》〉（*Dr. Faustus*）被惡魔引誘後的沉淪。但是如果再仔細看這個句子，可以發現 "the fall" 和 "flight" 互為對照，而 "further" 則是其中的辯證逆反。從辯證法的角度來解釋，因為 "the fall"（沉淪），人類才需要乘著復活節的翅膀飛向天國的無垠；如果人類從未沉淪，那麼今天也不需這種深切的渴望，而前者（沉淪）更有推進到後者（上昇）的動能。在中西思維的比較視野上，人類由伊甸園沉淪到重回伊甸園的辯證過程，近乎孔子的「知恥近乎勇」。「知恥」和「勇」是一種因果辯證的關係，因為知道羞恥，承認過錯，我們才因此能成為勇者，加以改過；但是孔子的「近乎」卻開放出一個「不必然如此」的空間，因為在「因」和「果」中間，有太多變數，知恥的結果也可能造成惱羞成怒啊。「近乎」，牽涉到因果之間的「中介」（mediation），不同的「中介」對「因」和「果」會產生不同的影響與變化。而孟子說的「人恆過，然後能改；困於心，衡於慮，然後作……然後知生於憂患而死於安樂」，其間的辯證過程，透露了孟子對人類因自覺而自救奮發的可能性有更大的信心；此乃植基於孟子樂觀的性善論所致。

　　右翼，也就是第二個詩節，重複前翼的形式。從一開始的長行開始漸漸縮短到最短的兩字句。之後，逐漸增長，而內容，同樣和詩行的長短互相呼應。首句對原罪的表達較前清楚。表示人一出生就帶著原罪。暫不論宗教，僅就哲學而言，可謂抱持著性惡論，與儒家的主流性善論相對。基督教與中國儒家或道家不同，嚴格來說，儒家與道家只是哲學學派，不能算是宗教，缺乏像宗教那樣對罪惡的深刻體認。西方宗教深入人的內心，不停的對人性做著深刻的探究，而在探究的過程中，充分體認到人類內心的脆弱、虛偽、慾望等等與生

俱來的罪惡。人類被所背負的原罪折磨得不成人形，最終身體變得 "thin"（瘦弱），對應於詩人設計的詩形式，詩行也隨著縮到最短。接著，詩節的下半，詩行又開始逐漸增長。這下半節的手法與內涵，與居前的左翼下一半相同中略有變化。主要是加上翅膀的意象，潛藏於人類天使般的翅膀，當原罪因基督的犧牲而洗滌以後，得以接上基督復活升天的翅膀，一同飛向天際。最後的一句，折磨將加速我的飛翔所含的正反辨證，與第一翼的結尾同趣，只是換字，從 "further" 換為 "advance"，而其詞義不變。

結語

　　這首詩的特別之處在於它是一首「形象詩」或「圖象詩」（Shaped Verse）。「形象詩」的特點就是詩的排列形式和詩的主題相結合。以圖象刺激閱讀者的視覺聯想，而與抽象的文字符號所指涉的意義結合，俾產生更具體的創作效果；既可讓詩的內容充分傳達，也讓讀者心理因雙重會意而得到一種理解而釋懷的快感，比諸純文字的詩，算是別開生面的成就。如此詩名為 "Easter Wings"，詩行排列就成一對翅膀的樣子。把詩打橫看，就像一對翅膀，隨著詩的韻律，這雙神聖的翅膀似乎也緩緩的舞動著。而如同上面解析所說明的，不僅詩的排列和詩的主題有關，詩行的長短和詩的內容變化也相連。這樣的「形象詩」，處處充滿詩人的巧思，在閱讀上更具有視覺性。詩中另一出色的地方，就是其辯證思維，這辯證思維也常是宗教與宗教詩的內部結構。

　　中國象形文字可說具有圖象詩的雛形，俄國電影理論家愛森斯坦還曾引「吠」、「鳴」等會意字來解說「蒙太奇」理論；比起英文聲音符號文字，中文其實更適合作形象詩。在此圖象性文字的基礎上，當然方便古代詩人創作頗具猜謎式知性趣味的神智體詩、視覺模仿遊戲性的回文詩、寶塔詩、甚至倒讀詩等等。現代臺灣詩人如詹冰、林亨泰、白萩等等也有很多視覺形式與內涵意義相呼應的形象詩作。

24 衣領

喬治 · 賀伯特

（The Collar, by George Herbert）

我猛力敲打講桌，大吼，「受夠了，
我要到處逍遙去了！
什麼？難道我得嘆息消瘦度日？
我的詩與生命無拘而自由，自由一如大路。
放逸如風，豐富如百貨店舖。
難道我得一直侍候人？
難道我只有荊冠讓我流血，
而無其他農穫可享？難道沒有甜美的果實
可讓我補回我已有的喪失？

我的嘆息吹乾它以前，誠然有酒；
我的眼淚淹沒它以前，誠然有麥餅。
難道時光只從我身上流失？
難道我沒月桂可作冠冕？
沒花兒，沒繽紛的花環？全都吹落了？
全都凋萎了？

不是的，親愛的我啊，水果就在這兒，
而你有手可擷取呀！
好好補償您滿是嘆息的歲月，

以雙倍的歡樂吧！擱下您冰冷的

合宜還是不合宜的爭論。掙脫您的牢籠，

甩掉您沙製的繩索，

那繩索呀，只是由謹小慎微的觀念捏成罷了。

嘿，它對您

卻成為堅牢的纜繩，強拉您扯您，

終而成為您的律法。

只要您眼睛眨一下就看不到了啊！

走開！注意，

我要到處逍遙去了。

就把死亡底骷髏頭喚進來吧，無需恐懼。

嘿，得去忍受，得去

逢迎，只為了生計。

那樣的人，活該受罪。」

當我狂想，字句變得愈來愈

激烈與狂野之際，

我想，我聽到一聲呼喚，*孩子啊*！

我回答，*我主啊*！（1633 年）

解讀

引言

　　賀伯特（George Herbert）兼具詩人與牧師的雙重身分，兩者其實有深層

的矛盾。而這首詩即表達了這兩者的衝突，詩人嚮往自由，作為牧師則必須謹守清規，行為拘謹。詩以 "collar" 為題，其義為衣領，這裡以牧師特有的衣領，象徵神職人員的無形束縛。全詩主幹是「說話人」以詩人身分所作獨白式的牢騷，並用引號識別。詩人一路牢騷下去，但卻戲劇化地逆反，戛然而止，在上帝的呼喚中，回歸其牧師的身分。就表現手法而言，賀伯特是沿襲鄧恩的玄學派詩風。

講解

首句「我猛力敲打講桌，大吼」，「說話人」牢騷溢於言表，也領銜著下面的牢騷與表述，而以引號帶出。當然。我們可以想像，這牢騷來自作者屬於詩人的部分企圖掙脫束縛的渴望。然而，說話人所追求的，並非有違教義或道德，只是希冀超脫神職生活的繁文縟節，追求心靈的自由罷了，因為他是詩人，而詩需要心靈與生活上的無拘無束。

從 "No more!"（受夠了）開始，這詩人的牢騷獨白，可謂波瀾起伏。首先，點出詩人所需的自由。「我的詩與生命無拘而自由，自由一如大路。／放逸如風，豐富如百貨店舖」，暗指此與牧師身分的拘謹互相矛盾。接著是含蓄地表達教區需要當地權貴的捐獻，而作為教區牧師，不得不向他們折腰逢迎。「難道我得一直侍候人？」，簡單的一個句子，就道盡箇中的不是滋味。

接著用基督教的暗喻：酒與聖體，也就是耶穌基督的荊冠與沾血的基督的裹尸布。這裡，酒代表基督的血，麥餅代表基督的聖體（作為儀式用的聖體由麥粉所製）。牧師的職責之一，就是向基督徒頒聖體。在講壇上宣道及莊嚴繁雜的儀式之後，把麥餅放在教徒舌上慢慢融化，象徵基督之降臨體內。詩人在此也把它轉化為一個巧喻，再加上鄧恩慣用的誇飾（hyperbole），憤然說：「我的嘆息吹乾它以前，誠然有酒；／我的眼淚淹沒它以前，誠然有麥餅」。酒少到嘆息就能吹乾，淚水多到讓麥餅被淹沒，極盡誇張之能事。這是抱怨牧師的

清規生活，要常常懺悔，為眾生示範，不得歡樂。

　　承接上文憤憤不平的牢騷，下一波就慫恿自己為何不及時行樂，甚至恨不得把失去的雙倍補回來：「好好補償您滿是嘆息的歲月，／以雙倍的歡樂吧！」。接著，至關緊要的論述來了。「擱下您冰冷的／合宜還是不合宜的爭論。掙脫您的牢籠，／甩掉您沙製的繩索，／那繩索呀，只是由謹小慎微的觀念捏成罷了。／嘿，它對您／卻成為堅牢的纜繩，強拉您扯您，／終而成為您的律法。／只要您眼睛眨一下就看不到了啊！」。這個論述有其普遍性。誠然，許多的律法都只是沙捏成的一般脆弱與無謂。然而，一旦在整個文化的制約下成了意識型態與律法，就變成牢不可破的束縛。但詩人要勇敢去對抗，其實，只要眼睛眨一下，那些無謂的律法便消失不見。甚至向死亡的恐懼挑戰，用骷髏頭形象化死亡，呼喚它來，面對它。

　　他可不願再忍受了。「嘿，得去忍受，得去／逢迎，只為了生計。／那樣的人，活該受罪」。這心境，與陶淵明不願為五斗米而向鄉里小兒折腰相同，與「既以心為形役，奚惆悵而獨悲」（〈歸去來辭〉）的感嘆相同。這是作者內心的詩人角色亟欲掙脫世俗現實與繁縟枷鎖的最真切的呼聲。詩人的牢騷自語就此作結。

　　最後牧師的角色終於回來了。結尾，類似所謂的天啟。由於「說話人」本身的信仰，詩中雖對教規的繁文縟節有所埋怨，但這首詩絕對不是對於信仰的質疑，而更像一個與上帝契合的心理歷程。詩結尾的「我想，我聽到一聲呼喚，孩子啊！／我回答，我主啊！」，可看出「說話人」（詩人）與「受話人」（上帝）長久以來的默契，有如子與父。教規與詩人身分有所相違，詩人即使有所埋怨，最後仍回歸正宗，這是詩人誠實的宗教情愫。

結語

　　這獨白，這自語，是說話人內心的小戲劇，是夾在詩人與牧師生活規範的

一些衝突。然而，如天啟般的結尾，詩人與上帝心靈契合有如父子，這也是基督教最動人的人神關係。

　　承接鄧恩玄學派詩風，其表達口語化，誇飾化，也有巧喻的經營，結尾急轉直下的戲劇逆轉更為出色。詩中有基督教慣有意象（如荊冠等）的指涉，以及人神關係，亦可視為宗教詩的別格。

25 給他含羞不肯前的情人

安德魯·馬維爾

（To His Coy Mistress, by Andrew Marvell）

假如我們有足夠的時間與空間，

你的含羞推拒就不是那麼罪惡。

我們可以坐下，想想選擇那條芳徑

去散步，享受我們漫長的愛的日子。

妳可以在印度 Ganges 河畔尋妳的寶石，

而我在家鄉的 Humber 水邊唱我的戀歌。

我可以在大洪水的前十年就向妳示愛，

而妳可以拒絕一直到猶太人都改信基督。

我植物般的愛情會成長，

比王國還遼闊，而成長得更悠緩。

我會以一百年來凝視妳的前額，

讚美著妳的明眸。

用兩百年來讚美每一乳房，

三萬年來讚美身體的其餘部分。

每一局部最少一個世紀，

而最後一個世紀掀開妳底心。

女士啊！妳值得如此高貴對待，

我絕不會以較低廉的愛待妳。

  然而我常聽到我背後，

時間底雙翼馬車飛馳而來。

遠處躺在我們面前的

是永恆的連綿的沙漠，

妳的美麗在那裡將不復存在；

妳花崗岩墳墓的穹頂，也不會再

迴蕩我的戀歌；蛆蟲將會品嘗

妳長久保留著的貞操。

妳底奇怪的虛榮將化為塵埃，

而我的情慾淪為灰燼。

墳墓是美好而私我的地方，

但，我想，沒有人會在那兒擁抱。

　　　此刻，因此，當青春的顏色，

灑落在皮膚上有如朝露；

當妳底雀躍的靈魂

於每一毛孔散放一瞬瞬的火焰。

讓能嬉戲時直須嬉戲。

此刻，像捕抓獵物的情愛的鳥群，

寧可一大口把我們底青春吞噬，

也不願在時光底慢咀慢嚼裡憔悴萎去。

讓我們所有的力量與所有的

甜美滾成一個球，

粗暴地去爭奪，去撕取我們的歡樂，

通過生命一重重的鐵門。

這樣，雖然不能令我們的太陽

靜止不動，至少我們能命其向前奔跑。（1681 年）

引言

「假設語態」（subjunctive mood）之作為「論辯」（argument）的技巧，作為「說服」（persuasion），此詩可堪稱為典範之作。詩的結構是一個近乎三段論的結構，首先提出一個假設的前提，那就是一個永恆不變的世界，接著加以否定，然後逆反為急迫性的及時行樂。最後，根據 Hugh Kenner 的說法，十七世紀情詩中 "coy" 為 "unyielding" 之意，故筆者譯之為「含羞不肯前」。

講解

詩開始即提出一個假設的、與現實相對的永恆的理想世界。於是，「說話人」在此可以展開一個恆久讚美妳的美麗軀體每一局部的愛戀世界，但這卻是客觀上、事實上的不可能。在英文裡，「假設語態」代表著微乎其微的可能的不可能，故其所攝世界為可願而不可及的世界。換言之，在「假設語態」（subjunctive mood）的思維裡，以非絕對的眼光看世界，儘管事物產生的或然率極低，仍不採絕對的否定，從而開放出一個不可能仍絕非不可能的心理空間，而往往為理想及願望的投影。

在詩中，這「假設語態」所建構成的「假設世界」，其「出現」是為了被「否定」，蓋「說話人」在第二節接著就說「然而我常聽到我背後，／時間底雙翼馬車飛馳而來。／遠處躺在我們面前的／是永恆的連綿的沙漠」。在「時間」的系譜裡，這是標準的「及時行樂」（*carpe diem*）時間觀的表達，並用其中「浪蕩型」慣用的「恐嚇」（threat）的語氣說；「蛆蟲將會品嘗／妳長久

保留著的貞操。／妳底奇怪的虛榮將化為塵埃，／而我的情慾淪為灰燼」。[2]

詩的結尾，當然回到「及時行樂」的訴求上啦。這訴求非常出色，帶上「性」的象徵，並回到古希臘「及時行樂」母題的真正的時間壓迫感，歡樂是要自己搶奪過來的：「讓我們所有的力量與所有的／甜美滾成一個球，／粗暴地去爭奪，去撕取我們的歡樂，／通過生命一重重的鐵門。／這樣，雖然不能令我們的太陽／靜止不動，至少我們能命其向前奔跑」。也就是以主動去抓住它去戰勝它，而非被動地在「時間」的咀嚼中慢慢死去。把情人比作獵取獵物的猛禽，說歡樂是在粗暴地爭執中撕取，或多或少暗示了性愛的粗暴性。而我們之所以稱其為回歸於古希臘「及時行樂」母題的真正的時間壓迫感，乃因在文藝復興時期的英詩，尤其是在騎士派詩歌裡，其「及時行樂」母題往往只是一種輕鬆挪用，甚或作為尋歡作樂的藉口，缺乏古希臘原型中生命倏忽的壓迫感與真摯性。

最後，說一下詩的語言、文法，及結構。詩中的「假設語態」是經由 "Had we but" 表出，相當於常用的一般的 "If we had"。接著用 "were" "would" "should" 等「假設語態」常用的標識字，來展開其「假設世界」。及至「女士啊！妳值得如此高貴對待，／我絕不會以較低廉的愛待妳」。（按："Nor would I love at lower rate" 的 "would" 並非指陳一個假設世界，只是禮貌性的用語）。接著是「及時行樂」母題的鋪陳：始自「然而我常聽到我背後」，由轉接詞「然而」（"But"）帶領，其中特別鋪陳死後貞操不再、愛戀不再的狀況，並作為一種威脅；但我們的注意，這不是在「假設語態」中進行，只是在某種條件下的狀況陳述，故用一般的現在式的陳述句子來表達。「此刻，因此」（"Now therefore"）引出母題中的及時行樂訴求。接著，「此刻讓我倆」（"Now let us"），「此刻」（"And now"），連續用了三個「此刻」（"Now"）來表達時

2　「時間」的系譜（paradigm）可有多樣，除及時行樂型外，常見的尚有永恆連續的宗廟型，以童年（childhood）純真（innocence）的懷舊與回歸的浪漫主義型等。

間的緊迫性。最後再用一個 "let us" 來帶領最終的帶有性象徵的及時行樂的結語。最後，詩題〈給他含羞不肯前的情人〉，用第三人稱的他，而不用第一人稱的我，只是詩歌裡有時會用的人稱手法，其目的為間接性。

結語

這是一首膾炙人口的情詩，並與「及時行樂」母題相結合，其中最為人津津樂道者，為其開首以假設語氣開展的情愛世界，以女性身體為空間，讓時間為軸通過，以不同的時間長度以情人的視覺滑過這女性身體空間。全詩有騎士派的流韻，但遠遠超過騎士派的格局。結尾的「及時行樂」母題的表達，可謂回歸於古希臘原型中生命倏忽的壓迫感與真摯性。而本詩中的「及時行樂」母題，更轉化為對生命操之在我的積極性，一掃騎士派詩歌的輕浮靡弱，尤屬難能可貴。此外，把情人比作獵取獵物的猛禽，說歡樂是在粗暴地爭執中撕取，或多少暗示性愛的粗暴性，亦有其殊異之處。

26 | 割草人，對花圃果園抗議

安德魯．馬維爾

（The Mower, Against Gardens, by Andrew Marvell）

貪婪者，把邪惡散布，

引誘大地跟隨；

哄騙花卉與植物離開田野，

那裡原是最淡泊與純潔。

他首先把它們圍框成四方的園圃，

那兒空氣是一派死寂與紋風不動。

他堆了大量肥沃的泥土給植物，

使它們在過度餵養中變得呆鈍，

天然的粉紅色變成雙倍緋紅，就猶如他的狡猾心智，

過度營養改變了花果的本質。

他用各式怪異的香料渲染玫瑰，

教導花兒們如何塗脂抹粉。

白色鬱金香也開始追求多樣的膚色，

學會了如何在臉上勾出線條：

人們對這些花朵的根球趨之若鶩，

一個根球價比一片草原。

貪婪的人類又向另一世界求索，通過新發現的海洋

找尋秘魯的奇珍異品。

這些珍品原都可以為人所享用，

人，那驕傲而統御一切的王者，

只要人不在樹皮與樹幹之間動手腳，

去窺伺混種的禁品。

目前沒有花卉知道它原生的種屬。

這貪婪者把馴良者接枝在野生的品種上。

那身分不明的野合果實，

不免會使味覺混淆爭吵。

它綠色的內宮也有閹人們，

以免任一暴君取而代之。

這貪婪者在櫻桃身上惹惱了自然，

不用性愛就能繁殖。

這一切都是勉強人為，更捏塑了一些噴泉與石窟，

而任令甜美的田野躺在那兒荒棄，

大自然仍在那兒向萬物散放

野性芬芳的天真純潔。

牧羊神們與仙女們仍然照顧著草原，

但不是用科技而是用他們的自然力。

他們的雕像，昔人的手所精心雕塑，

也許得矗立於園圃以裝飾，

但這些雕塑無論多麼出色無比，

願眾神的力量與我們同在。（1681 年）

引言

讀完作者的〈給他含羞不肯前的情人〉（"To His Coy Mistress"），再讀這首詩，真有若恍如隔世，應該說從文藝復興到了十七世紀科技發達的時代了。現代科技用在農耕上，最與以前不同的，應該是化肥的普遍使用，以及品種的雜交（改良）了。詩人對這方面的發展，持懷疑甚至負面的態度，在此詩中藉由接近自然的割草人道出。詩中所提到的農耕科技帶來的負面效果，到今天還有其值得參考的現實意義。詩人把這歸咎於人類的貪婪，也可說是一針見血。

人工施肥，尤其是過度時，長出來的水果看來呆呆的，用今天我們的話來說，營養過度會帶來孩子的癡呆。植物雜交的結果，使到品種混淆，味覺不辨。

講解

我們可以想像一下詩的背景：人工的花圃與果園一個個從草原上開闢出來，經由新的農耕科技，以雜交技術培育出新種的繁豔花卉，與肥大的，甚至種屬不辨的新種水果。詩人對此不以為然，心有所感，乃藉由草原上割草為業的割草人的視覺與口吻道出。他首先稱從事這種農耕改良的人為貪婪者，一語道出其癥結。

詩先從花卉著筆。以鬱金香為例，原來白色的就尋求多樣的顏色，更學會勾出條紋誘人，用「學化妝」（"taught to paint"）及「膚色」（"complexion"）等字眼，是用擬人的手法，把花卉比作女士。整個文化改了，變得不淳樸了，都愛這些奢豔的鬱金香。「人們對這些花朵的根球趨之若鶩，／一個根球價比一片草原」。這與白居易所描寫的唐代社會現象，「一叢深色花，十戶中人賦」，何其神似。詩接著轉入水果的雜交。「在樹皮與樹幹之間動手腳」（"dealt between the bark and tree"），就是指果樹雜交的接枝法。詩人認為這混種實為禁果。雜交結果是吃來不辨其類屬，而純種不復存在。

這一個科技與花圃果園的發展，勢不可當。而所謂的貪婪者，在圃園裡也做了一些藝術的裝飾，有噴泉、有石窟、有希臘山羊神與仙女們的雕塑。詩人結語說，這些雕塑無論多麼出色，究竟還是雕塑，願眾神的大自然力量與我們常在一起。

結語

在英詩裡，這算是一首特殊的詩篇。它見證了十七世紀新生的農業科技，用人類的智巧奇技去催化、去改變植物的生態，終使大自然隱退而花圃果園走進歷史的前景。大自然提供的美麗花朵，經人工改造後，連其球莖都可淪為市場交易的籌碼，甚而影響整個經濟不合理的膨脹。詩人借親近大自然的割草人的口吻，寫出這個變遷，兼及批判歐洲人擴至海外掠奪的貪婪。

這批判的深層結構，源於基督教教義，因大自然為上帝所創造，而雜交的變種實為禁果，人為地改變物種，有違上帝至善至美至真的基本信念。時至今日，人類對大地以及生物的榨取改造，隨著科技知識的累積而變本加厲。花樣翻新的殺蟲劑以及肥料的過度使用，已經使大地不堪負荷；而運用生物科技進行基因改造的產品，遠非詩人當年所能想像，也不知將會對未來人類的健康與種族的存續產生怎樣的危害。值得識者深省啊！

中國道家尊重自然，不以人滅天；主張順應自然而不造作干涉，讓萬物都能依其本性自在生長。說起來，本篇的詩旨與中國道家的自然觀還倒是不謀而合。

27 | 去，可愛的玫瑰！（歌體）
艾德蒙・華勒
（Song: Go, lovely rose! , by Edmund Waller）

去，可愛的玫瑰！
告訴她，她正在浪費她的青春與我。
當我把她比擬為妳，
她看來多麼甜蜜而美麗啊！

告訴她，她如此年青，
不應把她的美豔在人前閃躲；
假如她生長在
無人居住的沙漠，
她必然在無人讚美中死去。

美的價值將無從彰顯
假如美麗從陽光中隱退。
請她走向前來，
忍受別人對她的渴慾吧，
當別人欣賞她時也不必羞赧。

然後妳就凋萎死去！那麼，她
也許可以從妳身上讀到
所有尤物的共同命運。

她們所享有的好時光多短暫啊！

那些異常甜蜜而美麗的尤物。（1645 年）

解讀

引言

　　這是一首相當典型的「騎士派」（cavalier）的情詩，詩中的「說話人」（addresser）為騎士（knight）的身分，而「受話人」（addressee）則是尊貴的女士（lady）。文字有騎士派詩歌的裝腔作勢及賣弄「機智」（wit）的特色。就定義而言，情詩必定包含有一個「說話人」以及一個「受話人」，但在這首詩中，還加入另一個傳話者，而這種「中介」（mediation）的功能也是這首詩最大的特點。詩中，男性「說話人」透過傳話者「玫瑰」來對女性「受話人」作愛的說服。「玫瑰」在詩中扮演著類似羅密歐與茱麗葉中「紅娘」的角色，但它也同時是一個特殊的、以身作則的差使。

講解

　　詩一開始男性「說話人」採取間接的方式要「玫瑰」傳話，目的則是指向詩中的女性「受話人」。第二句開始，「說話人」透過玫瑰謂女子閃避求愛，不單是浪費自己的青春時光，也同時浪費了他。那就是試圖用說理的方式說服女子接受他的愛。浪費（"waste"）這個詞很有意思，就女子的美而言是說暴殄天物；就男方而言是說他的青春與愛也給她這樣的推遲而浪費了，而毀了。第三句中的 "resemble" 是「比擬」的意思，而非「比較」。「比較」是比高低，而「比擬」則是強調兩者間的類似性。至於第四句，"How sweet and fair she seems to be." 作者選用 "seem" 而非 "is"，其實很難探究，只能推斷可能是

韻律的關係，加一個無關緊要的動詞，讀者不必小題大作多加揣測。

從第二詩節開始，「說話人」創造出與事實相反的情境，試圖讓女子了解青春美麗博人讚美的珍貴，告訴她不應隱藏她的風姿。假使她今天生長在沙漠中，她一定只好在沒有男性讚美的情境中死去。也唯有透過這「假想」的悲涼情境，才能警惕她，讓她體會到被男士讚美追求的美好。

第三詩節中的 "Small is the worth/Of beauty from the light retired"，意思是假使美麗不為人所賞，那麼美麗的價值便很小。句中的 "from the light retired"，意謂遠離光線，即看不見之意。"Bid her come forth": "bid" 在這裡的意思很難去界定，但是我們可以解釋為命令或懇求或催促。"Suffer herself to be desired"：這句實在是很不尊重，因為這句話意謂女性應不惜忍受（"suffer"）男人加諸於她身上的慾求心理。"Suffer" 這個字眼在這裡實在是太過分了，此外，"desire"在此也有些許情慾的暗示。"And not blush so to be admired"：這一句更是語言上的侵犯，因為它意味著女性應該放任男性殷勤讚美，甚至調情，而不必矜持臉紅。不過，這些都只是騎士派詩歌裝腔作勢的特有腔調，不必過度認真解讀。

"Then die!"：是此詩高潮與轉折之處，「說話人」要求「玫瑰」以身為榜樣，死在「受話人」的面前。目的是讓這作為詩中「受話人」的女士，從傳話人「玫瑰」身上得到借鏡，了解到所有美麗的尤物的共同命運：青春美好的時光，短暫易逝；而試圖以此來「說服」詩中女性「受話人」接受他的愛。

結語

這首騎士派詩在文字上有它裝腔作勢的典型的一面，但卻是用了對女士大不敬的語言，有違騎士派以女士為崇尚對象的傳統。此詩的特點是在男性「說話人」與女性「受話人」之間插入一個中介角色的「玫瑰」。從記號學視野來看，玫瑰與女士之間，有其「肖象性」，同為美麗尤物之餘，並共享相同的命運。

28 致 Lucasta，我要上戰場了

理查德·洛夫萊斯

（To Lucasta, Going to the Wars, by Richard Lovelace）

不要告訴我（我的甜心），我不仁慈，
　　說我忍心離開妳修道院般，
貞潔的胸部和恬定的心，飛向
　　戰爭與鏗鏘銳利的武器。

沒錯，我此刻正追逐新的情人，
　　那戰場上遇見的第一位敵人，
並以更強烈的信仰，
　　擁抱一劍，一馬，與一盾。

然而，這樣的三心兩意，
　　妳會同樣崇拜。
我怎能愛您（吾愛）更深？
　　如果我不把榮譽愛得更高。（1649 年）

解讀

引言

　　本詩屬於騎士派詩歌（cavalier poetry），主要在突顯愛情與榮譽兩者之間

的矛盾與統一。字裡行間表現出封建社會之下男女間的不平等，以及性別角色扮演的定型化。最後，沒有翻譯詩中女主角的名字，因為原文聽來很好聽，就留著吧！

講解

　　本詩「說話人」（addresser）的騎士（knight）身分最為明顯，「受話人」（addressee）則應相對為一位貴婦（lady）。騎士，是一個由王室贈予有功勳的武將但不可繼承的爵位；封為騎士之後，他的名字才可冠上 "Sir" 的頭銜（Title）。事實上，"Sir"、"Lady"、"Gentleman" 在封建時代原代表某種身分，只是在後世為一般人所僭用了。騎士是需帶兵上戰場的，這點在本詩裡表現得最為清楚。詩中，騎士在上戰場之前，向心愛的女士道別，表現出騎士派詩歌特有的情境。

　　第一行的 "unkind" 是愛情的「暗語」（code word）之一，用來形容男性時，意謂男子對女子不夠好、不專情、三心兩意；用來形容女性時，意謂著女子對男子很殘酷、不讓對方追求到。此處的解釋為前者。第二行的 "nunnery"，原意女修道院，象徵女人的純潔和貞節；第三行的 "chaste" 和 "quiet"，表示男人希望女人貞潔與嫻靜，揭示那個時代男性心目中女性的形象，而這也是社會大眾對女性的道德期待。

　　從第二個詩節開始，詩人大量使用「語意層的變軌」（semantic shift）以達到「機智」（wit）的文字效果。換句話說，字面上的意思跟實際所指的意思屬於兩個不同語言層面。比如第五行 "a new mistress now I chase"，字面上的意思是「我此刻正追逐新的情人」，其實 "mistress" 和 "chase" 皆在語意層上做了變易，不再歸屬愛情的範疇，"mistress" 這裡所指的是第六行的 "foe"（敵人）。下一行 "with a stronger faith embrace" 不禁讓讀者們產生了懸疑："faith" 究竟是說情人間的忠實，抑或是指對國家的忠誠呢？詩人在第八行揭露了謎底

——原來騎士所擁抱的並非女人，而是打仗時用的裝備：「擁抱一劍，一馬，與一盾」（"a sword, a horse, a shield"）。以上語意層的變易所呈現出的機智，在在顯示語言的多義性，以及騎士派詩歌的機智所賴的語言特色。

接下來第九行的 "inconsistancy" 也是愛情「暗語」，其義為變心、三心兩意。說話人在第三詩節中直接點出對愛情的看法：熱愛榮譽的男人才值得女人愛慕。榮譽等同於騎士的生命，好男人應當要勇敢無懼的上場作戰，絕不能因害怕而退卻或臨陣脫逃。而，女人的榮譽即是第一詩節所暗示的修道院般貞潔與嫻靜。推而論之，愛情不是毫無理性的，情人應有值得對方欣賞及愛慕之優點。由此可見，「說話人」希望「受話人」不要因為他上戰場而傷心，反而應該感到光榮而更崇拜他才對。

結語

總而言之，詩人在這首離別的騎士派情詩裡，利用「語意層的變軌」手法，設計了許多機智、巧妙又詼諧的詩行，令讀者產生妙趣橫生之感，當然也不免給人裝腔作勢的感覺。

29 | 去它的，我已經愛了整整三天（歌體）

約翰·薩克林

（Song: Out upon it, I have lov'd, by Sir John Suckling）

去它的，我已經愛了整整三天
看來，還會再愛三個整天，
假如天氣美好。

時光將融掉它的雙翅，
當它再度發現
在這寬廣的世界上，
如此一個忠貞的愛人之前。

使人氣壞的是，應有的讚美
卻沒有給我。
愛情絕不會在我身上停駐，
若非她之故。

若非她之故，
那臉孔啊，
它的位置，最少
數以打計的臉孔曾在那兒。（1659 年）

解讀

引言

　　這首詩跟一般的「騎士派」大不相同，整首詩的語調，不再是對女士的奉承，尤其是第一個詩節，更是不敬。這在某意義上，也象徵著「騎士派」到了尾聲。不過，「騎士派」詩歌慣有的誇張語調，與對女士的求愛與自表忠貞仍在。

講解

　　前兩詩節，「說話人」以花花公子的姿態出現，並用了接近髒話的「去它的」（"out upon it"）開頭，說以他的個性，愛上一個人一個禮拜就難得，可說是世間難得的忠貞的愛人了。原文的 "Ere" 等於現代的 "before"。第三詩節作了一個有趣的轉折，說若非她之故，愛情不會停留在他身上，意謂不會專注於一位女士身上。末節承接第三詩節，再次強調若不是她之故，他早已搭上許多其他女士了。言下之意，作為「受話人」的女士，是他唯一的所愛。

結語

　　這是一首可愛的「騎士派」小詩。然而，已與這「騎士派」傳統有所區隔。不再使用情愛的巧喻，不再讚美女士的美麗，不再使用高貴的語言，而是剛剛與其相反。詩是以花花公子的心態來襯托男主角對詩中女士的唯一的愛，並以此作為愛的說服。這代表「騎士派」詩歌的變體與尾聲。

　　不過這首詩看在現代女性的眼裡，恐怕不只覺得哭笑不得，甚至要放聲大笑了。在同一個對象身上，愛情停留三整天可能再加三天（如果天氣好的話），就已經是前所未有的忠誠記錄，是對手女性的光榮，值得對方大大表揚讚美一

番；這樣赤裸裸的男性沙文主義心態，如果不是被歸類為「騎士派」詩，簡直要被認為詩人是用幽默的、反諷的手法在嘲笑那些「騎士」了。令人好奇的是，當時的女性真的能被這樣的詩句所動而臣服於詩人？或者也只當作宮廷虛浮生活中的一種遊戲？雖然詩中男主角所訴說的仍然是以詩中女士為其唯一的愛。

PART 2

第二部分

30 | 保姆之歌（兩首）
威廉·布萊克

（Nurse's Song , *from Songs of Innocence* and *Songs of Experience, by William Blake*）

第一首（出自《純真之歌》）

當綠地上響著兒童們的聲音，
小丘上響著他們的歡笑，
我的心境就無比安詳，
周遭的一切都顯得寧謐。

「我的孩子們，回家啊，太陽已下沉，
而夜晚的露珠正要升起。
來，來，不要玩耍啦，離去吧，
等到明晨天空再亮起來啊。」

「不，不，讓我們再玩耍。還是白天呀，
我們還不想去睡。
此外，小鳥們還在天空飛翔，
那些小丘上遍地是綿羊。」

「好吧，好吧，繼續玩耍吧，直到陽光消逝，
就得回家上床去啊！」

小孩們跳著，喊著，笑著，

歡快的聲音在所有小丘上回響著。（1784 年）

第二首（出自《經驗之歌》）

當綠地上響著兒童們的聲音，

山谷裡聽到他們的低聲細語。

我青春的日子活現在心頭，

我的臉變得慘綠與蒼白。

「我的孩子們，回家啊，太陽已下沉，

而夜裡的露珠正要升起。

你們的春天與白日在遊戲中荒棄，

而你們的冬天與黑夜暗中蠢蠢欲動。」（1794 年）

解讀

引言

　　這兩首保姆之歌，一出自《純真之歌》（*Songs of Innocence*），一出自《經驗之歌》（*Songs of Experience*），兩者在格律上相差無幾，同樣是在每一詩節的二、四句末押韻，只是前者比後者中間多出兩詩節。在這兩首詩裡，詩中「說話人」（addresser）都是保姆，而「受話人」（addressee）都是孩童；兩詩首節首句「當綠地上響著兒童們的聲音」，跟末節前兩句「我的孩子們，回家啊，太陽已下沉，／而夜裡的露珠正要升起」，更是一模一樣。可是在內容方面，

同樣的景色卻因為兩首詩「說話人」的心理狀態不同，一為純真，一為經驗，而在表述上有所差異。

所謂純真，是指樂園的世界，所謂經驗，是指失樂園的世界，兩者兩兩相對。前者是純真、無邪，故超越羞恥，也無需認知，故亞當與夏娃不需寸縷以掩體。後者是純真的喪失，對羞恥的認知，對罪惡的體認；這都是原罪之所致，而所謂知識於焉誕生，而終成就人間的經驗世界。在布萊克這兩組詩裡，所謂純真，所謂經驗，與其說是實境，不如說是兩個對立的靈魂的狀態（"two contrary states of the human soul"，布萊克語）。

布萊克的詩集《純真與經驗之歌》（*Songs of Innocence and Songs of Expeience*, 1794）是兩組詩的合集，並配有布萊克的插畫。因為詩與畫並置，成為了當代比較藝術的熱門研究對象。

講解

先從兩首詩的第一詩節說起。同樣都是從草地上傳來小孩嬉戲的聲音，《純真之歌》裡的一首，伴隨著的是爽朗快樂的笑聲，而在《經驗之歌》裡的一首，卻是伴隨著低沉的喟嘆，似乎正預告著保姆陰鬱的心情，以及孩童對保姆的畏懼。首句的「綠地」（"green"）在前者裡，突顯了歡樂青春的氣息，在後者卻好像與憂鬱心情相反襯。接著是第三、四句，兩首詩在描述保姆心態上有很大的不同，前者是抱著平和與關愛的心情在觀看景色與孩子，彷彿是慈愛的母親在關照著小孩，後者則是只專注於自己內心的感觸，感嘆著自己青春的日子一去不回，苦澀的心情也不慎由臉上一陣慘青一陣蒼白中透露出來。

接著說兩詩的最後一節。這一節的前兩句是相同的，皆是在傍晚時分，保姆盡其職責，在呼喚著小孩們歸去，只是前者體恤小孩愛玩的天性，以隔天再出來玩為前提叫他們回家。這種今天過了明天再出來玩的心情，也呼應著時間的周而復始，讓我們感受到自然的律動。但後者卻警告小孩說，美好的時光已

被玩樂浪費，痛苦的日子已在「暗中蠢蠢欲動」（"in disguise"），已幾乎帶有詛咒的意味，而詩就這樣結束。這結尾呼應著第一段的感嘆，更進一步的表達出「經驗世界」的無情，強調春天、幸福與好日子已被蹉跎，快樂的背後，隱藏著寒冷的冬天和黑暗的夜；在視覺上呈現「失樂園」的景況，表現出對光陰的飛逝無比的眷戀與感傷，表達出生命的直線時間之有限，與時光流逝的無奈，與《純真之歌》中的「樂園」意象形成很大的反差。

再接著，我們再回顧《純真之歌》中的一首。這首歌，與《經驗之歌》中的一首相比，中間多了第三及第四兩個詩節。第三詩節描述了小孩對保姆的回應，撒嬌式的央求保姆讓他們可以玩得再晚一些：瞧，可愛的羊群們跟輕靈的小鳥兒，也都還沒有回家呢！既然天色還亮，就讓我們再多玩一會兒嘛！這一節點出孩子們與保姆之間的親密，跟《經驗之歌》中的一首比起來，小孩們連說話都沒有餘地的狀況，要溫馨多了。而小孩子的發聲，不為大人所壓制，並獲得妥協，或未嘗不隱含著「民主」的意涵，在此我們可看到布萊克在歐洲當世追求民主人權自由的風潮影響下，所透露出的民主人道情懷。第四詩節中，保姆回應了小孩，因為耐不住小孩們的請求，而跟他們妥協了玩到晚上就要回家的約定，讓小孩能再盡興的玩上一陣子，讓這詩節的最後兩句呈現孩子們又跳又笑又叫，玩樂的回音在小山坡間迴盪著，這歡欣場面，表達出人與自然的和諧，也就是「樂園」未失的境界。

最後，我們在此引進與布萊克的純真／樂園、經驗／失樂園的基督教視野類似但文化底蘊截然不同的中國論述，以擴大我們對此課題的認知。不同於西方人格神的信仰，中國文化中的信仰可追源於古《易經》時代，那時人的生活言行一以天地陰陽之氣的能量變化為準。孔子云：「易與天地準。仁者見之謂之仁，智者見之謂之知，百姓日用而不知」，表述一種自然而行之，以天道為準則「天行健，君子以自強不息」的生命觀，而其具體理想樂園則披露於〈禮運大同篇〉。另外與古易經知識部分同源的《莊子》說：「道無所不至，不離

於真，謂之至人」，而至真的狀態就是寓言中七竅未鑿的渾沌，即主張人類應該回歸渾樸天真的本性；人為造作各種高下貴賤的價值判斷，只會導致各種人性的扭曲。後人有〈擊壤歌〉：「日出而作，日入而息，耕田而食，鑿井而飲，帝力於我何有哉？」；還有陶淵明的〈桃花源記〉所描畫的樂園，都是根植於中國文化中順應天道自然而生的人文景象，自不同於基督教樂園之出於上帝所創的宗教思維，有別於西方失樂園乃由於原罪，對罪惡感的認知這樣的宗教觀念。

　　但上述中國古文化中的樂園又是如何喪失的呢？在上古無論老莊孔子都有一種活潑的對生命真相的好奇，各自真誠地以他們的方式企圖上證天道，或與萬物合一與天地精神相往來，以突破生命的有限性，這樣的超絕智慧，沉積到文化的下游，不免墮入皮相而俗化僵化；甚且儒家建立個人價值乃至社會秩序的積極禮制，被一幫腐儒教條化、正統化，而被自私的統治者獨尊之利用為箝制思想的工具，於是「大同」樂園墮落了，被莊子的寓言「渾沌鑿竅七日而死」與「聖人不死，大盜不止」說中了。在歷史的長河裡，活潑潑的，生意盎然的，民胞物與的儒家樂園，在某些時間點，某些族群，某些節眼裡，被統治階層或既得利益團體的有心利用，轉化為僵化，扭曲，高壓性的意識形態，甚至淪為結構性的壓抑人性的工具。我們或可視之為中國式的「失樂園」。在中國，無論是道家或儒家的樂園與失樂園都在歷史的現實裡交叉地進行著，這是與基督教的樂園一去不復返而有賴救贖的狀況有異。

結語

　　整體而言，《純真之歌》中的一首，呈現的是一種平和與寧靜，對時間與自然的周而復始有一種豁達的感受，就算時光不再，也沒有任何遺憾，而孩童與保姆的親切對話，更散發出人間的溫暖。反觀《經驗之歌》中的一首，表現的是有成有壞的現實世界，對失去的光陰不斷回想、懊悔，帶著既苦澀又見不

得別人快樂的心酸，一味的沉浸在自我感傷的世界裡，無法自拔。這「純真」
與「經驗」情懷的對比，也以不同的風貌反映在布萊克在其《純真之歌》與《經
驗之歌》的其他詩篇裡。

31 | 虎
威廉·布萊克
（The Tyger, by William Blake）

虎，虎，爍爍生輝，
黑夜林中，亮若燃燒。
是怎樣不朽的手或眼，
能鑄就您使人生畏的勻稱威武？

在何其幽遠的深海或天空
能鍛就您雙眼的火焰？
在何其堅強之雙翼上他敢駕其凌雲之志？
何等的手，敢抓取那鍛火？

何等的肩膀，何等的技藝，
能擰就您心臟的筋絡？
而當您的心臟開始跳動之後，
何其駭人的手？何其駭人的腳？

何等大錘？何等鐵鏈？
於何等熔爐冶煉您的腦？
何等的鐵砧？何等駭人的抓攫，
膽敢銲接這死亡般的恐怖？

當星群投下它們的長矛，

並以星淚濕漉了天空

他是帶著微笑看著他的作品？

是創造綿羊的他創造了您？

虎，虎，燦燦生輝，

黑夜林中，亮若燃燒。

是怎樣不朽的手或眼，

能鑄就您使人生畏的勻稱威武？　　　（1790-1792 年）

解讀

引言

　　這首詩屬於《經驗之歌》，而它在《純真之歌》裡相對的就是〈綿羊〉一詩了。〈綿羊〉很單純，格式與內容皆如此，僅十行。為方便對比計，翻譯於下面。

　　　小綿羊，誰創造了您？

　　　您知道誰創造了您？

　　　他給與您生命並餵養您？

　　　逡巡溪邊或徜徉在草原上。

　　　他給您愉悅的衣裳覆身，

　　　最柔軟閃亮的羊毛衣裳。

　　　他給與您如此溫柔的聲音，

　　　使到所有的山谷回響著歡樂！

小綿羊，誰創造了您？

您知道誰創造了您？

〈綿羊〉的主要關注是誰創造的問題，也就是在造物者身上。〈虎〉更進一步，全詩可說是造物主創造虎的過程，而對造物主的詢問，則變得複雜化：是同一的造物主創造這兩極的物種嗎？然而，〈虎〉繼承了〈綿羊〉頭尾重沓的形式，並同時加強了詢問技巧以推進詩篇的發展。〈綿羊〉是單純的純真世界的象徵，而〈虎〉卻不單是經驗人間與邪惡的認知世界；虎所象徵的特性 "thy fearful symmetry" 是使人生畏與勻稱兩極的合一；我們或可從這裡窺見布萊克所說的 "organized innocence"（二度純真）。

講解

此詩沿著虎的使人生畏但卻勻稱威武而發展。以虎在黑夜林中燦燦生輝（虎是夜行動物）的開首以後，即連續以問號的形式鋪陳虎使人生畏復又勻稱均衡的英姿，但所有的問號都指向創造這英姿的源頭：造物主。這問號是疑問也同時是驚嘆，驚嘆虎既洵美復可怖的英姿及其背後的造物主的神奇：「是怎樣不朽的手或眼，／能鑄就您使人生畏的勻稱威武？」。"Symmetry"（勻稱或均衡）是希臘以來西方古典美學的美的標準。

全詩主體是虎的創造過程。詩從造物主的手眼發端，有點像武術所說的眼到手到。接著，從虎之眼而及於心臟，下及其手腳，進而及於虎的手眼，最終及於腦，而腦則為驚悚恐怖（"deadly terrors"）之所賴（這詮釋了 "fearful symmetry" 中的 "fearful"）。「何等」（"what"）表達了驚嘆，而再三地重複，正表達對虎及對造物者的驚嘆不止。我們要注意製造此虎所賴的空間處所，所賴的工具，所賴的材質，都非等閑：何等極遠的深海或天空？何等熔爐？何等鐵砧？何等大錘？何等鐵鍊？其非比尋常都在「何等」的驚嘆裡表達無遺。最

重要而最出色的當然是造物者的超凡身姿了：怎樣不朽的手或眼？何等的肩膀？何等的技藝？造物者在此被描繪為藝術家；在古希臘傳統裡，藝術家就是一個創造者（maker）。我們可以想像造物者創造這既均衡威武復恐怖可畏的虎的形象——他非凡的技藝，其手，其腳，其眼，其肩膀渾然一體的身姿。這神乎其技的創造景象，讓我們聯想起同樣是神乎其技的《莊子》裡的庖丁解牛，一個創造的逆反過程：「庖丁為文惠君解牛，手之所觸，肩之所倚，足之所履，膝之所踦，砉然嚮然，奏刀騞然，莫不中音：合於《桑林》之舞，乃中《經首》之會」。

創造大戲落幕之後，就是詩人的疑問了。「當星群投下它們的長矛，／並以星淚洗滌了天空／他是帶著微笑看著他的作品？／是創造綿羊的他創造您？」。在蒼穹之下，長矛（"spears"）與淚水（"tears"），帶來了災難來臨的象徵。換言之，自虎創造以來，人間就有災難。造物主對他的傑作態度如何？微笑著看嗎？綿羊與虎，也就是純真與邪惡，創造自同一的主？這宗教的弔詭與疑惑，可以說是大大地打破了當時宗教的禁忌。翻一下本選集的英國十七世紀的宗教詩，就可想而知了。在這疑惑的後面，還牽涉到記號學（semiotics）的一個重要概念，也就是肖象性（iconicity）。創造者與被創造者兩者擁有共通的品質，就像藝術家與其作品間某種內在的關係；那麼，造物主也是同樣擁有其傑作虎的品質，有著邪惡，才能創造出這虎的恐怖？就宗教象徵系統而言，耶穌基督十字架上的苦難，釋迦牟尼三十二相的圓融，其表義與肖象性可謂無阻無間。

末節與首節相同，表達了虎在黑夜裡的爍爍生輝，使人生畏與威武均衡的複合形象，以及其背後造物主的無所畏與驚人的技藝。同時，首末節相同的重沓形式加強了這母題的表達及其藝術性。

結語

　　〈虎〉與〈綿羊〉相對待，但〈虎〉的形象，並非只是與純真相對待的邪惡，而是威武均衡與使人生畏的複合，或顯露了布萊克心中的二度純真。在宗教上，本詩觸及基督教的弔詭，造物者創造了綿羊，也創造了其反面的虎，而詩人甚至對此弔詭發出何以如此的質疑。

　　這首詩的藝術經營出色，全詩主體為造物者創造虎的實景，經由「何等」一詞及帶有驚嘆的問號，呈現創造所賴的處所、工具、材質的非比尋常，以襯托虎的可怖卻勻稱的威武形象，以及造物者的神乎奇技及不朽能耐。詩的首尾兩節相同，皆為四句，押韻皆為 ABAB，有歌底重沓的韻致，為全詩帶來另一藝術層面。

32 啊，太陽花

威廉·布萊克

（Ah Sun-Flower, by William Blake）

啊，太陽花！倦於時光，

一直數著太陽的步伐，

追尋那甜美的黃金天域，

那兒是所有旅人旅程的終點；

那兒年輕人帶著欲望消瘦萎去，

而蒼白的少女身軀被落雪掩埋：

他們從墓室中帶著熱望起身，

而那裡是我底太陽花冀望著去的地方。（1794 年）

解讀

引言

　　太陽花也就是向日葵，花朵追逐太陽方向而轉動。本詩即以此象徵蓬勃與積極的生命動能。然而，對生命的追逐不免帶來疲憊。而在另一極，生命未能發揮，欲望未能滿足，當然希望再活一次。詩中埋藏於雪地裡的或蒼白或瘦弱的年輕男女從墓中起來；就是這另一面的象徵，對生命的不滅的希冀了。這首詩就是表達這兩難的生命情境。這首詩屬於《經驗之歌》，但其超越了罪惡與罪惡認知的世界，對生命欲望，甚至僅僅身體的欲望的追求，沒有持鞭撻的態

度。也許，這更接近人間經驗的世界。

這首詩在語法安排上有一個特色，一共有兩個詩節，而其中卻有三個 "where" 並且跨越詩節，但三個 "where" 都是同一地方；沒抓住這個特點，就無法讀懂這首詩了。

講解

全詩分兩詩節。首個詩節先界定太陽花「倦於時光」，也就是動極思靜，從追求到厭倦。於是，一連串的相對組從此可以建立：積極與消極、主動與被動、滿足與不滿足、生與死等。那甜美的黃金天域與所有旅人旅程的終點等同，經由連接詞 "where"（那兒）的功能完成。其象徵意義昭然若揭：那就是無限好的夕陽，那就是旅人必然走向的死亡。在太陽花的視覺裡，死亡是一個甜美的天域，永恆的歸宿。

在第二詩節裡，就在那稱為甜美的天域的死亡之域，不同的場景出現了。那裡不再是旅人永恆的歸宿，生命沒有獲得揮灑，欲望沒有獲得滿足的青年男女，卻從墳墓中起將身來，即便死去他們仍希冀著太陽所代表的充沛的生命。在這死亡之地域上，消瘦萎去、蒼白的臉、雪地，與前一節的太陽花與燦爛的晚霞，成為了強烈的象徵的對比。人生的兩難困境，就在這對比下強烈呈現。

最特殊的是句法。嚴格來說，全詩只是一個句子（就英文來說，句點代表一個句子），而 "where"（那兒）卻跨越了兩個詩節，而指稱同一的死亡之域；那是太陽花厭倦了生命而樂意以求的死亡歸宿，卻是早逝的未能滿足其生命與欲望的年輕男女葬身之處，是他們要從雪地裡起身再活的出發地：這蒙太奇般的「並置」（juxtaposition）鏡頭使人難忘。

結語

與前面布萊克的幾首詩不同，這首詩的結構顯然建立在二元對立上：一極

是太陽花倦於生命的追逐而以死亡作為美好的歸宿，另一極是生命與欲望未遂的青年視覺，在象徵上，同樣形成一個二元對立的平臺。天域與地域，兩個鏡頭，蒙太奇般並置一起。

這藝術耕耘有賴於語法的特殊安排。全詩是一個句子，故得以讓三個處所連接詞 "where"（那兒）跨越全詩的兩個詩節，並指向同一指涉空間（死亡之域），內容及視覺上的二元對立與並置才得以成立。

這首詩的象徵內涵讓人想到中國的逐日神話：「夸父與日逐走，未至，道渴而死；棄其杖，化為鄧林」（出自《山海經》）。為何逐日：為爭勝？為探索？總之是被某種生之慾所驅動，而至死不悔，植其杖化作生意盎然的桃林，在內涵上體現了「生—死—再生」以及「變形神話」（transformation myth）的神話原始類型；而在意象表現上也有蒙太奇式的轉換，與布萊克太陽花詩有著異曲同工之妙。

33 | 病玫瑰

威廉·布萊克

（The Sick Rose, by William Blake）

噢，玫瑰，妳病了。

那隱形的蟲，

乘著夜色飛翔，

在怒號的風暴裡，

找到妳的花床，

殷紅的歡樂；

他黑暗的隱秘的愛，

卻毀了妳的一生。（1794 年）

解讀

引言

　　法國象徵主義在評論界可謂人人耳熟能詳，其實早在十八世紀末葉，浪漫主義初期，英國詩人布萊克已開創出詩學上英國式的象徵主義。

　　布萊克此詩運用象徵手法，以 "secret love" 作喻旨（tenor），其餘部分作喻依（vehicle），象徵一段隱祕的愛情關係。布萊克寫這首詩的動機耐人尋味。讀者知道詩人並非生物學家，他不會將蟲魚鳥獸當成描寫的對象，而是利用他們作比喻，描寫深層的意涵。就象徵而言，詩中的 "worm" 代表男性，"rose" 代表女性，"bed"（花床）是收納的空間，故亦是女性的象徵。

這首詩屬於《經驗之歌》，是當樂園失去後，純真失去後的經驗世界，並在此心態下對隱秘愛情的沉思。

講解

　　就文法而言，全詩只有兩個句子（sentence）。首句「噢，玫瑰，妳病了」，可謂提綱挈領，接著的由七個詩行構成的句子鋪陳其病之因，帶出秘密的愛情，而最後的詩行又回溯到玫瑰，說「卻毀了妳的一生」。

　　詩人採第二人稱，對玫瑰稱妳，但卻以全知的視覺，來敘述發生的一切。這居中的詩行，有若小小的戲劇：場景是暴風雨之夜，即暗示著這兩個主角，玫瑰及隱形的蟲將會發生不為人知的事。接著，「花床」（"thy bed"）和「殷紅色的歡樂」（crimson joy），意味著男女交歡的景象，而終於點出這是隱祕的愛（"secret love"），也就點出了玫瑰及蟲所代表者：玫瑰代表女性、蟲代表男性。花床是收納的空間，故亦是女性的象徵，這都有記號學上的「肖象性」。「殷紅的歡樂」喻床笫之歡，則有其「例習性」。暴風雨中蟲子潛入花心，殷紅的歡樂在此又可視為一個反諷，因接著後患無窮。詩人帶著同情的口吻對玫瑰說，這卻毀了妳的一生。詩人用 "dark" 來形容這秘密的愛，有負面的意味，但詩人又同時用 "crimson joy" 來形容其歡樂，又對此負面性有所平衡。也許我們會問，這首詩如果出現在《純真之歌》裡，詩人是否會有另一番的表達？正如詩人所言，無論純真與經驗，都只是靈魂的一種境地（state），一種關照，並非純然是客觀的事態，這點在兩首〈保姆之歌〉的對照裡，最為清楚，同一周遭，而兩位保姆的心態與關照各異。

　　接著談一下此詩的語言經營。就場景來說，"thy bed" 是指玫瑰的花床，但 "bed" 這個字，引人遐思，讓人聯想到床笫之歡。「殷紅的歡樂」，在顏色上與紅玫瑰吻合，但在男女交歡上也有豐富的聯想。病字也有它的雙面性，玫瑰花為蟲所傷，但病字終究是習慣用於人身上，得以把人與玫瑰象徵地連在一

起。英詩的韻腳（原詩二、四句及六、八句押韻），或者句末的字，有時扮演表義的角色：這首詩在句末的安排，"sick"、"worm"、"night"、"storm"、"bed"、"joy"、"love"、"destroy"等字，已營造了全詩的氛圍及錯綜關係。

《文心雕龍》〈隱秀篇〉：「義生文外，秘響旁通」，劉勰所說的「隱」，不僅要含蓄，也要有「文外之重旨」，要「以複意為工」，也就是要有豐富的聯想餘地。像布萊克此詩所用的喻旨、喻依，也每見於中國詩詞：柳永「鴛鴦繡被翻紅浪」、周邦彥「浪翻紅縐」，雲南民歌「雨不灑花花不紅」，都有相同的意象設計在內；摧花浪子的喻依在中國較常用為狂蜂浪蝶、狂風暴雨之類，而少見為蟲。在布萊克詩中黑夜、暴風雨和蟲子都加在一起，當然與殷紅的歡樂對比之下，這傷害的力道就更強了。

結語

此詩運用了大量的象徵手法，明顯地營造出另有所指的韻味。在這小小的戲劇裡，植物界的玫瑰與蟲，人間世的女與男，巧妙地交纏一起，並以前者象徵後者。以玫瑰象徵女性，以蟲象徵男性，有它的普及性。然而，這隱密的愛情，卻摧毀了玫瑰的生命，意即毀壞了女性的一生，而這是由於自古及今的父權文化及今日尚殘餘的女性貞潔觀使然。我們無法確認布萊克對此貞潔觀的立場，但詩人卻顯然對玫瑰所代表的女性之受害處境心存憐憫，也同時對當時社會男女不平等的現象深表不以為然吧！

34 | 倫敦

威廉·布萊克

（London, by William Blake）

我漫遊於什麼都需要政府執照的每條街道，

鄰近奔流著什麼都需要政府許可的泰唔士河。

從所遇的每一臉孔，我看到

懦弱的標誌，悲傷的標誌。

在每個人的每一聲呼喊裡，

在嬰兒的每一聲恐懼哭叫裡，

在每一人聲裡，每一禁令裡，

我聽到人們自我鎔鑄的心之枷鎖。

煙囪清掃童的喊聲，

驚嚇了已污染蒙塵的每一教堂：

而命乖的士兵底呻吟嘆息，

血般從皇宮四壁流竄而下。

最不堪的是當穿越午夜街道，我聽到

年輕的娼妓底詛咒，如何

疾風般吹落新生嬰兒的眼淚，

並且瘟疫般玷污了婚姻的靈車。（1794 年）

引言

〈倫敦〉這首詩出自布萊克的《經驗之歌》。詩篇描寫原已背負原罪的脆弱人性，在不合理的政治經濟結構下如何加倍扭曲。〈倫敦〉發表於一七九四年，時間點落在法國大革命（1789-1799）期間，應有在英國鼓吹革命的意涵。

布萊克（1757-1827）生活於十八世紀中葉到十九世紀初葉。當時，歐美人民追求自由、人權、民主的意識大興，美國獨立革命、法國大革命相繼掀起；而英國由於海外殖民和工業革命的發達，產生了一批資產階級，他們和統治階層的貴族以及教會結合，形成更為穩固的保守力量，並藉著工業化、科層組織化，而將社會控制力延伸到城市各角落，進而消解了農工階層的革命意識。布萊克一方面不滿於這種不公不義的社會政治結構，一方面痛心於民眾悲苦卻缺乏自覺而無力自救。但〈倫敦〉不是一首灰暗之歌，而是充滿革命的怒火，語調鏗鏘有力。

講解

我們首先注意第一詩節中重複的字 "mark"，此可謂一個「詩眼」。中國詩的「詩眼」通常只有一個字，而且只出現一次，但是英詩的「詩眼」卻是常常重複的字眼，以作強調。接著，"chartered" 也可以說另一「詩眼」。"chartered"（簡譯「執照」）的意思是，是受到政府的獲准，可以自由經營之意。然而，自由的原意應該是與生俱來的，而且是人人皆可享受的權利，不需要由外部勢力來決定。故 "chartered" 一詞，在此帶有「反諷」的意味。倫敦的街道上，都是獲得政府批准的「執照」的商店，而泰晤士河兩岸同樣是充滿了「獲准」做生意的商家，而航行在河上的船隻，更不在話下了。從這裡推演，人們處處得

獲得政府的批准，並受其限制，就像人民雖然名義上獲得所謂自由，事實上則到處受限制，而思想更是如此。用現代的視野來說，國家機器經由其散播各種意識形態的機制，以掌控人民的思想。結果是：每張臉都充滿了「悲傷」與「懦弱」。人們之所以「懦弱」是因為他們無力，甚至不敢，改變現實生活中的黑暗。從我們的現在視野而看，「人們自我鎔鑄的心之枷鎖」（"The mind-forg'd manacles"），雖說是自我鎔鑄，而實際上是意識形態的長久作用所致，如當代法國新馬克思主義理論家 Louis Althusser 所言，意識形態從來都不是外在的，它往往深入人們的內心，好像這些意識形態的各種理念 ，就從你的內心裡召喚你似的，不是外人告訴你去遵守似的。這說法可謂掀開了意識形態運作的秘密。

第二詩節的 "every" 一再地出現，也是在強調這種悲哀是所有倫敦的人民不管大人小孩都感受到的。"ban"（禁令）與 "manacle"（枷鎖）兩詞，把受束縛的意旨更加突顯出來。但是，布萊克覺得這些限制和枷鎖，雖是因為英國政府在法國大革命之後為了避免類似的革命爆發而嚴格控制人民的行為和集會結社的自由，但更多的「限制」或「鐐銬」是來自人們自己。他們沒有勇氣去反叛。換言之，布萊克有意提醒人民革命的心。

第三詩節表現了英國社會中三大支柱的動搖，皇室、教會和軍隊都受到威脅。教堂應該是代表社會穩定人心、照顧弱勢族群、宣揚仁愛的地方，但是它卻是黑暗的，暗示此時教會並沒有發揮它應盡的責任，甚至因為聽到掃煙囪童工的哭聲而受到驚嚇，可見教會沒有照顧貧苦人民，只擔心人民會有任何暴力反撲而把同流合污的教會推倒。甚而連士兵的嘆息聲也威脅了皇室。布萊克將嘆息聲意象化成液體：紅紅的血液象徵著無謂的犧牲，血液在富麗堂皇的宮牆上流下象徵對皇室的不滿，以及可能的兵變。詩人應用這種強烈的對比和蒙太奇的手法製造出駭人的景象。似乎，到此為止，詩中已營造出類似法國在革命前受壓抑，風雨欲來的氣氛，而場景是英國的倫敦。

第四詩節描寫倫敦街頭公娼賣淫的景象。這些都是年輕的女孩，對著自己的嬰孩大罵，布萊克認為她們是擾亂婚姻制度的禍源，就像新婚的禮車沾染上了瘟疫一樣。雖然他表面像是在批評妓女，他真正批評的是這個已經失去道德價值的混亂的世界。

結語

這首詩充滿了下層階級的悲涼與苦痛，表現了一個不安、隨時會崩潰的社會。整個社會的腐化，不只是來自上層擁有權力的階級，也來自個人心中的悲觀，以及在國家意識形態機器的操作下，沒有反抗與革命的自覺。這表現在「我聽到人們自我鎔鑄的心之枷鎖」這個深沉的句子裡。同時，「執照」一詞的重複，表現了政府對人們的鉗制。

本詩的表現帶有象徵手法，富有感染力。詩人採用一連串使人窒息的視覺意象：禁令、枷鎖；聲音意象：嘆息、呼喊、哭叫、呻吟、詛咒；不祥意象：血、靈車；不一而足，令人怵目驚心，並以有力的詞語重複和蒙太奇的手法，組構成一篇震撼人心的樂章，是倫敦的輓歌，也是呼籲抗爭與革命的狂嘯。

餘話

象徵與的手法不論中西都是古已有之，中國《詩經》的興體即為象徵、基督教《聖經》和希臘史詩裡的神話象徵也比比皆是，蓋象徵行為與其內攝的美感經驗，為人類之本能。然而，繁富與奧秘的象徵手法，有意耕耘成為特殊文學風格，則有待各種文學發展之內部因素，哲學典範的變遷，以及外在社會經濟等因素之促成。十九世紀後半期，法國象徵主義開現代文學宣言之先河，但繁富與奧秘的象徵手法與象徵主義，在其前實已存在，並在發展中。英國的布

萊克的詩篇，即為象徵主義開創及實踐中之佼佼者，並有其特殊性。

　　布萊克的象徵主義非常豐富，尤其是其長篇詩作，詮釋困難。然而，其早期之作，《純真與經驗之歌》（*Songs of Innocence and Songs of Expeience*, 1794），較易把握。綜觀本書所選的布萊克作品：在兩首〈保姆之歌〉中，他用純真世界和經驗世界的兩個保姆不同的語氣心態，來暗示人類原初與萬物一體而後異化墮落的現象；在〈倫敦〉中，用街頭所見的種種景象，呈現被強勢政權、腐敗教會所欺壓而失其自由甚至失去反抗意志的人類；在〈病玫瑰〉中，以被風雨和蟲蝕摧殘的玫瑰，象徵在性別不平等狀況下的女性處境；在〈太陽花〉中，以倦極凋萎的向日葵和死有餘憾而從墳裡復出的男女，象徵追求光明理想與生之慾力至死不悔的人性。凡此種種都以二元對照、象徵、甚至蒙太奇手法具現在讀者眼前。〈虎〉這一首雖然使用一連串驚嘆疑問句，好像在質疑造物者創造綿羊為何又創造完全不同質的虎？造物主他到底用意何在？但詩人著墨之深全在被創造的虎之美與力、可怖與勻稱，以及創造者令人目眩之手眼神威；從記號學的一個概念「肖象性」來看，創造者與被創造者往往擁有共通的品質，兩者之間有著某種內在關係，那就是說創造虎的造物主，本身也擁有虎般的撒旦式的毀滅性力量，如此說來整首詩就是一個象徵，暗示詩人眼中的造物主可能是善與惡兼具的。這真是打破當時宗教的禁忌了。布萊克以其象徵主義詩篇，企圖為「純真」與「經驗」兩個靈魂領域尋求連結與互盪，而呈現出一幅幅善惡並存，科學的知性與創造的慾力互饋互補的生命藍圖。

35 早春詩草

威廉·華茲華斯

（Lines Written in Early Spring, by William Wordsworth）

我聽到千種籟音，
當我休憩於林中。
在如此甜美的氣氛裡，愉快的
思維卻帶來內心的憂鬱。

自然通過我的身心把人類的靈魂
連結到她美麗的造物；
然而每一想及人怎麼把人造成
這個樣子，實傷我心。

長春花藤沿著櫻草花枝條，
在綠鄉屋上繞出一個個的冠圈：
那是我的信心：每一朵花
都欣然於她呼吸的空氣。

我身旁的鳥兒蹦跳嬉戲，
我無法忖測他們內心的思維——
但他們身軀小小的挪動，
都*看來*是狂喜。

綴滿蓓蕾的花枝們展放成扇，

亟欲捕捉微風的輕撫。

我必然想，以我所能地想：

樂就在其中。

倘此*信念*來自天國，

倘此為自然的神聖藍圖，

難道我沒有理由去哀悼：

人怎麼把人造成這個樣子？（1798 年）

解讀

引言

　　這是一首早春詩，詩人在歡愉的春天裡，因內在的憂傷引發一些對人類行為的理性的思考歷程，最後在宇宙的歡樂中，體會到人類的憂傷和苦難，其實是人類自己造成的。

　　詩背後是那時的自然哲學，而在表達層面上，詩人把自己對自然的細膩感應與互動，直接用思辨的知性語言清晰詮解，這是英詩表達有別於中詩的特色，因此，我們特別用斜體字標出這互動的痕跡。

講解

　　首節詩人自述在一片小森林裡坐下休憩，森林裡愉悅的氛圍（"mood"）卻引發他悲傷的思緒。此意境如同把王維的「獨坐幽篁裡」的美景，與阮籍的「夜中不能寐，起坐彈鳴琴，（中略）憂思獨傷心」合在一起。當然，兩者憂

思所及與歷史文化背景不同。

二節從自然宗教的視野，點出其憂思之所在。阮籍的憂思是對時代社會而發，而華茲華斯則是有感於人類的墮落。「自然通過我的身心把人類的靈魂／連結到她美麗的造物」，表達了近乎道家中「天地與我並生，而萬物與我為一」的「萬物同體」理念；華茲華斯也主張人類的靈魂與大自然相通，詩中抒其感知自然而引起內心的變化，隨即又道出他的憂傷：「每一想及人怎麼把人造成／這個樣子，實傷我心」，詩人用這一句詰問告訴我們，他傷心是因為感嘆人類不再純真如初；在《聖經》的記載裡，人類是照著上帝的形象造成，應是完美無瑕，但當初與自然萬物連結的狀態如今不再，人類已經異化而敗壞如此。

接著的第三、四、五節，詩人從與大自然的一樁樁互動裡找回歡愉的感受：在樹蔭叢裡櫻草花（"primrose"）的枝條上，有長春花（"periwinkle"）纏繞形成的許多花冠，於此是詩人萌生了每朵花都快樂地享受生命的信念。接著詩人說，即使他不能了解在他身邊跳躍玩耍的鳥兒是否快樂（如同惠施不知魚之樂一樣），他仍然願意相信鳥兒的內心世界是顫動著、雀躍著。詩人還觀察到，那開著花的嫩枝伸出花扇，亟欲捕捉微風的輕撫，那一刻他覺得其中自有喜樂。就這樣詩人努力去了解自然，不停地作理性思維及感性活動，他發現事實上所有的自然場景都滿溢著快樂和喜悅。詩人於是做出結論，這宇宙是快樂的，也就是「萬物欣然」；這是詩人在他的創作實踐中，體驗了自己的身心與自然的美麗造物連結起來的結果。那麼，為什麼人「不欣然」？為什麼人間處處有苦難？癥結就出在人自己身上了，也就是末節帶有感傷的結語所在了。

結語

這首詩是十九世紀自然哲學的體現；人與自然同體，則萬物欣然；而人間苦難如此，那是因為人自作孽，違逆了自然神聖的藍圖之故。詩人之憂思並非無因，乃是他經歷了法國大革命之高亢情懷，以及隨之而來的革命理想挫敗引

起的極度沮喪；加上在革命者和被革命者兩造身上都能看到的道德之淪喪、人性之墮落，當然會引發他一再質疑：「人怎麼把自己造成這個樣子？」，而另一方面則汲汲於尋求回歸自然原初的真純與喜樂。

中詩與英詩的表達往往不同，前者常以直接的意象呈現，後者則往往加上思辨，而把思辨之軌跡，具現於詩中，與中詩的意象直接表達，有美學上的差別。比較之下，從此詩可充分看到英詩的特點：每每在客觀景物之前加上「那是我的信念」、「我無法忖測」、「看來」、「我必然想」等主體思維，形成一個知性的、有著明確指涉範疇的框架，透過這個框架，華茲華斯把他對客體景物的主體參與展露在讀者眼前，讓讀者瞭然於他對「萬物同體」純真世界的憧憬，以及對異化世界的批判。

相對的，可以中國詩人王維的〈辛夷塢〉「木末芙蓉花，山中發紅萼，澗戶寂無人，紛紛開且落」為例：不同於華茲華斯，此詩直接呈現自然意象，而不見其主體的知性思維框架。王維晚年向佛，其寫詩心態近於無我，以客觀如鏡之心、眼，觀照山澗中花朵之開與落，生發與凋殘，如其自然而不落言詮，此之謂禪詩。在此我們可以看到，如王維這樣的山水詩所呈現的「道」之追求，與華茲華斯這樣的浪漫詩對自然純真本體世界的嚮往，兩者或有共通之處，然而中西表現美學畢竟迥然不同。

36 淮溪岸汀潭修院向上五里處重臨

威廉・華茲華斯

（Lines Composed a Few Miles above Tintern Abbey, On Revisiting the Banks of the Wye during a Tour. July 13, 1798 , by William Wordsworth）

五年的歲月已逝去；五個夏天，隨著
五個長長的冬日。*再次*我聽到
潺潺水聲，隨山泉滾流而下，
帶著地底喃喃絮語的韻致。——*再次*
我觀看著這些陡峭而高聳的峭壁；
峭壁為荒野而僻遠的景色，
銘印上更為幽僻的思維，
並把風景連接到天空的寧靜。

這日子終於來了，我*再次*休憩
於此，在這深黑的大葉楓樹下，觀看著
*這*一塊塊的鄉屋疇地，*這些*果園的枝條，
在這季節裡結著尚未成熟的纍纍果實，
此刻都披上了一抹綠色，隱沒在
矮樹林與叢藪中。*再次*，我看到
*這*一行行的籬笆，幾乎看不出是籬笆，看來只是
一些狂野的林木構成的線條而已。*這些田園*風的農舍，
綠意一直綠到門前。而一圈圈的炊煙

從樹木叢中沉默地向上升！

在不容易確認的視野裡，看來可能像是來自

在無房舍的林中流浪者的棲處，

或者是來自隱士的岩洞，

那裡隱士孤獨地坐著。

這些美麗的形相，

我久違了一段時光，卻並非

如風景之徒然以對盲者的眼睛：

而是常常，在孤單的房間裡，

在城裡或鎮上，在疲憊的時刻，

我虧欠了他們諸多甜美的感官印象；

隨之感應於血液，沿心臟而徐行，

甚至通入我底更純淨的智心，

在那兒寧靜地沉澱著──成為

源自遺忘深處的愉悅感覺。

如此，也許，那影響並非輕微而不足道，

而是及於仁者的生命最好的部分，

他那想不起來的，微小的、無名的

仁慈與關愛的諸多行為。我確信，

對這些物色的形相，我還虧欠另一

更崇高的贈禮：那祝福的氛圍。

在這氛圍裡，那人生無解的神秘帶來的負擔，

那無明世界帶來的

所有沉重與疲憊，

得以減輕：——那寧靜與祝福的氛圍，

——在那兒深情溫柔地領著我們向前，

一直等到這軀殼的呼吸，

甚至我們血液的流動

幾乎停頓；我們，身軀

睡著了，變成了一具活靈魂。

其時，我們的一隻眼睛，被和諧的

力量以及更深的喜悅的力量，調伏得寧靜，

我們得以看進萬物的生命。

假如這

只是白費的信念，噢，為何常常——

在黑暗裡，在白天各色各樣

毫無歡樂的事物當中：毫無收穫

的紛擾蠢動，人間發燒般的狂熱，

一直沉重地壓逼著我心臟的脈動，

就在這些時刻，何其多回，我走向您！

啊，屬於山林的淮溪！您，森林的漫遊者，

何其多回，我的心靈走向您！

此刻，隨著半明滅的思維之光，

隨著模糊與淡去的許多景物的辨識，

以及某種傷感的懊惱，

腦海裡昔日的畫面重新活過來了：

我此刻站在這兒，不僅懷著

當下的喜悅，更高興地想著，

此刻為將來提供了

生命與食糧。那麼，我就大膽希冀，

我此刻有別於初臨此山林之我。

無疑，已非昔日。那時，我像一頭小鹿，

奔躍於山野上，深河之兩岸，

以及孤獨無人的溪澗間，

但隨自然之所引；那心境更像人要逃離

厭惡的事物，多於要追尋

他所愛的東西。那時

（屬於我孩童時光較為粗糙的愉悅，

以及興高采烈的動物般的動作都一去不返了）

自然，對我而言，她的一切就是一切。──我無法描繪

我那時。那響亮的瀑布

抓住我心，如狂熱情愫：

那挑高的石頭，那山巒，那幽深而黯淡的森林，

它們各種的顏色與形狀，對我

就彷彿是開胃小菜：那是一份感覺，一份愛，

不需更深邃，

由思維所提供的魅力，不需超乎

眼睛所能借來的趣味。──那時光已過去，

隨著強烈得帶痛的歡樂，

以及所有使人昏眩的狂喜也不復了。

但我不會為此頹喪，也不會嘆息或喃喃自語，

因其他厚禮隨之而來。這損失，我相信，

帶來豐富的補償。因為，

我終於學到怎樣去看大自然，

不再像年輕時那麼毫無思慮；

我從其中一再聽到那

人性底寂靜、憂鬱的樂章；

一個雄健的力量，

攻堅，無所不摧，但不粗不野。

我在其中感到一種「存在」，

它擾動我心，以崇高的思維

帶來的狂喜；我感到一種萬物融合的雄偉，

其住處為落日、為海洋、為大氣、

為藍天、為人類底智心：

一種生動、一種靈體，推動著所有

有生命的東西、所有思維中的對象，

運轉於所有的物中。

因而我如今還是

草原、深林與山巒的愛戀者；

愛戀著這綠色大地所見一切，

愛戀著耳目所及的豐盈有力的世界——

半為耳目所創造，半為

耳目所觀視而成。我很高興

從自然以及感官語言裡體認到

我最純潔的思維的落錨處——，

那是我心靈的護士、嚮導、監護人，

我底道德本體的靈魂所在。

這不是偶然。

倘若我不是如此被自然教養，

我親和的精神必然會毀壞去：

因為，在這美麗的河堤上

妳與我在一起。妳，我最親愛的朋友，

我最親愛最親愛的朋友；在妳的聲音裡

我重獲昔日我心靈的語言；從妳

野放而亮晶晶的眼神裡，我讀到

我昔日的歡樂。啊！

我願在妳身上看到昔日的我一會兒，

我最親愛最親愛的妹妹！[3]這裡的書寫詩就是我的祈禱，因為。

我知道自然不會出賣

愛戀她的心；這是她的特權，

在我們生命的歲月裡，帶領

我們從喜悅到喜悅；她導引

我們內裡的智心，烙印以

靜謐與美，孕育以高貴

的思維；那麼，惡毒的舌頭，

輕率的批評指責，自私者的輕蔑，

缺乏誠意的問候，以及所有

---

3 華茲華斯與其妹 Dorothy Wordsworth 的關係，可謂兄妹情深。華氏在法國大革命期間，熱衷革命理想，在巴黎發傳單，並與一法國少女戀愛同居。其後錢財用盡回英，而英法戰爭起，關係無以為繼。華氏因法國革命失敗及此感情創傷，極度沮喪，幸賴 Dorothy 之陪伴度過低潮，其之走向自然山水，亦以此為契機。Dorothy 才華出眾，擅於詩文，兩人默契可想而知；很久以後，華氏結婚，婚後 Dorothy 仍常在身側。

可怕無味的日常生活的交往，將永遠不會

占我們的上風，或者干擾

我們愉快的信念：我們目之所及

都是滿盈的祝福。那麼，讓月亮

照耀妳孤獨的步履；

讓霧靄裡的山風自由無拘

地吹拂在妳身上；並且，多年以後，

當這些野放的狂喜神迷成熟為

清醒的愉悅；當妳的智心

成為所有可愛的物色形相的住屋，

妳的記憶成為所有

甜美的聲音與和諧休憩之地；

啊！那時，萬一孤獨，或恐懼，或痛苦，或悲傷

成為妳的一部分，妳會帶著

怎樣慰藉的思維與溫柔的喜悅憶起我，

——以及這些勸勉呢！萬一

我在再也聽不到妳聲音的地方，或者

從妳野放的眼神裡

再也看不到我昔日的存在之際——

那時妳不會忘卻我們一同佇立，在

這愉悅的溪旁；而我，只要仍然是

自然的崇拜者，我將會不倦地

重來侍候她；或者說，

帶著更熱情的愛慕——啊，帶著

更為深遠的熱情與更為神聖的愛慕。

即使多年不見，而妳將不會忘卻，

這些陡峭的深林與高崇的峭壁，

以及這綠野的田園風景；對我，

這些景物會變得更為珍貴，是因為它們本身也是因為妳之故。（1798 年）

解讀

引言

　　這是一首山水詩為主導卻含攝著田園母題的複合體。我個人認為，它可說是華氏史詩般鉅著《前奏：智心之成長》（*The Prelude: Growth of the Mind, 1798-1839*）的前導版，此詩也寫於一七九八年，而智心之成長正是其主題之所在：從五年裡詩人對山水觀照之轉變，以見證其智心之成長。這是一個學界所謂「峰頂經驗」（"mountain-top experience"）的山水詩，但詩人俯瞰下隱藏在峰巒與林木中的，卻是一個田園風光，而田園（pastoral）在自希臘以來的西方傳統裡，帶有理想色彩。

　　就山水的描寫，呈現出屬於華氏的「浪漫山水」（Romantic Landscape），講解裡會在這方面有所著墨。同時，這首詩的藝術形式特色是幾乎都是跨行句（run-on lines），讀起來連綿不斷，也因而有散文的韻致。華氏在〈Preface to *Lyrical Ballads*〉說，好的詩與好的散文沒有多大差別；不過，讀完這首詩，應該還是覺得兩者有差別的吧！差之或毫釐，詩質卻在這毫釐中，讀者需慢慢讀才能領會。

　　詩題有點特殊，罕有的長，時間與地點，甚至視覺角度，都點出了。由於視覺角度之點出，給了「新歷史主義批評」（New Historical Criticism）一個支撐點，作出解構式的批判。

此詩閱讀與中譯的一個困難點，乃是三個相近但詩人作出了關鍵差別的詞語。"Sentiment" 是指我們經由耳目等感官從物界獲得的感官印象，美學上稱為感官品，細分為聽覺品，視覺品等。"Feeling" 則不再是原初的烙印，而是有著情緒的反應，最接近中文「感覺」一詞的字義。"affection" 則有情愫在內，切入人類的關懷與愛的層面，意近情感與溫情。我個人認為，在華氏的山水觀照裡，這三個詞彙，代表著人類對外界反應的三個層面，以詩人自身作證了一個物象內在化的過程。在當今眾多的浪漫主義的界定裡，其中一個界定即為：所謂浪漫主義，內在化過程（internalization）是也。在中文的詞彙裡，這三個英文詞彙，都可以或有時翻譯為感覺；也就是說，中文「感覺」一詞，語意流動，可涵蓋上述三個英文詞彙，這構成了中譯與閱讀上的困難。

講解

全詩分五節。首節開首「五年的歲月已逝去；五個夏天，隨著／五個長長的冬日」，就點明這是一次五年後的舊地重遊。於是，詩人面對的是充滿了記憶的山水物色。這樣才有第四詩節的對當前景物的辨識（"recognitions"），看有沒有改變，但又不能確定的懊惱，以及某種傷感的懊惱（"sad perplexity"）。接著，有關字眼 "again"（再次）以及 "these"（這些）在本節中的反復出現，給我們一份當下感，景物就彷彿在目前。

接著，就是有名的華茲華斯式的浪漫山水了。潺潺水聲，帶著地底喃喃絮語的韻致，但水是從山泉滾流而下，婉約與雄渾並存。「滾流」（"rolling"）確有氣勢。

「峭壁為荒野而僻遠的景色，／銘印上更為幽僻的思維／並把風景連接到天空的寧靜。」"These steep and lofty cliffs, / That on a wild *secluded* scene impress/ *Thoughts* of more *deep seclusion*; and connect/The landscape with the quiet of the sky."。詩人用 "thoughts"（思維）而非感覺，意味著「感覺」是為「思維」所感染的。

我們說，華氏的詩是沉思的詩篇（meditation poetry），從這個小地方即可見其端倪。「思維」與「冥思」只是一步之遙。峭壁不是把風景連接到天空，而是連接到天空的寧靜。某種氛圍就產生了；如果是繪畫，就不再是寫實了，而是帶著感覺，表達一種印象。峭壁把景物連接到天空的寧靜，遠超乎視線所能及，把觀畫者的目光帶出框外，更打破了西方繪畫傳統：超乎框外，就是十九世紀英國浪漫風景（Romantic Landscape）的創舉。接著，詩人把我們的視線，從峰頂俯瞰，帶進隱藏在森林的田園風光（"pastoral farms"）。「這一行行的矮樹籬笆，幾乎看不出是籬笆，看來只是／一些狂野的林木構成的線條而已」。從視覺來說，完全是對的；就繪畫而言，完全符合西方繪畫傳統的金科玉律：遠近法透視法。然而，「於此，在這深黑的大葉楓樹下，觀看著／這一塊塊的鄉屋疇地，這些果園的枝條，／在這季節裡結著尚未成熟的纍纍果實，／此刻都披上了一抹綠色，隱沒在／矮樹林與叢藪中」，那就有點奇怪了。從峰頂俯瞰，真的可能看到這些農舍果園裡，枝條上結著尚未成熟的纍纍果實？尤其是這些農舍果園已隱沒在矮樹林與叢藪中？也就是違背了視覺上的遠近大小。接著的「這些田園風的農舍，／綠意一直綠到門前」，更是如此的多定點視覺的呈現：畫家走近農舍才能看到綠意一直綠到門前啊！從繪畫而言，這是打破了透視法，是畫家移動觀看位置所見。從電影鏡頭來說，是把遠處的景物拉近。這種多定點視覺，常見於中國繪畫作品。其實中國畫從南北朝就開始漸有遠近透視的意識產生，之後唐王維、北宋郭熙等人更明晰闡論了畫中的透視原則，要達到遠小近大、遠淡近明、「遠山無樹、遠人無目」的視覺空間感。西方從文藝復興以降，科學漸趨發達，繪畫的單點透視法也隨著發展到極致；中國畫則常隨畫者的主觀心態，在單點和多點透視法之間靈活運用而達到特殊的藝術特色。華氏在詩中打破遠近法，采取多定點視覺的寫景手法，則成了華氏山水的特色。

接著，詩人又回到峰頂的俯瞰視覺，看到炊煙裊裊，從俯瞰下的密林中

升起。炊煙來自何處？從上下脈絡來說，應來自承上的田園風的農舍，但詩人卻以非常曖昧的語言，說可能來自林中居無定所的流浪者或岩洞中靜坐的隱者。「在不容易確認的視野裡，看來可能像是來自／在無房舍的林中流浪者的棲處，／或者是來自隱士的岩洞，／那裡隱士孤獨地坐著。」（"With some uncertain notice, as *might* seem/Of vagrant dwellers in the houseless woods，/Or of some Hermit's cave, where by his fire/The Hermit sits alone"）。其中 "With some uncertain notice" 這子句，語言有點狡猾，勉強譯為「在不容易確認的視野裡」，而原文接著用假設語氣的 "might"，還加上一個不確定的 "seem"（看來好像），極盡模稜兩可之能事。誠然，這種猜測，這種想像，這種不確定性，符合俯瞰的視覺。然而，這模稜的「語言」換為「筆觸」，就為畫境蒙上了某種印象式的韻致了。以上種種，構成了華氏浪漫山水略帶超越主義的色彩。這種表現風格，與當時畫界始韌的浪漫山水，有部分的不謀而合。

我們不妨把華氏山水與其時大畫家威廉‧透納（William Turner, 1775-1851）的畫作並看一下。現以透納晚期的名作〈風雨和速度──西部大鐵路〉（1844）作範例加以分析。透納最擅營造水氣氤氳的空氣氛圍和多變的光線，用以模糊化物象輪廓，造成浪漫的想像空間。我們看他畫中的物象輪廓模糊，就像華氏詩中「不容易確認的視野裡」所看到的，模稜兩可的物色，彷彿在暗示畫家所要表達的東西「不只如此」，而是超越現實物界的框限，把觀者的視覺帶向遙遠，畫的邊界有若消融；而那神祕變幻的光和蒸汽充斥在空氣中，把近景的鐵道、草原，和中景逐漸消逝於遠方的橋與模糊的村莊，以及遠處淡不可辨的山色，上上下下渾涵消溶成一團氤氳，蒸騰上昇連接到天空的某種無可言說的神祕。如此營造出的超越實境，使整幅畫的旨歸彷彿溢出框外，而有了一種象徵的、形上的氛圍。其義近於華氏所云：「峭壁為荒野而僻遠的景色，／銘印上更為幽僻的思維，／並把風景連接到天空的寧靜」。透納的畫也彷彿在呈現一種超自然力量的召喚。當然詩與畫二者仍有基本上的不同：在完整呈

現智心成長這方面，透納的畫當然缺乏華氏詩的心理過程，然而另一方面，我們可說：華氏觀照山水的浪漫思維與透納的風景畫法不約而同表現了類似的觀物方式。

第二詩節，在我個人的閱讀裡，主要是呈現感官從外界納入的物色的內在化過程，以及感官靜止活動時，我們的靈眼得以觀照萬物內裡的神秘經驗。「在疲憊的時刻，／我虧欠了他們諸多甜美的感官印象（"sensations sweet"）；隨之感應於血液，沿心臟而徐行，／甚至通入我底更純淨的智心（"purer mind"），／在那兒寧靜地沉澱著（"tranquil restoration"）──成為源自遺忘深處的愉悅感覺（"feeling"）」。從物色及於感官，通過血液，及於身軀的心（"heart"），而終及於純淨的智心（"mind"），寧靜地沉澱在那兒而成為感覺（"feeling"）（請注意英文 "heart" 與 "mind" 的差別；後者翻譯成智心，是葉維廉教授的創舉）。山水物色底美麗的形象最終帶來的是愉悅的感覺。華氏以個人的經驗見證山水帶來的正能量，其影響及於仁者的生命最好的部分，是他向善行善的泉源。更美妙的是，山水更帶來一種被祝福著的氛圍（"blessed mood"），並引領著我們的生命：「那寧靜與祝福的氛圍，／──在那兒人間深情（"affections"）溫柔地領著我們向前」。接著，華氏似乎把身軀與靈體相對待，當身軀睡著了，靈魂便活躍。我們有著兩隻眼睛，肉眼隨著身軀睡去，而另一隻眼（靈眼）便活躍，可以看進萬物的生命，也就是與萬物共往來：「其時，我們的一隻眼睛，／被和諧的／力量以及更深的喜悅的力量，調伏得寧靜，／我們得以看進萬物的生命」。似乎，這靈眼是隱藏在肉眼之後，是被和諧的力量與喜悅的力量調塑而成的。然而，這和諧的力量與喜悅的力量來自何方？我們不妨推想，力量來自自然，也就是來自喻況自然的山水。換言之，山水自然的內在結構與品質，就是和諧與喜悅，而前面所說的祝福的氛圍，我們感到被萬物所祝福的感覺，也同時是自然山水所帶給我們的恩寵；也可以說，兩者是同義詞，趨向同一的指涉。就我個人閱讀所見，這是一個內在化過程，而這

過程，就方便起見，可分為兩個層次，首度是感官從外界收納的物色內化為感覺為深情而及於智心，更深一度為這沉澱於智心的物色再內化為祝福的氛圍，為和諧與喜悅的力量，而軀體淨化為靈體，終而得以觀照萬物的內部，與萬物共往來。這思維，這歷程，這神祕經驗，與道家相通之處甚多，這裡無法細論。簡言之，華氏山水自然表達了英國浪漫時期的自然哲學或自然宗教。

趁此之便，我們審視一個文本內的特殊結構，那就是「文本」內部有時構成一個「語言」與「後設語言」（"meta-language"）的關係，即「文本」中的某些局部解釋前面的局部（按：用一種「語言」解釋另一種「語言」，後者可視作前者的「後設語言」）。華氏自然宗教的中心詞彙「祝福的氛圍」（"blessed mood"），在本節裡後續地以不同的語言來解釋。這詞彙首次出現時，是在一個負面的人間環境來界定：世界的不可了悟與無明，構成了生命的負擔，但只要心中常懷著被祝福的感覺，感受到一種自然中冥冥保佑的神力；這樣，雖不能完全消除痛苦的負擔，但能予以減輕。接著，詩人不斷地自我解釋 "blessed mood" 這困難的概念與氛圍。於是，詩人再度解釋此 "blessed mood"，謂其中蘊含著對世界的愛和深情，而這樣的情懷，能引領我們生命的旅途向前。詩人接著再解釋，自然的神力是一種寧靜的力量，這寧靜使我們肉體的呼吸、血液的流動，都彷彿暫時停頓一般；我們的肉體好像沉睡了，但是靈魂卻是更為活躍。詩人接著更解釋說，當我們人的視覺受到這種自然的和諧力量的感化而平靜，而感到深深的恬悅，我們便得以進入宇宙萬物生命的世界。在此處，詩人表達了「超越主義」（Transcendentalism）的思想：超越靈魂和肉體的界限，超越人和宇宙萬物之間的界限，達到天人合一的境界。

至於談到這種自然神祕經驗的真實性問題，這不是一個絕對真或是假的問題。有人批評浪漫主義，對這種冥冥中受到自然力量的感召的真實與否，抱持相當大的懷疑。然而，這種「超越的剎那」（transcendental moment）的體會之神祕經驗，就像是宗教經驗一樣；如同討論耶穌基督作為神，釋迦牟尼作為

佛，是否存在的問題一般，信者以為恆有，不信者以為恆無。所以，對這種個人體會的真實性的追究並不是很需要了。

第三詩節是一個過渡性的短詩節，以便下一詩節進入本詩的中心議題。詩人在此先描述了與山水自然相對的都市生活。那生活彷彿落入黑暗之中，人際的交接都只是蠢動，沒有歡樂，沒有帶來任何益處，而城市的喧囂與狂熱，一再地壓迫著詩人的心靈。於是，詩人不禁要對自然的懷抱呼喚，宣告他心靈對淮溪的神往：「何其多回，我走向您！／啊，屬於山林的淮溪！」。

第四詩節的主要論述是智心的成長（the growth of mind），也就是本詩的中心議題，而智心之成長是通過這五年詩人對山水體認的轉變。詩節以 "And now"（此刻）開始，又把我們帶回那雄偉山水的現場。然而，此刻的山水，有如首節，蒙上了一層過去的記憶：此刻對模糊與淡去的許多景物的辨識，有些變易或不復記憶，帶來某種傷感的懊惱。由於詩人體驗到自身的改變，詩人想到，今天這一刻的山水經驗，將會成為以後精神上豐美的食糧。同時詩人回顧了一下昔日走向山林的情懷：「那心境更像人要逃離／厭惡的事物，多於要追尋／他所愛的東西」。昔日的「我」，是為了逃離那些他所不喜愛的人間，為一種被動的消極態度，今日之我，卻是純然為了接近他所愛的自然，這種心境是主動的積極的。這個差別發人深省，主動與被動兩者似乎可謂差之毫釐，謬遠千里。也由於主動的，所以才能真正進入自然。

智心的成長這中心議題於是全貌呈現了。讓我們好好領略這兩次山水經驗的差別，詩人回顧說，那時初臨山水，所得的快樂，只是像一種動物性的本能，是感官上得到的快樂經驗，其樂帶有某種痛楚的 "aching joy"；那時，自然對他而言就是所有一切，不需要深沉的冥思。五年後的今日，也就是經過五年的山水經驗，此刻的詩人，那些瀑布、聳岩、峻嶺、和蓊鬱的森林對他而言，經由深思和體悟──"thought supplied" 而更加深了對山水自然的感悟；這更深一層的美感經驗與山水感悟，超越了昔日由感官所得到的興致。詩人對

年輕時徜徉山水時昏眩的狂喜（"dizzy raptures"）之失去，雖略有惋惜之意，但並非十分地遺憾於那心情的不復存在；詩人說，他得到的是更豐厚的報償：他現在能藉由智心（"mind"）來觀照自然山水，而不是年輕時尚未涉及人間情懷與思慮（"thoughtless"）的粗糙的回應。此刻的山水自然經驗，詩人智心與山水自然的互動，已達到前所沒有的崇高的人文境界。詩中這一段非常動人：「我從其中一再聽到那／人性底寂靜、憂鬱的樂章；／一個雄健的力量，／攻堅，無所不摧，但不粗不野」。「人性底寂靜、憂鬱的樂章」（"the still, sad music of humanity"）這個句子太美，使人動容。詩人此刻的心靈力量，已經可以把憂傷轉化為寧靜的喜悅（"joy"）；而這種能聽到人性憂傷的慈悲之心，卻也是一種無堅不摧的力量。「我在其中感到一種『存在』，／它擾動我心，以崇高的思維／帶來的狂喜；我感到一種萬物融合的雄偉」，這存在可解作為這山水自然的本體與力量。而這山水自然的本體的屬性，從上下脈絡來看，即是崇高的思維與詩人接著提到的融合萬物的「雄偉的感覺」或「雄渾感」（"sense sublime"）。此刻，「大塊」（大自然）感召的喜悅（"joy"）與「雄偉的感覺」，深深地融入於詩人這山水片刻。詩人說，「雄偉」存在於夕照的光輝、遼闊的大洋、和蔚藍的晴天之中；同時，人的智心，也同樣變得和自然一樣雄偉，在這樣的心靈中蘊含氣韻生動的宇宙靈體，驅動著宇宙萬物，甚至包括「思維世界」（"all subjects of all thought"）。此刻，詩人似乎重新省視浪漫主義所倡導的想像（imagination）的真諦。詩人以為，這些山水之美，一半是由我們感官所見，另一半則是由我們觀賞者所創造的。而且，唯有在山水之中，我們飄蕩不定的純淨思維（"purest thoughts"）才得以停泊下來，藉由自然的引導，我們的心和靈才能表現出道德存在最精粹的地方。

這一詩節引發了兩個哲學與美學的問題，一是山水的自足性，另一是雄偉（The Sublime；美學上譯作「雄渾」會更恰當，以下美學討論即用「雄渾」）在客體（物）還是在主體（人）上。這兩個問題，非常複雜，這裡只能點到為

止。詩中說，「自然，對我而言，她的一切就是一切」，會帶來山水自足的感覺，若不是華氏見證它只帶來動物性的有點痛楚的狂樂，若不是華氏接著見證經由智心經由思維所帶來的喜悅更為深遠而人文！在華氏的視野裡，山水並不自足。然而，換個角度，從道家哲學與美學的視野觀之，「自然，她的一切就是一切」，就是自然的本然如此。「山水以形媚道」、「目擊道存」，東方哲學家與詩人見證了山水的自足。誰對？各是其是，各非其非可也。至於「雄渾」（The Sublime），詩原文是 "a sense sublime/Of something far more deeply interfused"，直譯為：一種對或者來自某種深遠地融合一起的東西的雄渾感。「深遠地融合一起」對雄渾作了很好的陳述：很多物件看起來個別分離而無關，但在最深遠處卻是融合一起。"of" 這個介詞，比較讓我們覺得，這雄渾感存在於客體。這裡，我們不妨引進康德（Kent）對 "Sublime" 的界定。在康德的美學裡，"Beautiful"（優美）與 "Sublime"（雄渾）相對。前者意指勻稱均衡，不大不小，是謂「優美」，實為客體的屬性；後者則經由一個主體客體的辯證而成：所謂雄渾的客體，起初引起主體（人）的反應，是恐懼，是可怕，因為這客體巨大，陡峭，高險等；但經由辯證的逆反，面對這龐然而駭人的客體，主體（人）內心升起一股更大的力量與之抗衡，終於壓服客體，而這股力量即為雄渾，故雄渾（Sublime）在主體上，而非在客體上；故嚴格來說，並無雄渾的客體，只有引起主體雄渾感的客體。康德這些思考蠻有意思，有助於釐清閱讀，看藝術品，或觀電影時的感受。

這裡，我們趁機補述華氏山水及雄渾的根源，也就是法國大革命帶來的豁然開朗的人文境界，人類前景無限的理想召喚，才有這登山望遠的雄渾情懷。詩中「一個雄健的力量，／攻堅，無所不摧」，就是這革命風暴的最好寫照；而革命的挫敗以及華氏的生命經驗，卻帶給他對人間的沉思與了悟，才能從山水自然裡「一再聽到那／人性底寂靜、憂鬱的樂章」；而最後經由辯證的逆轉，感受到人的溫情帶領著我們走向前，領悟到我們是在大自然給予萬物的祝

福中：「那寧靜與祝福的氛圍，／──在那兒深情溫柔地領著我們向前」。

華氏山水自然與雄渾美學的形成，在宏觀視野裡，尚有賴與其前的宇宙觀的改變，旅遊詩（excursion poetry）的盛行，阿爾卑斯山脈的登山熱，而最終的高山險闊深水的態度從負面與恐懼到積極的賞玩與觀照。在此基礎上，華氏與其同時代的浪漫詩人把自然山水「人文化」（Nature humanized），而華氏在這過程裡成就了他獨特而豐富的自然山水與人文的結合，成就了他的自然哲學與宗教。

最後，談一下新歷史主義批評（New Historical Criticism）對這首詩的挑戰。批評者指出，詩題「淮溪岸汀潭修院向上五里處重臨」點明了是在淮溪的上流，詩中說，我聽到潺潺水聲，隨山泉滾流而下，也證明為上流，事實上，當時淮溪下流很多垃圾在水中漂流，而汀潭修院附近有許多乞丐與遊民。華氏選擇了這淮溪上流，這至關緊要；除了順理成章便於描述山頂周遭景色外，也定位了俯瞰的視覺角度。從山頂俯瞰，看不到這負面的山林與人間場景，才得以遂其詩人的山水觀照，這超越主義的冥思。

接下來的第五詩節，開頭點明若不是受到自然的教導，他天生的親和的生命力必然遭受更嚴重的衰敗，之後，詩人就立刻轉到這詩節的主角，詩人的妹妹身上。讀者在此刻，才知道這一直沉湎於山水與冥思的詩人，並非孤獨，而是有著他呼喚為「我最親愛最親愛的妹妹」的 Dorothy 在身旁。詩人為妹妹祈禱並給與祝福。我們不能確定這祈禱文本是指整首詩，還是只從 "this prayer I make"（我寫下這祈禱）開始，或者從稍後的 "Therefore let the moon/Shine on thee in thy solitary walk;"（那麼，讓月亮照耀妳孤獨的步履）開始；而在兩者中間，詩人表達了重要的山水自然的思維，見證了自然的美好屬性與淨化力量，終極地界定了詩篇中間提出的「祝福的氛圍」（"the blessed mood"）。詩人說，「自然」是不會背叛喜愛她的人們，只有自然擁有特別的權利，引領人們從歡樂走進歡樂；自然在我們心底烙印上安寧和美好，並且以高貴的思想滋養我

們，使得俗世之中的邪惡，不會挫折我們對世界宇宙的信心。因而，我們是在萬物祝福中：「我們目之所及／都是滿盈的祝福」（"all which we behold/Is full of blessings"）。這真是一個言簡意賅的動人的句子。於是，詩人祝福她將隨著山水的滋潤而成長；萬一當孤獨、恐懼、痛苦或是悲傷降臨之際，這他倆共享的山水經驗終將帶給她慰藉；萬一他不復可見，願她將不會忘記這峻嶺中的林木，高聳的峭壁，與這田園風光；並說，對他而言，這些山水物色，更加珍貴，不僅僅因為它們本身的珍貴，也是因為她在身邊同遊之故。這山水詩篇就以這祝福與懷念的語句作結。

最後，說一下這首詩的書寫情境。根據華氏回憶，她與妹妹離開了汀潭修院就開始醞釀，橫渡淮溪，進入 Bristol 鎮之際就在心中完成；到了 Bristol 之後才書寫下來，一句都沒有更動。華氏在〈Preface to *Lyrical Ballads*〉自言，「詩是強烈感情的自然橫溢：它的活水源頭卻是在寧靜中沉湎了甚久的的情緒感受」（"Poetry is the spontaneous overflow of powerful feelings: it takes its origin from emotion recollected in tranquility."）。看來，這首詩真的是強烈感情的自然橫溢，意象與思維清晰在心頭，才會寫下時一氣呵成，一字不改；詩篇內容如此豐富如此入味，其源頭若非沉思甚久的情懷，何以致之？在此，我們必須指出，上引華氏詩觀含攝著辯證（dialectic）的歷程與動力：由寧靜的情感的沉澱而到感情的突然觸動與爆發。再次，我們再度見證詩人創作與其詩觀的密切性。

結語

本詩的主題正是華氏鉅著《前奏：智心之成長》的標題所在，揭示詩人五年之間觀照山水的心境轉變，見證其智心之成長。昔日對大自然的視聽感應，為被動的逃避人間日常交接的無奈與煩憂，帶來的是未涉思慮的單純愉悅，甚至帶有動物性的狂樂，而五年後之此刻，隨著年來山水之感染，智心得以主動感受大自然那種寧靜而憂傷的樂章，以及其無堅不摧的崇高感。這主客互動，

也同時是山水物色的內化過程，是智心之源頭活水：感官從外收納物色內化為感覺為溫情而及於智心，再進一層內化為祝福的和諧與喜悅的力量，終得燭照萬物而與天地精神相往來。

詩中呈現了華茲華斯式的浪漫山水，雄渾，模稜，超乎框外，多定點視覺，超越主義色彩；其多定點視覺，或由於詩人的想像力或沿途所見而移置。同時，也引發了一些思辨，如山水自足性，雄渾美學等。

此詩以跨行詩句為主，而每一詩節甚長，連綿不斷；在詩的格局裡，流動著散文的優美節奏。這特質與此詩創作時時情感橫溢，一氣呵成，隻字不改的情境可謂一致。

餘話

在「講解」中曾提及華氏此篇旨趣頗類中國道家之旨，惟道家以寓言諷喻世俗分別心之無明，而直接力倡與天地精神相往來，旨歸相同而未見心路歷程之詳述。得道家精神的文人如陶淵明寫「久在樊籠裡，復得返自然」（〈歸園田居〉），也並未深入談及心境之曲折；倒是柳宗元〈始得西山宴遊記〉一文所述庶幾近之：「然後知是山之特立，不與培塿為類。悠悠乎與顥氣俱，而莫得其涯；洋洋乎與造物者遊，而不知其所窮……心凝形釋，與萬化冥合。然後知吾向之未始遊，遊於是乎始」。這一段寫狂喜的美妙的高峰經驗，可比擬於華氏久別重遊舊日山水時，靈眼張開而智心復活的段落；而其前文以一言帶過宦途不順被貶至此（「自余為僇人，居是州，恆惴慄」），於是苦中作樂遊山玩水，有若華氏當年為逃離原先的環境而被動的接觸山水，面對山水之美雖也愉悅卻未有深刻的感動。直至經一番披荊斬棘上了西山高處，方才真正主動的以靈性感應到天地自然的神祕崇高，面對廣袤浩瀚的宇宙，震懾之餘流連忘

返，乃至心凝形釋，即是說他的凡心在此冰銷瓦解，而智心澄明了，從有限的軀體解放出來，而有了與天地灝氣偕遊的超越體驗。下句「然後知吾向之未始遊，遊於是乎始」。我們知道他從此看待世界看待自己的心態和眼光都將不同了；這等於是華氏詩末段所揭示的：由於智心開啟了，世俗的邪惡將不再會干擾我們的心靈，不再會挫折我們的信念。華氏和柳氏這兩篇名作，見證了主體（人）客體（山水）互動那種令人難以置信的豐富，而人得以進入更高的心靈與生存境界，而山水不再是物界之存在，而仿若有靈。

37 她居住在人跡罕至的荒徑旁

威廉・華茲華斯

（She Dwelt Among the Untrodden Ways, by William Wordsworth）

她居住在人跡罕至的荒徑旁，

在 Dove 的溪流之畔；

她，一位少女，無人讚美，

也乏人眷愛。

苔石旁的一株紫羅蘭，

半隱沒在人們的視線中！

——美如星，那夜空裡

閃亮著的唯一。

她默默生活不為人所知，也無人

知道露絲她何時離世。

她此刻靜躺在墓裡，噢，

就我而言啊，卻是感覺截然不同！（1799 年）

引言

　　本篇為華茲華斯著名組詩〈露絲詩篇〉（"Lucy Poems"）其中的一首。對於露絲（Lucy）的確切身分，學者尚未做出定論，可以推想的是，露絲應為華茲華斯偶然認識的鄉野小女孩。她質樸純真的氣質，正是詩人心目中理想人格的代表；因為惋惜她的早逝而寫下這首詩來抒其感懷。本詩風格，一如華茲華斯其他作品，以平易的語言，表達真摯的情感，而結構與詩句甚為精簡，實為清新雋永的詩篇。

講解

　　全詩分為三詩節。首個詩節藉過去式表現追憶，並且以「人蹤罕至的荒徑」暗示露絲的平凡，三、四句「一位少女，無人讚美，／也乏人眷愛」，更是直接點出小女孩默默無名的形象。這和以往總是描寫英雄或貴族的史詩傳統有很大的不同。為了表示露絲是真實存在而非虛構的人物，華茲華斯藉「在 Dove 的溪流之畔」，點出實際地名 Dove，以證明為詩人的親身經歷而非假託虛構。英國有許多雷同地名，此處的 Dove 推測應是在湖區，即為華茲華斯當時所居之處。

　　第二詩節以隱喻（metaphor）的方式呈現露絲在詩人心中不同於一般世俗的形象。首先，詩人說她是「苔石邊的一株紫羅蘭花」（"A violet by a mossy stone"）。就喻況語言（figurative expression）而言，這裡的寫法省略了「喻指」（tenor），（否則就得寫為：她是一株苔石旁的紫羅蘭花），而直接寫出「喻依」（vehicle）「苔石邊的一株紫羅蘭」，而構成修辭學上的「借喻」，在語言上殊為精練。「苔石」和「紫羅蘭」一來有大小對比，二來是色彩與質感的

對比;前者顯而體大,後者隱而精巧,一如脫俗的女孩隱沒在庸俗的社會當中,為人所不知。後兩句詩人益發讚她是「——美如星,那夜空裡／閃亮的唯一」(引頭的破折號很重要,表示語意的轉折)。她不只是一顆星,更是無垠長空中的唯一光芒。露絲的地位在此被擢升到一種超然的境界,詩人的世界完全被她的存在所占據,表現出華茲華斯強烈的感受。從另一角度而言,紫羅蘭究竟是郊野常見的小花,為平凡花草,這裡表達出詩人成熟後慣有的對平凡事物的禮讚。我們在此可引《孔子家語》所云來做對照:「芝蘭生於深林,不以無人而不芳;君子修道立德,不為窮困而改節」,所用「喻依」與華茲華斯雖有不同(芝蘭為芳草,而紫羅蘭為郊野尋常小花),其旨一也。深林中的蘭花與苔石後的紫羅蘭皆不為俗世所眷顧,但孤芳可以自賞,孔子遇窮厄而不折節,為後人立下一種知識分子的典範;華茲華斯視露絲為不沾塵垢的真善美象徵,雖不明說而僅許為夜空唯一明星,而其喻旨與《孔子家語》所道殊無二致。

第三詩節抒發詩人對露絲的惋惜。前兩句重述她生前默默無聞,死後亦無人聞問的處境,再次呼應第一段所呈現的平凡性。然而最後兩句,"But she is in her grave, and, oh, /The difference to me!",句法特殊而轉折,真是出色。中譯「但她此刻靜躺在墳墓裡,噢,／就我而言啊,卻是感覺截然不同」。在時態上的轉換(轉換為現在時態)說明露絲死時儘管寂然孤單,如今卻有詩人在此替她深深哀痛,這樣的對比又突顯出露絲的死,對華茲華斯的意義和一般世人而言是絕對不同的。他對孩童生命的認同(identification),其實正是對於真、善、美的嚮往。而露絲之死,在他而言,代表了純真事物的消逝,難怪他要如此低迴悵惘、不能自已。

結語

從露絲組詩裡,我們可以看見詩人對孩童質樸天性的喜愛與推崇。在這首詩中,露絲其實已經不僅是一個可愛的鄉村小女孩,她更代表華茲華斯內心的

自然精神與超脫世俗、更高的生命境界。對於這樣一個美好靈魂的消逝，詩人用最內斂的筆鋒刻畫出這首簡短的詩作，語言似淺而實深，突顯出內在情感的豐富，也因為有詩人的欣賞，讓露絲平凡又短暫的生命得以在文學中綻放不朽的光芒。

在前面的〈汀潭修院〉（1798）裡，他歌頌自然的雄偉及無堅不摧的精神力量，然而，這首小詩（1800）裡，及後來的名詩〈水仙花〉（1804）與〈孤獨的收割者〉（1985），卻是不同風格，在平凡事物中體悟出深意。

38 水仙花

威廉・華茲華斯

（I Wandered Lonely as Cloud, by William Wordsworth）

我孤獨地漫遊有如雲朵，

高高飄浮在谷壑與山丘之上。

我突然看到一群，

一大叢金光*燦爛*的水仙花；

在湖之畔，在眾樹之下，

搖曳舞蹈於微風之中。

連綿如繁星*照耀*，

*閃爍*於銀河上；

水仙花延伸成無盡的線條，

沿著水灣之畔；

一*眼*望去千萬朵，

*生氣勃勃*地在微風裡*搖頭款擺*。

水仙叢旁浪花*舞躍*，

而它們的*狂歡*卻贏過*閃耀*的浪花。

詩人怎麼能不欣喜呢？

在如此*歡欣*的友伴群裡。

我*凝視*——*又凝視*——沒想到，

這水仙花景色日後會帶給我何其豐盛。

常常，當我躺在床榻上，

在閑暇或在冥思氣氛裡，

它們*閃亮*於我底*靈眼*，

那是孤獨裡的*福樂*；

其時，我心充滿*愉悅*，

與水仙花*共舞*。（1804 年）

解讀

引言

　　一如前面的〈淮溪岸汀潭修院向上五里處重臨〉（簡稱汀潭修院），這首名詩也是華茲華斯與他的妹妹 Dorothy 出遊的產物，但詩中並沒提到其妹。根據 Dorothy 的 *The Grasmere Journal*（按：journal 與 diary 不同，前者為公開的，後者則為私我的，但中文往往都翻譯為日記），出遊於一八○二年，而詩則寫於一八○四年，目前流行的則是一八一五年修訂版。Dorothy 在日記裡描述，水仙花擺動，搖曳點首，舞蹈，好像它們隨風歡笑；風吹在湖面上吹在它們身上，它們看起來快樂地舞蹈不斷，身姿搖曳變化不斷。學界指出，這首詩與 Dorothy 所描述相近，或受到 Dorothy 日記的啟發。

　　在詩藝及文本結構來看，這首詩提供了詩學上對等原理（principle of equivalence）極佳的英詩例子。就自然詩中最關鍵的主客互動而言，這首詩提供了精微的歷程，而這同是詩人自我規範的過程。我們的解讀將沿著這兩個互為涵蓋的方向進行，而這閱讀模式也就是記號學（semiotics）的閱讀模式。

講解

　　記號學家雅克慎（Roman Jakobson）在其語言資訊交流模式裡，把專注於「話語」本身的功能，稱之為「詩功能」（poetic function）。雅克慎指出，任何「話語」都是經由選擇（從語言庫中選字）與組合（把字組成句子）而成，而「詩功能者，乃把選擇軸上的對等原理（principle of equivalence）加諸於組合軸上。對等於是被提昇為組合語串的構成法則」。雅克慎進而說，這「詩功能」，在各類文本裡都存在，而詩篇則是以「詩功能」為主導的「文本」。簡言之，所謂「對等原理」就是「文本」內部以「對等」作為其結構。我們中國古典詩歌的格律（平仄、押韻、對仗等）即為「對等原理」的表達，但前二者僅及於音律，而對仗僅及於律詩的頷聯（第三、四句）、頸聯（第五、六句），而雅克慎「詩功能」的「對等」則在所有層面上，並擴及全「文本」。我們目前是把「對等原理」作為文本閱讀的策略。

　　為了講解的方便，我們把此詩篇中各類「對等」用斜體字標出。如此，一眼看去，即可看到這首詩「對等」的密度。首先，每詩節都提到處於詩中心地位的水仙花，然而有所變化。首節的水仙花是作為「客體」為「主體」所觀照；第二詩節裡，卻是作為被描述的「對象」；第三詩節裡，則是作為與浪花比較的對象；第四詩節裡，有小小的逆轉，是水仙花內在化後閃爍在（"flash upon"）詩人的靈眼（"inward eye"）上；"flash upon" 的用語，顯示了主動性是交給了水仙花。從這裡看出，重複中有變化是「對等」在美學上的靈魂，否則，「對等」就機械化了。另一方面「主體」又是如何呈現呢？在詩裡它表現在詩人的視覺活動裡。從第一詩節主動的「我看」（"I saw"），第二節的「一眼望去」（"I saw at a glance"），第三詩節的「我凝視——又凝視——」（"I gazed and gazed"），到末節的被動地為水仙花所照亮的「靈眼」，也是橫越所有詩節，也是同樣遵照美學上重複中有變化的原理。

　　第三詩節的「我凝視——又凝視——」可說是本詩隱秀處。語言特殊：「凝

視」與「看」有關鍵性的差別，並重複兩次，並有轉折性質的破折號。誠然，從這裡開始，詩篇內部帶來了逆轉。在前，是感官之眼，是主動的一般的觀看，在後，轉變為內在的靈眼，被動地為水仙花所閃爍。這個改變可說完全在「凝視——又凝視——」這一特殊的視覺活動誕生。在這凝視過程裡，主體（詩人）為客體（水仙花）所吸納過去，而讓客體所占有，並同時擁有了客體的品質與屬性。眼睛真的很特殊。在森林的弱肉強食法則裡，動物間眼睛對峙，就是力的較量。情人就不一樣啦，四目交投，後果不堪設想呀！所以嘛，眼睛對眼睛的遊戲，不要隨便玩啊！我們不妨回味一下鄧恩在〈早安〉裡的名句：「我臉在你眼中，你臉在我眼中，／兩顆真摯平和的心棲止在我倆臉上」。孟子說，「觀其眸子，人焉廋哉！」。話雖一板正經，用諸有情世界，其幽微處，不足為外人道也。

　　詩篇中的水仙花賦予了什麼屬性呢？我們又得回到「對等」去尋找了。第一個視覺屬性，就是燦爛的顏色：原文用 “golden”（金色），“shine and twinkle”（照耀閃爍）、“flash”（閃亮）等字眼。第二個視覺屬性，就是舞蹈的姿態：原文 “dance”（舞蹈）出現在每一詩節裡。第三個屬性是心理層面的快樂。原文用 “sprightly”（生氣勃勃）、“glee”（狂歡）、“jocund”（歡欣）、“bliss”（福樂）、“pleasure”（愉悅）等不同的字眼。我們分析一下，第一個視覺屬性燦爛，符合水仙花金光燦爛的顏色。第二個屬性舞蹈，就帶有一點擬人色彩了。第三個視覺屬性快樂，就帶有濃厚的主觀色彩了。如華氏上一首詩〈汀潭修院〉所言，視覺所見，一半來自眼睛從物得來的感官印象，一半來自我們的想像。為何產生這想像？為何有這心理的投射？這一問，就把我們帶進記號學家洛特曼（Jurij Lotman）語言與文學的規範功能（modelling function）的視野了。洛特曼指出，語言是首度的規範系統，而建立於其上的文學是二度的規範系統。所謂規範系統，是說任一記號系統（語言及文學皆為記號系統）以其特有的模式與結構，把宇宙現實納入其中以認知以瞭解以規範之，並進而

把使用者的我們納入其系統中，以規範我們的主體運作。讓我們通俗解釋一下：我們常說的莎翁的戲劇世界，曹雪芹的紅樓夢世界，這已經意味他們的文學建構了特殊的世界，有其特有的模式與結構；我們進入了他們的文學世界裡，所受影響之深，見證了其規範功能的存在。於是，我們可以說，華氏這首〈水仙花〉就是這麼一個自設的記號規範系統，以規範自己的主體：金光燦爛，迎風而舞，愉悅的感覺。這規範過程，除了關鍵性的「凝視──又凝視──」（主體被客體所吸納而帶上客體的屬性）外，更以一個「自我說服」來加強：「詩人怎麼能不欣喜呢？／在如此歡欣的友伴群裡」。到這裡，一直隱藏而深具意義的「對等」便為我們所注意：「友伴」（"company"）把我們帶進它的對等「一群」（"a crowd"），並同時帶出來其反面的對等：「孤單」（"lonely"）與「孤獨」（"solitude"）。我們要注意 "lonely" 與 "solitude" 關鍵性的差別，前者是負面的，後者則是正面的。在詩中，詩人開頭感到孤單，渴望人群，但詩人無法在人世間裡找到知心，卻此刻在水仙花群裡找到他的友伴，而「孤單感」也就隨之轉變為冥思的「孤獨」。換言之，"a crowd" 一詞，洩露了其潛意識的渴望；當然，選擇 "a crowd" 也是押韻的關係，而詩語言的微妙，就在於這多元的模稜的表義功能。到此，文本的內部結構與其規範功能就歷歷如在眼前了。

水仙花是否就止於本身？它的象徵意義為何？上一首華茲華斯的〈汀潭修院〉，以山水象徵自然；這一首，則是以花卉象徵自然，同樣以局部喻況整體。國畫有山水花卉品類之別，其同為自然之物一也。漢語「象徵」一詞甚好，含攝記號學家普爾斯的肖象（icon）性，所謂「山水以形媚道」是也。花卉何嘗不如此？

就這首詩而言，水仙花的金光燦爛，微風中搖曳生姿，愉悅歡欣，正「肖象化」自然的生意盎然，歡欣和諧。

結語

　　這是一首花卉的自然詩。本詩篇的主要結構，可說是建立在詩篇內各種「對等」上；透過這些「對等」，讀者可探索其意義及表義過程。同時，全詩可看作一個記號規範系統，經由對水仙花叢金光燦爛、舞蹈、歡樂等屬性，經由凝視、自我說服等機制，詩人（主體）得以與客體（水仙花）融合，獲致客體的屬性，而得以規範其主體。本詩印證了雅克慎詩提出的「詩功能」所賴的「對等原理」，以及洛特曼提出的文學為「規範系統」的觀點，可作為文本閱讀的模式與策略，而本詩解讀提供了一個範例。

　　最後，閱讀是一個探險的過程，讀者對語言的敏感度，分析的細膩度，在在影響著讀者與文本的互動，影響著文本的表義與讀者的的意義建構。對等原理及規範功能可以提供不錯的可抓住的詮釋策略，但其實際成果仍建立在文本潛在的豐富性與讀者對語言及文化的素養上。事實上，本文的解讀，也是經過多年的閱讀與教學經驗積聚而成；同時，本詩篇是以閱讀模式來講授，與一般的講解形式不同。

39 孤獨的收割者

威廉‧華茲華斯

（The Solitary Reaper, by William Wordsworth）

看呀，她獨個兒在田裡。

那遠處的高地少女！

自個兒收割著唱著。

請駐足，或輕輕地走過！

單獨地她割著綁著稻穀，

唱著一首憂鬱的小調；

噢，聽！整個深遠的山谷，

迴盪著她的歌聲。

從來沒有夜鶯唱過比她更

慰藉的歌，即使夜鶯，

在林蔭處，在阿拉伯沙漠上，

對著疲憊的商旅高唱；

從來沒聽過如此感人的歌聲，

即使布穀鳥，在赫布里底斯群島

的最遠方，打破海的沉默，

在春日裡歌唱。

——怎麼沒人告訴我她唱什麼歌？

也許是最平凡的傳唱歌謠，

訴說著古老、感傷、遙遠的事物，

以及悠久的往日戰爭：

也許是更為謙卑的小調，

今日熟悉的事物？

人生自然有的悲傷、喪慟、或者痛苦，

那些一直都發生並且會再臨的苦難？

無論歌的主題為何，少女歌唱著，

她的歌彷彿無涯無盡流著：

我看著她邊工作邊唱著，

彎著腰向著她的鐮刀；──

我聽著、動也不動、沉默；

當我朝小丘往上走去，

我心裡縈繞著她的歌聲，

歌聲聽不到了還是久久不已。（1805 年）

解讀

引言

這首詩塑造了一個孤獨的收割者的形象。如果〈水仙花〉以視覺意象為主，這首詩卻以聽覺意象流過全篇。但歌聲是聽不到的，給予讀者無限的想像空間。這首詩認證了華茲華斯在〈抒情民謠序〉（"Preface to Lyrical Ballads"）所說的，「從平常生活裡選擇一些情事與處境」（"to choose incidents and situations from common life"）作為寫作的素材。華氏並繼續說其詩作方法：從實際日用的一般語言中精煉其語言，加上一些想像色彩，帶來煥然一新的感覺，以探索人性最根本的法則。閱讀之餘，我們發覺這首詩也印證了他的詩論。

講解

這首詩共四詩節，每節押韻形式皆為 ABABCCDD。就押韻而言，前四句流動，而後四句莊重。

首節用了一些有接觸功能的語言 "Behold her"（看她呀），"Stop here"（請駐足）、"Oh, listen"（噢，聽呀），與讀者接觸，把讀者帶到場景面前。這場景就是一位高地少女獨個兒在收割農穫，一邊唱著歌。"alone" 與 "by herself" 重複同一詞義，加強了其獨自的狀況。她是在工作，獨自邊唱邊工作。接著，描述重心從少女慢慢移到她的歌聲。

第二節承上，全節放在少女的歌聲上。先後把少女的歌聲與夜鶯和布穀鳥比較。這裡要注意，比較與比喻其實相隔不遠，比喻多一點喻況少一點比較，而比較則多一點較量少一點喻況而已。換言之，詩人在此把少女的歌聲比擬為夜鶯與布穀鳥的鳴唱，而她的歌聲慰藉猶勝於夜鶯帶給阿拉伯沙漠的旅人，其歡欣猶勝於布穀鳥帶給赫布里底斯群島上春耕的農民。赫布里底斯群島在北愛爾蘭外海，島嶼眾多，有內外群島之分。詩節中提到阿拉伯沙漠及赫布里底斯群島場景增添具體的韻緻，並用誇飾法指其歌聲穿越高山大海喻況其感染力無遠弗屆，而清晰如在眼前。

第三節承而轉。上接歌聲之比擬，轉至歌聲的內涵；而其歌聲之內涵實為本篇緊要關注，故曰轉：「訴說著古老、感傷、遙遠的事物，／以及悠久的往日戰爭：／也許是更為謙卑的小調，／今日熟悉的事物？／人生自然的悲傷、喪慟、或者痛苦、／那些一直都發生並且會再臨的苦難？」。用問號帶出人間的生老病死，歷古恆新的天災戰禍，使人無限低迴。讀到這裡，也許我們會聯

想到前面的〈汀潭修院〉感人的名句:「那人性底寂靜、憂鬱的樂章」。在此,我們要以第二節中詩人用以比擬少女歌聲的夜鶯和布穀鳥作一點延伸思考。

夜鷹與玫瑰都是西方文化裡悠久的元素,義大利龐貝古城壁畫上即有一幅夜鶯與玫瑰圖象。且讓我們用記號學的眼光去推敲去推演。西方自古玫瑰被引為愛情的象徵,而夜鶯因其音域之寬廣、音色之多彩、節奏之變化多端,頗似花腔高音歌手引人遐思,而被當作理想與夢幻的象徵;以其為題材的藝文作品不計其數,除了大家熟悉的濟慈〈夜鶯頌〉、王爾德的《夜鶯與玫瑰》之外,舒伯特、布拉姆斯、葛利格等為夜鶯所作的聲樂曲、乃至史特拉汶斯基的歌劇《夜鶯》,莫不因夜鶯特殊的歌聲具有廣大的引申想像空間,而創作出或歡欣昂揚、或淒美憂傷的曲調。本詩說「從來沒夜鶯唱過比她更/慰藉的歌,即使夜鶯,/在林蔭處,在阿拉伯沙漠上,/對著疲憊的商旅高唱」,也是對這高地少女的歌聲極其揄揚,並對其孤獨收割的形象賦予更多的人文意涵。

少女歌聲另一比擬布穀鳥,在中國又名杜鵑、子規、杜宇。傳說古蜀王杜宇死後化為杜鵑鳥,春季啼叫「快快布穀」催促人民勤事耕耘。聽其啼聲節奏單調規律,彷彿插秧播種整齊劃一的動作節奏感。因此中西鄉村都有擬聲布穀鳥(中為「布穀」、西為"cuckoo")的歌謠。中國名布谷(穀)除擬聲外,還更加一層表意功能,想像空間就更大了。臺灣傳唱幾十年的童謠曲調據說來自德國,歌詞作者佚名,內容:「布穀布穀快快布穀。春天不布穀,秋天哪有穀?布穀布穀朝催夜促。布穀布穀快快布穀。布穀布穀千叮萬囑」。這是人在大地日常生活勞作中自然產生的歌謠,唱出農村生活即景,而農作生活當然還有因天災戰禍而憂苦不斷的一面,此所以詩人揣想高地少女有如布穀鳥的歌聲訴說著:「古老、感傷、遙遠的事物,/以及悠久的往日戰爭,/也許是更為謙卑的小調,/今日熟悉的事物?」

詩人用夜鶯和布穀鳥比擬村姑的歌聲絕非隨意點選,而應是著眼於記號表面背後的人文意義,詩人就這樣豐富了他筆下孤獨收割者的形象。

如果說，第三與第四兩詩節，一是把歌聲比擬夜鶯及布穀鳥的鳴唱，一是擬測歌聲的內容，敘述的時間之流停頓了，那麼，在第四節裡，時間之流又重新恢復了。詩人看著高地少女收割，然後離去，繼續他的旅程，朝小丘往上走去。在這時間之流裡，在一直以歌聲為主脈的結構裡，此刻我們看到一個幾乎是靜止的畫面：「我看著她邊工作邊唱著，／彎著腰向著她的鐮刀；──／我聽著、動也不動、沉默」。詩人筆下「彎著腰向著她的鐮刀」這收割者的少女形象，成為剎那的永恆；詩人靜靜地看著，而我們讀者靜靜地看著詩人看著，宇宙幾乎靜止了。少女、詩人、讀者，三個身影彷彿疊合一起。然後，時間之流又繼續著。注意，閱讀是在時間之流裡智性與感性的活動。

　　最後，這第四節裡最重要的，也是全詩篇最重要的，是塑造了一個孤獨而自足自得的收割者，一個孤獨的唱著歌的高地少女；經由這形象，肯定了孤獨。結構上來說，首節的 "solitary" 與 "alone"，在這末節裡終於獲得重複而加強，終於成為這孤獨者永恆的身影。這孤獨是自足的，這孤獨是自得的。這讓我們聯想到梭羅（Thoreau）《湖濱散記》裡的「自足自賴」（self-reliance）的理念。在這位浪漫詩人眼中，這美好的生存情境是建立在自然大地的工作上，建立在純樸如一未經異化的工作上。

結語

　　用傳統的詩評話語來說，這首詩詩質簡樸，藝術經營豐富，卻自然而不落痕跡。當然，在我們細膩的分析下，其表意過程與美學策略清晰如畫。詩人塑造了孤獨的收割者形象，界定了孤獨的崇高定義。收割者這個形象使人沉吟再三。孤獨是自足的，是喜悅的，是歌唱的；孤獨能讓人聽到那悠悠的人性底寂靜的憂鬱的樂章；而作為孤獨的收穫者的高地少女，像夜鶯，像布穀鳥一樣為我們唱出慰藉的，報喜的歌聲，流水般涓涓地沁進人類的心裡。工作（work）是人類最能自證其存在的基本活動，也只有在未經異化的心靈純樸如一的工作

裡，人才能自足，才能自由，才能愉悅，並且獲得大地的回饋。在資本主義開始萌芽的時期，人在工業都市生活中逐漸失掉純真本性，孤獨遂成了浪漫主義詩人對異化（alienation）的抗拒，孤獨與崇高成為一致。詩人認為孤獨而自得自足才能產生一種廣大而永恆的心靈力量，像高地少女的歌謠無遠弗屆而且恆久縈繞，超越了空間與時間；華氏此一詩篇透過孤獨收割者的形象，應該就是要揭示這個浪漫主義的重要旨趣吧！

40 | 風弦琴

塞繆爾・柯勒律治

（The Eolian Harp, by Samuel Taylor Coleridge）

——寫於 clevedon, somersetshire

我沉思的莎拉，您輕軟的臉
靠在我臂膀上；多麼的甜美啊，
並坐在我們小屋外的庭院。小屋
爬滿了白色的茉莉，以及
寬葉的常春藤（多麼恰當的純真與愛的象徵啊！）
我們觀看著朵朵的雲，黃昏裡色彩豐富絢爛，
然後周遭慢慢暗去，而黃昏星安寧
而明亮（智慧之光亦若是），在對面
閃亮著！從遠處豆田飄來的香氣
何其細膩！而世界如此靜謐！
遠海默默的呢喃
正訴說著寧靜。

　　那最單純的弦琴，
沿著窗扉橫放。聽！
聽那弦琴如何被放肆的微風撫摸，
像含羞的少女般向情人半推半就，
流瀉出甜蜜的囁語，

卻只是誘惑對方重複他的壞行！
此刻，琴弦被更大膽地撥弄，
悠長的調子甜美地起伏波湧，
如此輕柔的漂浮的巫音，
就像精靈們在微光裡的歌聲，
黃昏裡乘著輕盈的陣風，從精靈國出發，
旋律女神們盤旋在蜜汁欲滴的花朵上，
腳影渺渺而狂野，像樂園裡，
的鳥群不棲，不止，拍著
無拘的翅膀空中盤旋。
噢，那一體的生命在我們的內與外，
活在萬物之動中成為其靈魂，
音中之光，光中如音之能量，
思維的韻律，喜悅無所不在。
我想，身在如此充盈的世界裡，
無法不去愛戀萬物；
微風清囀，而無聲靜寂，
音樂沉睡在她底樂器上。

　　吾愛，此刻就像餉午時分，我舒展
四肢躺在遠處小丘的半坡上；
眼簾半閉裡觀看著
陽光跳躍在海面如鑽石，
寧靜沉思著寧靜：
許多思緒自來自往，

許多無聊而飛掠即逝的幻想，

越過我遲緩而被動的腦海，

狂肆而多樣，猶如隨機而起的陣風，

在這主體的弦琴上湧動搖蕩！

有沒可能這生機勃發的自然萬物

只是結構不同的許多有機體弦琴，

顫動地進入我們的思維裡？

猶如那萬有一體的知性的微風，可塑而龐大，在它們身上吹拂過？

那同時是每一個別物與萬物的靈魂與上帝？

您嚴肅的眸子放射出溫和的斥責：

噢！我心愛的女人！

您會拒絕任何模稜與瀆聖的思維，

並懇請我謙卑地跟隨著上帝的路。

您，聖家裡馴服的女兒！

您說得好，莊嚴地對這些出自

腦海的幻影表示不悅。

這些思維只是白費精神的哲學，只是哲

學底附和贊同之泉隨起隨滅中閃亮的泡沫。

我願永不再以不敬的語言說及祂，

那超乎我們能認知的祂！我只會

讚美祂，帶著敬畏，帶著內裡感到的虔信。

祂以無限的仁慈救治我，

一個帶罪的最可憐的人，

迷途而處於黑暗中，並讓我擁有

安詳，這小屋，以及您，我心敬重的女士！（1795 年）

解讀

引言

　　風弦箱琴（Eolian Harp）（下文簡稱弦琴）是浪漫主義時期常見的家庭樂器，往往放在窗沿，其作用類似風鈴。風吹來，琴弦顫動，在木箱中產生共鳴，聲音悅耳。Eolian Harp 在浪漫主義詩歌裡，通常有兩種象徵：（1）象徵智心（Mind），微風吹來，琴弦顫動，猶如在心中泛起的各種思維與心緒。（2）代表大自然。整個大自然就是一個弦琴，發出各種自然的籟音。然而，在本詩裡，則尚為女性身體的象徵，蓋此詩是柯勒律治在新婚時，寫給其妻的情詩。副題注明寫作地點，也是為紀念此特別的人生情境，詩就寫在他們新婚的住所。

　　這首詩的重要性，除了本身的詩境及豐富而微妙的琴弦象徵外，在於它充分表達了浪漫主義的自然觀，尤其是其中的超越主義（Transcendentalism），人與自然的界限被超越，各種感官間的界限也被打破。同時，此詩也表達了這新自然觀與基督教教義的衝突；當然，最後柯勒律治還是選擇了回歸基督教的信仰。

　　柯勒律治與詩中新娘莎拉（Sara Fricker）的情緣，源自一個烏托邦的理想。話說稍前，柯勒律治與詩人及激進政治思想者羅伯特·騷塞（Robert Southey）相識並有感於法國大革命共和政治的實驗，計畫在美洲建立一個理想的全民平等治理的共和國，並為它取名為 "Pantisocracy"（其意為全民共治社會共和國）；

想到共和國的延續，柯勒律治便就近與 Southey 的未婚妻的姐妹 Sara Fricker 訂婚。後來這烏托邦計畫告吹，在 Southey 堅持之下，柯勒律治還是履行了婚約。這裡，我們可以看到柯勒律治理想與負責的個性，也許也可以同時看出他無法在行動上突破藩籬的懦弱，雖然他才華橫溢，並活在浪漫時期的狂飆氛圍。

講解

全詩分四個詩節。詩篇的結構不是起承轉合的格局，有點像連環扣，下一詩節往往扣著前一詩節，小小重疊後展開。

首節以沉思與寧靜的氛圍襯托新婚與愛的甜蜜，並為這首詩預告了它的知性品質。在遠處飄來豆香及近處茉莉花環繞的小屋旁，詩人的新婚妻子莎拉輕柔的臉靠在他的臂膀上，共同觀看著黃昏光澤豐富的晚霞，而天色慢慢暗去。結句「遠海默默的呢喃／正訴說著寧靜」，是矛盾情境，與南朝梁王籍〈入若耶溪〉中「鳥鳴山更幽」同趣。自然的天籟反襯出周遭似乎更為寧靜。

第二詩節進入了新婚的情色（erotic）世界。這裡，詩人含蓄地以象徵手法表出。「那最單純的弦琴，／沿著窗扉橫放。聽！／聽那弦琴如何被放肆的微風撫摸」。詩人用「弦琴」來代表女性的身體，而「微風」喻況著男性愛撫的手。首句「單純」二字表示這女性的純潔，而「橫放」略有女體橫陳的意味。情愛繼續加深，弦琴的象徵也隨著變化。「此刻，琴弦被更大膽地撥弄，／悠長而規律的調子甜美地起伏波湧，／如此輕柔的漂浮的巫音」。「巫音」這兩個字用得太好了。接著，詩人把這人間的性愛連接到精靈的美妙世界，把他們的性愛提升到有如仙境。這裡很容易讓我們聯想到莎翁名劇《仲夏夜之夢》的夢幻仙境。

然而，就在這男女神迷的一刻，詩突然進入了精神或哲學思維的極高處。這看來突兀，但也可視作化「感官」為「靈性」的提升與淨化。「噢，那一體的生命在我們的內與外，／活在萬物之動中成為其靈魂，／音中之光，光中如

音之能量，／思維的韻律，喜悅無所不在」。詩人剎那間超越了人與自然的界線，領會到大的生命、大的靈魂貫通了世界，也貫通了人的內心。這就是所謂「超越主義的片刻」（the transcendental moment）。美國詩人艾默生（Emerson「超越主義」（Transcendentalism）所謂的「大靈魂」（"Over Soul"）與此相近。美國的「超越主義」受到英國浪漫主義自然宗教（natural religion）的影響，針對「清教徒主義」（Puritanism）悲觀的宗教情緒而來，提出樂觀的想法，謂人與神可共往來，與神直接溝通，而自耶穌基督為我們贖罪以來，人類靈魂已得更生。引文中的「音中之光，光中如音之能量（"A light in sound, a sound-like power in light"），更是感官間的往來互通，也是生命一體的體現。詩節結尾處，又回到弦琴身上，「微風清囀，而無聲靜寂，／音樂沉睡在她底樂器上」。就性象徵而言，似乎是性愛後完全沉醉無聲靜寂的片刻，也同時回應了首節的結尾：「寧靜」。

第三詩節承接著這宇宙一體的宗教哲學，但思維的調子改變了，而弦琴的象徵也改了。「許多無聊而飛掠即逝的幻想，／越過我遲緩而被動的腦海，／狂肆而多樣，猶如隨機而起的陣風，／在這主體的弦琴上湧動搖蕩！」。引文末句原文 "That swell and flutter on this subject Lute!"，"subject" 即是「主體」的意思，也就是把「弦琴」喻作生命的「主體」，也就是浪漫主義所認知的「智心」（"Mind"）。然而，詩人此刻用「幻想」（"fantasies"）來形容這「主體」的活動，並且用負面的「無聊」（"idle"）與「飛掠即逝」（"flitting"）來形容這些幻象。這是否意味著詩人此刻否定了他前面的萬物一體的哲學宗教思維？並同時先質疑，或為下面的進一步的萬物一體，甚或是「萬物有靈論」（pantheism）預作回轉空間？

第四詩節把前面的萬物一體萬物有靈的直覺或思維推上巔峰，而這直覺或宗教思維同樣經由弦琴的象徵來表達。現在，弦琴的象徵不再是女體，也不再是人底智心或主體，而是自然。其意謂：自然萬物都是結構不同的個別的有機

體的風弦箱琴（"organic eolian harp"），而自然則是他們通體的大弦琴。這就是西方哲學上 "One and Many" 的視野，萬物是個別的主體，但又相互關聯融合為一體。這頗似《老子》的思維，萬物裡有一個整體，通過了所有東西，就是「道」；「道」同時通過了每一樣東西，在個體上的展現稱之為「德」——所以，《老子》也稱為《道德經》。然而，詩人此處的觀點有它的特殊性：是萬有一體的「知性的微風」（"one intellectual breeze"）吹拂過弦琴般的萬物，奏出個別的弦音，而這一體的知性的微風「同時是每一個別物的與萬物的靈魂與上帝」（"At once the Soul of each, and God of all"）。換言之，自然萬物後面的動能、主宰，與靈魂，是知性的。這也解釋了我們把 "Mind" 譯作「智心」的原因。然而，這個直覺或宗教哲學思維，是在「有沒有可能」的「問號」框框裡進行的，為下一詩節的逆轉留下空間。

接著是最後一個詩節。詩人意識到其觀點有違基督教的基本教義，而藉其夫人的告誡眼神提出質疑，認知到這是瀆聖的。詩人讚美夫人宗教的虔誠，帶領他回歸正途。「您嚴肅的眸子放射出溫和的斥責：／噢！我心愛的女人！／您會拒絕任何模稜與瀆聖的思維，／並懇請我謙卑地跟隨著上帝的路。／您，聖家裡馴服的女兒！」。寥寥數筆，就把夫人的宗教虔誠的形象刻畫出來。接著，詩人沿著這回歸基督教的路向，貶抑地說，哲學的贊同就像議會上的附和贊同，不代表真理的獲致。並且，人類最高點不在於知性（Reason），上帝不是透過知性可了解的。換言之，領悟到知性的局限。詩人用 "The Incomprehensible!"（「那超乎我們能認知的祂！」）來形容上帝。接著，詩中使用了 "Faith"、"mercies" 和 "sinful" 等基督教字眼，為他們這對基督徒的結合布置宗教神聖的氛圍。詩最後回到基督教的婚姻主題作結：「祂以無限的仁慈救治我，／一個帶罪的最可憐的人，／迷途而處於黑暗中，並讓我擁有／安詳，這小屋，以及您，我心敬重的女士！」。隨著基督教之回歸，前面的萬物一體的超越主義之思維，都煙消雲散了，但卻在浪漫主義的自然哲學裡留下深深的

烙印。

結語

此詩把風弦箱琴（eolian harp）的象徵發揮得淋漓盡致，象徵女性的身體，象徵人類的智心（Mind），象徵自然（Nature）。這弦琴象徵貫通全詩，貫通新婚主題與宗教哲學裡的超越主義（Transcendentalism）主題。宇宙一體，眾與一合體，超越物與精神，超越各感官間的界限，都得以在弦琴為微風撥弄而奏出各種籟音的象徵裡具象地表達。

此詩也同時表達了這超越主義的宗教哲學與基督教教義的衝突，而詩人最終回歸到基督教的路上，此回歸決定了詩人的人生，此為後話。

41 忽必烈汗
塞繆爾·柯勒律治
（Kubla Khan, by Samuel Coleridge）

——夢中視境；殘章。

忽必烈汗頒敕令，華嚴的
行樂宮遂建於夏都。
那兒聖河阿爾浮，流過
數不完的水洞，
流下不見陽光的大海。
方圓五里肥沃的土地，
腰帶般圍在高牆與高塔中。
那兒明亮燦爛的庭院伴著曲水，
許多香料樹開放著花朵；
這兒有許多森林，古老一如丘陵，
林內草地陽光灑落光點處處。

噢，那浪漫的峽谷深深，斜斜滑下
覆蓋著雪松的綠丘！
那是野蠻的地帶！神聖而蠱惑，
就像殘月下，女子
出沒哀悼她底魔鬼—情人的地方！
這峽谷，內裡無休止的騷動沸騰，

有若大地在急促地沉重地喘息；

於是，強勁的泉水噴湧而出：

急速而間歇噴湧的大股水柱，

拱起而下，有若地面反跳的冰雹，

亦似打穀機棍子揮舞，去皮的穀粒嘩啦而下；

就在水珠如跳躍石頭般滾動裡，

聖河瞬間飛騰而起。

蜿蜒五里起霧靄，

聖河流過森林與山谷，

途經數不完的水洞，

然後騷動裡沉入無生命的海洋。

就在這騷動中忽必烈聽到

遠處洪荒的聲音預言著戰爭！

　　　樂宮圓頂影

　　　浮蕩半浪中

　　　混音繞耳畔

　　　源出泉與洞

何其珍奇的設計奇蹟！

陽光普照行樂宮，其內冰洞羅布。

　　　少女伴著德西馬琴，

　　　一同出現我夢中視境。

　　　她是阿比西尼亞女孩

　　　在德西馬琴上撥奏，

　　　高歌神山阿波拉。

若我能在內心復活

她的樂音與歌聲；

如此愉悅，深獲我心。

我願依憑那高亢悠遠的樂音，

把行樂宮高建在空中：

噢，那陽光的圓頂！那些冰洞！

而所有聽到她歌聲的在座者，

必然看見他們並驚呼，看啊！看啊！

他神采奕奕的眼睛，他飛揚的頭髮！

繞髮三匝，以神聖的

駭人氣勢，使你不敢迫視。

他以蜂蜜為食，

以樂園奶漿為飲。（1797-1798 年）

解讀

引言

詩中 "Kubla Khan" 即為元忽必烈可汗，而 "Xanadu" 為夏都之音譯。按：元上都或稱夏都，即開平，位於今內蒙古自治區。元世祖忽必烈即位前，於一二五六年命劉秉忠建王府於開平。一二六○年，忽必烈在開平即位，並於一二六三年下詔升開平為上都。一二六七年，忽必烈定都燕京（一二七一年改稱大都），並改上都為夏都。元朝建國以來，為兩都制，冬夏往來兩都施政。

〈忽必烈汗〉之為夢詩，其「夢框」見於詩前之〈序言〉，謂服了含有鴉片的藥劑，「讀及」忽必烈汗之故事睡去，醒來拿筆記夢中情事，中為人叩門

叨擾，僅得斷章殘景。詩題有副題，並以「殘章」（"fragment"）稱之。然而，學界對此說法有所懷疑。我個人則相信作者的話，以其符合夢結構之跳脫及各類夢機制之呈現。同時，我個人以「殘章」為文類之一種。

事實上，實際的「夢」與「夢詩」實有差別，此就一些實際的夢例與本文的夢詩相較即可看出，而即使是柯勒律治自稱為直接記下的這首夢詩名篇，其定本亦必經過二度的修飾。「夢文學」與「夢」實有所區隔。前者之素材雖為夢，但成為夢文學時，尚得受制於文學諸原理及諸傳統的規範。換言之，文學原理與精神分析原理，在夢文學裡互為投射而最終融合。

講解

夢景始自忽必烈下詔令於夏都建行樂宮（"pleasure-dome"），而行樂宮立即出現，在時間上有所濃縮。這表現了忽必烈汗的權威，有點像《舊約》的上帝：「說光，光就來了」。這行樂宮看來座落洪荒中，而富有中東的阿拉伯情調：「方圓五里肥沃的土地，／腰帶般圍在高墻與高塔中。／那兒明亮燦爛的庭院伴著曲水，／許多香料樹開放著花朵」；高墻，高塔，香料樹，宮頂是圓拱形的，凡此種種顯然是阿拉伯風味，應該是通過絲路與中東文化往來所受的影響。她的周遭倒是有著洪荒的原始的潛意識的韻味。「聖河阿爾浮，流過數不完的水洞，流下不見陽光的大海」，象徵著從意識走向潛意識，從有機的生命走向無機的死亡。

次節對性的象徵之著墨甚深。從情緒高潮的 "oh!" 一聲開始，使用象徵手法，用峽谷（"chasm"）作為女性象徵：「噢，那浪漫的峽谷深深，斜斜滑下／覆蓋著雪松的綠丘！」幾乎就是女性器官的描述。原文 "that deep romantic chasm"；"chasm" 意為 "deep cleft"，即深裂開之意。「噴泉」（"fountain"）則以 "mighty"（強勁有力）為形容，顯然是男性的象徵。噴泉不時間歇地噴湧，而聖河的形成也藉由此形成。詩中男女交媾的象徵與男女原始的情欲連結一

起，故稱之為「那是野蠻的地帶！神聖而蠱惑」。特別注意的是，男女的交媾象徵在詩中與大地陰陽交會覆疊一起，充滿原始感覺，將大地譬喻成女性身體，達到高潮而喘氣呼吸（"this earth in fast thick pants"）。這樣，充滿強烈生命力的情境完全流露出來。這樣潛意識的世界與自然結合，讓我們覺得一點也不會色情，而是感到原始的龐大力量，以及自然人與原始自然的融合疊影。此中，經由「喻況」引出「就像殘月下，女子／出沒哀悼她底魔鬼—情人的地方！」，更加深了浪漫與蠱惑的感覺。原文用 "demon-lover"，不知真的是山中魔鬼，還是魔鬼般的情人，使這女子陷入這纏綿不能自拔的愛戀裡！此中，「聖河流過森林與山谷，／途經數不完的水洞，／然後騷動裡沉入無生命的海洋」。與首節三至五行「那兒聖河阿爾浮，流過／數不完的水洞，／流下不見陽光的大海」，是重複中有變化，而在夢機制裡，則扮演著「加強」（reinforcement）的功能，從「意識」走向「潛意識」，從生命的「有機體」走向無機的「死亡」的象徵含義更為穩固。

就在這個充滿生命的洪荒中，在生命與死亡的騷動裡，忽必烈聽到預言戰爭的訊息：「就在這騷動中忽必烈聽到／遠處洪荒的聲音預言著戰爭！」，這是一個很內在的轉接。忽必烈聽到了命運的呼喊，要南征北伐，成就其功業；其背後邏輯，即為相類事物的互相感應，所謂「雲從龍，風從虎」是也。也因這個轉接不免讓讀者意識到，蒙古帝國從成吉斯汗以降到其孫忽必烈汗，上馬揮刀驍勇善戰，鐵蹄所至血流成河，這樣的中世紀世界史，必然也存在詩人的潛意識之中，混合於他睡前所讀馬哥波羅遊記中神祕豐美的異域光景，而出之以夢中詭奇幻麗的意象；思及於此，回顧次節詩段我們於焉有了更多一層的詮釋。那原始的性愛隱喻，現在看來，所謂「無休止的騷動沸騰」、「大股水柱，／拱起而下，有若地面反跳的冰雹」、「亦似打穀機棍子揮舞」這些陽性意象，以及「燦爛的庭院伴著曲水，／許多香料樹開放著花朵」、「殘月下，女子／出沒哀悼她底魔鬼—情人」這些陰性意象，拼成蒙太奇效應的不和諧組合，讓

我們覺得這裡的整體隱喻更多的是原始雄性征服慾的強勢展現，誠然是父系社會以來的男性中心主義（Phallocentrism）的潛意識的表達。「聖河流過森林與山谷／途經數不完的水洞／然後騷動裡沉入無生命的海洋」。流經黑暗的水洞沉入無生命的海洋——那裡如以榮格的視野來看，就是比潛意識更深層的集體潛意識，有著最原始的野蠻人性和各種生死存亡之黑暗沉跡；詩中忽必烈汗從洪荒中聽到的戰爭預言，就是這最原始的野蠻意志之召喚。

就夢的「認同」（identification）機制而言，就在這裡，詩人與忽必烈認同合一，彷彿自己在這一剎那就是那忽必烈汗，那麼功業彪炳，而不可一世。緊接著，夢境又切換到行樂宮上。原詩這四句在排列上縮進去，有別於其他部分。所以，筆者一時興之所至，用五言句譯出，以彰顯其特異的景致：「樂宮圓頂影／浮蕩半浪中／混音繞耳畔／源出泉與洞」。陽光普照行樂宮，其內冰洞羅布。這樣二元對立的殊景，特別會出現在夢中，這行樂宮是陽光與冷冰的奇妙結合，是無比迷人的境地。難怪夢者感嘆「何其珍奇的設計奇蹟！」（"It was a miracle of rare device"）。此刻，我們不免想到馬哥波羅的遊記所載之勝景，但我們更要了解到，那是元朝高科技的表達，元朝盛世時，地跨歐亞非三洲，各方高科技匯流於此。

接著的第三詩節，卻像藝術電影手法一般，一個「鏡頭」（shot）突然闖進：鏡頭內一位阿比西尼亞少女，彈奏著德西馬琴，以高亢悠遠的歌聲歌唱著神山阿波拉。這是多麼的異國情調與浪漫呀！並且，夢者特別指出，這是他夢中的視覺（"vision"），為他夢中所見。阿比西尼亞少女是非洲女孩。首節的中東阿拉伯情調與尖塔，現在卻「置換」（replacement）為非洲少女。似乎，英國人對非洲美人，情有獨鍾。莎翁的黑美人，現在行樂宮彈琴的非洲少女；調侃來說，這是英人販買黑奴遺留下的非洲情結吧！接著的場景，當然也是夢者所見。夢者接著說，他願能依憑少女高亢悠遠的音樂，把這圓拱形的行樂宮建在天上。詩人渴望在天上建立自己的行宮，與忽必烈汗在地上者，大相逕庭。忽

必烈汗的行宮，在地面，而詩人的宮殿，卻在天上，高下不言而喻。詩國（文化）比王國（功業）更加偉大悠遠。接著，夢者語氣突然改變，說，「聽到少女歌唱的在座者，／都會驚呼，看啊！看啊！（"Beware! Beware!"）」，而此刻的夢境隨即插入新的鏡頭：詩人吟唱的場景。「他神采奕奕的眼睛，他飛揚的頭髮！／繞髮三匝，以神聖的／駭人氣勢，使你不敢迫視」。「你」這個字把讀者帶進這夢幻般的場景，如身歷其中。繞髮三匝，是某種魔咒（charm）或儀式（ritual），詩人得以與外界隔離，彷彿為神所附身：詩人，就是神的代言人，而這就是希臘古典詩學中「靈感」（inspiration）的原義，詩人為神所附身而吟唱。這位天國的詩人，飲用當然與凡人不同：「他以蜂蜜為食，／以樂園奶漿為飲」。此刻，夢者與夢境中的詩人認同為一體。夢者何人也？柯勒律治意謂其為天國之謫仙也。

最後，略說一下詩中的「可再現性」（representability or representable）。在佛洛依德諸多的夢機制中，「可再現性」是概括性的夢機制，是指能在夢境中再現者必為具體的感官所及的東西；抽象的理念無法在夢中再現，必須轉化為感官所能抓住的具象的事物。誠然，從上面各詩節所建構的夢境裡，所呈現的是感官所及的世界，其中有視覺的、聽覺的、嗅覺的，甚至有觸覺的，並且異常豐富而殊異。

結語

〈忽必烈汗〉是最能表現柯勒律治才情縱橫的一首詩。文字簡練，熠熠生輝，其象徵更是玲瓏剔透，而象徵之意涵，欲顯還隱，回響深遠。男女交媾之自然隱喻與大地陰陽相交，性與死亡之自然描述，其聯想互參，婉約與雄渾並存，可謂究天人之際。而其意象安排所引發之多元想像，包括歷史、現實、潛意識，集體潛意識，可謂「思接千載，視通萬里」（《文心雕龍》〈神思篇〉），已達詩藝之極致。此外，行樂宮之殊景，陽光與冰洞，殿影浮蕩於水浪中，亦

是一絕。夢境之結構，尤為特出，多為鏡頭之突然切入，深得「殘章」之韻致，同時也是夢結構的特質。

在詩中，「夢者」經由夢的認同機制，先後與夢中人物認同；首次與忽必烈汗認同合一，但隨即期待打造比功業更高的有琴弦之音的天上的詩國，遠比忽必烈汗豐功偉業但瞬息消亡的地上王國還要浩瀚巨大；第二次認同，是與神采飛揚令人不敢迫視的天國詩人認同合體，即以自己為天上謫仙於人間之意。夢，往往表現現實生活中「夢者」無法說出口的願望與自詡；這些離經叛道的心之所欲，在現實被壓抑而打入潛意識裡，在夢中卻得以浮現，得以如願，此夢之功能也。

42 | 沮喪：頌體
塞繆爾·柯勒律治
（Dejection: An Ode, by Samuel Coleridge）

昨夕，我看到新月，

而舊月在她的臂彎裡。

我害怕，我害怕，主人啊，

我們將有駭人的暴風雨。

——引自民謠 *"Ballad of Sir Patrick Spence"*

1

如果吟唱 *Sir Patrick Spence* 的古歌手

精於天文氣象，那麼今夜，此刻如此寧靜，

不會就這樣寧靜過去。遠處的風，正忙碌著要掀起雲湧，

不像近處的風，僅把遠雲散成懶洋洋的雲絮。

同時，這如泣如訴的氣流，撥弄著風弦琴的

琴弦呻吟，要是它沉默無聲會更好啊！

啊！好一個冬亮新月！

月面瀰漫著幻光

（瀰漫著泳著的幻光，

以銀線鉤出她底圍邊），

我看到舊月在她腿上，預言著

暴雨與疾風的即將來臨。

我願此刻暴風怒吼，

夜的陣雨傾瀉滂沱。
我願這些向來使我心敬畏而上揚的聲音，
這些把我靈魂送至遙遠的聲音，
再度在此刻發揮它慣有的動力，
把我已麻木的苦痛激起，
使之動，使之活。

2
那是一種痛楚消逝後的憂傷、空虛、黑暗、而淒涼；
那是一種窒息、昏沉、無知覺的憂傷；
找不到自然的出口，無法宣洩，
無論是語言，或嘆息，或眼淚。
噢，女士，在這蒼白而心神不屬的氛圍裡，
我給遠處的畫眉引到別的思緒上。
整個長長的黃昏，如此美好，如此寧靜；
我一直凝視著西天，
守望著她底殊異的黃綠色調。
我依然凝視著——多空洞的眼神啊！
天空裡那些微雲，絮狀或橫條狀。
雲驅動著星群：
那些星星，在雲之後雲之間滑翔，
一時閃爍，一時黯淡，但一直都在。
遠處的彎月，靜止在那兒，彷彿
活在她自身底無雲無星的藍湖裡。
我看著他們如此出色的美，

我看著，而非感覺著，他們多美！

3
我與生俱來的生命力不復存在了！
眼前的景色怎能拿開壓在
我心頭使人窒息的塊壘？即使我永遠凝視著
那遲疑在西邊的綠光，也只是枉然：
我無法企望憑外在的物象去贏得
情愫與生命，後者的泉源乃在內在。

4
噢，女士，我們接收的就是我們所賦予的，
唯獨自然活在我們生命中：
看到的是自然底婚紗，抑或她底殮衣，
存乎我們的一心。
假如我們能看到任何更高的價值，
高貴於這無生命的冷酷的世界所能給予
那些可憐的沒有愛的焦慮的人群的東西；
噢，我們的靈魂，必須流出一道光芒、神聖的光環、透亮美麗的雲，
把大地環抱──我們靈魂必須流出
源自自身的甜美而雄渾的聲音，
那一切甜美聲音所自來的物質與生命！

5
喔，最是心地純潔的妳！妳不用問我，

這靈魂底雄渾的音樂可能是什麼？

不用追問我它是什麼，存在什麼地方，

那光芒、那神聖的光環、那美麗的霧靄、

那美而又同時創造美的能量！

喜悅，噢，嫻淑的女士！喜悅並非外求，

而是留給最純潔的人，在他最純然的一刻！

生命，生命的充盈，同時是雲是雨。

女士啊，喜悅是靈體，是能量：

喜悅讓自然與我們婚媾，賜給我們

新的大地、新的天堂，作為她底嫁妝；

這不是恣肆於感官恣肆於權勢者所能夢想。

喜悅是那甜美的聲音，喜悅是那光亮的雲。

我們愉悅於自身，而不外求！

從那兒流出耳朵與眼睛所及的各種美，

而所有旋律都只是這聲音的回響，

所有色彩都只是那光芒底充盈的外溢。

6

往昔，當我陷於生命旅途崎嶇之際，

我這心底的喜悅逗弄挫折，使所有的不幸，

彷彿只是好讓我的幻覺從其中夢想快樂而已。

那時，希望環繞著我，像纏繞的葡萄藤，果實纍纍

而葉子繁茂，雖不是我本身所有，卻看來為我所有。

此刻，痛苦挫折把我的頭按到地面：

我不介意挫折把我的歡樂帶走，

只是啊，噢，每一挫折的君臨都把我與生俱來的
秉賦懸擱停頓：那賦萬物以形的想像力。
我能夠做到的就是不要去想我必然的感覺，
就是保持著沉默、耐心忍受。
也許，埋首於深奧哲理的探討，能把我
所有屬於自然人的東西從我的本性裡挖走。
我想，這是唯一可賴的資源，也是我唯一的計畫：
就這樣做去，一直到本只適於局部的東西感染全體，
而這策略已差不多成了我靈魂的習慣。

7

走開！小毒蛇群聚般的諸多思緒，正纏繞著我的智心，
現實竟是一個黑暗的夢啊！
我離開你，我傾聽風，
那風不為我知地已颳起好一陣子了。
聽！那風弦琴發出痛苦的尖叫，
您，風啊，在我身外吹起；
峭壁、山湖、斷樹，
或者樵夫從不敢攀登的松林、或者一直為女巫棲處
的獨立屋，我想，這些才是更適合您的樂器啊！
啊，瘋狂的風弦琴手！在這季節裡，陣雨滂沱，深棕庭院，而花兒初綻；
您就在花朵、花蕾、與瑟縮的葉叢中，
吹奏著比殘冬更荒涼的歌，
備辦著魔鬼的聖誕節日。
您，演員！何其完美的悲劇的聲音！

您，偉大的詩人！何其詩情狂肆！

您此刻要訴說什麼故事？

故事訴說奔走潰敗的混亂群眾，

被踐踏的人群，帶著尖銳痛楚的傷口，

時而痛苦呻吟，時而冷顫發抖——

靜謐！最深深的沉默的停頓。

所有的噪音、奔走的人群、呻吟、規律的冷顫發抖——

此刻一切都消逝了。

他現在訴說另一故事，調子不再那麼深沉那麼高亢。

　　　一則比較不駭人的故事

　　　悲情為某種愉悅所消滅

有若戲劇家 Otway 親手製作了這溫柔的小調——

　　　那是關於一個小女孩，

　　　在渺無人跡的荒野，

離家不遠，但迷失了路。

此刻在痛苦恐懼裡低聲呻吟，

此刻大聲尖叫，希望她母親聽到。

8

午夜了，但我毫無睡意。

我願我底朋友不會這樣徹夜不眠。

溫柔的睡神，造訪她呀，乘著您底療傷的翅膀！

我願此暴風雨有若山在震顫中誕生，狂肆卻短暫。

願所有的星星在她住處四周明亮高掛，

靜靜地看護著這睡眠中的大地。

願她翌日帶著輕快的心情起來：

快樂的幻想，愉快的眸子，

喜悅煥發她底精神，喜悅調配她底聲音。

願萬物為她而存，從地球的這邊到那邊，

萬物的生命與她的靈魂潮汐同一。

噢，單純的靈魂，願妳為上天所指引，

親愛的女士，我所選擇的最虔誠的摯友，

願妳歡樂綿綿無盡期。（1802 年）

解讀

引言

　　這首詩的前身是詩人寫給他所愛戀的 Sara Hutchinson 的一封以詩體寫就的情書（verse letter），取名為 "*A Letter to —* "。Sara Hutchinson 當時是華滋華斯（William Wordsworth）未婚妻 Mary Hutchinson 的妹妹。在那段時期，華滋華斯與他的妹妹 Dorothy，Hutchinson 兩姐妹，與柯勒律治五人常聚一起，成為一個親密的小圈子。柯勒律治不斷地修改此情書，刪去了一半以上的篇幅，刪去婚姻失敗與愛情告白部分，成為這內容與形式皆嚴謹且高貴的名篇。柯勒律治在華滋華斯結婚當日發表這首詩，那天也正是柯勒律治不幸婚姻的第七週年紀念日，一喜一悲，令人不勝唏噓。原來柯勒律治是一位天主教徒，不可離異，即使婚姻失敗而心另有所屬。柯勒律治是一位才氣橫溢的詩人，可惜後來放棄作詩，轉而研究神學、哲學，以及文學理論。關於柯勒律治放棄寫詩的原因有很多猜測，這首詩指向一個因素，那就是詩人因愛情無望所帶來的靈感和想像能力的枯竭，失去了寫詩必具的對外界事物塑造的能力，無由寫詩，也就轉向

哲學與文學等研究。

講解

　　本詩屬於對話詩體（conversational poem），詩中有明顯的「受話人」（addressee），而「詩篇」即為詩中的「說話人」（addresser）對其所說的「話語」（speech）。在這首詩裡，「說話人」就是詩人本人，而「受話人」則是 Sara Hutchinson，詩人所愛戀的女人，但在詩中則以中性的「女士」（"Lady"）代之。就本詩而言，這對話詩體制最為要緊，只有在「說話人」不斷地呼喚著 "Lady" 裡，訴衷情成為主調，才能把這首沉思的詩篇，轉化為一首帶有剖白功能的高貴的情詩。

　　詩名〈沮喪：頌體〉（"*Dejection: An Ode*"）隱含著「內容」與「形式」的張力，詩的「內容」是愛的挫折與沮喪，而詩的「形式」和語言卻是高貴的頌體。詩前引用了民謠 "*Ballad of Sir Patrick Spence*" 的句子作為引子，以舊月纏繞著新月的天文特徵，預言了詩中愛情風暴之主調。

　　全詩共八個詩節（stanza）。在第一個詩節裡，詩人描寫目前的夜是寧靜的，可是風已帶來了如如泣如訴的琴聲；這是詩人的心情寫照，因為失戀的情懷，使琴聲聽來卻是難耐。「風弦琴」（Eolian lute）是當時常置於窗沿的箱型弦樂器，隨風響起琴聲，有類於我們的風鈴。「風弦琴」在浪漫時期象徵了心和自然，而風則是撥弄這心弦這天籟的手。「啊！好一個冬亮新月！／月面瀰漫著幻光／（瀰漫著泳著的幻光，／以銀線鉤出她底圍邊），／我看到舊月在她腿上，預言著／暴雨與疾風的即將來臨」，可說是詩前所引民謠的改寫；從這改寫裡，我們可以看到詩人柯勒律治的無比才華，堪稱為他自許的謫仙。在民謠裡，暴風雨帶來的是恐懼，而暴風雨卻是詩人此刻深切的願望：「我願此刻暴風怒吼，／夜的陣雨傾瀉滂沱」。詩人願這即將來臨的暴風雨能把他「已麻木的苦痛激起，／使之動，使之活」，把他的靈魂帶向遙遠的地方。我

們得注意，這願望的前提，牽涉到浪漫主義的關鍵問題，那就是主客或物我的問題；只有在「物我感應」的狀況下外界的暴風雨才能掀起內心的風暴，麻木的苦痛才能動將起來。

第二詩節承前，開頭即著墨於這因失戀帶來的「已麻木的苦痛」。這描寫太深刻了，讀來不免無限低迴：「那是一種痛楚消逝後的憂傷，空虛、黑暗、而淒涼；／那是一種窒息、昏沉、無知覺的憂傷；／找不到自然的出口，無法宣洩，／無論是語言，或嘆息，或眼淚」。顯然，首節的願望落空了。「物我感應」的前提並不存在。這就是接著的詩行著墨之處，寫得非常的感人。詩人凝視著西方燦爛的晚霞，很美，一直到夜降臨，星星在雲間時隱時現，而「彎月，靜止在那兒，彷彿／活在她自身底無雲無星的藍湖裡」，很美。用現在的話來說，這視境就像寧靜的電影鏡頭靜靜地在我們眼前展開。我們讀者會感覺到好美，但是詩人卻不如此！「我看著他們如此出色的美，／我看著，而非感覺著，他們多美！」。我們終於領悟到看與感覺是不同的。這一小節把主客的相隔，物我之無應，寫得太詩意了，太感人了。什麼使到這自然所賦予的「物我感應」在詩人身上消失呢？讀者知道，詩人也知道，盡在不言中。

第三詩節一開頭就立刻給出答案：「我與生俱來的生命力不復存在了！」。接著，詩人推演這主客的關係，這物我的互動。「我無法企望憑外在的物象去贏得／情愫與生命，後者的泉源乃在內在」。詩人強調外在的事物無法影響內心的感受，強調人的感受是經由內在的生命泉源所獲得。

第四詩節則延續此一主題作更深一層的哲學性探討。開頭的「噢，女士」（"Oh, Lady!"）至關緊要，把接著的沉思轉化為情懷的抒寫，一切盡在不言中。同時，也是一個緩和的轉折，從負面的心物阻隔，到正面的心物不隔。其哲學的沉思大致是：我們內在的主體是我們感受力以及生命力的來源，自然是活在我們的內心裡面，和我們一起同生同感；我們快樂，自然便快樂；我們哀傷，自然也就跟著哀傷。因此，我們若要感受到高貴有生氣的外在世界，便必

須由我們的內在靈魂出發，「必須流出一道光芒、神聖的光環、透亮美麗的雲，把大地環抱」，如此才可以感知這雄偉美麗的宇宙世界。最後，做一個小小的文本解釋。「噢，女士，我們接收的就是我們所賦予的，／唯自然活在我們生命中：／看到的是自然底婚紗，抑或她底殮衣，／存乎我們的一心」（"O Lady! we receive but what we give,/ And in our life alone does Nature live:/ Ours is her wedding garment, ours her shroud!"）。我們得注意，前兩行的含義經由後兩行而界定，前者是抽象而廣延的表達，而後者則是喻況的表達，但喻旨明晰，句尾更點明「存乎一心」之意。這種上下文互為詮釋以明義，是文本書寫常有的策略。前兩句換作視覺的表達，即為：我們視覺所接納到的乃是我們所賦予給外物的，此即杜甫〈春望〉詩中「感時花濺淚，恨別鳥驚心」所表現的物我交感移情作用是也。

第五詩節承上作進一步推衍，是全詩的高潮，是「說話人」情緒高漲的一刻，呼喚他訴衷情的女士兩次，也同時是「物我思辨」的高峰，並略帶有超越主義的色彩。它探索了上節所經驗到的神聖的光環與透亮美麗的雲背後的東西，那就是「那美而又同時創造美的能量！」（"This beautiful and beauty-making power"）。其實，這美而又創造美的力量，就是詩人柯勒律治心目中想像力（Imagination）的定義。柯勒律治在《文學傳記》（*Biographia Literaria*）裡，對想像力提出了其文學史上里程碑般的定義：「在有限的我心（"the finite mind"）裡，重複著無限的我（"the infinite I AM"）的永恆不息的創造行為」。原文中的 "I AM"，是上帝的意思。在《舊約》裡，當上帝被問及是誰時，上帝回答說，"I am what I am."。在本詩下一節裡，詩人直接點出想像力的特質：「那賦萬物以形的想像力」（"My shaping spirit of Imagination"）。如果我們把此詩中對對想像力的詩的詮釋與其在《文學傳記》裡所作的理論性（甚至是神學性）論述，並置一起，當是相得益彰。我們這裡可以看到，想像力是詩中結構的關鍵所在，前面所描述失去視覺的品質，就是失去想像力，就是失去創造

的能力，就是下一詩節柯勒律治決定從此放棄寫詩的緣由。

　　似乎，柯勒律治瞬間進入了這生命豐盈的世界，這美並創造美的想像力活躍的狀態，這物我交融的情景，詩人靈魂裡感到的是一份純然的喜悅（"Joy"）；於是，詩人以喜悅作為這美妙境地的詮釋；於是，一轉先前的悲痛心情，並體會到唯有純潔的人並在最純潔的時刻，才能領略到喜悅。「喜悅」遂成為物我交融的最重要的詞彙。此中，也回應了第五詩節自然底婚紗的喻況：「女士啊，喜悅是靈體，是能量：／它讓自然與我們婚媾，賜給我們／新的大地、新的天堂，作為她底嫁妝」。綜觀來看，神聖的光環、透亮美麗的雲、喜悅、生命、想像力、心靈，對柯勒律治來說，都是同義詞，也就是內在生命的無限泉源和力量。而此回詩人生命泉源的乾枯，乃由於愛的挫折，也就不在話下。

　　第六詩節則是今昔的對比。昔日年青時，生命力充沛，那時候的痛苦並非真正的痛苦，因為有「希望」（"hope"）在背後支撐；然而，此刻愛的挫折帶來的沮喪與無望，就不一樣了。「我不介意挫折把我的歡樂帶走，／只是啊，噢，每一挫折的君臨都把我與生俱來的／秉賦懸擱停頓：那賦萬物以形的想像力」。讀來使人無限感慨。詩人的執照就是那與生俱來的秉賦，那賦萬物以形的想像力；於是，詩人接著預告不再作詩，轉而研究文學和哲學的人生規畫。換言之，研究文哲是知性的範疇，而創作卻是感性的想像力的領域。詩人自語：「就這樣做去，一直到本只適於局部的東西感染全體，／而這策略已差不多成了我靈魂的習慣」。讀來使人感到生命的荒涼。請注意「感染」（"infect"）一詞的負面性。從康德的知情意三局部而言，從此摒絕了「情」和「意」，而讓「知」去感染生命主體的全部。生命從此殘缺，不亦悲夫！

　　第七詩節從對物我交融的沉思與沉湎中醒來，回到愛的挫折與痛苦的當下。失戀的思緒如一群小毒蛇纏繞著他的智心，現實像是黑暗的夢。詩人決心離開這痛苦的心境。此刻，詩又回到第一詩節風暴的象徵：「那風不為我知地已颳起好一陣子了。／聽！那風弦琴發出痛苦的尖叫」。接著，詩人悲嘆說，

峭壁、斷樹、女巫居處，這可怕的大自然，才適合作您風暴的弦琴；而在這陣雨滂沱，花兒初綻的季節裡，吹奏著比殘冬更荒涼的歌，把春天化為魔鬼的聖誕節！接著，詩人把這瘋狂的風弦琴手比作偉大的悲劇詩人與演員，正在舞臺上演出。所有這些魔鬼般悲劇般的場景，都是用來喻況詩人此刻正經歷著的內心的風暴。「靜謐！最深深的沉默的停頓」。這靜謐，這停頓，表示轉捩點，表示風暴的高峰已過去。接著就是風暴過後的餘波蕩漾，而詩人以溫柔的小調來象徵。這小調是敘述一個迷失方向的小女孩，害怕而且痛苦，大叫呼喊著，希望母親能夠聽見。從心理的認同（identification）機制而言，詩人仿若小調中的小女孩，而詩人所愛戀的詩中的女士 Sara Hutchison，就仿若小調中的母親了。在這裡，我們可看到詩人柯勒律治因為情感的挫折，彷彿回到孩提時期的無助與幼稚，不啻是一種身心的退化。情感挫折之傷人何其深也！最後，我們得注意，只有在主客感應裡，詩人內心的風暴才能隨外界風暴而引發而消失，詩節中各細節正表達著這微妙的物我交感。此時，詩篇前三詩節的主客阻隔狀態已消失，不再是有看到但沒感覺到的視覺與感覺的分離了，而作為本詩通體結構的物我關係的沉思，於焉告終。

最後一個詩節，相對單純，是向詩中女士，詩人所戀的 Sara Hutchison，致以祝福。「我願此暴風雨有若山在震顫中誕生，狂肆卻短暫」。原文 "Mountain birth" 象徵意義不明，根據學界的意見，我在中譯裡以狂肆卻短暫詮釋山之誕生。在表達上特別之處，是把詩中女士比作大地之母（"the sleeping Earth"），與大地合體：「萬物的生命與她的靈魂潮汐同一」，這個句子寫得太美了。另一個表達上的特點是，從星夜裡入眠到清晨甦醒，與晝夜的宇宙律動同一。詩人祝福她純潔的心靈永遠充滿著生命的愉悅，萬事萬物對她而言，永遠都是活力十足，充滿朝氣與生命力。這一個祝福，是高貴的，也是這沮喪的感情詩篇的高貴結尾，是為頌體。

結語

　　這是一首沉思與情詩高難度結合的詩篇。對物我關係的繁富而反覆的沉思構成了詩篇的通篇結構，而這沉思卻經由生命力與想像力的喪失，視覺與感覺的阻隔，物我之無法交感，指向其潛臺詞：「愛的挫折」；而經由「噢，女士」（"Oh, Lady!"）的呼喚，愛的挫折與訴衷情得以表達。因此，「噢，女士」的呼喊，是本詩結構上的關鍵所在，把沉思歸於情愫，轉沉思詩篇為情詩。同時，這主結構尚含攝了一個次元的結構，即以外在的暴風雨與內在的感情風暴的交錯。首詩節所描述的暴風雨的前奏與接近尾聲的第七詩節所描述的暴風雨的掀起，韻致迥異，形成強有力的對比；這風弦琴手，於首節其撥弄者為窗沿的風弦琴，而於第七詩節則是喻況為風弦琴的大自然，並轉化之為魔鬼的聖誕節。

　　由於是沉思的詩篇，而沉思的對象又是幽微的物我關係，而且是不同面向的反覆沉思與表達，這首詩的難度自然很高。詩中對愛的挫折描述之深刻，傷害之深，可謂前無古人，後無來者，讀來使人無限低迴。詩人天才橫溢，何以啞然封筆？詩人在詩中預告了他放棄創作，日後只從事知性的文學與哲學研究，蓋愛的挫折已導致他天生的想像力稟賦喪失殆盡。

　　最後，末節詩人對詩中女士的無限祝福與讚美，不但轉私情為高貴的情愫，同時使詩篇成為名副其實的高貴的頌體。

43 | 她步履也多姿

喬治·拜倫

（She Walks in Beauty, by George Gordon, Lord Byron）

她步履也多姿，有若

無雲的天域，星光燦爛的夜。

明與暗的精粹，

會合在她的風姿與雙眸；

於是，成熟為溫柔的光芒，

那天國拒絕給予俗豔白天的禮物。

少一分就過暗，多一分就過亮，

都會破壞了無名的優美；

優美，波浪般起伏在她黝黑的髮辮上，

或者柔和地熠耀在她底臉上；

安詳而甜美的心思，正顯現出

她自身那麼可親可愛，那麼珍貴！

臉上，眉心上，

那麼溫柔，那麼寧靜，卻那麼動人；

迷人的笑容，煥發的膚色。

這說明了她在好教養中長大：

她的心總是體貼下屬，

她的愛如是純潔真摯！（1814 年）

引言

　　此詩堪稱拜倫古典主義的典範，風格與內容典雅一致。原詩音律優美，乃是為譜一首希伯來傳統曲調而寫的詞。詩的靈感則來自婚禮上的新娘，他美麗年輕的表妹。我們對拜倫的真實個性了解不多，尤其是他的貴族部分，這首詩也許讓我們以旁喻的方式略窺拜倫的貴族品味與文字風格。

講解

　　這首詩由三個句子組成，每句六行，可謂工整。格律工整，抑揚頓挫，可見樂調典雅。押韻形式，每句六行都是 ABABAB；第一句無論單行或雙行都是同一元音：長音的 "i"；不知為無意，還是樂調的要求。節奏所賴的「音步」（foot）樣式，則由每行四個「抑揚步」（iambic foot）組成。

　　詩的文字典雅，簡練，而高貴。開首的 "She walks in beauty" 就表現出她典雅而高貴的貴族氣質，幾乎沒法翻譯。我這裡勉強譯為「她步履也多姿」。假如中譯改為「她走路婀娜多姿」，貴族氣質就完全消失了。接著的「有若／無雲的天域，星光燦爛的夜」，所用「喻依」（vehicle）天域與星夜，帶來遼闊的視野，帶來大家風度的韻致。接著描寫她的眸子，是「明與暗的精粹」，也就是說，眸子內黑白分明。但這絕不是勾人的冶豔，因為這風姿這眼神，「成熟為溫柔的光芒」；同時，成熟與溫柔剛好表現了她新娘子的難得的韻致。詩人才會說，這不是白天所代表的俗豔所能比擬。

　　第二句「少一分就過暗，多一分就過亮」。對中國古典文學熟悉的人，都會聯想到宋玉〈登徒子好色賦〉的「增之一分則太長，減之一分則太短，著粉則太白，施朱則太赤」，雖然一邊是講秀髮與臉部明暗所致的優美，一邊是講

肥瘦及臉部膚色，但手法是一樣的，呈現了一種「穠纖得衷，修短合度」（曹植〈洛神賦〉）的均衡古典審美觀。接著的兩行略有轉折：她心思清純甜美，表現為一種可愛的珍貴氣質，這是說她的美是由好教養內化而外顯；並且呼應了本詩最後兩句「她的心總是體貼下屬，／她的愛如是純潔真摯！」，也就是中國人所言：「誠於中，形於外」，她有「自身那麼可親可愛，那麼珍貴」的氣質，並非倖致。

第三句的前半寫出她的身姿綽約與她的內在美合一：「臉上，眉心上，／那麼溫柔，那麼寧靜，卻那麼動人；／迷人的笑容，煥發的膚色」。於此，溫柔、寧靜等內在美字眼，與笑容、膚色等外在美的字眼，融合一致。詩的最後，更清晰地呼應預告著她作為出嫁貴婦的持家素養：「她的心總是體貼下屬，／她的愛如是純潔真摯！」，這與《詩經》裡的〈桃夭〉篇：「桃之夭夭，灼灼其華，之子于歸，宜其室家」，以及〈關雎〉篇的「窈窕淑女，君子好逑」同義，可謂女性純潔真摯在東西方傳統都視為最高的美德。申而論之，〈桃夭〉篇前半以灼灼桃花形容女子目觀之美，正合拜倫前半所述外在美；而後半頌其于歸之後為其夫家帶去和樂，正是內在發顯之美德，也與拜倫此句後半述其體貼善良足以持家相若。可見女性內外兼美，在東西方傳統都視為最高的美的典範。

結語

這是一首出色的古典風格的詩，它代表了拜倫的古典風格。這古典美人與前面莎翁筆下宮廷愛的美人，真是大異其趣。詩中拜倫以婚禮上的表妹作為模特兒，成功塑造了古典美人的形象，同時陳述了社會上對貴族家庭持家的夫人所期待的婦德。值得品味的是，無論在審美上在婦德上，拜倫筆下的古典描述與中國有關古典思維，何其相似！《詩經》〈關雎〉：「窈窕淑女，君子好逑」，〈毛傳〉解為「是幽閒貞專之善女，宜為君子之好匹」，揚雄解為「善心為窈，

善容為窕」。固然詩無達詁，眾說紛紜，然在古典思維中對女子之美的期待，大抵不出此溫婉端麗宜室宜家的標準。「窈窕淑女，君子好逑」，可說是拜倫對他新婚表妹的祝福，也是此詩的旨歸。最後，從比較角度而言，拜倫此詩與《詩經》〈桃夭〉及〈關雎〉篇能如此切近，蓋兩者所涉皆為貴族階層之婚嫁故。

44 《哈勞特男爵遊記》第三詩章（6 詩節）

喬治・拜倫

（6 stanzas from *Childe Harold's Pilgrimage,* Canto 3, by George Gordon, Lord Byron）

清澈平靜的尼曼湖。妳反照的湖面，
我在其中而周遭是荒野世界，宛然存在如實物。
湖以她底寧靜警惕我，離棄
世間煩惱的渾水而走向純淨的清泉。
靜帆有若無聲的翅膀，
把我漂離世間的誘惑。我昔曾愛上
海洋驚濤的怒吼，但妳輕柔的絮語，
好像姐妹般的呵責，聽來甜蜜，
我從沒有那麼的感動與愉悅。（No.85）

穹蒼風雲變色——啊，如此天難！
夜，風暴，黑夜！您們駭人的強大，
卻是溫柔的力量，一如
女人的黑色眸子！遠處一帶，
從峰頂到峰頂，在峭壁群中，
雷聲奔騰躍動。
此刻，每座山都長了舌頭；
卓拉從她底霧幕中回答
狂歡的阿爾卑斯：他高聲呼喊著卓拉！（No. 92）

而就在今夜！最榮耀的夜！
您不是來入睡的！讓我
分享您駭人以及更深鉅的愉悅，——
讓我成為暴風雨及您的一部分！
那被照亮的湖何其閃耀，燐火般燃燒的湖啊，
而滂沱大雨舞躍著奔臨大地！
此刻，大地又再度黑暗，——此刻，
群山狂嘯，歡醉晃搖，
彷彿為年青的地震的誕生而歡欣鼓舞。（No. 93）

此刻，湍急的 Rhone 河在高峰間撕開一條路。
對峙的雙峰，有如帶著恨意
分手的一對情人，內心礦坑般向深處層層扞格；
他們不再見面，雖然心碎已無餘剩。
靈魂深處仍然互相牴觸著，
而愛卻正是這愚鈍的憤怒的根源。
他們就這樣分手，就這樣黯淡了他們生命的春天。
憤怒，早已消失，卻留給他們年年歲歲，
只有冬天的歲月——內心深處，天人交戰。（No. 94）

我從來沒愛過這世界，世界對我也這樣。
我從來不會奉承它凌人的盛氣，
也不會對它的偶像群鞠躬下跪。
我不會從臉上擠出笑容，

也不會高喊著，崇拜一個空洞的回音。

在人群裡，他們不會把我看作屬於他們的一員；

我置身其中，但不屬於其中。

我可以置身他們的思維世界裡自存，只要我的心智不受污染。

——其實，那也不是他們的思維，只是回音。（No. 113）

我從來沒愛過這世界，世界對我也這樣。

讓我們以平等的對手分開！我相信，

雖然我沒找到，世間也許仍有，

如實物般不虛的語言，以及不虛假騙人的希望；或者

美德不是居高臨下的憐憫，也不是

為不能者所設計的陷阱；也許，我寧願相信，

有人真誠地悲他人之悲！

——或者，找到一兩個表裡近乎一致的人物。

為善不必留名，快樂並非夢想。（No.114）（1816 年）

解讀

引言

　　拜倫文學於浪漫主義大興之際，名譽遠甚於同時期如華茲華斯等詩人，可謂橫掃歐洲，而目前批評界卻以其居浪漫主義諸大家之末，視之為與新興的浪漫主義最少交接者，可謂作家文學聲名浮沉不定的顯著實例。這由於批評界對浪漫主義的界定與批評典範（paradigm）有所轉移之故，不免有欠公允。個人認為，拜倫文學為社會取向的文學，與晚近批評界的偏愛相左。然而，就文學

繼承及發展而言，他繼承了十八世紀的諷刺文學而有所變化，使之更可讀，更貼近社會，並注入浪漫的狂飆情緒，這點可謂與當時氣候一致。就其名作《唐璜》（*Don Juan*）論之，其形式仍為舊制，不若其時大家之詩體大解放，此實為十八世紀諷刺詩韻體之遺緒。在內容方面，唐璜的世界所述，其近乎荒淫墮落的社會內涵，拜倫本人視此為社會之真實面貌；而在表現上，敘述者的多變化及多元聲音，實亦有所開創；拜倫文學當時能轟動歐洲，未必無因。

《哈勞特男爵遊記》寫於《唐璜》之前，與唐璜文學有很大的區隔。男爵（Childe）指的是一個要被訓練成騎士的年輕貴族。主角哈勞特男爵亦可視為拜倫式英雄（The Byronic Hero）的一種類型，但與唐璜有別：哈勞特男爵所呈現的是狂熱激情，文化底蘊深厚，而與世相違，自我放逐的貴族。《哈勞特男爵遊記》的出版，奠定了拜倫的文學地位，獲得歐洲大陸文壇的青睞。《哈勞特男爵遊記》共有四個詩章，不同時段寫成，與拜倫遊歷歐洲時程相若，論者或謂主角哈勞特男爵有拜倫的影子。《哈勞特男爵遊記》雖是在第三人稱的架構內進行，但某些詩節卻以哈勞特男爵的第一人稱的獨白式進行，此尤見於第三詩章，此處所選即是。筆者以為，這些獨白有可能相當地反映了拜倫的人格，因為獨白是作者最易置入個人情懷的地方：經由認同的心理機制。拜倫的真實性格，往往是一個謎，引人入勝，從拜倫的作品對拜倫的人格做一些試探性的推測，也蠻有意思。

《哈勞特男爵遊記》采用文藝復興時期詩人斯賓賽（Spenser）所創的溫和而流暢的「詩節」（stanza）寫成（世稱斯賓賽詩節）；每詩節由九詩行構成，而前八詩行由五個抑揚步（iambic foot）構成，結尾的第九行則是一個以六個抑揚音部構成被稱為亞歷山大詩行（Alexandrian line）。

講解

所選諸節，可分為三個單元。第一單元為 No. 85 所代表的山水中婉約的

湖泊，第二單元為 No. 92-94 所代表的山水中崇高的山脈風暴殊景，而這兩單元分別表達了哈勞特男爵柔情與狂肆的性格。第三單元是由 No. 113-114 所代表的哈勞特男爵與世相違與自我放逐的情懷。

先說第一單元。湖以她底寧靜警惕我。這裡，我們看到「寧靜」的價值，所謂「寧靜以致遠」是也。接著，「煩惱的渾水」與「純淨的清泉」是一個很好的相對組。清澈的尼曼湖把哈勞特引向純淨。「靜帆有若無聲的翅膀」，寫得太美了。隨著這無聲的靜帆，哈勞特漂離了世間的誘惑。「妳輕柔的絮語，／聽來甜蜜，好像姐妹般的呵責」。尼曼湖潺潺的水聲，詩人擬人化為女性輕柔的絮語。姐妹的呵責是甜美的，是感動的，尤其是對曾愛上海洋驚濤的哈勞特男爵而言；這點讓我們想到屈原《離騷》裡的「女嬃之嬋媛兮，申申其詈予」，而這苛責源於屈原的耿介。詩中的清澈，寧靜，有若無聲翅膀的靜帆，湖水如輕柔的絮語，姐妹般的呵責，在在呈現出婉約的景致與詩情。最重要的是，這是哈勞特男爵以第一人稱道出的，帶有獨白的況味。

第二單元的第三首，事實上也可以把它與第一單元連為一體，也就是婉約（尼曼湖）與雄渾（隆河山谷）的對比，柔情與狂飆的對比。尼曼湖（Lake Lemon）與隆河山谷（Rhone Valley），都在法國境內與瑞士接壤處。我們就先說這第三首。詩一開頭，劈頭而來就是一個極其雄偉險峻的動態畫面：「此刻，湍急的 Rhone 河在高峰間撕開一條路」。接著，更是一個驚人的直貫全詩的男女喻況：「對峙的雙峰，有如帶著恨意／分手的一對情人。內心礦坑般向深處層層扞格」。他們不再見面，恨意早已消逝，心已碎，但靈魂仍然相互牴觸著，「留給他們年年歲歲，／只有冬天的歲月」。讀來使人無限低迴。從藝術形式而言，這是一個大膽的實驗；隆河山谷的峻嶺出現後即丟棄，接著就是這分手情人愛恨交纏的喻況。在文學傳統而言，則是回到浪漫主義以前，甚至回到中世紀以來的山水喻況人間事的傳統。就浪漫精神而言，那就是狂飆到男女愛恨交纏的史無前例的最高峰。何以能達到如此情緒高峰？個人認為，其背後

就是法國大革命帶來的狂飆精神。誠然，在我們此刻講解的居前的兩首，阿爾卑斯山脈風暴之夜，我個人的解讀，是實景，更是法國大革命的象徵。這兩詩節代表了拜倫撒旦式風景（Satanic landscape）。一開頭就是「穹蒼風雲變色──／啊，如此天難！」。詩人歌頌風暴與黑夜，這也是無前例的，而最特別的，最拜倫特色的，就是把山水喻況到男女的世界。這撒旦天景的狂暴，「卻是溫柔的力量，一如／女人的黑色眸子！」。實在喻況得太出色了。我特別喜歡「黑色眸子」四字，東方女性之美不言而喻。雷聲在阿爾卑斯峰頂間滾動回響，像長了舌頭。「卓拉（Jula）從她底霧幕中回答／狂歡的阿爾卑斯（Alps）：他高聲呼喊著卓拉！」。實在寫得太傳神了。接著的一首的開頭，更讓我們聯想到法國大革命之夜：「而就在今夜！最榮耀的夜！／您不是來入睡的！」（"And this is in the night: Most glorious night!／Thou wert not sent for slumber!"）。革命的風暴的前夕，誰能入眠呢？詩人要分享這革命的駭人的愉悅，成為她的一部分。湖泊如燐火般燃燒，而群山狂嘯，歡醉晃搖。大家都沉醉在革命的狂歡中。中間突然插入──「此刻，大地又再度黑暗」，顯得更有跌宕的韻致。結尾彷彿為年輕的地震的誕生而歡欣鼓舞，毋寧是對法國大革命誕生的頌讚。這兩節詩讀來使人意氣高昂，慵懶的心態為之一振，可說筆力萬鈞，鏗鏘有聲，足以振奮頹廢之人心。

第三單元的語調與情境卻是一個大逆轉，是自我流放（exile）及與世相違的情懷，也是對人間虛偽與傲慢的諷刺。兩節詩都以「我從來沒愛過這世界，世界對我也這樣」做開頭，可謂是姐妹篇。詩中的男爵傲岸不羈，說從來不會在權貴凌人的盛氣下低頭，也不會對偶像群鞠躬下跪，也不會從臉上擠出笑容去奉承，更不會高喊著去崇拜一個空洞的回音。這些傲岸的背後，有著深刻的諷刺，有著個體生命的尊嚴：這是深藏在我們生命內裡未經異化的主體的吶喊呀！「在人群裡，我置身其中，但不屬於其中」。這與世相違的寂寞，讀來使人感慨。我們要知道，拜倫是貴族，然而我們會把這看作是拜倫對其貴族階層

的熱嘲冷諷；他們是空洞的，本身沒有自己的思維。拜倫跟他們是不一樣的，這讓我們想到當工人大肆破壞機器（因為紡織機器的發明與使用，導致他們大量失業）而被控告的時候，拜倫在議院裡為他們辯護的場景！接著的下一節，詩人說，「就讓我們以平等的對手分開！」。接著，詩人諷刺的主軸放在虛偽與虛假的憐憫上。拜倫曾對好友 Lady Blessington 說，他一生不變的，是對自由的強烈願望，以及對虛偽假話的厭惡（"a strong love for liberty, and a detestation of cant."）。可喜的是，詩人並非絕對的虛無者，雖然他沒找到，但相信世間仍有真實的語言，不虛假騙人的希望，不居高臨下的憐憫，不是為不能者設計的陷阱般的美德；總之，他相信仍有表裡近乎一致的人物。在哲學思維上，值得思考的是 "Words which are things"，把「語言」與「物界」對等；我們知道「語言」本質上的虛渺，但詩人希冀「語言」能跨越與「物界」存在上的區隔，而這跨越就是名實相符的最高境地。當然，我們也可以從「喻況」辭格的角度來看，原詩為「隱喻」（metaphor），中譯改為「明喻」（simile），也就是 "is" 與 "is like" 的分別：中譯為「如實物般不虛的語言」，因為漢語不能接受像「語言是實物」的表達方式。此刻是我們重新思考「隱喻」的時候了，我們會發覺「隱喻」的兩頭，那就是「隱旨」（tenor）與「喻依」（vehicle），無論在存在或心理層面，皆彷彿融為一體。詩節的最後，卻又是一個正面的逆轉：「為善不必留名：快樂並非夢想」。再一次證明，拜倫此刻的化身，他們的內心深處，並非徹底虛無的，生命的積極性仍在湧動。

結語

這幾個詩節是在第三人稱的敘述框架裡主角哈勞特男爵獨白式的詩節。我們不妨認為，這多少反映了作者拜倫的性格與思維。在文學傳統上，這些詩節在中世紀以來藉山水喻況人間事的喻況傳統中，注入了浪漫的情緒而有所開拓。所選第二單元，創造了拜倫式的撒旦風景，那種地動天搖，雷轟電閃的雄

偉景象描寫，是詩人對剛逝去不久的法國大革命前夕的象徵摹寫，也恰恰流露了拜倫的狂飆革命性格。而第三單元，可說是自我放逐文學的首度發聲，也表達了主角哈勞特男爵傲立不群與世相違的心態，及其背後的未經異化的主體的發聲。拜倫曾對好友 Lady Blessinton 說，我是一個奇詭的不穩定的善與惡的混合體（"a strange mélange of good and evil"）。我想，哈勞特男爵獨白裡隱藏的高尚人格，正反映著拜倫善的性格局部，或最少代表著他的嚮往。最後，從這幾節詩裡，我們看到拜倫的詩藝：語調與母題多變，突兀而又彷彿自然天成。

當時，拜倫文學，尤其是其拜倫式的英雄塑像，橫掃歐洲，餘波及於近代的中國，魯迅以拜倫及雪萊的詩為典範，提出其「摩羅詩力學」（摩羅，撒旦之意），提倡離經叛道的不羈思想，打破禮教文化的社會枷鎖，意欲促進國民的更新與革命。

餘話

第三單元可說是自我放逐文學的首度發聲。有趣的是，遠遠早於此，我們從屈原《離騷》已聽到這自我流放的聲音了：「謇吾法夫前修兮，非世俗之所服。雖不周於今之人兮，願依彭咸之遺則」。這說明屈原價值觀與俗眾格格不入，為世所不容而埋下流放之因；哈勞特男爵也說：「我從來沒愛過這世界，世界對我也這樣」，不願隨俗當然只有選擇自我流放了。屈原是「寧溘死以流亡兮，余不忍為此態也。鷙鳥之不群兮，自前世而固然」（《離騷》）。哈勞特男爵也一樣絕不肯違背原則而做媚世之醜態：「我從來不會奉承它凌人的盛氣，／也不會對它的偶像群鞠躬下跪」；其狷介不屈而在心靈上自我流放實與屈原如出一轍。當然，這兩篇作品處於不同時空與文化背景，因而引起的實質性的差異，自不在話下。

45 黑暗

喬治·拜倫

（Darkness, by George Gordon, Lord Byron）

我作了一個夢，其實它不全然是夢。

明亮的太陽熄滅，而星群

在無垠的太空黑暗裡遊蕩，

無光無徑；而冰封的大地

在無月的暗夜裡旋轉到發盲，闃黑莫辨。

清晨來了又去──又來，但並沒

帶來白天；在這孤獨裡，他們

忘卻了熱情，而所有的心，

冷卻為自私的為個人祈禱：給我光。

他們真的就住在烽火臺之旁──

那些王座，那些冠冕皇者的宮殿──而那些

茅舍，以及所有生物棲息的處所，

都燒來作火炬；所有城市都毀滅了，

而人們聚合在他們火毀中的家園，

再度相互看一眼對方的臉孔。

住在火山口周遭的人們

幸福了！──啊，那山巒的火炬：

那又期待又害怕著的光明再來的希望籠罩著大地。

樹林一叢一叢放火燒去，而

隨著一個又一個鐘頭過去，它們倒下而暗滅──燒得嘎嘎作響的

樹幹，卡拉一聲燒毀倒地——於是，一切黑暗。
在使人絕望的火光裡，人們的眉額
帶上鬼魅的色彩，當火光一陣陣
閃在他們身上。一些人坐下來，
蒙著雙眼哭泣；一些人把下顎
托在握緊的雙手上，笑著；
一些人匆匆走來走去，在他們的
葬禮堆上添上燃材，以瘋子般的
寧靜抬頭仰望無奈的穹蒼，
那逝去的世界的棺罩；然後
帶著詛咒，倒在塵土上，咬著牙，
嚎叫：此時，野鳥群尖叫，
驚駭萬狀，撲落於地，
徒然地拍打著無用的翅膀。最凶殘的
野獸走來，此回馴服而溫順。而小毒蛇
爬行而來，在人群中盤著身子，
嘶嘶作響，但不敢咬人——它們被殺來當食物。
而那停頓了一陣子的戰火，
又再度張開饕餮大口吞噬人間：每頓餐飯都得在
血鬥裡搶來，然後各自愁悶坐開，
憂傷裡自個兒大口吞噬食物：愛已消失。
大地上只有一個念頭——那就是
立刻卑微的，毫無榮耀的死亡。
飢餓絞痛著五臟六腑——人們死去，
他們的尸骨不及墓葬，

肉體一點一點被吞噬吃掉。

甚至狗也攻擊主人；只有一隻例外，

而牠所忠誠的對象竟是一具屍體。

牠把鳥、野獸，以及飢餓的人群擋絕於外。

飢餓緊抓著這些人群，而倒下來的死人屍體，

誘惑著他們瘦削的下巴。這狗

本身並不尋求食物，而只是以虔誠

持久的呻吟，終而一聲短暫而淒涼的悲鳴，舔著

那不再以愛撫回應的手——死去。

人群在饑荒裡逐步地死去。此刻，

偌大的城市，只有兩人存活下來，

而他們本為仇人：他們相遇於

祭壇餘燼之旁。

一些神聖之物堆疊起來，以作

非神聖之用途：燃燒生火。

他倆以骷髏般的手撥弄

微弱的火的餘燼，以微弱的氣息

吹向餘燼，但升起來的火焰

弱得似乎是嘲弄。當火焰亮些，

他們抬眼審視對方的顏容，

看，然後尖叫，然後死去——

他們看到彼此的猙獰醜陋而死去，

卻不知道對方是誰，

而他們額上都給飢餓刻鏤著鬼魅二字。

大地空蕩，那榮華的人，那權勢的人，化為一堆垃圾塵土。

無季節，無草卉，無綠樹，無人，無生命——

一堆死亡——一堆凌亂的硬土塊。

河流、湖泊、海洋全都靜止，

它們在沉默的深處紋風不動。

無帆的船停佇在海上腐爛，

它們的桅檣倒下碎裂成片：

倒下時，它們就睡在沒有潮湧的深淵——

浪已死，潮已滅；月亮，

他們的情人，也早已沉寂；

風，消萎於停滯的大氣，而雲，

也消逝了去。黑暗無求於萬物——

黑暗，她就是宇宙。（1816 年）

解讀

引言

　　拜倫〈黑暗〉的寫作環境值得我們注意。該詩寫於拜倫與家庭醫生
Polidprie、詩人雪萊（Shelley）及其新婚夫人馬莉‧雪萊（Mary Shelly）於
一八一六年夏天在瑞士日內瓦（Geneva）度假期間。其間陰雨不斷，他們
躲在屋裡看法譯德國鬼故事消磨時間之餘，拜倫建議各自撰寫「超自然」
（supernatural）性質的東西以作娛樂。馬莉‧雪萊的驚人之作《科學怪人》
（*Frankenstein*）即寫於其時。在這天慘慘而無色的氛圍裡，難怪〈黑暗〉一詩
寫來其內容詭譎而恐怖，有如惡夢。

　　拜倫繼承十八世紀的「諷刺」（satire）文學而有所開創：注入浪漫情懷，

並經由文字，語氣，及結構上之變化，使諷刺詩歌更切近現實，更為易讀，有很好的感染力；其《唐璜》之作，為諷刺文學之高峰。〈黑暗〉雖非「諷刺」詩，但其中有極富諷刺的兩個場景，可謂是對人性的拷問。不同於其同時書寫的《哈勞特男爵遊記》，此詩不用有格律規範的詩節，而是採取華茲華斯及柯勒律治的《抒情民謠集》（*The Lyrical Ballads*）的詩體大解放。此詩以跨行詩句為主導，富有散文的節奏與鋪陳，一若本選集中華茲華斯〈汀潭修院〉的風格，而全詩八十二行，不分節，結構雖有曲折，但仍有可謂一氣呵成之勢。

〈黑暗〉為介乎「夢」與「文學創作」之間的產品，可說是「諷刺」上置於「夢」而成。換言之，〈黑暗〉也可能是夢的實錄，不過尚經過必然的「譯寫」，必然的文學的「二度修飾」而已。

講解

在〈黑暗〉（"darkness"）裡，拜倫描述大地毀滅前陷入黑暗中的世界，其悲劇、瀆聖、冷調的筆觸，可說是拜倫魔鬼詩派的又一個呈現。詩以夢境為框，開宗明義地說：「我做了一個夢，其實它不全然是夢」（"I had a dream, which was not all a dream."）。這矛盾語義，正洩漏了此詩非夢的原始面目，而是有現實的一面在。拜倫試圖要讀者想像當世界末日來臨之際，將會有怎樣的情景發生。他所營造的場景是一個沒有光亮的世界，「冰封的大地／在無月的暗夜裡旋轉旋轉到發盲，闃黑莫辨。」（"The icy earth/Swung blind and blackening in the moonless air"）。這一句帶給讀者詭譎的氣氛，藉由人們的表情、飛禽走獸的異常，拼貼出怪異的景色；這一個異象，讓我們聯想到《聖經》〈啟示錄〉中人類最後滅亡的景象。

詩是從無光無月的天空開始，然後黑暗降臨大地。這時人都淪為冷酷，自私的生命了。人類原有的關懷與愛「冷卻為自私的為個人祈禱：給我光」。這個句子寫得太好了。

在沒有光亮又無計可施的情況下，燒掉森林之後，人們不惜放火燒自己的家園，「人們聚合在他們火毀中的家園」，為的只求能再多看一眼。但是那些燒房子所產生的火光，一瞬即逝。「住在火山口周遭的人們／幸福了！」真是諷刺。生活在火山口的人原是恐懼的呀！面對黑暗，人們有不同的反應。「一些人把下顎／托在握緊的雙手上，笑著」（"Their chins upon their clenched hands, and smile"）。這微笑（smile）是一種瘋子般的微笑（smile）吧！有人開始積極，把油和木材加在葬禮柴堆上，但最後火盡亮滅，「帶著詛咒，倒在塵土上，咬著牙，／嚎叫」。接著，詩移到猛獸身上。曾經是凶猛無比的野獸也因為對於世界末日的懼怕反而變得溫馴，野禽在地上拍打他們因為恐懼而無用失能的翅膀，飛不上天；毒蛇也不敢咬人，反被宰為食物來食用。

於是，詩又回到這世界末日的人間場景。詩中說，停息了的戰爭又再度降臨，這暗示大地黑暗之初，各國爭奪資源而戰火滔天，而現在戰爭卻落到個人層面了。「戰爭」變為「爭奪」。每一餐的獲得都得靠流血爭奪而來，搶到了就各自在自己的角落裡孤獨地吃。因為饑荒，所以饑餓，而飢餓絞痛了五臟六腑。原句 "Of famine fed upon all entrails"，用「饑荒」而不用「饑餓」，可見詩人用詞精練獨到之處。許多人都死於饑餓，但是他們死後卻不見屍骨，因為活著的饑民或野狗會搶食屍骨。這裡，我們看到一個沒有文明，沒有社會規範，沒有禮儀的社會，而這一向是英國引以自豪的。在世界的末日，匱乏帶來了爭奪，人們淪落到吃屍骨的地步，可說是對文明的假象有所諷刺。誠然，文明之所以會存在，是因為有富足的物資，社會一切才會趨向秩序化，但是一旦有物資缺乏或者貧富不均的情況產生，所謂的規範與禮儀，將會全面崩盤；文明的結構是很脆弱的，一旦有不均衡的狀態產生，結構也會跟著動搖。

到此，詩把我們帶進兩個帶著冷諷而使人震驚的場景。第一個場景是當屍骨被活人與飛禽爭奪，而狗甚至攻擊主人之際：「只有一隻例外，／而他所忠誠的對象竟是一具屍體」。這真使人感傷。牠守衛著主人的屍骨，把鳥、野

獸，以及飢餓的人群擋絕於外。「這狗／本身並不尋求食物，而只是以虔誠／持久的呻吟，終而一聲短暫而淒涼的悲鳴，舐著／那不再以愛撫回應的手——死去」。這場景充滿戲劇性的張力，讀來使人無限低迴。

　　另一場景描寫在這個大城市倖存的兩個敵對的仇人，在祭壇旁，他們用枯骨般的手，顫抖地撥弄餘燼，用他們微弱的呼吸，吹氣，試圖想升起火焰。長期戰爭死亡威脅下，他們幾乎都喪失了人性的光明面，飢餓和求生的爭鬥使他們的面容猙獰，在他們臉上刻畫出魔鬼的模樣。因而兩個仇人抬眼乍見彼此的顏容就被大大地驚嚇到，從對方的醜陋猙獰彷彿看見自己也已經不像個人而像個鬼了，本已奄奄一息的兩人因之大駭而死。這個場景的戲劇性更是怵目驚心：好不容易從戰爭和饑饉中勉強倖存的兩個仇人，就這樣被彼此的醜陋嚇死；這是拜倫最極致的諷刺，對仇恨最入骨的批判。

　　於是，詩又回到茫茫的宇宙與人間作為結尾。山、湖、船隻、星星、月亮、風、雲等萬物，皆沉寂消逝。似乎，死亡最為公平了，萬物與眾生，無論貴賤，一視同仁，皆倒在她黑暗的懷抱裡。其中寫帆船的凝滯海面而腐爛，或最為詭譎：「無帆的船停佇在海上腐爛，／它們的桅檣倒下碎裂成片：／倒下時，它們就睡在沒有潮湧的深淵——」。於是，萬物靜止，萬籟皆寂，黑暗統馭了宇宙。「黑暗無求於萬物／——黑暗，她就是宇宙」。

　　最後，略說一下〈黑暗〉的夢結構。〈黑暗〉的「夢內容」，就佛洛伊德夢理論而言，正反映著其夢前閱讀鬼故事有關。同時，此詩可看作是聖經《新約》（ *The New Testament* ）末書〈啟示錄〉（ "Revelation or Apocalypse" ）的拜倫版：顯聖前大地燃燒毀滅。《新約》形容名城巴比倫（Babylon）焚燒時，謂：「他們看到煙升起而城在火燒中夷為平地」。但拜倫版卻沒有宗教的顯聖的慰藉結尾。〈黑暗〉可能是夢的實錄，不過尚經過必然的「譯寫」，必然的文學的「二度修飾」而已。同時，根據佛洛伊德的理論，夢時的周遭也對夢內容的形成有所提供。那麼，日內瓦雄偉遼闊的山水，是否在〈黑暗〉詩中有所作用？

換言之，詩中「明亮的太陽熄滅，而星群／在無垠的太空黑暗裡遊蕩，／無光無徑；而冰封的大地／在無月的暗夜裡旋轉到發盲」，是否仍隱約含攝著天氣不佳、天色灰暗時的日內瓦遼闊的山水？就「夢機制」而言，夢中情節富戲劇化（dramatization），尤其是狗守護主人以及仇人在神壇餘燼中相視對方的魔鬼容顏而死，這特質正符合佛洛伊德討論夢的「可再現性」（"representability"）時所闡述，謂夢境往往以戲劇化的形式出現。詩的結尾，萬物靜止，萬籟皆寂：「黑暗無求於萬物——／黑暗，她就是宇宙」。就佛洛伊德的精神分析理論而言，回歸於「黑暗」即是從「有機」生命回歸於「無機」生命的涅槃境界。用道家的話來說，即復歸於道，復歸於無。

結語

〈黑暗〉一詩屬於夢文學，是夢與文學二度修飾的結合。在形式方面，此詩沿用浪漫時期詩體大解放的方向，不再為格律規範的若干詩節所組成；此詩甚至不分詩節，一篇到底，各詩行幾乎皆為跨行詩行；內容的結構轉接中仍有一氣呵成之勢。

本詩的夢思維是世界末日的到臨，宇宙處於茫茫黑暗中，而透過人類對此的反應，以探索當文明、秩序、規範、禮儀盡失的時刻，人性可能的真實面。其中更建構了兩個非常出色的冷諷場景：狗的忠誠與世仇之荒誕。然而，「諷刺」的後面，實有所企望，而其所企望之理想者，浪漫主義之「愛」也，東方之「恕道」也。

46 奧西曼底亞斯
珀西·雪萊

（Ozymandias, by Percy Shelley）

我遇見一位來自遠古地帶的旅人，他說——

龐然而身軀不見的雙腳石雕

站在沙漠中。……鄰近，在沙粒裡

半埋著一張殘破的臉。他底皺眉

皺唇，無情的號令中帶著冷諷。

可見雕塑者昔日對這些情緒甚為熟悉，

此刻仍烙印在這無生命的物質上；

雖然嘲弄的手與孕育此暴君情緒的心不再。

座基上，銘刻著：

吾名為奧西曼底亞斯，王中之王，

請觀吾功業，您們這些權貴侯王們，並絕望吧！

周遭一無所有。圍繞著這龐大的

殘破與雕骸，只是無垠、荒涼、

孤獨、平坦的沙漠，延伸到遙遠。（1817 年／ 1818 年）

解讀

引言

詩中主角奧西曼底亞斯（Ozymandias）乃是西元前十三世紀古埃及的法老

拉美西斯二世（Ramses II），也就是《舊約》〈出埃及記〉時的法老；目前其木乃伊藏於開羅的埃及博物館。事實上，拉美西斯二世是古埃及出色的法老，功業及建築遺址甚偉，並為人民所愛戴。

　　雪萊以古埃及法老奧西曼底亞斯（Ozymandias）為題，設想沙漠中奧西曼底亞斯雕塑殘留，其暴君形象栩栩如生，諷古喻今，來諷刺當時英國的君主專政的嚴厲禁檢。在這首詩中，詩人充分運用了「記號」的模稜性（ambiguity of signs）。我們在這講解裡，主要是以比較藝術的角度來解讀，而其中又分為兩個層面論述：一是語言藝術（verbal art），表現在雕像座基上所刻的詩句中；另一是空間藝術（spatial art），經由雕刻家的嘲弄之手傳達出奧西曼底亞斯的冷酷無情。

　　按自法國大革命以來，為防範革命之輸出，歐洲各皇權對法國圍堵，英法戰爭於焉發生。此詩寫於一八一七年，時英國形勢仍嚴峻，國內有叛亂風險，也有工人示威，自由遭到鎮壓，不經法定程序即可拘捕人民。

講解

　　整首詩中，雪萊並非以第一人稱的口吻來敘述，而是營造一個旅遊者（traveler）的角色，運用「框架」（frame）的技巧，經由旅遊者對雕像之所見所感及解說，引領讀者由奧西曼底亞斯的外在層層迫近於他的內在，使讀者對奧西曼底亞斯這位暴君有更深層的了解。「框架」（frame）技巧，有逃避英國皇室禁檢（censorship）的功能，蓋在重重框架裡，其反暴君視覺，非詩中「說話人」（addresser）「我」所有，更不必然是作者雪萊所有。

　　在描寫石像雕刻的部分，旅遊者首先描寫石像的大致形狀，已經因為時光的流逝而變成一塊塊破碎的殘骸——兩隻巨大無軀幹的石腳座落於沙漠中，在旁的是一張半陷於沙地中的破碎的臉；緊接著，對石像的臉部雕刻做了更進一步的敘述：從其臉上細微的面部表情，如緊皺的眉頭，緊閉的雙唇，我們可以

看出暴君那一絲帶著嘲弄意味的冷酷神情，傳達出奧西曼底亞斯瞧不起世人、不可一世的態度：「他底皺眉、／皺唇，無情的號令中帶著冷諷」（"whose frown, /And wrinkled lip, and sneer of cold command "）。雕像上的表情之所以可以如此傳神，全都要歸功於雕刻家對奧西曼底亞斯的熟悉與了解，經由這熟悉與了解，雕刻家將那些暴君情緒烙印在雕像上，暗裡表達他對奧西曼底亞斯的諷刺。總而言之，經由藝術家嘲弄之手，我們可以一窺這位暴君的殘酷形象及不可一世的高傲神態。旅遊者採用由外而內，由粗略到細微，由大略的描寫進而轉為細緻的刻畫，層層逼近，一步步的把暴君的神韻，活生生的呈現在讀者的面前。最後，順便處理一個文本問題。原文 "The hand that mocked them, and the heart that fed" 中的 "the hand" 指的是雕塑家的手；"them" 指暴君的情緒；"the heart" 指暴君的心。我的中譯「雖然嘲弄的手與孕育此暴君情緒的心不再」是依此解釋而譯出。

在空間藝術之後則是語言藝術的呈現。至於語言記號（verbal signs）的運用，表現在座基上的銘文。座基上的銘文說道：「吾名為奧西曼底亞斯，王中之王，／請觀吾功業，您們這些權貴侯王們，並絕望吧！」[4]。石座上的兩句詩行，乍看之下似乎是對奧西曼底亞斯的極大歌頌，歌頌這位暴君的偉大功績，其豐功偉業無人能及，其他君主只能興嘆；然而，這只是文字的表象，再仔細想想，其中隱藏了更深一層的涵義：在一片茫茫沙海之中只留有一尊破碎的雕像，其他什麼都沒有，過去的豐功偉業早已化作今日的塵土。座基上的文字「請觀吾功業」（"Look on my Works"），與現在的「周遭一無所有」（"Nothing beside remains"）對照之下，更是形成強烈的對比！這對以自己的功業為榮的

---

4 據西元一世紀希臘歷史學家 Diodorus Siculus 所述，在古埃及最龐大的雕塑座基上，刻有「吾名為奧西曼底亞斯，王中之王；任何人若想知道我是誰我葬在何處，他就先得在功業上有超過我之處」。雪萊的詩句直接用了原句的開頭，而把下半更改為更簡練有力的句子：「請觀吾功業，您們這些權貴侯王們，並絕望吧！」

奧西曼底亞斯而言，又何嘗不是一大諷刺呢！我們得注意，詩中為雕像獻上詩句的詩人，已預知在時間的流轉裡，這暴君的雕像必淪為殘破與塵土的景象。誠然，詩人的特權，即為透過想像力，預見未來。銘文中無法與暴君媲美的「絕望」，變成了實際上功業不免化為塵土的「絕望」。

從雕像及銘文上，我們體會到暴君的高傲自大之餘，同時看到藝術家與詩人的社會批判功能的發揮。雪萊在〈詩的辯護〉（"Defiance of Poetry"）一文裡，即認為詩人應具有批評社會的責任。

結語

在這首詩中，讀者見識到了雪萊如何藉由諷刺古代的一位暴君，來表達他對當時歐洲君主制度的批評，肩負起他身為一個詩人所該負起的社會責任。詩中的詩人寫下這些表面讚揚暴君的詩句時，詩人早就料到，時間會夷平一切，而這些讚揚的詩句，也將成為控訴暴君暴行的最佳諷刺。雕塑家將暴君的殘暴行徑，微妙地烙印在無生命的石雕上，讓奧西曼底亞斯覺得是對自己歌功頌德，而世人眼裡則為暴君形象，以發揮其社會批判的功能；其高明之處，在於藉由「記號」的模稜性及洞察歷史流變的先知視野，以達到這批判目的。

當然，這些都是出自雪萊的藝術經營。從此角度來解讀，雪萊把時空移轉於古埃及，並利用「框架」結構表現，但其著眼為包括英國在內的歐洲君主專政，以逃避當時英皇室可能的禁檢。簡言之，〈奧西曼底亞斯〉見證了自法國大革命以來英國嚴峻及高壓的社會狀況。

　　此篇的解讀以「禁檢」（censorship）為核心，看假想的雕刻家與詩人如何逃避假想的暴君的禁檢，並且看作者雪萊如何進一步用多重「框架」（frames）結構來推卸責任，以逃避英王室在當時嚴峻及高壓的氛圍裡可能的文字獄。[5] 我們上面認為這多重框架（frames）結構及時空轉移於古埃及足以逃離禁檢。現在，我們以記號學（semiotics）來逆反前面得以逃離禁檢的解讀。

　　我們不妨想像一個場景，雪萊被帶上文字法庭，而法官以普爾斯（C.S. Peirce）的「記號無限衍義」（"unlimited *semiosis*"）的觀點，以抗衡雪萊的辯解。法官會說，作者是你，而你可被看作為一個記號，你這記號衍生了一個屬於你的所謂「詩人的我」（"poetic self"），這就是普爾斯記號學所說的「居中調停記號」（"interpretant"），這衍生的記號是用來界定你這記號的走向的，而最終的目的地就是普爾斯所謂的「對象（"object"）」，而這「對象」可以是具體的，也可以是抽象的。讓我現在先開宗明義地先說，你這記號的最終「對象」就是要嘲諷英王室，甚至想藉此慫恿群眾，推翻英國的君主制度。顯然，你這記號是深受法國大革命的鼓舞。好，我們回到「記號無限衍義」的視野：接著這衍生的「居中調停記號」又衍生了第二個「居中調停記號」，這就是你詩中的敘述者「我」；然後又衍生了第三個「居中調停記號」，那就是詩中的「旅遊者」。你以為這樣的多重框架就可以逃離我的法眼？記著，這原初的主體或者記號，與他不斷衍生的眾多的居中調停記號，以及它最終的對象，是互為界定的，是三位一體的。換言之，是這最終的對象倒過來界定了這原初的主

5　雪萊以離經叛道的思維與行徑，不為英國社會所容，於此詩作後的翌年自我放逐到義大利。生前其作品不獲雜誌所接納發表，對讀者大眾而言，可說是默默無聞，只有在小圈子或地下讀者間流傳，但深受華茲華斯，拜倫等極度讚賞。

體或記號，以及它不斷衍生的「居中調停記號」的目的走向，也就是為嘲諷英王室以及推翻我們歷古恆新的君主制度！至於時空易位，這種雕蟲小技就不值一駁了。嘿，古埃及的奧西曼底亞斯法老，還是一代明君，深受子民愛戴呢！至於旅遊者對奧西曼底亞斯雕像的視覺與解讀，當然也是在你這記號與其終極「對象」的三元互動的關係裡進行，在前兩者的控馭與驅使下所衍生的獨立小系列的「居中調停記號」，是為前兩者效勞的。旅遊者的視覺與解讀裡，也假設了所謂「禁檢」的問題，很有趣，但這都是在作為原初主體及記號的你，在趨向你最終的對象與目的時的記號衍生歷程裡所引發出來的，可見你心中就原有「禁檢」的思考。話又得說回來，詩創作是一種即興，一種隨機，一種模稜的首度性，所以我也不能說你是處心積慮。但是，作為法官，我還是要點破你的魔法。

47 印地安小夜曲

珀西·雪萊

（The Indian Girl's Song or The Indian Serenade, by Percy Shelley）

我從多回夢到您的夢中

起來──醒自夜裡我甜蜜的初眠；

風緩緩地吹著，

星星們亮麗地照耀著。

我從多回夢到您的夢中

起來──精靈附在我的腳上，

把我帶來，誰知道怎麼一回事呢？

帶到您臥房的窗前，我的甜人兒啊！

那些飄蕩的氣流餘韻，

沉寂於黑夜寂靜之溪流──

那玉蘭花的香氛淡卻了，

有如夢中甜蜜的情思。

夜鶯的戀歌，

死在她底喉上──

就像我注定撲死在您身上，

噢，您，我的所愛啊！

噢！拉起我，從您窗前的草地！

我死、我暈、我不行了！

讓您的愛如雨般吻我，

吻我的唇吻我蒼白的眼皮。

我的臉頰冰冷而慘白，哎呀！

但我心噗噗猛跳而響亮！──

噢，將我的心再次壓在您的心上，

直到它最終碎在您那兒。（1822年）

解讀

引言

　　根據雪萊手稿及定本，此詩原題為 "The Indian Girl's Song"（印地安少女之歌），但定本及手稿重現以前，已有不同的三個標題，兩個標題是說此篇為印第安歌曲而製作的詞，而第三個則為 "The Indian Serenade"（印地安小夜曲），並成為流行的標題。權威的 *Norton Anthology of English Literature*（《諾頓版英國文學選集》），其標題為 "The Indian Girl's Song [The Indian Serenade]"，並指出此歌是戲劇性的歌曲，而非作者個人性的抒情詩。換言之，類似莎翁戲劇中如〈什麼是愛〉（"What is love?"）等劇中歌曲，其結構富有戲劇性。《諾頓選集》同時指出，標題中的 Indian 是指 East Indian（東印地安人）。請讀者注意，下文的印地安是指雪萊其時的東印地安人，也就是印度人，並非美國土著的所謂印地安人。義大利航海家哥倫布於15世紀末到達美洲時，誤以為即是其尋找的印度，故以印地安人稱當地原住民為 "Indios"。後人知其誤，遂稱美洲原住民為西印度人，原印度為東印度人，以作區別。其實，此皆西方人因錯就錯的權宜作法，實不足為訓，美洲原住民與印度毫無關係。本解讀為何不

直接稱為印度人？是要避免當今讀者以當今印度的印象介入我們讀詩時的想像。

雪萊的詩，向以雄偉開拓著稱，而這首〈印地安小夜曲〉卻是淒婉動人，廁身於這些雄偉巨作之間，別有韻味。讀者也許會問，雪萊何故突然以印度少女為主題？其實，對雪萊而言，印度代表著東方，異國情調的東方，並為其異國情調、神秘及超越主義所著迷。學界指出，雪萊的主要著作，都不免隱含一些上述印度元素。

講解

雪萊這首抒情小夜曲，女主角或發聲者為一位東印地安人（East Indian；即印度人）少女。此歌其結構富有戲劇性；我們甚至可以想像一位女角在舞臺上的歌唱演出。

全詩成功地營造了雪萊想像中的柔弱卻愛情熾熱浪漫的印地安少女，以及水聲潺潺花香瀰漫的印地安夜的韻致。全詩分三節，韻腳是流動相間的樣式，適合歌唱，也就解釋了前面所說的原詩或為印地安歌曲而寫。

首節「我從多回夢到您的夢中／起來」重複了兩次，為歌體慣有的重複技巧，有歌唱上的功能，並營造氣氛。詩中少女不由自主地走到情人臥房的窗前。怎樣表達這情不自禁，而不失少女的矜持呢？「精靈附在我的腳上，／把我帶來，誰知道怎麼一回事呢？」，實在寫得婉約美妙，少女含羞的形象盡在不言中。

第二節開頭營造印地安夜的氣氛。原文的 "The wandering airs they faint/On the dark, the silent stream" 有點模稜："airs" 一方面是氣流，一方面也是小調，也許是要表達夜裡氣流如小調的韻致。當然，如果只解釋為小調，那就意味著夜裡偶然有零落的小調飄過，而消失在溪水的潺潺聲中。這夜非常印地安：夜的氣流如小調，溪水潺潺，而玉蘭花的香氣瀰漫。玉蘭花（"Champak"）是印

度土生的植物。此刻，婉約的少女不再了，而是訴說著夢中甜蜜的情思，進而大膽地說她將會死在情人的身上。但我們得注意，整個氣氛還是柔弱的，仍然襯托出印地安少女的柔弱；這是經由原文兩個韻腳字，經由 "faint" 與 "fail" 巧妙地表達出來。

第三節可說是愛的狂飆了。「噢！拉起我，從您窗前的草地！／我死、我暈、我不行了！」，印第安少女愛的脆弱形象可謂淒婉動人。有趣的是，這表達的方式，竟然與其〈西風頌〉最抒情的一刻相近：「噢！拉起我，像一片浪、一片葉、一片雲！／我倒在生命的荊棘裡！我流血！」（兩首詩寫於同年的一八一九）。這麼相近的表達，但意義迥異；結構主義指出，文本任一局部的意義為其上下脈絡與總體結構性地決定，誠哉是言也。接著，「我的臉頰冰冷而慘白，哎呀！／但我心噗噗猛跳而響亮！」。內外的反差寫得很好，尤其是「哎呀！」一聲，真個逗人。「噢，將我的心再次壓在您的心上，／直到它最終碎在您那兒」。這裡的心碎表示她的無悔，她的脆弱，楚楚動人，更多的是暗示對方不要辜負了她。

結語

這小夜曲是第一人稱的愛的吟唱，是女性的聲音。這首小調成功地經營了玉蘭花飄香溪水潺潺的印地安夜的韻致，成功地塑造了柔弱卻愛情熾熱的印地安少女。從目前的東方主義（Orientalism）來看，這真個是英國男性的東方想像。最後，我們會問，讓這印地安少女訴說著愛的男主角，是不是一位跨越了時空的英國男孩？還是另一位同樣浪漫的印地安男孩？

48 西風頌

珀西・雪萊

（Ode to the West Wind, by Percy Shelley）

I

噢，狂野的西風，您是

秋天本體的呼吸；從您肉眼不及的存在，

凋萎的葉子紛紛飄落，活像鬼魂們急急逃離大法師的咒語；

黃色，黑色，蒼白，病紅，

病蟲害侵蝕的葉子：噢，您

把它們長翅的種子帶進

冬天黑暗的床坑，在那兒躺著，冰冷而居下，

每顆像屍體在墓中，一直等到

您澄藍的春天妹妹

在夢中的大地上吹響她的號角，

（向甜蜜的花蕾催花，就像驅趕羊群在天空下餵食），帶給

原野與小丘生氣勃勃的色彩而香味處處：

狂野的精靈，您的巨匠之手在宇宙間遊走：

您同時是毀滅者與保育者；聽，噢，聽啊！

II

您，在您底氣流上，在陡峭的天空的湧動裡，

絮雲片片，凋殘的葉子般飄落，

從天空與海洋間糾結的大樹枝條搖落；

它們是引導雨與閃電的天使。

在您氣流漂湧的蔚藍表面上橫過大抹的雲，

像神話中酒神癡醉的女信徒

被風掀起的一長抹亮髮，從地平線

微渺的邊際一直延伸到穹蒼的頂端，

那是即將來臨的暴風雨的髮梢。您，死亡中的

殘歲的輓歌，而這即將告終的今夜，

將會是您底巨墳的墓拱，

由您匯聚的水氣能量所

拱起；而從它底固體般的大氣裡，

暴雨、火焰、與冰雹迸發：噢，聽啊！

III

您，把藍色的地中海

從他夏日的夢裡喚醒：他躺在那兒，

給他自身一圈圈晶瑩的水流哄睡著了。

他躺在 Baiae 海灣一個火山岩小州旁，

在睡夢中看著古老的許多宮殿與高塔，

在波浪裡顫動中更顯得鮮明強烈，

而都長滿著青苔與花朵，

那麼甜美；描繪這些物色時

感官為之陶醉！您，西風，大西洋底鏟平一切的能量，

把自身裂開成峽谷，作為您的通道，而水底深處

盛開的海中花朵與佩戴著海洋枯葉的

濕漉漉的森林，聽到

您的聲音，頓時在恐懼中變為灰槁，

發著抖，把自己毀去。噢，聽啊！

IV

我願是一片落葉您可以承載，

我願是一片飛奔的雲與您共翔，

一片浪花，在您能量之流裡喘著大氣；分享

您底生命能量的脈動，只是揮灑自由

略遜於您，噢，您這不可羈拘者！即使

回到童年歲月，堪為

您漫遊天際的同伴，那時

要贏過您橫掃天際的狂飆速度，並非
完全是夢之際；我從來沒像此刻

那麼痛楚的需求，祈禱與您在一起。
噢！拉起我，像一片浪、一片葉、一片雲！
我跌倒在生命的荊棘裡！我流血！

沉重的歲月把像您那麼不羈、
敏捷、自傲的我，鎖上鏈壓低頭。

V
請把我作為您的弦琴，像森林一樣，
即使我的葉子隕落一如林籟又何妨！
您雄偉的和諧內裡的騷動，

帶上深沉的秋天的調子，
甜美，然而憂鬱。願您，融進我的心靈，殘酷的精靈啊！
願您，融進我的自身，狂放不羈者啊！

把我瀕死的思緒在宇宙中吹散，
有如凋謝的葉子般催化更生；
願這咒語般的詩篇

散播我的訊息於人間，
猶如爐灶裡未熄的餘燼與火星，

透過我的雙唇，向這尚未甦醒的大地，

吹響預言的號角！噢，西風，
如果冬天來了，春天還會遙遠嗎？（1819 年）

解讀

引言

　　雪萊（Percy Shelley）可以說是法國大革命的寵兒。他有別於浪漫時期的第一代詩人，有別於華茲華斯（Wordsworth）與柯勒律治（Coleridge）；後二者在法國大革命挫敗後，政治與社會立場轉為保守。雪萊卻一直堅持法國大革命的理想與狂熱，保持著生命的不羈與樂觀情懷。在〈西風頌〉這首名詩裡，隱含著雪萊對法國大革命精神的迴響，而詩的結尾名句，更點出了對未來不滅的希望。

　　在詩形式上雪萊有特別的耕耘，是從義大利韻體 *terza rima* 發展而來（按：此時雪萊與瑪莉剛移居於義大利）。全詩共五個詩節，而每一詩節由四個環環相扣的三行組（tercets）及結尾的二行句（couplet）構成，並有押韻的安排：*aba, bcb, cdc, ded, ee.* 雪萊更以跨組句（即句子跨越到下一個詩組）發揮這環環相扣的格律形式，而這跨組句及環環相扣的詩組，正以其詩形式象徵了詩中四時周而復始與死亡再生的主題。這就是所謂「神話時間」（mythical time），是迴環流轉的（cyclical），與一去不回的直線的（linear）時間有別。故在本詩的中譯裡，我們也在詩組間用跨行句譯出，以抓住原詩特有的格律形式與詩行安排，以及其流變而周而復始的韻致。

　　最後說一下雪萊的情感世界與情境，以見其浪漫主義的一斑。他熱愛人

類，嚮往自由，浪漫不羈，而這性格亦表現在他情感面上。十八歲時帶走十六歲的酒店主人的女兒 Harriet 私奔，理由是她父親強迫她上學。他以為他會永遠愛她，但由於文化差距等等，愛消磨殆盡。其後他受業於當時知名的社會派哲學大師 William Godwin 門下，不久愛上了老師的女兒瑪莉（Mary）並把她拐走（瑪莉即為名著《科學怪人》的作者）。他的名言說，沒有愛的婚姻生活是不道德的。於是，他與 Harriet 解除婚姻生活；與瑪莉私奔巴黎時，還不忘實踐他的信念，邀請 Harriet 以妹妹身分與他們同住。兩年後與瑪莉結婚。這離經叛道的行徑，加上他原來的無神論及革命狂熱，為英國社會所不容，也不為親朋所諒解；於是他帶著失落與自我放逐的情懷與瑪莉離開英國，定居義大利，及至一八二二年因船難不幸告終，時年三十。

講解

全詩分五詩節。其章節結構有其特色，每節都以秋或秋風為主調，而有時則或明或暗，或深或淺地，延伸或旁及到其他季節，隱含著四季周而復始的神話般的迴轉時間。首節從秋帶入冬而及於春，二節則全節鋪陳秋天，三節則又從夏切入而寫秋，四節則進入個人渴望與西風合一的狂飆的抒情，五節承接這狂飆的抒情，並以預言者的身分向世人宣達人間不滅的希望作結，而這有名的預言隱含了四季：「噢，西風，如果冬天到了，春天還會遙遠嗎？」

在第一詩節中，詩人開首即對西風呼喊並稱之為狂野，建立此詩狂飆的抒情風格：「噢，狂野的西風」。接著詩人卻用了非常形而上學的特徵形容詞（epithet）來指陳秋風：「狂野的西風，您是／秋天本體的呼吸」；這產生一種表達上跌宕的韻致，也同時預演了此詩知性與感性的並存風格。接著的描寫帶來象徵的含義。詩人將西風視為秋的本體的呼吸，枯葉代表了腐敗的思想，西風將之驅散，彷彿是把腐朽的思想驅除，而生命種子深埋地底，經過嚴冬的沉澱，等待春天號角的來臨，生命便得以重生。這裡一方面表達了四季更換時

不同的韻致及除舊布新的騷動，一方面也讓我們進入其背後的雪萊從未忘懷的法國大革命的象徵。「您同時是毀滅者與保育者；聽，噢，聽啊！」這可說是詩人對秋風及其象徵的法國大革命的詮釋；「噢，聽啊！」更是充滿個人抒情與感染力，也同時是前四詩節共享的結尾，使到全詩產生迴蕩呼應的效果。

第二詩節是摹寫風暴的前夕與最後的爆發。以片語「您，在您底氣流上」領航詩節，語法特殊，因而接著的風起雲湧等是在秋風的領航下進行的。陡峭的天空，天空與海洋間糾結的大樹（雲柱），絮雲片片凋殘的葉子般飄落，在氣流漂湧的蔚藍表面上橫過大抹的雲。請注意，「它們是引導雨與閃電的天使」，並非說此刻雷電風雨交加，只是說雲湧不久之後即將帶來雷雨而已。接著，詩人把漂流蔚藍天際的長雲，喻作「神話中酒神癡醉的女信徒／被風掀起的一長抹亮髮，從地平線／微渺的邊際一直延伸到穹蒼的頂端」。這個比喻把讀者帶進希臘的古典，而詩人如畫般的摹寫，彷彿就是一幅天空與海的浪漫主義風景。與前 Wordsworth 浪漫風景相較，雪萊的更為有動感。「而這即將告終的今夜，／將會是您底巨墳的墓拱，／由您匯聚的水氣能量所／拱起」──革命風暴就如同隆起的墓塚，籠罩著大地，等待爆發──可說是法國大革命前夕最出色的象徵了。「暴雨、火焰、與冰雹迸發：噢，聽啊！」，暴風雨終於爆發了，象徵著法國大革命爆發的威力儡人。

第三詩節的主調是西風肅殺之氣，也就是革命風暴最狂飆的一刻。「您，把藍色的地中海／從他夏日的夢裡喚醒」；時序回轉到秋前的夏日。詩人把地中海擬人化，說他躺在水之州上。這有點水神的感覺。接著：「他躺在那兒，／給他自身一圈圈晶瑩的水流哄睡著了」。夢中，「古老的許多宮殿與高塔，／在波浪裡顫動中更顯得鮮明強烈，／而都長滿著青苔與花朵」。這使我們從上節的狂飆中跌進如夢如幻的寧靜，真是跌宕有致。然而，我們不久又立刻進入詩篇最雄偉的畫面。「您，西風，大西洋底剷平一切的能量，／把自身裂開成峽谷，作為您的通道」，而水底深處濕漉漉的森林，「聽到／您的聲音，頓

時在恐懼中變為灰槁，／發著抖，把自己毀去。噢，聽啊！」。秋風狂飆的氣勢使得地中海自動裂出深谷讓路，連水底下的花木也為之驚恐而死去，這最能喻況革命帶來世間的震撼了，所有腐朽的東西自動凋萎！讀來使人精神為之一振。在表達上，詩人應用了「體用合一」的觀念，「體」為感官所見的秋之物象，「用」則為秋之影響所及的死亡與更新的能量，而其象徵則為更深遠的意義。

　　在第四詩節中，詩人表達此刻對更生極為深切的渴望，是全詩最抒情的一刻。革命的狂飆過去了，生活歸於沉寂與下沉。「我願是一片落葉您可以承載，／我願是一片飛奔的雲與您共翔」。詩人願成為一片落葉，在西風的狂掃下獲得重生；讓西風帶領，願成為一片雲，與西風飛馳，願成為一片浪花，在西風下奔騰。換言之，這是詩人渴望與西風認同合一（identification）成為一體的情緒之最強烈的一刻。詩人說他從來沒有感到像此刻那麼強烈的希冀與西風成為一體，讓生命得以再度騰飛，因為「我跌倒在生命的荊棘裡，我流血！」（"I fall upon the thorns of life! I bleed!"）這個句子太感人了，讓我們與詩人一起感受生命的痛苦吧！他祈禱自己能在西風的帶領下，從痛苦的生活中解脫，獲得新生。就自傳性而言，這個句子應該承載著雪萊生命的挫折與自我放逐的情懷吧！

　　在第五詩節中，開首承接前節與秋風合體的願望：「請把我作為您的弦琴，像森林一樣，／即使我的葉子隕落一如林籟又何妨！」；並且希望經由西風的不羈與去舊的殘酷決絕，拯救詩人此刻生命的低沉。最後的新生是甜美的，唯有去除腐朽的思想，才能加速新生命的降臨。接著，詩人以預言家（prophet）的身分，以這詩篇為咒語，「透過我的雙唇，向這尚未甦醒的大地」，號角般吹奏他不朽的信念：「噢，西風，／如果冬天來了，春天還會遙遠嗎？」（"O Wind, /If Winter comes, can Spring be far behind? "）。這裡請注意一個矛盾的詞："thy mighty harmonies"（中譯為：您雄偉的和諧），雄偉與和諧是互為矛盾的；我們可以認為其為兩者辯證後的綜合；它顯然有別於單純的和諧，而是富有動

力的和諧了。這矛盾情境與 William Blake 的〈虎〉（"Tiger"）詩裡的 "fearful symmetry"（駭人的均衡）同趣。

結語

　　〈西風頌〉在詩體方面十分特殊：每三行成一環節，營造出環環相扣的節奏旋律；各詩節（末節除外）都以「噢！聽啊！」的呼告結尾，產生迴響的效果。在時間方面，本詩以迴轉時間（cyclical time）相對於直線時間（linear time），呈現出周而復始、循環更生的情境。

　　同時，雪萊成功地把西風的描寫帶進了象徵的境地。西風或喻況著法國大革命的雄偉壯烈，象徵了人性的提昇。雪萊把西風描寫成 "destroyer"（破壞者）與 "preserver"（保存者）的雙重身分，象徵革命的破壞與美好東西的保存與更新。詩人本身對西風有強烈的認同（identification），有若拉岡（Jacques Lacan）鏡子理論中鏡子所反射出的理想的自我形象（*Imago*），為詩人所認同，渴望，與追求實現。

　　同時，詩中對西風籠罩渲染下的天空與大地的摹寫，有著極高的畫的品質，有靜止如夢幻的夏日的地中海，有狂飆的秋風下的天空與地中海，後者幾乎可說是浪漫主義風景狂飆的極緻。詩中兩度古希臘傳統的指涉，西風像神話中酒神癡醉的女信徒狂奔時掀起的一抹亮髮以及希臘古典詩學中詩人的預言者身分，為這首狂飆的浪漫詩篇增添了一抹不落痕跡的古典。

　　整首詩的結構，象徵與中心思想，圍繞著「更生」（rebirth）這個主題。當人們漸漸感到異化與疏離，感到被壓抑，甚至生命開始沉淪腐朽之際，就有著更生的渴望，希望回到最初的純淨、回到未經異化的主體。就像詩裡西風掃落腐葉，看似絕對的破壞，實則也加快了更生的腳步。詩末更再一次重申雪萊不滅的革命情懷與樂觀的生命：「噢，西風，／如果冬天來了，春天還會遙遠嗎？」

　　讀過雪萊的〈西風頌〉，不免想到中國北宋歐陽修的〈秋聲賦〉。這兩篇作品取材對象都是秋風，在藝術表現上，對秋風的聲色氣勢都有出色的描寫。但兩者內涵精神卻大異其趣。

　　這可以從創作年齡、時代背景、傳統文化思想等等層面來談。雪萊寫〈西風頌〉才二十七歲，正值人生初夏，血氣暢旺的燦爛芳華；三十歲就因船難逝世的短短人生完全籠罩在整個歐洲起伏跌宕的革命風潮之中，個人生命氣質又特別的浪漫執著，往往不惜為其革命人道理想付諸一往無悔的行動；因而在詩中詠頌西風可說是為其鼓吹去腐生新，迎接春天的希望鋪墊一個蓄積能量的戲劇性喻況，也就是說，寫西風而意在春天。

　　歐陽修一生在朝為官致力革新教育與吏治，卻歷經多次政敵構陷而屢遭貶謫。寫〈秋聲賦〉時已經是天涼好個秋的五十三歲，宦海浮沉有志難伸累積的人生感慨，讓他聞秋聲而悚然，感嘆於「物既老而悲傷」，「物過盛而當殺」；但雖嗟怨於「天地之義氣，常以肅殺而為心」，卻歸結於「奈何以非金石之質，欲與草木而爭榮？念誰為之戕賊？又何怨乎秋聲！」。這裡可看出不只是歐陽個人血氣已衰的心理因素使然，還有中國文化傳統裡道家思想元素的影響，使此古典名篇給讀者的感覺，除了一點點無奈的自我開解之道，便是聚焦於詩人的藝術表現力，把聽覺的聲音化作視覺觸覺意象的想像力。那真的是秋天的色調。

　　我們尚可進一步以繪畫作品來詮釋兩者整體藝術風格之異同。讀雪萊的詩給我們的感覺有如看法國德拉克洛瓦（Eugène Delacroix）的名畫〈自由女神引領人民〉、〈獵獅〉等，這位浪漫主義畫家從年輕時就跳脫新古典主義的制式畫風，在取材方面常著力於真實人性，並出之以充滿激情和奔放個性的表現手

法，而啟發了很多包括莫內、梵谷、塞尚的後來者。他的革新精神和鮮明色彩狂放筆觸線條，恰恰是〈西風頌〉所歌詠的暴雨、火焰、冰雹迸發掃盡大地腐葉的喻況之精神；而西風詩第二節中充滿雨雲、閃電、水氣蒸騰的描寫，更吻合了另一位浪漫主義畫家透納（William Turner）的主要取材和風格。這在在說明了那真是一個色彩鮮明充滿生命力想像力和各種可能性的時代。而〈西風頌〉就是一個響亮的預告。

那麼歐陽修呢？那應該可以用北宋郭熙〈寒林圖〉、李唐〈萬壑松風圖〉來比擬了。兩圖表現秋冬蕭瑟之氣應和了〈秋聲賦〉中的時令，圖中雖未特別著意於風聲之體現，然其結構穩定而均衡，氣象雄渾而適度留白以容呼吸空間，正可比於該賦之形式美。〈秋聲賦〉雖多以駢句意象對仗成文以寫物抒情，卻間雜以散句，使通篇疏密有致；而所用意象及文字：「波濤夜驚」、「金鐵皆鳴」、「其容清明」、「其氣慄列」、「其意蕭條」、「山川寂寥」、「淒淒切切」等，一連串齒舌摩擦的音韻不僅為秋聲颯颯之適切摹擬，更令人眼前浮現北宋畫山石皴擦的粗礦效果。整體美學風格就是雄渾中帶著滄桑，展現一種端凝而淡赭枯葉的色澤。

歐陽修〈秋聲賦〉這篇古典絕品，彷彿以其秋聲和秋色預告了北宋逐漸的衰落。而雪萊的〈西風頌〉則展現了浪漫的藝術想像力，更挾其狂飆青年的旺盛生命力，向大地吹奏了一曲清新的號角。

49 | 夜鶯頌

約翰・濟慈

（Ode to a Nightingale, by John Keats）

1

我心疼痛，昏睡般的麻木折磨著我的感覺，

彷彿我剛服用了毒菫，或者一秒前

剛把鴉片殘渣倒進排水槽，

便往流向陰間的忘川沉下去──

如此非因妒忌您歡樂的命運，

而是沉醉在您底歡樂裡而大為歡喜。

您，翅膀輕盈的森林女仙，

在樺木綠野與林蔭

地帶，悠閒引吭

盡情歌詠夏天。

2

我願來一口葡萄醇酒，

長年冷藏於地窖深處的佳釀，

品嘗其中的花香與鄉野的綠意，

以及舞蹈、中世紀情歌，和盛夏的歡樂。

我願來一杯滿滿的溫暖的南方，

純正赧紅的繆斯之泉葡萄酒，

珠樣的泡沫在杯緣閃爍眨眼，

還有染紫了的杯嘴。

願我喝了，把世界忘卻，

隨您遠遁幽暗的林中。

3

我要消逝遠去，融化，忘卻

您在葉叢中永遠無法知道的人間：

疲憊、狂熱、和煩擾。

這裡，人們坐在一起聽著相互的呻吟，

癱瘓病搖落憂鬱的最後幾根灰髮。

年輕人變得蒼白，鬼魅般枯槁而死。

這裡，一思及此就令人滿懷憂傷，眼神

充滿鉛般沉重的絕望。

這裡，美無法保有她明亮的眼睛，

而新來的愛等不到明天已黯然消逝。

4

離開吧！離開吧！我決心飛向您。

不是讓酒神及其隨從帶領，

而是駕著詩底看不見的翅膀。

雖然此刻遲鈍的腦袋被觸動但卻遲疑：

喔，已經跟您在一起了！此刻，夜何其溫柔，

也許月后正在寶座上，

周邊圍繞著她眾多星星精靈。

此間沒有亮光，除了微風吹來的天光，

透過綠葉的幽深與蜿蜒苔徑而來。

5

我無法辨識腳下的花朵，

也認不出何種香花懸掛枝頭。

在這芬芳的黑暗裡，我猜想著這月份給予

草卉、林藪，以及野果樹各種甜美賞賜：

白色的山楂樹，田園的野玫瑰，

綠葉覆蓋下很快凋謝的紫羅蘭；

那五月中旬的長子，那即將來臨的麝香薔薇，

露珠盈盈的葡萄酒香，

以及飛蠅嗡嗡的夏日黃昏。

6

在黑暗裡我聆聽著。多回了，我半戀著

悠閒的死神，在我冥思的詩行裡以輕柔的名字呼喚著他，

我恬靜的呼吸在大氣裡吐納。

死從來沒像此刻看來那麼豐饒，

在無痛苦中在午夜裡消逝；

而您正在那邊把您的靈魂謳歌，

在如此的狂喜裡。

您會繼續歌唱下去，而我卻有耳無聽，

您高亢的安魂曲對著的只是我墓上的覆草。

7

不朽的鳥，您不是為死而生的！
沒有接踵而來的飢餓世代把您踩在腳底。
此刻倏忽的夜裡我聽到的歌聲，
在古老的日子裡王侯與小丑也聽著。
也許走進 Ruth 悲心裡的是同一支歌，
當她想家，流淚佇立在異鄉的麥田裡；
同一支歌也曾探訪魔法籠罩的窗扉，
開向怒海的濤沫，在仙島上，已成往昔！

8

已成往昔！這個語辭像鐘般
噹一聲把我從您那邊盪回我自身！
再見！幻想並不如她所聞名那樣善騙，
這騙人的小鬼！
再見！再見！您平凡的讚美詩消逝於
近處的草野，越過靜靜的溪流，
上及小丘旁；而此刻已深深埋沒在下一個山谷深處。
那是靈視或是醒著的夢？
那音樂已逝：我此刻是醒著還是睡著？（1819 年 5 月）

引言

根據本書所據《諾頓》選集,濟慈的朋友 Charles Brown 記述說,一八一九年春,一隻夜鶯在他的屋子旁築了巢,濟慈從夜鶯的歌聲裡,感受到一份「寧靜與持續的歡愉」("Keats felt a tranquil and continual joy in her joy."),並於某日清晨坐在庭院梅子樹下早餐桌上持筆在紙張上草就這首名詩。這記述有助於對這首詩的了解與詮釋。

這首詩是詩人與夜鶯的對話。我們閱讀的主要觀照,自然是放在詩人與夜鶯的關係上。我們發覺,這首詩認證了濟慈的詩學理念,也就是他所說的「反面能力」("negative capability"),也因這「反面能力」故,濟慈開創了詩的新格局。值得注意的是,雖說這首詩是詩人與夜鶯的對話,夜鶯的歌唱可說一直在詩中流動,但全詩仍以視覺意象為主導。也許我們可以說,濟慈是一位視覺性的詩人,其詩作有豐富的畫質。這首詩如此,本書接著所選的兩首,也是如此。

最後,說一下濟慈的情感生活。一八一八年,濟慈二十三歲時與十八歲的 Fanny Browne 相戀;從濟慈寫給戀人的信,可見濟慈對這新來的愛底絕望的,無助的,而又充滿嫉妒的情懷。兩人私下訂婚,但由於濟慈長年的肺病及窮困,終濟慈之身未能與 Fanny 結合,其痛苦可知。濟慈的名言是,「女人就像兒童一樣,我寧願給她們糖葫蘆,也不想與她們多花時間」。這是使女性大為不悅的名言,而他一方面又把女性奉為女神,渴望女性的愛;我們可以想像,愛情對他來說真是有點殘酷,而這首詩寫於一八一九年五月。

講解

　　全詩共八詩節，每節十行，尾韻樣式為 ABABCEFCEF；格律可謂工整，展現出頌體的莊嚴與華麗。

　　首個詩節詩人先描寫處於一種特殊的身心狀態，一種迷幻恍惚的狀態：「我心疼痛，昏睡般的麻木折磨著我的感覺」（"My heart aches, and a drowsy numbness pains/My sense"）。句子內的辭語互為衝突，"aches" 與 "drowsy numbness" 相矛盾，而此 "drowsy numbness" 又居然 "pains my hearts"；而這正反映出這種恍惚不定的心態。詩人並沒用理性來解釋來弭平這不穩定性，而是經由假設語氣 "as though" 說，我彷彿剛服用了毒堇或者服用了鴉片，來喻況這精神狀態。濟慈於詩的創作理念為「反面能力」（"negative capability"；反面是指辯證法裡正反合的反的階段），即讓自己能處於一種「不確定、神秘、懷疑的狀態，而不會感到不安而強求合乎事實與理由」（"when man is capable of being in uncertainties, Mysteries, doubts, without any irritable reaching after facts & reason."），與本詩頗有相近。其實，這語言衝突而卻安然的狀態正微妙地詮釋了濟慈所說的如莎翁及柯勒律治（Coleridge）等大詩人所具有的反面能力。換言之，即是主體安於一種游移不穩定的狀態而不用知性與所謂事實使之合理化的能力。有趣的是，從濟慈所用的喻況看來，這詩人的反面能力似乎可以經由迷幻藥那類的東西誘發出來。「剛把鴉片殘渣倒進排水槽／便往流向陰間的忘川沉下去」，雖說是鴉片殘渣，但詩人也不免隨著這殘渣往忘川沉下去。這才會接著說「——如此非因妒忌您歡樂的命運，／而是沉醉在您底歡樂裡而大為歡喜」。忘了這人間，詩人才能進入夜鶯所象徵的非人間的、詩人孤獨地出自靈魂的謳歌的詩的世界。這轉折來得還是有點突然，故用破折號來帶領。接著就是敘寫夜鶯在樺木叢中悠閑地盡情謳歌了。我們不妨注意，這詩節含有兩個古希臘元素，即忘川（Lethe）與森林女仙（Dryad），為這首浪漫主義的詩篇塗抹了一層古典色彩。最後，這詩節很容易讓我們聯想到柯勒律治的名詩

〈忽必烈汗〉，在詩前的小序裡，柯勒律治敘說服用了含有鴉片的止痛劑，入睡而得此夢境。誠然，浪漫時期的詩人，詩篇間的相互指涉（intertextuality），甚為尋常，此一例耳！

第二詩節由假設語氣（subjective mood）展開。詩人說，願來一大杯如繆斯之泉般的葡萄酒，「願我喝了，把世界忘卻，／隨您遠遁幽暗的林中」。原文的 "That I might drink" 說明了這是假設語氣。這節詩出色之處是詩人對酒的感覺：詩人從酒裡品嘗到地中海夏日的情調，品嘗到「花香與鄉野的綠意，／以及舞蹈、中世紀情歌，和盛夏的歡樂」。詩人接著想像舉杯喝飲的狀況。「珠樣的泡沫在杯緣閃爍，／還有染紫了的杯嘴」。當然，原文的 "purple-stained mouth" 的 "mouth"，也可解為人唇，也就可以譯為「染紫了我的唇了」。無論如何，這都只是詩人在假設境地裡的想像。在「純正緋紅的繆斯之泉」（"the true, the blushful Hippocrene"）的片語裡，詩人把葡萄酒比喻為繆斯之泉。從這個隱喻裡，似乎詩人在暗示說，他是經由詩進入夜鶯的世界（按：濟慈長期患有肺病，不宜喝酒）。

第三詩節開首說，「我要消逝遠去，融化，忘卻／您在葉叢中永遠無法知道的人間」。注意，這是「要」而已，詩人還沒有真正進入夜鶯的世界。接著詩人就描述這夜鶯所沒經驗過的人間：從概括性的「疲憊、狂熱、和煩擾」，到「人們坐在一起聽著相互的呻吟」的境況，最後到人類精神面的美與愛的可磨滅：「這裡，美無法保有她明亮的眼睛，／而新來的愛等不到明天已黯然消逝」。原文「美」與「愛」是特稱詞的 "Beauty" 與 "new Love"（用大寫標出），是抽象、高貴而期待永恆的概念；所以我不用「美麗」，不用「新歡」來翻譯；甚至寧願用「新來的愛」取代「新歡」，「愛」與「新歡」是兩個不同的概念。

第四詩節開頭的 "Away! Away!"（離開吧！離開吧！）是一種自語，富感染力。接著的句子，「不是讓酒神及其隨從帶領，／而是駕著詩底看不見的翅膀」，認證了我們前面對繆斯之泉的閱讀，詩人經由詩走向夜鶯而非酒。「此

刻遲鈍的腦袋被觸動卻遲疑」，敘寫詩人初接觸夜鶯的世界的特殊感覺，有點困惑，有點遲疑。原文 "perplexes" 用得傳神。喔，「已經跟您在一起了！此刻，夜何其溫柔」。這快速的進入會帶給我們一點驚奇，而詩人的心境與外景都改了。接著詩人就描述這溫柔的夜色了。

第五詩節裡，詩人順理成章摹寫庭院裡的景致。然而，詩人的摹寫卻是以「我無法辨識腳下的花朵，／也認不出何種香花懸掛枝頭」引航，猜想這個月份自然賦予大地的花果，也就是依賴想像，嗅覺與聽覺了。這給我們一種特殊的感受：黑暗中若隱若現，疑真疑幻。這幅五月花果圖有白色的山楂樹，田園的野玫瑰，綠葉覆蓋下很快凋謝的紫羅蘭，即將來臨的麝香薔薇，以及飛蠅嗡嗡的夏日黃昏。如果我們還記得這首詩是在清晨梅子樹下寫就的，而且是做客於朋友家，那麼這夜降臨以後的景致，用猜想的筆調來摹寫，有一定的客觀基礎。

第六詩節靜靜地滑進詩的主題：死亡。詩人在黑暗裡聆聽著夜鶯的歌聲，悠然產生一份死亡的感受，半戀著（"half in love with"）死神，以輕柔的名字呼喚著他。詩人恬靜地呼吸著，一份特殊的感覺悠然而生：「死從來沒像此刻看來那麼豐饒，／在無痛苦中在午夜裡消逝」。詩人對著夜鶯低吟著：「而您正在那邊把您的靈魂謳歌，／在如此的狂喜裡」。真是一個很感人的微妙的對比，一邊是生命的消逝，另一邊卻是靈魂的謳歌；而夜鶯會繼續歌唱，詩人卻終化為塵土。此刻，詩人與夜鶯不再是合體，與首節「沉醉在您底歡樂裡而大為歡喜」（"But being too happy in thine happiness"）的融合狀態不同；然而，只有在此融合狀態裡，詩人才可能感覺到死亡的富饒，才樂於在寧靜裡無痛苦地午夜裡消逝。這是一種特殊的模稜的精神狀態，擱置了理性習慣的不是則非的二元思維。這裡。我們再一次體驗到濟慈的「反面能力」：首回是表現在語言的矛盾上（首節），此回則表現在詩人與夜鶯合體的模稜上。

第七詩節承接夜鶯的歌唱不朽的主題。「不朽的鳥，您不是為死而生

的！」。不朽，所以跨越時空。「此刻倏忽的夜裡我聽到的歌聲，／在古老的日子裡王侯與小丑也聽著」。之後，場景就移到古希伯來與古希臘，用了苦難的女子瑞芙（Ruth）及荷馬史詩中的英雄奧德修斯（Odysseus）分別在異鄉麥田在仙島思家的故事。「同一支歌也曾探訪魔法籠罩的窗扉，／開向怒海的濤沫，在仙島上，已成往昔！」。詩中雖沒明言奧德修斯，但顯然是指荷馬史詩《奧德賽》（*Odyssey*）裡主角奧德修斯歸程裡被仙女 Calypso 困於 Ogygia 島上七年的故事。結尾的 "forlorn"（已成往昔）真個是語言高妙；本來是指古老的故事已成往昔；但這感嘆卻悠遠地觸動著詩人的心，把已成往昔的情緒帶進了下一詩節。"forlorn" 有著悠遠的音感。

第八詩節，也就是結尾的詩節。詩篇重複前節 forlorn" 一詞以開頭：「已成往昔！這個語辭像鐘般／噹一聲把我從您那邊盪回我自身！」。接著，詩人從夜鶯的歌唱中醒來，從與夜鶯合體又疏離的模稜心態中回復自身。詩人於是對夜鶯說再見，並把前面的詩的沉湎，快樂的沉湎，死亡的沉湎說為幻想（Fancy；首字母大寫作為特定詞），稱之為騙人的小鬼（"deceiving elf"），但騙不了他。這個結構上的小句點有點反高潮的味道。接著，詩人再向夜鶯說再見，說她的歌唱是「平凡的讚美詩」（"thy plaintive anthem"），歌聲掠過草野、溪流，而埋沒在下一個山谷深處。結尾處詩人再度反省昔才的夜鶯經驗：「那音樂已逝：我此刻是醒著還是睡著？」（"Fled is that music: —Do I wake or sleep?"）。如果我現在是醒著，那往昔的沉湎只是幻想；如果我現在是睡著，那麼往昔的沉湎才是真實，或者說，更高的真實。濟慈沒有用理性去強求答案，為經驗留給一個模稜地帶。

結語

〈夜鶯頌〉是詩人與夜鶯的對話。這首詩的結構，仔細看來有點不一樣，它的變化多端略有跌宕有致的韻味，但同時在閱讀過程裡，筆者有時以為可以

結尾了，但詩卻又繼續發展下去，不斷柳暗花明又一村的樣子。與此結構相呼應的是：詩人與夜鶯的關係，有融為一體的時刻，也有詩人消逝而夜鶯永恆謳歌的微妙相對待的時刻，比我們想像的繁富而模稜，這可以說是濟慈美學裡反面能力（negative capability）的深度表現。我們通常解說，詩人像夜鶯一樣孤獨地歌唱，恐得其局部而已。結尾詩人的醒著還是睡著的質疑，一方面是源於西方詩學傳統對經驗的重視，一方面也反映了濟慈美學上的反面能力，不必用理性作一個必然的真假對錯的判決，而是讓生命的主體安於這猶豫中。

在〈夜鶯頌〉裡，特別感人心的是濟慈對死亡的感覺。西方的詩篇裡，死亡都是恐懼的。然而，在濟慈詩中夜鶯帶來的喜悅的歌聲裡，在寧靜愉悅心態下，死亡也成為一種寧靜與歡愉，而這也就是復歸自然的恬靜狀態。

50 希臘古甕頌

約翰・濟慈

（Ode on a Grecian Urn, by John Keats）

1

您是安閒如昔的沉靜的新娘。

您是沉默與時間緩流的繼子。

您是鄉野的歷史學者，訴說花樣

的故事，那比我們的詩行更為甜美：

您關於眾神或人們，或者兩者，

在坦佩或阿喀笛的山谷裡，那形象，

雕成花葉纏繞的飾帶，正講述怎樣的傳說？

怎樣的眾神和怎樣的人物？

怎樣滿心不願的少女

怎樣的被瘋狂追逐？怎樣的掙扎與逃離？

怎樣的笛音與鼓聲？怎樣的狂喜？

2

耳聽的樂音誠然甜美，但耳不能聞的樂音

更為甜美；因此，溫柔的笛音啊，繼續吹奏吧！

不是吹奏給感官的耳朵，而是吹奏給

更珍貴的心靈之耳，以無調之樂聲。

美少年啊，在樹蔭下，您不會停止

您底歌聲，而樹葉也不會凋落。

狂肆的戀人啊，您永遠永遠觸吻不到她的唇，

雖然差點達到鵠的啊——然不用悲傷！

她不會消逝，您雖尚未獲得吻的福樂，

您將永遠愛著，而她亦將永遠美麗。

3

噢！快樂快樂的枝條，您無法落掉葉子，也無法向春天說再見。

而快樂的吹奏者啊，永不疲憊，

永遠吹奏著笛音，而笛音永遠如新！

來更多歡愉的愛啊！更多更多歡愉的愛啊！

永遠的溫暖，依然一直可以去享受！

永遠的喘息，永遠的年少！

遠勝於人們呼吸急促的激情，

那只遺下哀傷與倦膩的心；

發燒的額、口乾的舌。

4

甚麼人物正君臨這犧牲祭禮？

噢！神秘的祭司，您領著那小牛到

怎樣的綠色祭壇？小牛朝著天空

嗚嗚低鳴，兩脅裝飾著花環。

是怎樣的小鎮？靠溪還是靠海，還是依山而築？

它有著安詳的城堡。在這虔誠的早晨空無人影。

噢！小鎮，您底街道將永遠沉默，

沒人能回來述說您為何荒棄！

5

噢！古希臘的形相！粹美的觀照！[6]

甕上鏤刻著帶狀的浮雕，以大理石雕出

青年與少女、林木枝條、以及踐踏過的草坪。

您，寂靜的形象，揶揄著我，使我不知所從，無法思量，

就像永恆。噢！您這清冷的田園世界！

當老時光把整個世代整體一併丟棄，

您將繼續成為人類的朋友，即使後人的悲傷

有別於我們此刻所有。您會對他們說：

「美即真，真即美——此乃您在世間

所認知者，也是您所需認知的全部」。（1819 年 5 月）

---

6 最後，解釋一下我把 "O Attic shape! Fair attitude!" 翻譯為「噢，古希臘的形相！粹美的
   觀照！」的原委。"Attic" 為雅典所在地，故譯為古希臘。"Shape" 最接近 "Form"，即為
   藝術形式，故翻譯為「形相」。稍後濟慈就以 "Thou, silent form" 以指稱希臘古甕，故
   把此處的 "Shape" 解作 "Form" 應無問題。"Fair" 其義為美，但美有多端，如優美，典雅，
   妙好等等；我不想再進一步界定其含義，故僅直譯為「粹美」。"Attitude" 為態度，取
   向之意。詩中則是指一種心靈的態度，一種藝術的取向。我把 "Fair attitude" 譯為「粹美
   的觀照」，即是從美的態度與取向的表面意義，轉化為心靈的藝術的態度與取向，並更
   一步轉化為「觀照」：其實，「觀照」也是一種審美態度與取向。詩末雖明言真美合一，
   但全篇表達唯有美，而真自在其中。就此言之，甚至翻譯為「唯美的觀照」亦無不可。
   總之，此處之翻譯，是一種轉化與詮釋同時運作的翻譯，與英文原句表面意義不免有所
   差距，與本書一向所採取直譯不同，故特注明於此。

引言

　　詩人濟慈（John Keats）的名詩〈希臘古甕頌〉，頌讚藝術作品之偉大，使得時間凝止，而剎那幻化為永恆。全詩禮贊希臘古甕上的浮雕；其所浮雕者為「酒神」（Dionysus）慶典的景象，天空有領著作為犧牲的小牛的祭司，地上有男女歌唱、追逐歡樂的場面。在詩中，空間藝術轉換為時間藝術以視之，以時間藝術捕捉空間藝術的特質，釋放空間，促成時空靜止的永恆的片刻。換言之，詩人玩弄著時間藝術與空間藝術的特質，富有比較藝術之趣味。當然，這美麗的希臘古甕僅存在於濟慈個人的想像之中，這「想像」特質從首節中各個問號所產生的擬猜裡，即可窺知。

　　濟慈從希臘古典裡讀出浪漫，並且在其當前浪漫裡，吸納古典。即古典中的浪漫，浪漫中的古典。兩者融合，不覺其浪漫，不覺其古典，而自有其浪漫，自有其古典。此本名篇希臘古甕頌之藝術旨歸與成就也。這些浪漫在希臘古甕上的人物世界裡，在表現在甕上的繪畫及浮雕上是看不到的，此或因其古典風格故。濟慈經由反面能力，在藝術的觀照裡，把自我抹掉，走進這些人物的心裡、靈魂裡、身體裡，把蘊含在裡面的浪漫與激情激活起來，用浪漫的風格與狂野情懷表達出來。

講解

　　詩的第一節即點明了甕本身所象徵的時間性，濟慈接連使用三個詩的特質形容語（poetic epithet）以抓住古甕的品質。首先，他將甕比擬為一位沉靜的新娘，新嫁娘在此象徵最為瑰麗、叫人驚豔的一刻。接著，又將古甕比喻作時光的「繼子」（"foster-child"）。為何不稱此甕為「親生的孩子」（"natural child"）呢？或許原因在於單靠寧靜與緩慢的時光之流，無法產出優美的作品，僅能提供一機會罷了，作品的產生終究還是要憑藉藝術家的雙手。最後，古甕被比擬作一名歷史學家，因為從甕上頭的浮雕可以窺見古希臘的風貌及歷史，藉以傳述古希臘文明，它所講述的如花的故事，甚至比詩歌要來得甜美（"who canst thus express/A flowery tale more sweetly than our rhyme"）。這正暗示著空間藝術較時間藝術更能傳遞情思，且更具表達力。然而，我們讀者卻適得其反地，深深體會到詩作本身的價值凌駕古甕之上，因為必須輾轉透過詩中浪漫的吟詠，方能彰顯出甕的美學價值及其深邃的意涵。「詩行」（poetic lines）讓原先「沉默的藝術」（mute art）得以發聲，藉此呈現出甕上浮雕之美，而「詩人」（the poet）則是引領讀者深入浮雕中的生命境界與神韻。

甕的浮雕上以綠葉為邊緣，縈繞著古老的傳說，講著人或神祇的故事，十分唯美。傳說究竟是發生在坦佩或阿喀笛的山谷裡呢？詩人繼續問道：是怎樣的人，或神？在舞樂前如此熱烈地追求啊！少女為何逃躲？又是怎樣的笛音和鼓謠？怎樣的狂喜呢？經由詩人的追問，讀者逐漸在腦海中勾勒出此一古甕上浮雕的形相。

第二詩節純為詩人由「空間」藝術而觸發的懷想與哲思。一開頭如此寫道：「耳聽的樂音誠然甜美，但耳不能聞的樂音／更為甜美」（"Heard melodies are sweet, but those unheard ／ Are sweeter"）。其意謂，得以聽聞的樂聲雖好，但那些聽不到的卻更淳美，如同老子所言：「大音希聲」。隨後，詩人運用了電影鏡頭的手法，首先指明笛子（"soft pipes"）之存有，象徵著吹笛人，並鼓舞吹笛人繼續演奏下去吧（"play on"）。此小節中所描繪的意境相當接近中國道家美學，近似「意在高山，意在流水」之境，即任由想像馳騁，運用心靈之耳去聆聽，感受音調之曼妙，而毋須仰賴樂器演奏。譜有旋律的曲子恰如地圖一般，導引著人們的步伐，至於沒有調子的歌謠，則形同隨心所欲地遊山玩水，自在寫意至極。浮雕為「無聲的藝術」（mute art），乃象徵更高的境界，即道家

的美學理念，不講求感官經驗，而仰賴心靈想像；陶淵明有言：「但識琴中趣，何勞弦上聲」（〈晉書・陶潛傳〉），亦為此觀點的展現。「您不會停止／您底歌聲，而樹葉也不會凋落」（"thou canst not leave/Thy song, nor ever can those trees be bare"）。再一次強調「剎那即永恆」的理念；正因為現實和藝術之間的落差，故必須藉由藝術創作以落實現世中不可得的永恆（eternity）。否則四季本有其循環，樹木無法長青，只能於藝術作品中，恆久地凝止住短暫的美好。於此，我們可以看出濟慈意在操弄空間藝術和時間藝術之差異，將空間藝術轉譯為時間藝術。本小節的末端很有意思，說，年輕男士啊，不必因未能一親唇澤而感到失落哀傷，因為美麗的少女（在浮雕中）將永不消逝，恆久美麗，而他亦將恆久處於熱戀的狀態。

　　意在高山意在流水的境界在第三詩節中被再次重述，「永遠吹奏著笛音，而笛音永遠如新！」（"For ever piping songs for ever new"）。此永恆之獲得端賴人類豐沛的想像力，強調主體的涉入感，在無邊境的音樂中四下遨遊，靈魂要能夠進入其雋永的意境，方可獲得永恆的美感經驗。「來更多歡愉的愛！更多歡愉、歡愉的愛啊！」（"More happy love! More happy, happy love!"），疊字的反復往來，將詩的韻律表現得淋漓盡致，透露出詩人內心的顫動，及其渴慕青春與愛情之意。原文的 "For ever warm and still to be enjoy'd/For ever panting, and for ever young" 的前半，可以有兩種閱讀。一是指詩中的五月天，而這溫暖的五月天及其一切，可以永遠地讓我們享受。這個解釋，與此詩節開頭的五月天描述相呼應。一是指始終青春的男女身體，溫暖是指身體的熱度，而這青春的身軀，一直可以永遠為我們去享受。翻譯時就只好作中性的翻譯，而這中性的翻譯，當然在韻味上有所不足了。下一半的閱讀就簡單多了。青年男女因愛情追逐所發出的「喘息」是年輕的表現，並和「永遠的年少」相互呼應，彰顯出隱藏於年輕戀人身心的湧動。至於最後所描繪的一顆「哀傷與倦膩的心」（"A heart high-sorrowful and cloy'd"），則是詩人慨嘆在現實世界裡，情愛大抵因循

同一模式，有其必然的悲傷，且不斷重複之下難免令人感到倦膩。

　　整首詩進行到第四小節轉入一宗教的場面，在一個虔敬的清晨，祭祀酒神 Dionysus 的典禮上，由神秘的祭司帶領著小牛前往祭壇獻祭，小牛身軀兩脇穿戴上美麗的花環。然而，就在這一刻，詩又毫無預警地跌入悸人的荒涼的境地。一個荒涼的小鎮：街道永遠沉默，而無人能回來述說這小城的故事。當然，這也是「把空間藝術視作時間藝術」的手法：浮雕畫上的青年男女怎麼能回來呢？然而，這「荒蕪死寂」乃是所有藝術所必有的「生命的陰影」。

　　「噢，古希臘的形相！粹美的觀照！」（"O Attic shape! Fair attitude!"）。濟慈於詩的末節一開頭即熱烈地歌頌古甕之美。繼之，「您，寂靜的形相，挪揄著我，使我不知所從，無法思量／就像永恆，噢！您這清冷的田園世界！」（"Thou, silent form, does tease us out of thought/As doth eternity: Cold Pastoral!"）。再度表彰古甕所代表的空間藝術成功地靜止了時光之流，將其化為永恆的存有。"Pastoral" 原指古希臘羅馬以來的牧歌及田園詩，但隨著時光流轉，其涵義慢慢轉化為理想的世界。"Cold" 字來得特殊，指希臘古陶甕長期埋於地下所致外，其字之餘韻不免引起我們一些難以界定的感覺與想像。

　　全詩的結尾處，濟慈提出古甕帶給人們的啟示：「美即真，真即美」。真善美合一乃是古希臘藝術中所追求的最高境界。然而，真、善、美是否真有合一的可能性呢？合一與分離各有何優劣？事實上，「真」和「美」是相互界定的質素，「真」必然導致「美」，而「美」亦將引領至「真」的「境界」，故兩者並行不悖，當真和美得以融為一體時，兩造的本質其實是互為流通的，合一的。最高境界的真、善、美也確實得以合一。若兩者分離，則無論其為「真」，為「美」，其境界皆不足觀！推而論之，最高境界的真、善、美也得以合一。也許，真與美的合一裡，善也自然融入其中，蓋善的定義在此為真美合一的境界所界定。詩人藉由歌詠古甕來證明世界上真與美合一的理想境界之存在，亦闡明真善美之合一為萬物之本，得其本，此「末」自可推敲。

結語

　　濟慈是浪漫主義晚期的詩人，也是浪漫主義裡藝術性最高的詩人。顯然，浪漫主義盛期與晚期有很大的差別，其差別或最見於華茲華斯（William Wordsworth）與濟慈的對比上，華茲華斯以詩歌為在沉思的寧靜中感情的自然橫溢，主體的心緒湧動；而濟慈則主張他所謂的「反面能力」（negative capability）為詩歌的根本，「反面能力」則為把主體加以辯證式的否定，得以進入更大的非自我的境界；而這「反面能力」的辯證詮釋，是我個人的領悟，也是一個詮釋上的擴展。這境界也就是正反辯證後來的合。在某意義上，濟慈的〈希臘古甕頌〉乃是「反面能力」的表達，藉以進入永恆的真善美合一的世界，並非個人生命際遇的偶然性。

　　全詩內涵體現了濟慈對於時光足以摧毀一切的焦慮，從而希冀「真與美」的藝術能留住永恆。在古典的浪漫世界裡，突然切入荒廢的小鎮，帶來時光感，現實感，帶來生命的陰影，可說是詩中隱秀之處。那應是敏感的詩人在現實世界感受到一切都將逝去，大地終將歸於幻滅的心態之投射。正因對生命無常，浪漫之愛轉眼成空的經驗世界，有所憾恨，才對古典藝術的永恆性寄予嚮往與憧憬。

　　最後，濟慈稱頌那希臘古甕是人類的朋友，即使在不同的世代，偉大的藝術品，都得以撫慰人們對時光無情流逝所帶來的焦慮與傷感。古甕啟示著人們：「美即是真，真即是美」，因為古甕是古典藝術永恆之美的象徵，相對於現實人生的虛假易變，它那不凋的葉子，將觸未觸而定格的唇吻，在濟慈心中才是抗拒衰亡的極致之美吧！這就是濟慈透過〈希臘古甕頌〉對所有藝術的禮讚，也就是說偉大的藝術品上美與真永遠存在；一切都會過去，最後留下的只有象徵真善美的藝術。

　　真善美的合一是古希臘藝術的最高鵠的，人生亦若是。萬一真善美未能合一，那只好說，缺憾還諸天地了。

51 | 給秋天
約翰·濟慈

（To Autumn, by John Keats）

煙靄紛紛果實纍纍的成熟季節！
醇熟太陽的心腹密友！
您與太陽串謀，為繞著茅草屋簷的
葡萄藤綴上果實並獻上祝福；
以纍纍蘋果壓彎爬滿苔蘚的鄉屋樹木，
讓所有水果熟透到果核。
把葫蘆吹脹，在榛果殼裡打進甜甜的果仁；
催生更多又更多的花蕾，晚些成為蜂群
採蜜的花朵；讓蜂群以為溫暖的日子無盡，
而夏日早已把黏黏的蜂房盛得滿溢。

誰不曾頻頻在您棲身處看到您？
到處找您時，往往發覺您隨意坐在
穀倉的地板，頭髮輕輕地給打穀的風掀起；
或者熟睡在已收割一半的犁溝裡，
給罌粟花香薰得睡去，鐮刀還擱著，
暫時放過下一次揮刀鐮彎下眾多交纏的花朵；
有時像一個拾穗者，一直低垂著沉重
的頭，橫過小溪澗，或者在蘋果西打榨汁機旁，表情耐心，
一個又一個鐘頭地凝視著最後的蘋果汁慢慢滲出。

春天的歌聲在那兒？喔，他們在那兒？

不要想他們，您也有您的樂章啊！——

此刻，抹抹彩雲，在柔和地緩緩死去的白日裡盛放，

為只剩稻桿的田野塗上玫瑰的顏色；

接著，小蚊蚋合唱著悼亡的曲子，在溪柳叢中，

而柳樹隨著微風起沒而抑揚；

成熟長大的羊群從山丘地帶咩咩叫響，

籬落的蟋蟀鳴唱；紅腹的知更鳥從

庭園小屋處高亢清囀，而群燕在天空裡呢喃。（1819 年）

解讀

引言

　　比起前兩首意義深遠，個人情緒高亢交纏，而語言風格高貴的頌體，這首〈給秋天〉就顯得樸實而鄉野風了。在這首詩裡，濟慈把收割後的英國麥田景色寫活了，也看到濟慈正享受著田園的景致與悠閒，在一直生病的歲月裡難得的片刻。此詩寫於 1819 年 9 月 19 日。根據慈濟本人書札的陳述，他原本不愛收割後的田疇，但此回週日散步，卻覺得它帶來溫暖，猶如一些畫作會帶來溫暖一樣，並即席寫就此詩篇。

　　在藝術上，這首詩有兩個個特色，一是秋的擬人化（personification），一是視覺（畫質）與聽覺（音樂性）的交疊韻味。

講解

　　這首詩共有三個詩節，每節十個詩行。尾韻樣式為 ABABCDECDDE，比

較特殊。詩題〈給秋天〉，詩中的「受話人」（addressee）即為秋天，而詩中以「您」稱之，詩中的「說話人」（addresser），以本詩為個人抒情之作，當然是濟慈本人了，最少是濟慈的「詩我」（poetic self），即創作時作為詩人的濟慈。詩中有明顯的作為秋天的受話人「您」，並且通篇出現，故此詩篇有對話互動的韻味。

　　第一詩節以兩個「特質形容詞」（epithet）開頭，稱秋天是「煙靄紛紛果實纍纍的成熟季節！／醇熟太陽的心腹密友！」。就語法而言，主詞是省略了，而讓接著第三句開首的「您」補出這主詞。「您」出現以後，詩人就把秋擬人化，敘寫秋天賦萬物以形的一連串的活動：為葡萄藤綴上果實，以纍纍蘋果壓彎枝條，把葫蘆瓜吹脹，在榛果殼裡打進甜甜的果仁，催生更多更多的花蕾。這幾乎是一幅現代的動畫；若把動作去掉，就是一幅傳統的秋日田野圖了。這是「秋」與太陽串謀的結果，表現了熱量創造萬物的功能；這出於詩人的田野知識。當然，詩還得超越畫的世界，於是詩人接著說，「晚些成為蜂群／採蜜的花朵；讓蜂群以為溫暖的日子無盡，／而夏日早已把黏黏的蜂房盛得滿溢」，把夏天也帶進來了。

　　第二詩節擬人化更活躍了。詩人把秋天擬作身影多變的農夫，無所不在，一回出現打穀場上，頭髮給打穀的風掀起；一回躺在犁溝裡，給罌粟花香薰得睡去，鐮刀擱置一旁；一回化身為拾穗者，低頭橫過小溪澗；一回出現在蘋果西打果榨汁機旁，看著最後的蘋果汁慢慢滲出。如果前節是動畫，這一節彷彿是微型電影了。如果前節是秋的自然圖，這一節就是秋收圖了。

　　第三詩節以「春天的歌聲在那兒？您也有您的樂章啊！」開首。但接著來的仍然是視覺意象：抹抹彩雲在柔和地緩緩死去的白日裡盛放，而柳樹隨著微風起沒而抑揚。靜聽，我們似乎從畫裡聽到一種音樂的節奏！就在此刻，我們

讀者會意識到，前面的秋日自然圖與秋收圖，在畫面的流動裡，我們也隱約聽到音樂之旋流流過畫面。閱讀本來就是一個心路歷程，藝術的探索，此刻的領會，會帶領我們回溯前面的詩節。當然，詩人還是遵守他的承諾，給與我們屬於秋的樂章：「羊群從山丘地帶咩咩叫響，／籬落的蟋蟀鳴唱；紅腹的知更鳥從／庭園小屋處高亢清囀，而群燕在天空裡呢喃」。我們會問，這屬於聽覺的秋韻，是否還是蘊含著濃淡相宜的畫質？

結語

　　這是濟慈難得的閒逸的一首詩。那是秋天的自然景致，也是秋收後的農家樂。那是濟慈在一個週日漫步田疇的即席之作，應該相當地抓住了十九世紀的英國農村風光的特質。

　　這首詩把擬人化的技巧發揮到淋漓盡致之餘，在視覺意象上有音樂般連綿不斷的律動，而在聽覺意象上也蘊涵著畫質，真是難得的藝術成就。論者或謂，濟慈在浪漫主義詩人裡，是一位藝術耕耘最深的詩人，誠哉斯言。

　　在結束浪漫主義的此刻，我們發現一個怪異的現象，這些主要詩人的壽命一個比一個短。華茲華斯享年八十歲，柯勒律治七十二歲，拜倫三十六歲，雪萊三十歲，濟慈二十六歲；而他們的卒年則依次往上推，晚生的詩人都早死於早生的詩人。然而無論高壽或英年早逝，都留下不朽的詩篇，以致浪漫主義詩歌可說是英國詩歌裡最瑰麗並影響最深遠者。

PART 3

————

第三部分

52 《來自葡萄牙的商籟體》兩首

伊莉莎白・白朗寧

（Sonnets from the Portuguese, No. 22 and No. 32, by Elizabeth Browning）

No. 22

當我們兩具靈魂直立而堅強，

面對面，靜默，靠近再靠近，

一直到我們伸展的雙翅，於每一弧屈點，

熔斷為火——既然我們不會期待在人間

獲得滿足快樂，人間又何能帶給

我們什麼痛楚的委屈？想想！

我們靈魂攀登更高之際，天使們

會擁靠過來，把高唱天樂的燦爛星球，投進

我們珍貴的深深沉默裡。讓我們寧願

駐足大地吧，吾愛——當人間齟齬的氣氛

消散，過濾出純潔的靈魂，

留出一小片淨土讓我們佇立讓我們愛，

即使僅僅一天也好，即使這片淨土為

黑暗與瀕死的時刻所圍繞。

No. 32

當太陽首度照耀您的誓言

說愛我，我朝向月亮來消解那

誓約；看來那來得太早，綁得

太快，不會結成持久下去的盟誓啊！

愛得太快，我想，也會太快厭倦。

而我看看自己，我看來不像

值得如此男士的愛！卻更像音韻失調

的七弦琴，好歌手也許會因它

毀掉他的歌而狂怒；倉促拿起，

然後在第一個壞音符中放下。

我沒有這樣「作誤」自己，而是

這樣「作誤」了您！完美的樂章會

從大匠手下流出啊，即使是破損的樂器——

偉大的靈魂啊隨手一彈撥便斐然成樂並寵之愛之。（1850 年）

解讀

引言

在維多利亞時期（Victoria Age），英國社會慢慢走向現代化，注重教養，而男女關係偏向保守。伊莉莎白・白朗寧（Elizabeth Browning；中文多稱伯朗寧夫人）和伯朗寧（Robert Browning）的愛情，可謂異類，可稱珍貴。伊莉莎白自幼接受良好的家庭教育，喜歡創作，一八四五年與伯朗寧結識時，在文壇上已頗有名聲，而伯朗寧卻仍是籍籍無名。其時，伯朗寧剛出版了其富有創意的詩集《戲劇抒情詩》（*Dramatic Lyrics*），開創了「戲劇的獨白」（dramatic monologue）的手法。但獲得的卻是批評界的噓聲。唯獨伊莉莎白獨具隻眼，

撰文讚賞；同時，白朗寧也去信表示仰慕她的詩；就這樣子開始了這段文壇與愛情的佳話。在接著的二十個月裡，他們情書來往達六百封之多，可見愛情火花的熾烈。其最膾炙人口的情詩《來自葡萄牙的商籟體》（*Sonnets from the Portuguese*）即撰寫於其時。遺憾的是由於雙方家庭的反對，尤其是伊麗莎白父親的強烈厭惡白朗寧，兩人只好私下到教堂完成婚禮，並私奔義大利，開始了絢爛的婚姻生活與創作生涯。

取名為《來自葡萄牙的商籟體》，並以之為譯寫之作，或藉此異國帷幕以獲得某種間接性的書寫自由，抒發她狂熱的感情，甚或出軌的遐思，而不覺尷尬。《來自葡萄牙的商籟體》系列共四十三首，寫於一八四五至一八四六年，伊麗莎白敘寫了她與白朗寧的戀愛歷程。

講解

第一首。一開頭，就不同凡響。「當我們兩具靈魂直立而堅強，／面對面，靜默，靠近再靠近，／一直到我們伸展的雙翅，於每一弧屈點，／熔斷為火」。靈與肉熔而為一，靈中有慾，慾中有靈，而又不覺其為慾，不覺其為靈，可謂高妙。接著女性「說話人」（addresser）表示，既然無所求於人間，人間也就無法真正委屈他們。那麼，她就設想，人間不容他們，但天國將會伸手歡迎他們：「想想！我們靈魂攀登更高之際，天使們／會擁靠過來，把高唱天樂的／燦爛星球，投進／我們珍貴的深深沉默裡」。這描寫應該是天國的婚禮。意思是說，假如我們不能在人間結合，那我們就在天國舉行婚禮。然而，他們此刻還是在人間呀！於是，話鋒一轉，肯定在世的時光，對人間還保有一絲不滅的希望：相信純潔的靈魂，還是會從渾濁裡分離出來，而那時，大地會「留出一小片淨土讓我們佇立讓我們愛，／即使僅僅一天也好」。在這為世人所不容的處境下，「說話人」絲毫不懷疑他們愛情的純潔，這是高貴的情操的體認。真的，「說話人」（為了愛的緣故）對人間的依戀與肯定，使人動容。

這首詩的結構也很特別，在天國與人間之間，在人間的委屈與眷戀之間，轉折跌宕有致。這首詩的意象也使人驚豔。兩具靈魂的翅膀在每一弧屈點交合而熔斷為火；靈魂的結合，寫來充滿了性的遐思，這蠻特殊的。另一奇想當然是在天國的婚禮裡，花童向新人投擲的花球，卻成為了天樂燦爛的星球；此刻，我們可以想像，真是天樂飄飄處處聞。

第二首，女性「說話人」以音調失調的七弦琴自況，寫出了她心底屬於女性的婉約及個人的自卑（她比白朗寧大六歲，而其時她已三十八歲多，並多年行動不便而臥床；然而，他們戀愛，婚後定居義大利，伊麗莎白就恢復了健康，這或由於愛情及地中海氣候之故）。開首太陽與月亮的意象處理，表達其缺乏愛情的自信，更是神來之筆，自然中有轉折：「當太陽首度照耀您的誓言／說愛我，我朝向月亮來消解那／誓約」。太陽是永恆不變，而月亮則有陰晴圓缺。這或許是採用莎翁詩意的改寫，當月夜樓臺會時，羅密歐指月盟誓，朱麗葉卻說，不要以月兒為誓，因月兒有陰晴圓缺。接著這喻況，「說話人」用平白的語言，表示她的缺乏信心。隨即又用喻況說自身「更像音韻失調／的七弦琴，好歌手也許會因它／毀掉他的歌而狂怒」；然後又回到非喻況語言：「我沒有這樣『作誤』自己，而是／這樣『作誤』了您！」。「作誤」（原文 "wrong"）用得很巧妙。結句又回到這弦琴的喻況：「完美的樂章會／從大匠手下流出啊，即使是破損的樂器──／偉大的靈魂啊隨手一彈撥撥便斐然成樂並寵之愛之」，卻又深情地道出對愛的期待；尤其是原文 "do"（行）與 "dote"（溺愛）的諧音，音韻天成而鏗鏘有力，富有感染性。當然，"Dote"（溺愛）的對象是那大匠手中的樂器，也就是婚前的白朗寧夫人真身的象徵。

這首詩的結構，其特殊性在於喻況與非喻況語言的交迭運用，後者作為前者的解釋，富有「後設語言」（meta-language；即以一種語言解釋另一語言）的韻味。

結語

伊莉莎白・白朗寧的商籟體，其結構與莎翁的起承轉合並以對句作結者不同，而是自然地隨著「說話人」的情緒起伏以及意象而發展，便自跌宕有致。這兩首商籟，雖意象繁富、詩思曲折委婉，但其表達亦可謂玲瓏剔透。語言也有使人驚豔的地方，如 "wrong" 的巧妙運用，"do" 與 "dote" 的諧音等，可謂巧奪天工。

在英詩裡，女性詩人甚少，故以女性「說話人」為主軸者，即使包括「代言體」在內，仍是鳳毛麟角。白朗寧夫人婚前寫給白朗寧的《來自葡萄牙的商籟體》，喻況玲瓏剔透，意象鮮明纏綿，大膽示愛而情真意摯，可謂其中之珍品。

53 波菲莉雅的情人

羅伯特‧白朗寧

（Porphyria's Lover, by Robert Browning）

今夜雨來早；

淒切的風驟起，

風惡意把榆樹樹頂撕落，

並在湖上無端肆虐：

我聆聽著而心欲碎。

此時波菲莉雅滑翔般輕盈而至；這樣，

她就把寒冷與暴風雨關在門外；

她跪著把毫無生氣的壁爐

燃熾起來，整個屋子即時溫暖；

之後，她起來，從她的身上

卸下濕答答的斗篷與圍巾，

把手套放好，解開帽子，

讓她潮濕的頭髮垂下來；

最後她坐在我身旁，

呼喚我。沒有聽到回應的聲音，

她就把我的手放在她腰上，

並把她平滑潔白的肩膀裸露，

甩亂一頭黃色秀髮，

彎下頭，把我的臉靠在她的肩上，

把金黃色秀髮覆蓋我們的頭，

呢喃著她多愛我——她，

那麼軟弱，即使她竭心之全力，

要把那掙扎的情緒從驕傲

掙脫出來，解開那女性虛榮的結，

把她自己永遠獻給我，也無法辦到。

然而，激烈的情愫有時會戰贏：

即使今夜家裡的歡宴也無法阻止

她驟然想起蒼白的我，為愛而

如此蒼白，如此無望；

於是，在風雨中她來了。

必然是這樣的吧，我抬眼看著她的雙眸，

快樂而驕傲；終於我知道

波菲莉雅崇拜我；這驚奇

使我的心澎拜——它繼續澎拜，

我心裡爭辯著該如何做。

那刻，她是我的，我的；秀麗，

純潔而美好；我發覺

有一事我可為：我把她秀髮

捲成一條長長的黃色髮繩，

繞著她細細的脖子三圈，

把她勒到窒息。她沒感到痛苦；

我敢擔保她沒感到痛苦。

我小心翼翼打開她的眼簾，

眼簾有如含著蜜蜂的閉合的花蕾：

藍眼睛還是笑得燦爛，無垢如昔。

接著我解開圍著她脖子的

髮辮；她的臉頰又立刻

在我吻下頰紅亮麗起來：

我把她的頭抬起如前，

只是此回是我的肩膀擔負著

她的頭，而頭靜靜地垂下：

微笑著的玫瑰色小臉，

如此愉悅，如願以償，

前所輕蔑的已瞬間消逝，

代之的是她所愛的我已為她所有！

波菲莉雅的所愛呀！──她從不知道

她那珍貴的願望居然給我窺知！

我們就這樣子一起坐著，

整個晚上都沒有動，

而上帝也一句話都沒說！（1834 年）

解讀

引言

這首詩在藝術「形式」（form）的獨創，是所謂「戲劇性的獨白」（"dramatic monologue"）。「戲劇性的獨白」雖是「說話人」（addresser）單邊的「話語」（speech），但卻是說給身旁的「受話人」（addressee）聽的獨白。在電話交談裡，若將其一方消音，只聽到單方的對話，就有點類似。但作為詩的一個藝術形式，這戲劇性獨白，雖以單邊獨白形式出現，但必須在獨白裡重建「話

語」對方（即受話人）的話語與反應，以及整個互動脈絡，這樣才能構成一個「文本」（text），一個有著完整結構的「文本」。這首詩的另一開創是變態心理的建構。詩中的「說話人」的變態心理隨著詩篇的發展而逐步展開，越來越清晰。

講解

這首詩雖說是戲劇性獨白與變態心理的描述，仍有韻律的安排。全詩不分詩節，每行是由四個「抑揚步」（iambic foot）構成，而韻腳以 ABAB 的樣式為主導。「抑揚步」最符合英語的自然節奏，故也最適合作獨白的語言。同時，這首詩的結構也相當流暢，容易掌握。

詩的開端敘述一個風雨驟起的凄切的夜晚，榆樹枝椏吹落，湖上風雨肆虐，而「說話人」獨白說「聆聽著而心欲碎」。接著就是風雨情人來的一幕。「此時波菲莉雅滑翔般輕盈而至；這樣，／她就把寒冷與暴風雨關在門外」。獨白中的下半很出色；情人來了，就帶來溫暖，把風雨關在門外。門內就自成一封閉而自主的私我空間了。接著，獨白裡敘述了其情人女孩波菲莉雅進來以後的有若歸家的舉止。女孩波菲莉雅升起了壁爐之火、脫下滴水的風衣、圍巾、手套、帽、最後放下微濕的頭髮等一連串的動作呈現。我們會感覺到這獨白的主人，這位男孩，是以「被動」的姿態在一旁觀察波菲莉雅的一舉一動。接著，這「被動」的狀態更深化而詭異。波菲莉雅開始坐在男子身邊，拉他的手放在自己的腰上，並卸下圍巾，露出自己白細的肩膀，再使男子的臉頰靠在自己黃麗秀髮垂散的肩上，「呢喃著她多愛我」。這一幕的「誘惑」情境，與本選集 Sir Thomas Wyatt 的〈她逃離了我〉（"They flee from me"）的一幕有異曲同工之妙。也許，這不是誘惑，而是波菲莉雅習慣了這男孩的近乎病態的「被動」。

自此，男孩病態的狀況更明顯起來了：他說波菲莉雅的心實在太脆弱，欲與他親密，但又因不能解放女性矜持而掙扎不已。獨白裡說 "give her to me forever"（把她自己永遠獻給我），表面是波菲莉雅希望永遠給男子所擁有，但只是從男子病態角度出發所作的猜想；解讀起來，我們倒不如說，其實此刻是男子內心想要永遠的擁有這位女孩。這也許是一個伏筆。獨白繼續說，內心雖有掙扎，有時激烈的情愫會占上風。此回即是。就在今夜歡樂的晚宴時刻，波菲莉雅也不禁想起蒼白的「我」，因愛她而蒼白無望的「我」。「於是，在風雨中她來了。／必然是這樣的吧，我抬眼看著她的雙眸，／快樂而驕傲；終於我知道／波菲莉雅崇拜我；這驚奇／使我的心澎湃——它繼續澎湃／我心裡爭辯著該如何做」。這是一個情節上的高潮，也是「被動」與「自戀情結」的一個總結：波菲莉雅崇拜我。「崇拜」（"worship"）帶來驚奇，帶來內心的澎湃，帶來內心的爭辯與決定。請注意 "worship"（崇拜）的宗教含義；"worship" 原為宗教詞彙，是人對上帝的禮拜，不用在人與人的關係上。男女間大概會用 "adore"（愛慕）。但語言用久後，其意義會被磨平磨鈍，失去原來的色澤與特質。"worship" 一詞在英語世界裡，雖不免有庸俗化的使用，但正規的場合也不輕易使用；但中文的「崇拜」則更多的用在世俗的場合裡，真使人感慨。總之，"worship" 一出，「說話人」與「受話人」，男孩與女孩的身分，就處在極度不平等的地位：女孩像神一樣崇拜他。這是一種變態的自戀心理！

高潮處也就是轉捩點。男孩覺得，此刻，女孩是屬於他的，美好純真，不帶一點瑕疵。男子下了一個決定，要將這完美的女孩，這完美的一刻化為永恆。然而，永恆的定義就是死亡。於是，他慢慢地串起女孩金黃的秀髮，圍著她精細的喉嚨，繞了三圈，將她絞死。隨著男孩的謀殺行動，敘述發展更加地不正常。「她沒感到痛苦；／我敢擔保她沒感到痛苦。／我小心翼翼打開她的眼簾，／眼簾有如含著蜜蜂的閉合的花蕾：／藍眼睛還是笑得燦爛，無垢如昔」。男子絲毫感覺不出女孩的痛苦；相反的，在他的眼裡，女孩如嬌羞的花朵，緊含著蜜蜂，讓它吸吮花朵的蜜液。男孩輕輕地將女孩的眼簾撥開，女孩湛藍無瑕的眼睛彷彿閃耀著歡欣的光芒。這男孩的視覺，可以說是一種「奇

幻」（fantastic）的視覺，而這奇幻視覺是在特殊的心理機制下產生的一種如真的幻覺。「接著我解開圍著她脖子的／髮辮；她的臉頰又立刻／在我吻下緋紅亮麗起來」。雖然是變態的視覺與行徑，但男孩那份癡情與纏綿也不免使人動容。此時，他扶起女孩的頭，將女孩的頭靠在自己的肩上。我們應該還記得，開頭的一幕，女孩把男孩的頭臉埋在她秀髮披掛的肩膀上，而此刻卻是相反，男孩把戀人的頭靠在他肩上。這很有對比感的畫面也許透露了男孩心理的變化：透過女孩的死亡，男孩才由被動的地位轉為主動，他才掌控了全局，才完全擁有了她。

接著又是一個病態心理的小高潮。在男孩的視覺裡，女孩盪漾著玫瑰般的微笑，「如此愉悅，如願以償」。此刻，男孩在想，她禮教的顧慮已消逝，取而代之的是「她所愛的我已為她所有！」。原文寫得漂亮："And I, its love, am gained instead! "。原文的被動時態含蓄地表達了男孩的自戀與虛榮；用"its"而不用"her"洩露了男孩還是在某個意識層面上意識到她已經死亡。接著，又是一個小小心理機制的轉軌：「——她從不知道／她那珍貴的願望居然給我窺知！」。這也許是「自我防衛機制」的呈現：他勒死了她，是代她完成她藏在心裡的願望，讓她戰勝了處女情節或是女性的矜持，把自己永遠獻給他；而從另一個角度來說，她永遠擁有了他。到此，我們得再強調一次，上面所敘述的一切，都是「說話人」的戲劇性的獨白，是病態觀照下的所見所感。

接著，獨白以下面的一段作結：「我們就這樣子一起坐著，／整個晚上都沒有動，／而上帝也一句話都沒說！」。面對這麼一個結尾，我們會問：這句獨白的的對象，此刻在男孩身旁的「受話人」是何方人物呢？讓我們回到敘述的場景，回到犯案現場，我們可以想像警員來到了男孩家中，當場逮捕這位謀殺犯。於是，男孩還是堅持說，女孩陪在他旁邊靜坐了好久，他們一動也不動，而在這期間，上帝也沒有說任何話啊！那表示他並沒犯罪，也不是什麼的一樁謀殺案。

結語

　　這是一首戲劇性獨白與變態心理相結合的詩篇。整詩篇的敘述都是以戲劇性獨白的藝術形式呈現，側重於男孩的變態心理的描寫；隨著劇情的發展，一個真實的謀殺案，就彷彿在男孩不安定的精神狀態中，以顫抖的雙唇，一字一句地呈現在讀者的眼前。這真是白朗寧的創舉，戲劇性獨白與變態心理互為支撐，形式與內容高度一致，心理結構頗有曲折，非常出色。

　　此詩（寫於 1834）連同下一首〈我已故的公爵夫人〉（1842），皆是描寫男性的變態心理，以謀殺的方式，病態地永久擁有女性的對方。我們不禁要問，這是否男女特為保守，或者說，父權中心主義特為強烈的維多利亞時代所衍生的一個側影？

54 我已故的公爵夫人

羅伯特·白朗寧

（My Last Duchess, by Robert Browning）

FERRARA

那是我前任公爵夫人的畫像，掛在牆上，

看來她還是栩栩如生。我稱此畫作

為極品。潘度夫忙了一天

畫了出來，現在她就站在那兒。

你願意坐下來觀看她嗎？我說

請潘度夫來，是我的設計。

像你那樣的陌生人，從來沒看過她被摹寫的顏容，

她熱切深邃的眼神與情愫，

都只會朝向我（因為除我以外，

就沒別人在我為你剛剛拉開的布簾旁邊），

他們好像都想問我（如果他們敢問）

如此眼神因何而來；所以，你不是首位

朝向我如此問。先生，

不僅丈夫出現時會引起公爵夫人

臉頰綻放那朵喜悅的笑容；也許

潘度夫偶然向她說，「夫人衣袖把手腕

覆蓋太多了」，或者說，「繪畫無法

重現那淡淡的半羞半赧，

赧色慢慢沿著她喉嚨褪去」。那類的話

她也知道只是禮貌之詞，但已足夠

喚起那臉上的喜悅。她有

一顆——教我怎麼說好呢？——太輕易被取悅，

太容易感動的心；她看到什麼

都喜歡，而她的視線卻到處游動。

先生，什麼對她都是一樣！在她胸前吊掛的我喜愛的珠寶，

西邊落日的餘暉，傻瓜僕人

闖進果園採來給她的櫻桃枝，

她繞著平臺到處騎的白驢子——

每一樣都引起她同樣的

讚美之詞，或者，最少微露

一點羞報謝意。她常愛感謝人——那很好！

然而，她向人致謝，唔，總覺得有點，有點——教我如何說呢——，

好像她把我給她的九百年家傳的禮物，

等同於任何其他人所送給她的禮物。

誰願屈尊降貴責怪這類瑣事？即使你有

講話的技巧——這點我倒沒有——讓你能

很清晰地表達你的意思，對她說她做的這件事那件事

引起我厭惡；或者說這邊差錯，

那邊過頭了等等——即使她願意受訓，

或者直截了當地表示願順隨你心意，

真的向你表示歉意。

即使這樣對我來說還是某種屈尊降貴；

而我選擇永遠不屈尊降貴。噢，先生，

沒錯，當我經過她身旁，她展露微笑，

但誰經過她身旁而不引來同樣的微笑？

這越來越嚴重；我就下了命令；

於是所有的微笑都停止了。她此刻站在這裡，

好像她還活著一樣。可以起來動身了嗎？我們就下去

與樓下的人會合。我重申，

貴伯爵，你們的主人，素以大方著稱，

那就是很好的保證：我任何合理的

嫁妝要求都不會被拒絕。雖然，如我

開首所發誓，伯爵美麗的女兒

才是我追求的目的。唔，先生，

我們就一起下樓去。你看，

海神 Neptune 正馴服一匹海馬，大家都認為是珍品，

那是印斯波祿的科盧斯為我塑的銅雕！（1842 年）

解讀

引言

本詩與前一首〈波菲莉雅的情人〉相同，其藝術形式為「戲劇性的獨白」（"dramatic monologue"）。「戲劇性的獨白」感覺好像 A 和 B 兩人在講電話，而讀者只聽到 A 對 B 所講的話，而讀者必須藉這單邊「話語」重建雙方相互的交談與活動劇情。這首詩的背景是：公爵夫人（Duchess）去世了，公爵要娶新夫人，現在正與對方派來的代表或管家之類商談婚事。這「戲劇性的獨白」的「說話人」即為公爵，而「受話人」（在身旁）就是對方派來接洽的代表或管家之類。

這首詩的興趣所在，是公爵的變態心理，那是一種強烈的變態的擁有欲，而詩中各種蛛絲馬跡，似乎隱含了一件謀殺案。

這首詩源自義大利 Ferrara 郡的公爵 Alfonso II 的婚姻片段。公爵夫人 Lucrezia 婚後三年於一五六一年去世，接著公爵與 Tyrol 郡的伯爵的姪女論婚嫁，而伯爵封地的首府為 Innsbuck。這解釋了詩中一些地名的選擇，詩首的 "Ferrara" 即指出詩中的地點。

最後說說這首詩的格律。它是以「對句」（couplet）進行，全詩共二十八個對句。每行由五個「抑揚步」（iambic foot）構成；這種句中的音步結構，在英詩韻律學上稱為 "iambic pentameter"，自然而典雅；這是莎翁商籟體所用者。至於句末押韻樣式，則為 AABBCCDD，形式莊重。

講解

本詩以公爵向他的客人介紹牆上那幅已故公爵夫人的畫像為開場，「那是我前任公爵夫人的畫像，掛在牆上，／看來她還是栩栩如生。我稱此畫作／為極品」。他把這幅畫視為「極品」（"a wonder"）。接著公爵說，Fra Pandolf（虛構的畫家）「忙了一天」（"worked busily a day"）而畫成的，隱含了要完成這幅畫的急迫性。這不免讓我們略覺奇怪，何以如此匆促？接著的「現在她就站在那兒」，與首句的「看來她還是栩栩如生」有同樣的功能。接著是一個語法不清晰的表達，在文法上可稱為「殘句」（"fragment"）："I said /"Fra Pandolf" by design"；我譯為「我說／請潘度夫來，是我的設計」。換言之，請潘度夫來為公爵夫人作畫是一種「設計」（"by design"）；而非興之所至的人像寫生；暗示公爵有所圖謀。

接著，公爵話鋒一轉，開始描述他所厭惡的前公爵夫人的隨意的個性。這話鋒之轉折，倒是扣人心弦，筆力萬鈞。公爵說，那些從未見過公爵夫人畫像的客人們，都會轉過頭來請公爵釋疑，因為公爵正是站在畫旁並揭開這幅畫的

布簾的人，他們好像要問些什麼，如果他們敢問的話 （按：durst=dare）。他們會問說：到底是什麼引致公爵夫人熱切而充滿情愫的眼神呢？

公爵自作回答，透露出他變態妒嫉的心理。他說，不只是因為她丈夫在她旁邊經過，才使得她有如此愉悅的神情啊！公爵還妒嫉地說，她會笑得那麼羞赧的神情，可能是畫家潘度夫作畫時奉承阿諛的讚美所帶來的吧！透過這阿諛，不僅表達出公爵夫人迷人的羞赧微笑，也含蓄地襯托出公爵的妒忌心態：「夫人衣袖把手腕／覆蓋太多了，或者說，繪畫無法／重現那淡淡的半羞半赧，／赧色慢慢沿著她喉嚨褪去」。公爵覺得，夫人可以對人表達謝意微笑，但是那種熱切帶有情愫的眼神只能對著他，不能對別人。公爵帶點輕蔑的口吻表達其對夫人一視同仁的愛的不滿：「教我該怎麼說好呢？——太輕易被取悅，／太容易感動的心」（ "She had A heart—how shall I say?—too soon made glad, Too easily impressed" ）。公爵甚至帶有生氣與無奈的語氣對來賓說：「先生，什麼對她都是一樣！」（ "Sir, 'twas all one! " ）。公爵要的是有位階的差別的愛，而不是她一視同仁的愛。公爵繼續埋怨說，他贈送給她的掛在胸前的珍貴禮物、夕陽西下的美景、僕人從果園摘給她的櫻桃樹枝、她在平臺上騎的白色騾子，公爵夫人對這些東西的感謝都是一樣的！公爵更生氣她居然把他的家傳珍寶和其他東西「等量齊觀」。

我們看得出來，公爵語言高超，表達曲折，但他卻對來賓說不善於言辭。「誰願屈尊降貴責怪這類瑣事？即使你有／講話的技巧——這點我倒沒有——讓你能／很清晰地表達你的意思」，點出她哪裡做錯了，哪裡超過了，並不能滿足公爵的期待。公爵的心態似乎過度自尊，對對方的期待亦過度；公爵認為即使夫人願意聽他說教，並因而順他的意而行他都無法接受，他以為須向她「說教」仍是一種屈尊降貴，而他決定不願選擇這樣的「屈辱」。於是，獨白到達了一個轉折的高潮：「這越來越嚴重；我就下了命令；／於是所有的微笑都停止了。她此刻站在這裡／好像她還活著一樣」。到此我們回顧前言，不難

想像整件事的源起和發展。公爵決意謀殺夫人之前，先請名畫家潘度夫為夫人畫像，把她的微笑凝凍在畫框裡，就像捕蝶人把蝴蝶的美麗釘在收藏板上一樣，以便完全地變態地擁有她。就結構而言，這是詩中所有微笑的總結，與開頭畫像裡公爵夫人栩栩如生相呼應，同時也呼應了前面（第六行）為夫人倉促作畫像為一種圖謀或設計（"by design"）。可見在複雜心理變化中仍有結構上的「對等」安排。

最後，也就是這戲劇性獨白的結束。他請客人起來下樓去與談親的隊伍會合：「可以起來動身了嗎？」（"Will't please you rise?"）。這呼應著第五行的「你願意坐下來觀看她嗎？」（"Will't please you sit and look at her?"）。最後，公爵在下樓時介紹沿途上的珍藏，再一次證明公爵的強烈「擁有欲」：「你看，／海神 Neptune 正馴服一匹海馬，大家都認為是珍品，／那是印斯波祿的科盧斯為我塑的銅雕！」。公爵在此除了誇耀財富外，其中「馴服」（"taming"）一詞暗示公爵馴服公爵夫人的變態心理。當然，這也未嘗不是對客人與即將嫁過來的新夫人的預作警告。

讀罷此戲劇性獨白，在我們的視覺裡，仍殘留的也許就是已故公爵夫人的畫像與海神馴服一匹海馬的銅雕，耐人尋味地並置著。這是不是一種結構上含蓄的經營呢？

結語

這首詩在表達上，與上首相類，採取「戲劇性的獨白」（"dramatic monologue"）的形式。相較之下，這首詩主角心態的變化曲折微妙，而詩中語言也相對曲折高明，但在結構上卻經營了許多的對等與呼應，可謂工整。詩人把這擁有欲、妒忌、自尊、權威等複雜得近乎變態的心理元素，經由戲劇性獨白及結構與語言上的表達技巧，發揮得淋漓盡致，沒有隔閡之處，讀者得以從其中窺探到完整的故事架構。詩中那種近乎變態的愛的心理，尤其引人興趣，

也不免引人深思。

　　畫是這戲劇性獨白的核心。為帷幕所覆蓋的，掛在牆上的前公爵夫人的畫像，就像達文西密碼一樣，裡面含著公爵變態的擁有欲，交纏著妒忌，女性客體化（即忽視女性為有主體活動的個體生命）的極端心理元素，以及一件精心設計的謀殺事件。而畫像裡公爵夫人的微笑，則是解開這密碼的金鑰。

55 | **Dover** 海灘
馬修・阿諾德

（Dover Beach, by Matthew Arnold）

今夜海寧靜。

滿潮。月兒優美地躺在

海峽水面上──法國那邊海岸燈火，旋亮

旋滅。英國那邊峭壁聳立，

伸進寧靜的海灣，朦朧而龐然。

過來窗前吧，夜的氣息何其甜美！

只是，從那浪花的綿長線條，

海與月色漂白的陸地相接之處，

聽啊！妳聽到碎石粗礪的咆哮，

當浪濤把碎石帶來，並在退回時

把它們丟在高高的堤岸上。

始、停、隨而復始，帶著緩慢、顫動的

餘韻，把永恆的憂鬱的調子帶來。

Sophocles，很久以前，

在愛琴海一帶聽到這聲音；

為他的心帶進人類痛苦的、

稠厚的潮起潮沒；我們此刻，

在這遙遠處靠著北海聆聽，

而聲音帶來一份感懷。

信心的海，

昔日曾環繞大地的海岸滿滿，

躺在那兒像亮麗的腰帶層層覆摺。

我此刻卻只聽到它底

憂鬱、悠遠、退潮的怒吼——

向後退卻，在夜風的呼吸裡，

退向大地無垠的黯淡的邊緣

與裸露的砂礫灘。

啊！吾愛！讓我們

彼此真愛不渝！世界躺在我們

面前，彷彿如一片夢幻的土地，

如此多樣、如此美麗、如此新穎；

卻沒有喜悅、沒有愛、沒有光，

也沒有確定、沒有安詳、沒有痛苦的解方。

我們在這兒就像在黑暗中的原野，

被掙扎與逃離混亂不清的警鐘所掃蕩：

無知盲目的雙方軍隊正在夜裡互相廝殺。（1851 年／ 1867 年）

解讀

引言

　　Dover Beach 坊間譯為多佛海灘；譯名乏味，有礙詩情；現概用英文原名。
Dover Beach 位於英國東南方的海灘，和法國遙遙相望，也是英法最靠近的地

方。詩中值得玩味的是：愛情在疏離的人間裡，顯得特別珍貴，甚或帶有某種歇斯底里的況味。

在西方歷史與文化之流裡，阿諾德扮演著一個從維多利亞時期到現代的承先啟後的角色。他是首位可稱為「文化批評者」（cultural critic）的人，他在這方面的貢獻與影響，應該比他的詩歌為高。阿諾德認為文化（culture）帶來光明（light；源於知性）與甜美（sweetness；源於美與藝術）的人的素質；知性與文學藝術的素養是豐盈的生命不可或缺的，而這些也就是人文教育的目的，並且界定了生命個體的文化之有無與深淺。同時，阿諾德有更為系統性的敘述：文化或包含四個內部的力量，依次為德行、知性與知識、美、社會生活與社交禮節。阿諾德的文化理論，植根於當時的社會，源自他對清教徒中產階級的批判；他針對的是他們缺乏藝術素養，心胸窄小，內心乏味，僅著眼實用的特性，他稱他們為「菲力斯丁人（Philistines）」。這個名稱自從阿諾德首創以來，現已成為常見熟悉的詞彙了。他展望未來，社會將由中產階級所統治，但這階級顯然沒有準備好；但他們是可以經由教育改造的，就像世界可以被改造一樣。從這裡，我們可以看到，阿諾德實際上提倡人文教育，尤其是美學（也即文學與藝術）教育。阿諾德同時洞察到大眾或者群眾（Mass）浪潮的來臨，並預言將來的社會更適合大眾口味，而那些有天資的人卻最為失落，因為他們的天賦雖帶給世界驚奇與愉悅，但並沒真正啟發並改變這個世界。換言之，阿諾德並不止於關切，而尚要力行，要經由教育與文化的力量改變這個世界。

阿諾德的文化視野深刻地影響著後世，對稍後興起的現代詩的理解，是不可或缺的基礎。事實上，我們應該在這個文化與歷史視野裡閱讀這首〈Dover 海灘〉，才能充分領會它的意義與時代性。阿諾德曾在信中對他母親說，他的詩歌反映了他所在生存的世紀；我個人想，這首〈Dover 海灘〉以詩的洞察與內攝能力，深刻地表達了阿諾德所處時代的精神面貌（Episteme）。

講解

　　詩中經由一些對話的詞彙，如「過來窗前吧」、「聽啊！」、「啊！吾愛！」等，建構了「受話人」（addressee）與「說話人」（addressor）的親近關係，為這首思維性與時代視野的詩篇，經營了一個私我，婉約，抒情的空間；或者，倒過來說，在寫景與抒情的淡淡框架中，逐步地以隱喻象徵的手法，帶出深層的感懷與思維，洞察並批判了時代的種種異化、疏離的現象。

　　在詩的第一節中，阿諾德以海灘上的潮來潮往來隱喻人世間無限的憂鬱。「今夜海寧靜。／滿潮。月兒優美地躺在／海峽水面上──法國那邊海岸燈火，旋亮／旋滅。英國那邊峭壁聳立，／伸進寧靜的海灣，朦朧閃爍而龐然」。夜寧靜而美，但海岸燈火的旋起旋滅，已隱含了一份人生的滄桑。

　　「過來窗前吧，夜的氣息何其甜美！」。此時，他邀他的「吾愛」來窗前共賞這夜的美景，並共聽生命深沉的樂章。看著在海與海岸的交界處，長長的水花拍打著岸邊月色漂白過的沙灘，靜聽浪花擊打海岸發出的沙啞的聲音。最後，「始、停、隨而復始，帶著緩慢、顫動的／餘韻，把永恆的憂鬱的調子帶來」。這潮來潮去（"begin and cease"），以其周而復始的顫抖、沉靜、緩慢的調子，把他們帶進了永恆的悲傷。

　　第二詩節裡，阿諾德在前一半更切進古希臘首屈一指的悲劇作家Sophocles，以擴大詩的空間與時間，來闡述這人世的無限傷感。阿諾德說，Sophocles 在愛琴海岸邊，聽著同樣的稠厚的（"turbid"）潮起潮落般憂鬱的聲音；言下之意，Sophocles 的悲劇精神即源於這潮水的憂鬱。"turbid" 是稠密之義，大海的稠密，就如同人類生命中的悲傷濃稠不可剝離，這詞語用得真是出色。接著，詩篇又回到在這聲音裡，我們聽到一個憂傷的意念。英國鄰近的北海，回到當下的此刻：「我們此刻，／在這遙遙處靠著北海聆聽，／而聲音帶來一份感懷」。

　　第三詩節推出了一個帶有宗教意涵的意象，詩的思維世界提升到更高的層

次，而喻況更為完整，廣闊，出色，使人難忘。「信心的海，／昔日曾環繞大地的海岸滿滿，／躺在那兒像亮麗的腰帶層層覆摺」。把「信心」（faith）比作海洋；昔日，如閃亮的摺疊的腰帶，滿盈地圍繞著地球，而人間也就是陸地，浸泡在此信心之海中，充滿宗教般的氛圍。然而，今日，信心的海洋（"sea of faith"）已慢慢退去，一直退到夜空的呼吸裡、退到海的邊際，只剩下裸露砂礫的海岸。砂礫裸露的海岸象徵著信心的乾枯，心靈的乾枯。

最後的第四詩節中，在人類失去信心之際，這個世界彷彿是個不真實的夢幻。他呼告說，「啊！吾愛！讓我們／彼此真愛不渝！」。在詩人的視覺裡，這是疏離的現代社會，表面是多采多姿、新穎美麗，但內裡沒有愉悅、愛，與光明，亦沒有堅忍、安詳，更沒有解除痛苦的良方。最後的喻況結尾有點突兀，也頗特殊：「我們在這兒就像在黑暗中的原野，／被掙扎與逃離混亂不清的警鐘所掃蕩：／無知盲目的雙方軍隊正在夜裡互相廝殺」。無知（ignorant）意指人類的無明外，也意指黑暗中看不到對方的一場混戰。似乎，詩人在喻況人生的一片無知、混亂、警報、掙扎與逃離外，或暗示「疏離」最終會帶來「戰爭」。論者或謂，這結尾或指涉歐洲一八四八年以來，帶有民族主義色彩的推翻帝制的一連串革命運動；但這很難確認。此詩的撰寫時間很難確認，學界多以為寫於一八五一年前後。

結語

〈Dover 海灘〉把「愛情」與「現代」的「疏離感」結合在一起，為愛情及情詩開創了深沉的格局。詩中以海灘潮來潮往的感傷調子，喻示人類永恆的悲哀，並以「信心」喻作「海」圍繞大地（人間），而無垠裸露的砂礫海灘象徵這信心的光環不復，以突顯疏離人間裡「愛情」的珍貴，讀來使人難忘而低迴不已。我們這位開文化批評先河的詩人阿諾德，把現代社會描寫為多樣、美麗、新穎，卻沒有喜悅、沒有愛、沒有光，沒有確定、沒有安詳、沒有消除痛

苦的解方；可謂洞見，也讓人感嘆反省。結尾的人間如在黑夜裡兩軍盲目廝殺的原野，讓我聯想到進入現代後詩人葉慈〈靈魂與自我的對話〉的句子：人間如一個盲人亂打著一群盲人。這樣的描述，真是驚心動魄。

　　就我個人的閱讀經驗而言，我從阿諾德的詩裡首次感受到真正屬於現代的「疏離感」（alienation）；這疏離感與居前浪漫主義時期所表現的有本質上的不同。浪漫主義詩人的疏離感更多的是源自個人生命夢想的挫折，或者個性與社會相違，如雪萊〈西風頌〉的我「跌倒在生命的荊棘裡我流血」，所蘊含的是詩人堅持自由平等與愛的夢想，因而帶來的生命的挫折；或者拜倫《哈勞特男爵遊記》第三詩章所表達的與世相違的孤獨與心靈流放的疏離；而阿諾德〈Dover海灘〉詩中所表達的，卻是多樣而新穎但卻沒有愛、沒有救助的現代社會，以及帶有宗教意涵的「信心」（Faith）的失去，因而帶來的一種普及的、深沉的、無可逃避的疏離感。我個人甚至以此詩寫作的一八五一年，作為現代以及現代疏離感的首度標識。

56 世紀的畫眉

湯瑪士·哈代

（The Darkling Thrush , by Thomas Hardy）

我靠著小森林入口的門扉，

其時寒霜是鬼魅的灰白；

而冬之殘渣使到白日底

逐漸衰弱的眼底下一片蒼涼。

纏結的藤蔓層層橫劃過天空，

像破碎的弦琴的斷弦；

而經常在附近走動的人們，

都已回到家裡的爐火旁。

大地嶙峋俐落的輪廓，

看來是世紀躺陳著的屍體；

其墓塚為雲蓋，

而風則為其死亡的哀音。

自洪荒以來芽孢與孳生不斷的脈動，

此刻萎縮為硬與乾；

而大地上的每一人，

看來都像我一樣了無生氣。

就在此刻一個聲音升起，

在我頭頂荒涼的枝椏上；

那是嘔心高唱著的晚禱的歌聲，

充滿無有窮止的歡樂。

一隻老畫眉，瘦弱、憔悴而細小，

翎毛為疾風所吹豎；

就這樣選擇把他底靈魂謳歌出來，

在這越來越重的黯淡裡。

遠處或近處，

在這地面上的一景一物裡，

都沒有書寫著什麼理由

讓如此狂喜的福音歌聲升起。

在他底快樂的晚安曲裡，

我想我能聽到其中顫動著

某種祝福的希望──

只是他知悉而卻不為我察覺。（1900 年）

解讀

引言

　　哈代（Thomas Hardy）是少數在小說及詩歌同時享有盛譽的英國作家。此詩寫於十九世紀的最後一天。詩人對於即將來臨的二十世紀看不出什麼美好的前景，但畫眉卻謳歌著狂喜的晚安禱曲。也許畫眉象徵著帶有宗教意味的詩人心底不滅的祝福與希望吧！這首詩照理應譯為〈黑暗中的畫眉〉，我決定改譯為〈世紀的畫眉〉，作為世紀更易的標誌，同時也作為本集所選詩篇順序進入

二十世紀現代詩的標誌。事實上這首詩的主題，也是詩人面對世紀更易的感懷與祝禱吧！

講解

全詩共四詩節，押韻樣式為 ABABCDCD。

首個詩節摹寫殘冬荒涼的景色。寒霜、鬼魅的灰白（"spectre-grey"）、冬之殘渣（"Winter's dregs"）、破碎的弦琴（"broken lyres"），為視覺塗抹了殘冬底色。其中標出的英文詞語，在詞彙結構及象徵上，都甚為精準。「而經常在附近走動的人們，／都已回到家裡的爐火旁」。句子單純，但卻寫實地勾出了殘冬的室內生活：在英國家家都有壁爐。而此刻詩人卻在附近的小森林入口靠著門扉，品味世紀末的情境。

第二詩節還是摹寫與喻況相疊的手法：把當下視覺裡「大地嶙峋俐落的輪廓」，喻況為「世紀躺陳著的屍體」。「嶙峋俐落」四字，深得殘冬的韻致；我們可想像此刻枝葉落盡，只剩嶙峋枯骨；並經由「屍體」二字，點出十九世紀已逝的喻意。下一句更是不同凡響。「自洪荒以來芽孢與孳生不斷的脈動」，把視野溯回時間的源頭，同時也是對大地原始生命力的禮拜。哈代真不愧為對大地的原始性、宗教性、生命力、粗獷艱苦卻尊嚴，體會最深切，表達最深刻，而且絕不無中生有，不矯揉造作的作家。然而，芽孢與大地生命的脈動與孳生（"pulse of germ and birth"），此刻萎縮為硬與乾。「硬與乾」（"hard and dry"）讓我們觸覺地感受殘冬裡大地粗礪的土塊。

第三詩節中的主角畫眉出現了。詩人先從聽覺（聽到畫眉的歌聲）開始，然後移到視覺的畫眉形象的描摹。聲音是從詩人頭頂蕭條的枝椏上響起，「那是嘔心高唱著的晚禱的歌聲，／充滿無有窮止的歡樂」。哈代的畫眉是怎樣的一個形象呢？「一隻老畫眉，瘦弱、憔悴而細小，／翎毛為疾風所吹豎；／就這樣選擇把他底靈魂謳歌出來，／在這越來越重的黯淡裡」。那是久歷風霜的

形象，那是時光經歷了一世紀的象徵，也同時可以說是詩人哈代此刻個人心境的象徵（哈地時年 60）。

第四詩節是真正的主題所在，也是最耐人沉思的地方。詩人回到聽覺的意象，畫眉的歌唱是狂喜的福音歌（"carolings"），是快樂的晚安曲（"good-night air"；air 是小調之意）。其矛盾及耐人沉思之處，也是本詩隱秀之處，乃是理性（或說客觀）與心靈（或說直覺）的反差：「我想我能聽到其中顫動著／某種祝福的希望——／只是他知悉而卻不為我察覺」。周遭是荒涼，無生氣，越來越沉重的暗淡；從客觀與理性的角度來看，地面上沒有任何景物有理由讓畫眉謳歌如此狂喜的福音，然而這歌聲卻從樹梢升起來。換言之。畫眉不受這客觀與理性所限制，兀自謳歌著它靈魂的宗教般的歌聲。詩人同樣陷在理性與直覺的弔詭裡：在心靈的感知上，詩人從畫眉的謳歌裡聽到其中顫動著祝福與希望，但詩人在現實中察覺不到，從知性上推論不出這祝福與希望何所自。結尾的「只是他知悉而卻不為我察覺」，表示詩人最終還是以畫眉所感知的為準，以自己對畫眉的謳歌的心靈上的感知為準：即使是殘冬，即使是在看來越來越暗淡的世紀的最後一天，在人類靈魂深處的祝福與希望依然呼喚著。簡言之，這客觀或理性與心靈或直覺的矛盾，以及最終的以心靈取向為依歸，正觸及人心（其結構與動力學）的微妙之處。最後，我們不妨注意句中「我想」（"I could think"）這一個導引的框架。這是西方習慣的思維方式，不做絕對的判斷，保留一點懷疑空間。這個思考與表達方式，我們在浪漫詩人華茲華斯的〈早春詩草〉裡同樣看到。

結語

這首詩的喻況與象徵都清晰俐落，可說是英國風的。全詩的結構朝向最終的結尾，也是全詩隱秀之處：「在他底快樂的晚安曲裡，／我想我能聽到其中顫動著／某種祝福的希望——／只是他知悉而卻不為我察覺」。這是藏在宇宙

人間以及人類心靈不滅的祝福與希望（"the blessed hope"；我把它拆開翻譯為祝福與希望）。詩人在心靈的感知上，是認同畫眉的；我們甚至可以說，這經歷世紀風霜的老畫眉，已轉化為詩人哈代的象徵。

我們從哈代的小說，諸如〈黛絲姑娘〉、〈返鄉〉、〈嘉橋市長〉等作品中，可以看出自十九世紀中葉以降工業發達對農村生態的侵害，以及都市文明對自然人性的腐蝕；哈代描寫了一些人物處在這種環境造成的不可抗拒的命運宰制下，加上個人獨特的性格因而形成的種種悲劇；配上他所擅寫的蒼莽荒涼原始粗獷的大地作為背景，往往加深那種令人慨嘆的悲劇感。然而，這蒼莽與荒涼，這命運與悲劇，不是哈代小說的終極精神。哈代曾說，他是淑世主義者（Meliorism）。雖然大地粗獷蒼茫而人間艱苦，宇宙與人類最終是為宗教般的不滅的祝福與希望所導引，走向美好與進步，走向淑世的社會，而人在這磨難與進化過程裡尊嚴地堅忍地活著。當今的學界，深深地領會到哈代小說及詩歌裡的淑世主義精神，因而哈代的文學地位愈來愈被肯定。而哈代的〈世紀的畫眉〉正美好地詮釋著他帶有宗教意味的淑世主義。

哈代的畫眉就在我們身邊，是人間的，不像浪漫主義的夜鶯，隱藏在森林深處孤獨歌唱。畫眉的歌唱是晚禱的福音，而夜鶯則是超越人間世的詩的世界。此刻，二十世紀已經過去，畫眉的福音與哈代的心靈感應，是否還在我們心中悠悠的回響？

57 茵尼斯菲島

威廉·葉慈

（The Lake Isle of Innisfree, by William Yeats）

我現在就要動身出發去茵尼斯菲島；

我要在那兒用泥土與籬條築一間小木屋，

我要在那兒種九行豆子並為蜜蜂建一蜂房，

並孤獨生活在蜂鳴響亮的林中曠地。

我在那兒將會獲得一些安詳，因為安詳會緩慢地降臨，

降臨自清晨的面紗，一直到蟋蟀鳴唱的地方；

在那兒午夜全是星光朦朧，晌午則是一片紫亮，

而黃昏飛滿紅雀的翅膀。

我現在就要起來動身，因為無論晨昏，

我都常常聽到湖水輕拍水畔低沉的聲音，

當我站在車道或灰色的行人道上，

我心深處我聽到它底聲音。（1890 年）

解讀

引言

　　這是一個自傳性質的引言，說的是我與葉慈詩的因緣。我在美國加州大學

聖地牙哥分校（University of California, San Diego）攻讀比較文學博士學位期間
（1976-1980），一回看到校園書局展示的 *The Collected Works of W. B. Yeats*（1956）
（《葉慈全集》），猶豫是否要買一本，因對學生的我來說書有點貴。然而，
長期對我有所提攜的韋思靈教授（Professor Donald Wesling）說值得，葉慈是
二十世紀英語界最偉大的詩人。於是，我買了一本，珍藏及今。稍後，我修了
藝術學院碩士班開的電影製作課，我以葉慈詩〈政治〉（"politics"）製作微電
影，作為期末共同觀摩的作業。我從寫電影腳本，找學生當演員，在廣場上拍
攝，黑房剪貼，配音，到完成毛片，一手包辦。其實，我對葉慈詩的接觸，遠
自大四時，其時剛獲英國文學博士歸來的顏元叔教授，從臺大每週騎腳踏車
來師大英語系兼課，講授現代詩，而其中最重要的詩人當然是葉慈了。我在
一九七四年前後，翻譯了約十首左右的葉慈詩，發表在我積極參與的《大地詩
刊》上。到晚近的二〇〇九年，蒙曾真真教授之邀，我寫了〈楊牧與葉慈〉小
文，作為比較文學的小檔案。我與葉慈詩可謂因緣具足。

下面選了葉慈詩八首，並依寫作時間為順序。我們將從這些詩的閱讀裡，
進入葉慈的藝術與心靈世界，並一窺詩人的各個生命區塊與心路歷程，我在這
裡就不對葉慈作泛泛的陳述了。

講解

這是葉慈詩中難得的一首愉悅，憧憬，而又有意境的小詩。葉慈時年
二十五，或因正值青春年華有以致之也。全詩三節，押韻樣式為英詩最常用的
ABAB。

首詩節首句為本詩展開了其格局：「我現在就要動身出發去茵尼斯菲島」
（"I will arise and go now, and go to Innisfree"）。原文用 "will" 而非 "shall"，表示
決心與意志，給人動力的感覺。同時，"Innisfree"（茵尼斯菲島；以後簡稱茵島）
中的 "free" 給人自由的聯想。詩人計畫在茵島上建造一間小木屋，種九行豆

子，建一個蜂房，要孤獨生活在那兒。詩人要在茵島上營造一個自給自足的空間。在文化與文學的脈絡裡，人們立刻就聯想到美國作家梭羅（Thoreau）的《湖濱散記》（Walden）。誠然，詩人此刻把 Walden 湖轉變為 Innisfree 島了。梭羅的 Walden 湖代表孤獨與理想，代表自給自足的經濟生活，代表自我依賴的精神（self-reliance），這精神植根於美國十九世紀「超越主義」（Transcendentalism）的左翼（艾默生 Emerson 則代表其正宗，亦同時是相對的右翼），其精神為個體的自信與自我肯定。就此意義而言，葉慈的〈茵島〉恐怕只是梭羅《湖濱散記》的溫和版吧！葉慈說，他年幼時父親讀了一段梭羅《湖濱散記》給他聽，那時他就想到一個叫 Innisfree 的島上生活。這也許就是他日後寫這首詩的因緣吧！按：茵島位於愛爾蘭西北岸，隸屬 County Silgo（西爾戈城鎮）。葉慈母親這邊是西爾戈人，葉慈在都柏林出生，並在那兒度過童年；葉慈家一八七四年搬至倫敦，但一八八三年又回到都柏林，及至九〇年代葉慈重回倫敦。在這段都柏林時期裡，葉慈常造訪西爾戈，故葉慈在詩創作裡，以茵島為其生命憧憬之投射，實不足奇。葉慈曾自言影響其生命最深的地方為 County Silgo，而葉慈選擇埋葬於該城鎮的西部。

第二詩節是想像中茵島的美景。詩人從安詳的底調開始，冥想安詳從清晨的面紗緩慢地降臨到蟋蟀鳴唱的大地。視野廣闊，跨越整個空際。「在那兒午夜全是星光朦朧，晌午則是一片紫亮，／而黃昏飛滿紅雀的翅膀」。太美了，詩人把茵島化為一份意境。也許，我們可以說，稍有別於梭羅的 Walden 湖，葉慈的茵島以美以意境為新的導向。我們不妨注意，詩人前兩句寫完清晨，卻直接轉接到午夜，然後再跳回晌午；結構變化，意趣自生。

最後一詩節。首句的「我現在就要起來動身」與第一節開首相同，產生一種迴蕩及抒情的韻致。詩人說，「當我站在車道或灰色的行人道上，／我心深處我聽到它底聲音」。我們知道，詩人還沒動身去茵島，何來聽到湖水輕拍水畔的聲音？也許我們可以說，前兩詩節所想像的茵島，經過發酵以後，已從想

像界轉化為存在界。或者說，這是一種 "word-into-being" 的狀況，語言成為了現實。

結語

〈茵島〉是葉慈早期的創作。這首詩呈現了葉慈詩簡潔的語言，抒情的調子，殊美的意境，小小的結構變化，孤獨自賴的生命底色，以及對生命的憧憬。

中西詩歌對理想人間的憧憬歷久不衰，在人類的歷史長河裡，展現出繽紛的風韻。就我國而言，屈原〈離騷〉的「余既滋蘭之九畹兮，又樹蕙之百畝」的芳草澤畔，象徵生命之高潔；陶淵明的「土地平曠，屋舍儼然。有良田、美池、桑、竹之屬，阡陌交通，雞犬相聞」的桃花源，表達了亂世中的隱逸情懷與農耕社會的理想嚮往。這些憧憬永遠活在人們的心中。有趣的是，〈離騷〉的滋蘭九畹，與茵島的種植九行豆子，可謂相映成趣，其旨趣之差異卻不言而喻。

58 當你年老

威廉 · 葉慈

（When You Are Old, by William Yeats）

當妳年老而灰髮而充滿睡意，
並靠著火爐打盹；拿下此書，
緩慢地吟誦，夢回妳明眸
一度溫柔的流盼，以及它深深的投影；

多少人愛上妳優美歡笑的剎那，
愛上妳的美麗以真情或假意；
而只有一人愛上妳朝聖的靈魂，
愛上妳因憂傷而憔悴了的容顏；

火焰照亮的爐柵旁妳彎下腰，
一點輕愁，喃喃著愛神如何溜走，
徘徊於頭頂的群峰，
隱藏他底臉於群星之中。（1892 年）

解讀

引言

這是葉慈寫給他一生痴戀的 Maud Gonne 的情詩。他們於一八八九年首次

相識於倫敦。一八九一年葉慈首次向她求婚，但遭拒絕。〈當你年老〉這首詩寫於求婚被拒後的一八九二年，猶如所有情詩都帶有愛的說服的層面，這首詩顯然是想說服她回心轉意。這首詩平實而真摯，但結尾卻是出人意表，使人驚豔，深得學界稱道。那結尾是希臘神話的挪用與繼之而來的空間的轉換。

葉慈對 Maud Gonne 的痴戀，可謂淒婉動人，而在葉慈詩中也常常有著 Maud Gonne 的影子。我們就利用這個機會，在「結語」處來個「餘話」，說說葉慈這一個感情方塊。

講解

全詩分三詩節，每詩節四行，押韻樣式是 ABBA。這首詩語調平和，貌似尋常，其實裡面有一些結構上的變化與耐人思考的地方。

首節奠定了本詩的格局，然後在這格局裡作時空的變化。「當妳年老而灰髮而充滿睡意，／並靠著火爐打盹；拿下此書，／緩慢地吟誦」。詩人把年輕分手的當下，推移到女主角年老的未來。葉慈以平實與經驗之筆，一掃浪漫主義的虛幻渲染：年老了就是頭髮灰，眼睛無神，在溫暖的壁爐旁打瞌睡。為何有「拿下此書」之句？我們猜想這首情詩是夾在葉慈送她的某本書上，或者寫在書的扉頁上，而這本書也許就是葉慈在一八八九年出版的首本詩集 *The Wanderings of Oisin and Other Poems*。接著經由「夢回」的引航，時間又轉回當下：「妳明眸／一度溫柔的流盼，以及它深深的投影」。投影深深表示眼睛的輪廓深而清晰，年老時就輪廓模糊。節中前後兩句今昔的映襯，年青與年老的對比，就不在話下了。

第二詩節承接由「夢回」引航出的年青當下。「多少人愛上妳優美歡笑的剎那，愛上妳的美麗以真情或假意」。看似平淡，卻含真理。優美與歡笑，往往只是生命的一些剎那。誰不愛上這樣的剎那？誰不愛上妳的美麗？這所謂「愛上」，可能是真情也可能是假意。這是美麗女士的陷阱！注意，愛上

Maud Gonne 的男士，也可能是真情，如果葉慈只說假意，那就離開經驗之事實，變成酸葡萄了。可見葉慈的視覺與思維是均衡的，經得起考驗的，顯露出大家的手筆。

接著是一個舉重若輕的筆鋒一轉：「而只有一人愛上妳朝聖的靈魂，／愛上妳因憂傷而憔悴了的容顏」。言下之意，只有葉慈能認知並愛上她朝聖的靈魂，願意分擔這朝聖的艱辛歷程帶來的憂愁，並且愛上她因憂愁而變得憔悴的芳顏。這「朝聖」的靈魂指什麼呢？廣延來說，是說她靈魂的探索有如朝聖。窄義來說，回到當前的時空，應該是指 Maud Gonne 與葉慈共同追求的愛爾蘭文化復興運動（Irish Renaissance Movement）了。

末節場景又回到首節投射出去的未來。此刻，女主角在火焰照亮的爐柵旁彎下腰，輕愁地喃喃著昔日戀情。詩人怎樣表達這抒情的片刻？「喃喃著愛神如何溜走，／徘徊於頭頂的群峰，／隱藏他底臉於群星之中」。原詩用大寫的 "Love"，是愛神之意。在希臘神話中，愛神是淘氣小孩丘比特（Cupid）。愛神溜走，象徵愛情消逝。愛神離開他們，就離開了人間，回到奧林匹克山上。葉慈的創意是：丘比特更步向天空，把臉隱藏在群星當中。似乎，這帶上形而上的況味。嘿，夜空裡群星就這樣為他們的愛情永恆作證！因為星星們是永恆的。伊人每回夜裡仰望群星，就會想到這份溜走了的愛情。句中原文的 "how"（如何）很有意思。她會感嘆戀情不知為何消逝！最有意思的是：這是希臘神話，這山巒應是奧林匹克山，但此刻卻在 Maud Gonne 的頭頂上（"overhead"），奧林匹克山已轉換為英國的山巒了，而希臘的天空也轉換為英國的天空了。這真是一個很特殊的空間的置換！

結語

這首詩語調平和，貌似尋常，裡面卻有結構上時空的變化與男女間耐人思考的地方。在時間上，詩人把年青時他求婚不成的當下投射到女方年老時的思

念的未來，作為愛的說服。結尾希臘丘比特神話的挪用，希臘空間置換成英國的空間，尤為特殊。這首情詩是葉慈寫給他一生愛戀的 Maud Gonne，真情流露，有感情的深度，並散播出淡淡的愛情冥思的韻致，真是一首耐讀的情詩。

這是本書最後一首情詩。讀者不妨把本書所選名詩篇，依次如悉尼的《望星者與星星》；莎士比亞的〈在真心相愛者的婚禮上，讓我不要說〉（商籟116）；馬維爾的〈給他含羞不肯前的情人〉；班‧瓊森的〈給 Celia〉；鄧恩的〈早安〉；柯勒律治的〈沮喪：頌體〉；白朗寧夫人的《來自葡萄牙的商籟體》；亞諾德的〈Dover 海灘〉；放在一起，品味一下愛情與情詩的流變，詩人們個別的際遇與感情風采。

餘話

葉慈（1865-1939）與 Maud Gonne（1866-1953）一生的愛戀，堪稱殊異與淒婉動人。我打算在這裡對這感情區塊作一個入味的敘述。擒賊先擒王，先說 Maud Gonne。她在英格蘭出生，幼年喪母後，送往巴黎受教育；一八八二年其父駐守都柏林，她歸國陪伴父親度過餘年，然後重返巴黎。其後，她從事戲劇演員工作，並積極參與愛爾蘭文化復興及獨立運動，一生往來於巴黎，愛爾蘭，倫敦三地。一八八九年，Maud Gonne 造訪葉慈倫敦家，此時芳齡二十二歲。葉慈比 Maud Gonn 大一歲半。Maud Gonne 此回在倫敦停留雖短暫，但兩人相見頻繁，可謂情投意合，導致葉慈終生愛戀著她。葉慈回顧說，這是他一生麻煩的開始。一八九一年葉慈首次對她正式求婚，但遭拒絕；〈當你年老〉這首詩寫於一八九二年，目的顯然是希望她能回心轉意。其實，葉慈向 Maud Gonne 求婚時，她在巴黎正與一位比她年長甚多而鼓勵她在愛爾蘭獨立運動採取激進行動的右派政治人物同居，並育有一子，但葉慈對此並不知情。

於九〇年代，葉慈先後向 Maud Gonne 求婚多次，但皆遭拒絕。期間，決心走向革命與暴力路線的 Maud Gonne，於一九〇三年與 John McBride 少校結婚，傷透了葉慈的心；但兩人不及一年就分居（但生有一子），葉慈更協助她打贏離婚官司。葉慈於一九一七年最後一次向 Maud Gonne 求婚，不成，轉而向其女兒求婚，又不成。其實，葉慈心裡已知必然被拒，只是藉此作一個了結而已；同年稍後，葉慈即與比他年輕甚多的 George Hyde-Lees 結婚。

有意思的是 Maud Gonne 拒絕葉慈多次求婚與求愛的說辭。當葉慈說他沒有她就不快樂時，她回答說：「噢，對啊，你是呀！然而，你從你所說的不快樂創造出美麗的詩篇，並樂在其中。婚姻也可能是乏味的東西呀！詩人永遠不應結婚。世界應感激我沒有嫁給你呢！」（見 *A. Norman Jeffares* 寫的葉慈傳記 *W. B. Yeats, A New Biography*；1988）。這真是戲劇女演員最大的幽默。

由於 Maud Gonne 的堅持，他們兩人的愛情一直都是形而上的、心靈上的。然而，一九〇八年十二月事情終於發生了。葉慈造訪 Maud Gonne 於其巴黎居處並小住，當葉慈離去後的隔天，Maud Gonne 寫了一封淒婉動人的信給他。信劈頭就是無限感傷的句子：「昨天離開你好惆悵，但我知道即使等到今天你才離開同樣是難受。生命是多麼美好當我們在一起，但我們在一起的時間太少了」。最動人的一段還在後頭：

I have prayed so hard to have all earthly desire taken from my love for you & dearest, loving you as I do, I have prayed & I am praying still that the bodily desire for me may be taken from you too. I know how hard & rare a thing it is for a man to hold spiritual love when the bodily desire is gone & I have not made these prayers without a terrible struggle a struggle that shook my life though I do not speak much of it & generally manage to laugh.

我一直努力祈禱把塵世的慾望從我對你的愛裡離開，最親愛的，我一

直愛著你猶如當下。我一直祈禱，現在仍然祈禱，你對我的身體的慾望也同樣從你那邊離開。我知道對一個男人來說，要保持心靈的愛，把身體上的慾望拿走，是多麼難受及難能可貴的事。我作這些祈禱之際，並非沒有可怕的掙扎，那搖撼著生命的掙扎；只是我很少提及，而是努力笑謔以對。

這觸及 Maud Gonne 生命最隱秘之處，是人類底靈與肉最隱秘最交纏的地方，是富有才情的男女感情最幽微的地方！就讓我們在這裡止步！

　　論者推測葉慈晚年寫的 "A Man Young and Old"，涉及這次唯一的肌膚之親，就讓我們以詩樣的心情讀這神聖的一刻以作結吧！

My arms are like the twisted thorn
我雙臂如曲扭帶刺的枝條

And yet there beauty lay;
而美人就在這裡躺臥

The first of all the tribe lay there
族中之最萃美的人兒就在這裡躺臥

And did such pleasure take —
就在其中享受歡愉如此

She who had brought great Hector down
她讓偉大的赫克托潰敗

And put all Troy to wreck —
特洛伊城全化為廢墟—

That she cried into this ear,

她在這耳邊呼喊哭泣

'Strike me if I shriek.'

「衝我吧如果我尖叫」

首兩句為玫瑰花枝的意象，葉慈是彎扭的帶刺枝條，而 Maud Gonne 就是花枝上的玫瑰。葉慈喜愛布萊克（William Blake）的詩歌，此處或暗涉其〈病玫瑰〉（"The Sick Rose"）一詩，意為此刻有 "secret love" 的韻致。接著的兩句，其中的 "The first of all the tribe" 可解作全族之最精粹最美者，亦可解作全族的第一個人。如果是後者，這兩句就意味此刻喻為人類始祖亞當與夏娃偷食禁果的場景。接著兩句，是把 Maud Gonne 比作傾國傾城的海倫（Helen），而葉慈就是英勇的赫克托了。結尾兩句，呼應前面的性愛的歡愉，就不宜言詮了。

（資料參 Maud Gonne: "Strike Me If I Shriek." https://www.sheilaomalley.com/?p=9792 及 維基百科 Yeats 條 https://en.wikipedia.org/wiki/W._B._Yeats 及 Maud Gonne 條 https://en.wikipedia.org/wiki/Maud_Gonne）

59 給鬼魂
威廉·葉慈
（To a Shade, by William Yeats）

若你重訪這城市，瘦削的鬼魂，

或者去看了你底紀念碑

（我懷疑建築者有否拿到酬勞）

或者寫意地只想當白日耗盡，

去渴飲從海裡飄來的鹹鹹的呼息，

其時灰海鷗疾飛取代人群，

而枯槁暗淡的屋子披上華麗。

讓你滿足於這些並就此離去，

因為他們仍然施展著老詭計。

一個人，

屬於你們熱心服務的一群；

他捧來滿掬的瑰寶，並且知道，

（可惜他們不知道）這將帶給子子孫孫們高尚的思想、

優雅的感情，在脈管裡奔流不息，

就猶如那溫和的血液，但卻被趕離此地，

凌辱因他全心血的付出而堆疊，

誣衊因他無保留的奉獻而滋生。

你的敵人，一個惡臭的嘴巴，

正唆使狗群對付他。

歸去啊！

不息心的浪遊者！

把格拉斯涅文墓地草坪拉來覆蓋頭上，

直至塵土封住你的耳朵。

讓你品嚐鹹鹹的海底呼息，

在街頭巷角靜聽家常閒話的時光尚沒到來。

在死前你已有足夠的悲傷——

走吧！走吧！在墳墓裡你才得安全。（1913 年）

解讀

引言

　　葉慈此詩寫於一九一三年，時年四十七歲。詩中的鬼魂是愛爾蘭偉大愛國領袖巴奈爾（Charles Stewart Parnell, 1846-1891）。詩中的某人是 Sir Hugh Land。要了解這首有所「介入」的詩篇，必須對當時的背景，尤其是愛爾蘭獨立運動有所了解。我們就透過詩中這兩位人物的有關行止，來敘述這時空背景，並在「餘話」裡處理葉慈生命歷程裡這個政治區塊。

　　巴奈爾是愛爾蘭獨立運動的英雄，但他走的是議會路線。他是議會裡 "the Home Rule League" 派及其後的愛爾蘭議會黨（Irish Parliamentary Party）的領袖。所謂 "Home Rule"（自家治理），全名應為 all-Irish Home Rule，即 "self-government" 之意，其實就是獨立自治之意。這議會派的訴求，是經由憲政立法讓愛爾蘭留在大不列顛帝國（the United Kingdom of Great Britain and Ireland）內，但獲得獨立自主的身分。土地改革，讓佃農獲得更多的權利，終至耕者有其田，是 "Home Rule" 派在本土上的主要訴求。"Home Rule" 派在英

國議會裡成為自由派與保守派之間折中的中間派，也是愛爾蘭民意之所歸。可惜於一八九〇年，巴奈爾由於與已婚女子多年婚外情的曝露（其後即與該女子結婚），引發各方的攻訐，被解除了 Home Rule 黨派領袖的地位，並在努力奮鬥以挽回其政治生涯時，健康惡化於翌年逝世。出殯時，都柏林民眾夾道送葬行列，多達兩萬人，可見其當時深受群眾之愛戴。期間，激進的及年青一輩的獨立運動者，則朝向分離路線，採取激進甚至暴力手段以尋求愛爾蘭之脫英獨立。（資料參 https://en.wikipedia.org/wiki/Charles_Stewart_Parnell）

詩中的某人是 Sir Hugh Land（1875-1915）。他從事歐美藝術的買賣經營，出生於愛爾蘭，長大於英格蘭及歐洲大陸，也是葉慈的朋友。他畢生希望能在愛爾蘭首府都柏林建立一個體面的現代藝術畫廊，建成將會是全球第一個現代藝術畫廊。他要把珍藏的歐洲名畫整批捐給都柏林（Dublin）市政府，這批珍藏共三十九幅，主要是法國印象派作品，條件是市政府需建造適當的畫廊永久收藏；但遭受到當時的同路人的愛國主義陣線報紙強烈攻擊，對這些畫作及畫廊設計（由顯赫的建築師 Edwin Lutyens 設計）施以無情的攻擊。Sir Hugh Land 憤而把這批珍藏捐給了倫敦國家畫廊（London National Gallery），期待在倫敦能建立歐洲現代藝術的收藏中心。葉慈這首詩的其後兩年，Sir Hugh Land 從美國商務歸來時距離愛爾蘭海邊不遠處遇海難去世，後人整理其遺物時，發現他的尚未簽名的遺囑，要把這批珍藏捐給都柏林藝廊。於是引起爭議；後至一九五九年，都柏林與倫敦達成協議，這批珍藏分為兩批於兩地交換展出各五年。（資料參 https://www.nationalgallery.org.uk/about-us/history/collectors-and-benefactors/sir-hugh-lane，讀者如有興趣，可上這個網站欣賞這些名畫）

講解

這可以說是一首政治詩。葉慈在其中批判了愛國主義中偏激與排他性的路向，以及中產階級只講實用而不懂藝術的 Philistinism。這是透過這位愛國主義

英雄巴奈爾被激進的同路人所背棄而表達，而這背棄則是透過正在發生的 Sir Hugh Land 藝術品捐獻被污衊的事件作為例證。其時，巴奈爾已逝世約十二年之譜。

　　首詩節假設說如果他的鬼魂已重訪（詩中用現在完成式）這個城市，或者看了他死後為他建的紀念碑，或者寫意地去想，在靠海的小鎮的黃昏裡閒逛，海鷗飛翔，晚霞為鎮上的矮小而暗淡的房子披上華麗的色彩。這城市（詩中用 "town"）是指都柏林，為愛爾蘭首府，而詩中黃昏所見應該是濱海漁港類的地帶，所以房子矮小而枯槁，所以海風吹來是鹹鹹的。有意思的是，詩中是說更寫意地去想（"happier-thought"）而非直接說巴奈爾到海邊去逛。一生為愛爾蘭獨立運動奉獻的英雄，死後重訪故城，是最自然不過的了。然而，卻立刻來了一個逆轉：「讓你滿足於這些並就此離去，／因為他們仍然施展著老詭計」。這些老詭計，對當時的讀者是很清楚的。詩中以瘦削的鬼魂來稱呼，顯示出巴奈爾一生為愛爾蘭獨立運動而奔波而憔悴的形象。在表達上，有一個地方值得關注。「（我懷疑建築者有否拿到酬勞）」。這是一個諷刺的句子，表示愛爾蘭人易於忘恩負義，紀念碑建完就已經把這位愛國英雄背棄，紀念碑的建築商也恐怕收不到錢了。這個句子是用「括號」括起來的，這「括號」手法是葉慈慣用的手法，在「括號」內置入諷刺或其他層面的歧出。

　　第二詩節是一個例子，用來佐證目前對巴奈爾不友善的政治氛圍；因此，這首詩可說有論說的結構。此節的這個人是指 Sir Hugh Land；他要把他法國印象派的珍藏捐贈給都柏林，條件是要建一畫廊以永久收藏，卻遭污衊與拒絕；這社會事件「引言」已有所敘述。詩人用「屬於你們熱心服務的一群」，把 Sir Hugh Land 與 Parnell 連接在一起。雙手捧來滿掬的瑰寶，是奉獻精神的形象化。「這將帶給子子孫孫們高尚的思想、／優雅的感情，在脈管裡奔流不息，／就猶如那溫和的血液」。這個句子寫得漂亮，它代表了葉慈對藝術的肯定，也同時是對都柏林中產階級庸俗主義（Philistinism）的批評。高尚的思想，優

雅的感情，聽來有點面熟。這可說上承阿諾德（Arnold）的認知，文化與藝術帶來知性的光輝與感性的甜美。接著，「你的敵人，一個惡臭的嘴巴，／正唆使狗群對付他」。用「惡臭的嘴巴」來形容媒體對 Sir Hugh Land 的污衊，可謂傳神；用唆使狗群來形容巴奈爾的敵人發動圍攻，也形象活現。這是葉慈對這捐贈事件的結論，也是對上一節結尾的呼應，詮釋了什麼是對手的老詭計。葉慈毫不掩飾地表示了他的政治立場。最後，說一下中譯的策略。在表達上，「（可惜他們不知道）」原文 "had they only known" 是沒有「括號」的，但前後用分號分開；中文依原句法翻譯會不順，因而我改用了葉慈的「括號」技巧以譯出。英文的原意是：「若是他們知道會怎樣呢？可惜他們不知道」。

第三詩節裡，詩人用鏗鏘有力但卻充滿感傷的語言向巴奈爾的鬼魂呼喚：「歸去啊！／不息心的浪遊者！」。格拉斯涅文墓地是巴奈爾安葬之處。「直至塵土封住你的耳朵」與上詩節「一個惡臭的嘴巴」相呼應，同樣指向背叛者炮製的惡毒輿論，那敵人慣用的伎倆。接著，詩又回到首節的海港場景，說「讓你品嚐鹹鹹的海底呼息，／在街頭巷角靜聽家常閒話的時光尚沒到來」。這塑造了巴奈爾親民愛民與群眾一起的政治家形象。「在死前你已有足夠的悲傷——／走吧！走吧！在墳墓裡你才得安全」。結句使人感傷，也反襯出都柏林人的善變與忘恩負義。

結語

這是一首很成功的政治詩。這首詩下筆沉練而有感染力，結構簡明而文本內相互呼應。意象緊扣輿論這個當時政治鬥爭的核心地帶：惡臭的嘴巴，唆使狗群，塵土封住你的耳，這些意象深刻而使人難忘。

詩中的「受話人」（addressee）是愛爾蘭愛國英雄巴奈爾的鬼魂。這首詩必須在當時的時空背景下才能充分了解，而當時的讀者對此是可謂身在其中，所以葉慈在詩中對當時的政治脈絡與 Sir Hugh Land 捐贈法國畫珍藏爭議，無

甚著墨；但現代讀者卻必須重建當時的政治脈絡，同時要感受都柏林人對愛爾蘭獨立運動及路線之爭的狂熱氛圍。

餘話

在此略說葉慈生命裡的政治區塊。葉慈屬於所謂的「英格蘭-愛爾蘭族群」（British-Irish）。他出生於都柏林，年幼隨父母移居倫敦，青少年時回到都柏林，念高中並讀了一年藝術學校，然後又隨家人回到倫敦；從此生活在倫敦，雖然不時往返愛爾蘭與倫敦之間。這生命歷程相當地決定了他的政治取向：投身愛爾蘭文化復興運動，在獨立運動上服膺溫和的議會派，在議會裡推進立法，讓愛爾蘭在大不列顛裡成為一個獨立自治的政府（autonomous state），不必然要從帝國裡分離出去。巴奈爾就是這政治取向的領袖，也是巴奈爾生前都柏林群眾的政治主流。從這首詩篇裡，從其認同巴奈爾的堅定立場及對激進派的強烈攻擊，即可窺見葉慈的立場。

所謂愛爾蘭文化復興運動，是指發掘與發揚愛爾蘭的凱爾特文化（Celtic culture），尤其是其中的民俗（folklore）、英雄故事與傳說（saga or legend），圖騰（totem）等，以及其背後的神秘主義。葉慈於一八九六年結識 Lady Gregory；她對凱爾特文化有所專研，對葉慈這個本土區塊，扮演了一個催化的角色；在她支持下，成立愛爾蘭劇場，提供葉慈的劇作在創作演出上的平臺，愛爾蘭題材與愛爾蘭演員，得以經由現代創作為原生文化注入新動能，獲得當代復興的契機。葉慈在這方面最重要的貢獻，當推以凱爾特傳說中古英雄古哈嵐（Cuchulain）為題材的劇作《古哈嵐傳奇劇組》（"The Cuchulain Cycle"）。《古哈嵐傳奇劇組》由五個先後寫成的劇本組成完整系列，先後寫於一九〇三至一九三八年間；稍早的單劇在成立不久的愛爾蘭的劇場演出，其

中兩劇更融入日本能劇（Noh）的藝術形式。凱爾特的民俗與傳說，在葉慈的詩創作裡的分量，也不遑多讓，其詩集《塔》（*Tower*）即代表這方面的傑出成就。

葉慈與 Maud Gonne 的一生交往，在感情世界外，尚建立在愛爾蘭文化復興與獨立的共同追求上；但兩人的路線不同，葉慈對文化復興的努力多於獨立運動，並採取如 Parnell 的憲政溫和路線，而 Maud Gonne 則是激進的革命路線，兩人之未能結合應與此有莫大的關係。Maud Gonne 的感情悲劇，先與支持愛爾蘭獨立並鼓勵她採取激烈路線的比她年紀大很多的法國右翼政客同居生子，後更不惜讓葉慈傷心，下嫁 John McBride 少校，亦政治糾纏之故。其後，愛爾蘭於一九二二年獲得憲政上的自主獨立，成為英聯邦內的愛爾蘭自由邦（Irish Free State），葉慈被邀請為參議員，前後兩屆共六年，積極參與國政。一九二三年，獲諾貝爾文學獎，並在獲獎感言裡，為愛爾蘭獨立運動發音，堅定而果決。葉慈隨著政治生涯的體驗與國際思潮的變化，政治思維猶豫反覆，有時激進，有時保守，並對民粹型的民主體制有所保留甚至反對。一九三九年，年邁的葉慈在法國南方過冬，不幸病逝，遺言謂死後隨即安葬，並於一年後報紙已忘卻他後歸葬母親故里 County Sligo。遺言後半可謂意味深長，不免使人有所思。適逢二次世界大戰起，葉慈遺體必須等到一九四八年大戰結束才得以移葬。而擔任移葬事宜者，為時任愛爾蘭自由邦的外事部長 Seán MacBride。Seán MacBride 者，Maud Gonne 與 John MacBride 少校所生之子也。愛恨情仇與歷史脈動交纏，老天之作弄人，何其深也。Seán MacBride 繼承父親遺志（父親於一九一六年愛爾蘭復活節叛變中被英方處死），致力於愛爾蘭獨立運動，為 IRA（愛爾蘭革命軍）一方之首，並反對接受憲政體制內留在英聯邦的愛爾蘭自由邦。IRA 分裂為反對與支持自由邦兩派，終至內戰；內戰期間，Seán MacBride 甚至被拘禁。支持自由邦的一派，獲英國的大力支援而獲勝，許多反對派的 IRA 成員淪為政治犯。Seán MacBride 離開政府職位後，積極向

國際社會求援以解救被囚禁的 IRA 政治犯，後來更專事國際人權運動，貢獻良多，於一九七四年獲諾貝爾和平獎，此為後話。（資料參維基百科 Yeats 及 MacBride 條， 見 https://en.wikipedia.org/wiki/W._B._Yeats 及 https://en.wikipedia.org/wiki/Se%C3%A1n_MacBride。）

60 二度降臨

威廉・葉慈

（The Second Coming, by William Yeats）

漏斗般向上擴張旋轉復旋轉，

老鷹聽不到放鷹人的呼喚；

萬物崩離；中心不復；

大地流瀉為一片無政府狀態，

流瀉為血污的潮水，而

純真的儀禮在淹沒消失；

才俊之士盡失信念，而

敗壞之眾則激情暴烈。

必然，某些天機已露；

必然，二度降臨已到。

二度降臨！這幾個字還沒說出，

龐然影像已從宇宙之靈中走出來，

困擾著我的視覺：沙漠某處，

獅身人頭的外形，

空洞而殘酷的凝視有如烈日，

正移動著它緩慢的兩隻大腿，而它的周遭

憤怒的沙漠群鳥盤旋。

黑暗再度降臨；然而我此刻知道

岩石般沉睡著的二十個世紀，

被搖籃來回搖晃而惱怒而夢魘：

怎樣粗暴的野獸，它的時間終於來臨，

懶洋洋地走向伯利恆等待誕生？（1920 年）

解讀

引言

　　〈二度降臨〉寫於一九二〇年，屬於葉慈晚期的作品。促成葉慈晚期的因素有三。首先是葉慈與龐德（Ezra Pound）的密切交往（始自一九〇九於倫敦；並於一九一三至一九一五期間在 Sussex 郊區鄉野屋子共度三個冬天），龐德提供給葉慈國際主義視野（Internationalism），日本 Noh 劇的藝術形式，經漢學家費諾羅沙（Ernest Fenollosa）中介的中國象形文字美學。當然，接著是一九一七年與 George Hyde-Lees 婚後三至五年間所作的靈媒實驗，帶來諸多深奧的原型意象，並經葉慈艱辛的詮釋為富有解釋能力的的哲學、文化、歷史系統。更後的是，葉慈於一九三四年前後（六十九歲）時作了一次稱為 Steinach operation 的回春手術，獲致葉慈自謂的「奇怪的二度青春期」（"the strange second puberty"），促進了葉慈的生命力與創造力。當然，這些因素對葉慈文學後期的發展，究竟有多深的作用，很難確認。不過，就文學影響的角度而言，主要還是詩人本身的創造力與生命經驗有以致之，除非是模仿性的，生吞活剝的作品。而葉慈後期的作品顯然是詩人本身詩領域上進一步的發展與成熟，絕對是與葉慈融為一體的文學產物。

　　〈二度降臨〉寫於一九二〇年。這首詩的 "Gyre"（漏斗般旋轉體）原型意象最為明顯，蘊含著葉慈的周期與階段的歷史發展觀，呈現了葉慈一九一七年始三至五年間的通靈實驗的影響與應用。我們就順道以「餘話」處理一下

葉慈生命裡的宗教與神秘主義區塊。在藝術經營上，整首詩可說是以蒙太奇（montage）手法表現，放鷹、宇宙崩離、血潮、人首獅身、伯利恆等鏡頭，以碎片出現而疊置一起。同時，詩視野遼闊，詩人詢問：當進入新的歷史的 "gyre"，會帶來什麼新的文明呢？耶穌基督在伯利恆出生，帶來了我們目前的文明，而代表將要來的文明的獸也同樣走向伯利恆等待出生。這顯然超越了本土的視野，這是否可看作現代主義（Modernism）裡的國際主義（Internationalism）？其中有著龐德的身影？

講解

　　首個詩節是鮮明的 "gyre" 意象，而這意象是經放鷹來表達。放鷹捕魚是河邊或海邊尋常的捕魚作業：放鷹人把養鷹放出去，讓鷹在海或河裡捕魚，把魚抓回來。然而，「漏斗般向上擴張旋轉復旋轉，／老鷹聽不到放鷹人的呼喚」。此回異常了，放鷹人（falconer）無法把放鷹（falcon）喚回，而放鷹沿著不斷向上向外迴旋的 "gyre" 而旋飛。經由「中心不復，萬物崩離」的詮釋，詩人把 gyre 推向為原型意象，以解釋歷史的發展規律。接著是近乎世紀末的描寫：大地淪為無政府狀態，純真與禮儀喪失。「才俊之士盡失信念，而／敗壞之眾則激情暴烈」一句，或多或少看到葉慈的精英主義，並對不免建立在群眾愛惡上的政黨政治缺乏信心（抱歉，我個人認為並沒有真正所謂的民主政治，故只能以事實上進行著的政黨政治稱之）。最後回到開首的放鷹意象；我們不妨想像，這或帶有葉慈的童年記憶，年幼時在 County Silgo（西爾戈城鎮）海邊所看到放鷹人把養鷹放出去捕魚的情景。我們也不妨想像，那時有點像「關關雎鳩，在河之州」的純真境地，但此刻出現在眼前的卻是「流瀉為血污的潮水」。大地從純真境地淪落為血腥的世界末日，情何以堪！

　　第二詩節表出二度降臨主題：「必然，某些天機已露；／必然，二度降臨已到」。兩個「必然」表示詩人的確信，上節人間崩離與失落情景是可循察的

「二度降臨」的天機。「二度降臨」（"second coming"）是基督教的信念，耶穌最終會重臨人間，並作審判，善人得賞，罪人受罰；而耶穌「二度降臨」之際，也是世界末日之時，並有其跡象可循。"*Spiritus Mundi*" 乃是 "The Soul or Spirit of the Universe"（宇宙之靈），而這宇宙之靈也同時是，或者連接到，人類所有記憶（包括未來）的影像。在葉慈神秘的系統裡，這人間的未來是以一個影像來表達。葉慈在他此刻的靈視裡，看到了這影像。「龐然影像已從宇宙之靈中走來，／困擾著我的視覺」。「困擾」（trouble）一詞意味著此龐然影像吉凶未明，有所不安。這龐然之影像為何？就得等到這句子跨到下一節才揭曉。

第三詩節這龐然影像現身了：「獅身人頭的外形，／空洞而殘酷的凝視有如烈日」。特殊之處是這粗暴之獸，「岩石般沉睡著的二十個世紀，／被搖籃來回搖晃而惱怒而夢魘」，並且說它的時間到了，懶洋洋地走向伯利恆等待誕生。為何是二十個世紀呢？這就得回到葉慈從靈媒實驗裡建立的以 "gyre" 來呈現的歷史與文明進化觀了。葉慈在其《靈視》一書，推演其 "gyre"（漏斗般旋轉體）的歷史文化進化觀。其大意謂，歷史與文明的進化為一個 "gyre" 涵蓋著另一個 "gyre" 而不斷前進，前後兩個 "gyres" 的錐體尖端在中間交接，故前一個 gyre 涵蓋並滋生著後一個 "gyre" 的許多文化因子，而後生的 "gyre" 的文明則沿著前行文明的反面而進行，如 "gyre" 之向外迴旋或相反的向內迴旋而行；而每個 gyre 所橫跨的時間為二十個世紀。葉慈這說法與辯證的正反合精神頗有相若。耶穌誕生為 "gyre" 的參照點，居前兩千年的 "gyre"，葉慈稱其文明為 "Babylonian mathematical starlight"（巴比倫數學星光），其下限為希臘羅馬文明的解體；而居後的兩千年的 "gyre"（也就是我們正處於其中的 "gyre"），其文明則稱為 "scientific democratic fact-finding heterogeneous civilization"（科學的民主的求事實的異質的文明）。這首詩寫於一九二〇年，距離這 "gyre" 的末端也不遠了。葉慈潛意識裡即將誕生的新的 "gyre"，新的文明的野獸影像，象徵

什麼呢？也許，獅身象徵強壯的身體與動能，而人頭象徵知性的創造能力，合起來的新文明會帶給人類什麼呢？而它空洞與殘酷的凝視，卻又使人不安。這新的 "gyre"，就如同所有的神秘的影像一樣，其含義都是不可測，模稜，並因不確定而有點恐怖，蓋天機不可洩漏也！然而，最耐人尋味的是，耶穌在伯利恆誕生，而這恐怖的野獸也是走向伯利恆誕生；「二度降臨」是基督教的經典預言，是指耶穌之再度來臨人間以揚善罰惡，現在來的卻是獅身人頭的野獸，寧不瀆聖？誠然，葉慈內心並不皈依於基督教，而其與神靈鬼魄相通的實驗，其獲致的神秘的諸影像，以及其演繹出來的歷史文明等系統，亦與基督教神學大相逕庭。然則，這樣的安排究竟意欲何指？實在耐人尋味。

結語

〈二度降臨〉可說是葉慈詩發展的里程碑。這首詩寫作於葉慈整理他的靈媒經驗的漫長過程中，而詩中的 "gyre"（漏斗般旋轉體）原型意象，內攝了葉慈對人類歷史文明發展的系統理念。葉慈在詩篇外詩意地稱耶穌誕生前的 gyre 為「巴比倫數學星光文明」，稱繼起的我們所處的 "gyre"（止於二十世紀末），為「科學的民主的求事實的異質的文明」，都可謂深得西方文明歷程的精髓，可見葉慈的 "gyre" 文明發展觀，並非僅為神秘系統，而是顯現出葉慈對西方文明洞察的能力。

就詩的美學層面而言，〈二度降臨〉表現出高度的現代性。詩的表達手法近似電影的 "montage" 鏡頭處理，斷裂、濃縮、並置，極富震撼力。事實上，現代主義橫跨詩歌與其他藝術，而現代主義與電影並時而生，有著同一的美學追求，早期的電影工作者，都有前衛實驗的嘗試，甚至對現實有所介入；葉慈稍早與龐德的密切交往，對葉慈這現代主義的發展，或產生一些催化作用。最後，這首詩意象耕耘甚深，放鷹沿 "gyre" 迴旋上升而失控的意象，象徵即將來臨的 "gyre" 之文明的獅身人頭獸影像，都有很強的表義能力，直逼讀者視覺與

內心。最後，這獅身人頭獸的影像與耶穌皆在伯利恆誕生，耶穌基督神聖的二度降臨與這殘酷的野獸的來臨重疊，不免有瀆聖之嫌，這透露了葉慈對基督教教義態度模稜。

餘話

　　葉慈富有宗教的情操，但對基督教的教義未能充分首肯，因之轉而對神秘主義與靈界終生有所探索，研讀了許多神秘主義及鬼靈的著作，加入許多靈驗社團，如「鬼會」（"The Ghost Group"），參與印度冥思活動等等。這神秘宗教層面對其生命境地與詩歌應有一定的影響。他與 Maud Gonne 的戀情，就有神秘的色彩，Maud Gonne 稱他們的交往，是一種靈魂的結合（"spiritual unity"）；舉例來說，Maud Gonne 會在信中說：「昨夜，大概十二點到凌晨兩點，我到你那邊去了，感覺好像前兩天與你在一起一樣（按：前兩天兩人真的生活在一起），你那邊也有反應嗎？」。引文見上一首詩中〈講解〉引用的 Maud Gonne 寫給葉慈的同一書信。然而，這靈界探索的高潮，是他與新婚夫人所作與靈界溝通的神秘經驗。葉慈於一九一七年與比他少近二十五歲的 Georgie Hyde-Lees 結婚，而 Georgie 也熱中於神秘主義。婚後不久，他們就嘗試一種近乎召神喚鬼的神秘實驗與靈界溝通，並經由一種自動書寫（automatic writing）以進行；這靈媒實驗進行長達五年之久，其成果他們記錄為《靈視》（*A Vision*）一書。這神秘實驗在午夜進行，Georgie 把自己引進一種出神的狀態（"in a trance"），仿佛與靈界相通。於是，由葉慈提問，Georgie 自動書寫回應；Georgie 自言，非她所能控制，有若為一種超自然的力量所操縱。這自動書寫斷斷續續的句子，其義不易了解。葉慈的解讀裡，靈界導師是提示他們深奧的哲學與歷史的系統，諸如客觀與主觀世界的不斷更迭，歷史的進

化以相位（如我們常說的初三初四蛾眉月、半月、滿月等，即為不同的月相位）及對立進行等，而葉慈把這些思維轉化為幾何圖形表達，諸如階段與相位（phases）、錐體（cones），與漏斗般旋轉體（gyres）等。這些深奧神秘的圖像，提供了葉慈文學豐富的原型意象，以及歷史文化系統與變化的象徵。此神秘實驗開始於一九一七年，前後三至五年，因孩子出生事忙而終止；但葉慈的解讀，整理需至一九二四年才初步完成，到一九三一年成書。對於這靈媒般的自動書寫，有陰謀論之說。這說法以為這是出自 George 的騙局，原因是葉慈婚後並不快樂，故以此靈媒實驗引開葉慈對 Maud Gonne 仍有的思念，並提供一些意象給葉慈創作詩歌之用。當然，在這個過程裡 George 不知不覺地進入了出神狀態，產生意想不到的神秘效應。葉慈一回說，這靈媒般的自動書寫所呈現的是 George 的潛意識世界。我個人的看法與上述詮釋有別，把重點移到葉慈本人身上。那即是說，葉慈利用這個機緣，以自動書寫的潛意識素材作為支撐，結合自己的神秘主義知識與經驗，用自己的理性思考，利用他原有的知識與當代觀察，建構其哲學與文化觀以及歷史進化的相位與系統，並同時以幾何形圖像表達，以後更轉化為他詩中的原型意象。他對自動書寫的不可了悟的原始資料，經過十年時間的艱難解讀，終成為《靈視》一書，即為此交匯融合的過程。

61 | 航向拜占庭
威廉·葉慈

（Sailing to Byzantium, by William Yeats）

1

那不是屬於老人的國度。年青人

互摟在臂彎裡，鳥兒們在樹上，

——那朝向死亡的一個又一個的世代——

鰻魚瀑布，鯖魚群海，

魚群、走獸，或鳥禽，整個長長的夏季，歌贊著

受孕、出生然後死去的一切。

此刻全被感官的音樂所抓住，毫不介懷

可流傳久遠的知性紀念碑。

2

老年人只是沒用的東西，

一件破衣掛在手杖上，除非

靈魂鼓起掌而歌唱，

為這可朽的衣裳每一破片高聲歌唱。

這裡沒有歌唱學校，只有

龐大於自身的紀念碑可供研究。

所以我航海而來至

拜占庭聖域。

3

啊！聖哲們，站在神的聖火裡，

一如牆上黃金的細工嵌畫所見，

請自聖火中降臨，錐體般旋轉降臨，

作我靈魂的歌唱導師。

吞掉我的心吧！那心，病於慾望，

自縛於死亡中的動物身軀，

不懂得自己是什麼。請把我融入

永恆底巧工裡。

4

一度來自自然，我將永不

從物界塑造我身軀的形象；

除非是如此的一個形象，如古希臘金匠

從錘煉精純的黃金所鑄金粉所敷者，

好讓打盹的國王醒寤，

或者放在金枝上歌唱，

告訴拜占庭的貴族與夫人，

什麼已過去，正過去，或將要來。（1927 年）

解讀

引言

〈航向拜占庭〉是屬於葉慈藝術區塊的一首詩。葉慈父親是畫家，他本人

最初有意於藝術，其後專事詩歌創作。拜占庭是古希臘的城市，以藝術著稱，此即稍後的君士坦丁堡（Constantinople），今日伊斯坦布爾（Istanbul）的所在地。在詩中拜占庭轉化為藝術的王國，表現了葉慈古典主義的一面。同時，葉慈 gyre 的原型意象，也在詩中出現，作為聖哲們從聖火迴旋而下降臨人間的身姿。

講解

　　首節呈現的是一個沉迷在聲色與感官的世界。首句「那不是屬於老人的國度」的「那」（"That"）字，代表「說話人」（addresser）對這國度保持距離，表示他不屬於這國度。在這國度裡，年青人，魚群、走獸，鳥禽，歌唱著屬於自己的青春的歡樂歌聲。「走獸」原詩用 "flesh" 代替，以與 "fish"（魚群）作諧音。「鰻魚瀑布，鯖魚群海」（"The salmon-falls, the mackerel-crowded seas"）暗示著豐饒繁殖的狀態。「受孕、出生」意味著這感官的歌聲（"sensual music"）也是情慾之聲。「──那朝向死亡的一個又一個的世代──」，筆調沉靜地點破了這歡樂的表面；這些歡樂只是生物的自然節奏：受孕、出生然後死去。「此刻全被感官的音樂所抓住，毫不介懷／可流傳久遠的知性紀念碑」。這含攝著倏忽的感官世界與永恆的知性的對比。值得注意的是，詩人不滿足於這倏忽的感官世界而走向永恆的藝術王國，故航向拜占庭；那麼，「知性」（intellect）就屬於藝術的內部元素；這是古典藝術的特質，並一直支撐著後世嚴肅的文學。但我們必須了解，「知性」這個詞彙的意義是非常豐富的，而文學的「知性」是和文學的「感性」（sensibility）融合一起的，即使是偏向「知性」的文學文本。

　　第二詩節可分為兩個小節。「老年人只是沒用的東西，／一件破衣掛在手杖上，除非／靈魂鼓起掌而歌唱，／為這可朽的衣裳每一破片高聲歌唱」。在這個複合句裡，轉折詞「除非」是關鍵所在，而重點應該在句子的後半。句子

前半是對老年的貶抑，但老年的處境是可逆轉的，只要我們為生命的破片鼓掌高歌，這老朽的生命就可獲得救贖。然而，這首詩並沒沿這個救贖方向發展，而「破衣掛在手杖上」這一個傳神的意象，只是作為前面青春的生命對比。我個人認為，為生命的碎片鼓掌高歌，正在老去的葉慈潛意識裡隱約湧動。這湧動必須等到下一首〈自我與靈魂的對話〉才正式登臺。於是，下一小節「說話人」航向拜占庭，追求藝術的永恆，以救贖這老邁的生命，以對抗首節的青春歡樂但倏忽的世界。這裡有一個不易分辨但必須分辨的差別，那就是自我「歌唱」與「研究」紀念碑的差別。前者是主動的，是「主體」生命的自我抒發，而後者是被動的，以「客體」為思維中心的所在。

第三節語調改了，不再是首兩詩節的自言自語，而是向著站在聖火中的聖哲們呼喊：「啊！聖哲們，站在神的聖火裡，／一如牆上黃金的細工嵌畫所見，／請自聖火中降臨，錐體般旋轉降臨，／作我靈魂的歌唱導師」。由於「一如」（原文 "As"）一詞，我個人認為，聖哲們並非從壁畫裡迴旋下來，而是從空靈處降臨；壁畫中聖哲們在聖火裡的場景，只是一個「模擬」（mimesis）。換言之，詩人與天國的聖哲是直接交會，就像基督教徒所經驗的與神的直接往來。無論如何，詩人此刻請他們從聖火中降臨他身上，作為詩人靈魂歌唱的導師。聖哲們如 "gyre" 般迴旋而下，真是神奇而壯觀；葉慈在靈媒經驗裡獲得的神秘的 "gyre" 意象，此回發揮了它的神奇性。在西方的認知裡，"mind" 與 "heart" 是相對待的；要獲得知性，就得把 "heart" 吃掉；詩人把 "heart" 描寫得真好：「病於慾望／自縛於死亡中的動物身軀」。"Heart" 不懂得自己是什麼，沒有自我認知的能力。"Heart" 屬於身體，倏忽可朽，因而詩人最後請求聖哲們把他融入永恆底巧妙的製作裡。

末節接著永恆的母題：「一度來自自然，我將永不／從物界塑造我身軀的形象」。這表達鏗鏘有力，蓋自然是倏忽變動的世界。如同首節，此處經由 "but"（除非）這一轉折詞，說「除非是如此的一個形象，如古希臘金

匠／從錘煉精純的黃金所鑄金粉所敷者」。原文 "Of hammered gold and gold enameling"，巧妙地疊用 "gold" 字，產生豐富的音效與視覺的效果。同時，"hammered"（錘煉）與 "enameling"（塗金粉）表示古希臘金匠千錘百煉的製作工藝。為何要純金製成？在所有金屬裡，黃金最持久不變，可視作與永恆毗鄰。是什麼藝術形象呢？是鳥的形象。目的為何？「好讓打盹的國王醒寤，／或者放在金枝上歌唱，／告訴拜占庭的貴族與夫人，／什麼已過去，正過去，或將要來」。這就是葉慈的古典主義：詩人像永恆的金鳥在金枝上歌唱；告訴世人，什麼已過去，正過去，或將要來。這就是詩人的位置。我願意強調詩人洞察未來的先知者能力，有點像司馬遷所說的「究天人之際」的洞察力。讀者只要視覺地比較一下金鳥與浪漫主義的夜鶯，兩者差異即可得見。場景設在拜占庭的宮廷，因為這首詩是航向拜占庭，所以金鳥歌唱的對象，不得不是國王，貴族與夫人。我很喜歡「打盹」這個詞語，詩人的用心不言而喻。

結語

航向拜占庭就是航向藝術的王國，追求藝術的永恆，救贖肉身的倏忽消逝。詩中呈現了感官世界與永恆浴於聖火的聖哲世界的強烈對比。詩人呼喚聖哲們從靈界或拜占庭壁畫降臨到詩人身上，或體現詩人昔日的靈媒經驗，而聖哲們以 gyre 的迴旋而下，再度呈現了這 gyre 意象的神秘性。

這首詩代表了葉慈的古典主義。詩人就像金枝上的金鳥，向世間歌唱著什麼已過去，正過去，或將要來。詩人扮演著預言者的角色，這也是古希臘的文學理念；從東方的角度而看，詩人也同時是最哲學的歷史學家，也就是司馬遷所說的「究天人之際」的洞察力。

62 自我與靈魂的對話

威廉‧葉慈

（Dialogue of Self and Soul , by William Yeats）

靈魂：我召喚出那迴旋入荒遠的梯子：

請把你所有的思維置於那陡峭的上升，

於那破碎而毀裂的城堞，

於那使人窒息的星光的穹蒼，

於那刻記著隱秘天極的那顆星；

請你把所有遊蕩的思維固守於

那所有思維均告完成的區域：

然誰能分辨黑暗與靈魂？

自我：那奉獻的寶劍在我膝上，

那是佐藤古老的寶劍，一如昔日，

利如鬍刀，亮如鏡子，

歷盡世紀而絲毫不損；

那花飾的、絲質的，古舊的刺繡，

撕自宮人的衣裳，纏縈

層層，密封著那木製劍鞘，

刺繡殘破，卻仍黯淡地保護著裝飾著那劍。

靈魂：青春遠逝的人其想像為何竟

憶起那些象徵愛情

和戰爭的情事？
請沉思那荒遠的夜：
假如想像能嘲笑現實，
理智能嘲笑想像之游移不定，
從此到彼又到其他事物上，
那夜卻能領你脫離生與死的罪惡。

自我：Montashigi，那家族的第三代，
五百年前鑄造了它。周邊圍繞
不知來自何人刺繡的花朵——
那是心之紫色——我把這
擬作白日的象徵來對抗那迴梯之塔——
黑夜的象徵；
並以戰士的權利要求
一紙特許狀去再犯一次罪惡。

靈魂：如此豐盛從那區域流瀉，
並流入思維的底層，
則人會被打擊成聾啞而盲。
智性不再懂得辨別
是與應該，知識主體與知識對象——
那就是說，必須上升到天國，
只有死亡才能被寬宥；
但當我想及此我的舌頭成了石。

自我：一個活人是盲目並啜飲著自身生命的點滴。

如果那些壕溝不純淨又有何妨？

如果我再活一次又有何妨？

人總是忍受著成長的痛苦：

童年的受辱，

成長為成人過程的苦惱，

尚未完成的人與自身的痛苦

面面相對，以自身的笨拙。

完成的人仍得身陷對敵群中？——

在天國的名義下就能躲開

那污穢而殘缺的形象？

鏡中惡意的眼睛，

反射到他眼底，直至最後

他想那形象必然是自己的形象。

而逃避又有什麼好處，

如果在冬季的疾風裡榮譽找上了他？

我滿意於再活一次，

並且再一次，即使生命被

投入那盲男人壕坑的蛙卵裡，

一個盲人亂打著一群盲人；

或者投入那最肥沃的壕坑。

男人往往作出蠢事，

並為此而痛苦，那就是他求愛

向一個與他靈魂不相屬的驕傲女人。

我滿意於追溯事物的本源，
無論它是行動上或思維上皆然；
量度命運，寬恕命運，
當如此我擺脫了悔恨，
一大股甘美流入胸間；
我們必須笑我們必須歌，
我們為任何事物所祝福，
我們目之所及的所有事物同樣被祝福。（1929年）

解讀

引言

　　形體與靈魂的對話，是古老的主題。然而，想到葉慈一生與 Maud Gonne 的靈與肉的糾纏，這個主題便顯得不尋常。這首詩的深度，個人的抒情，與象徵手法可謂登峰造極。在這首詩裡，葉慈的神秘 "gyre" 意象，用英國建築的塔（"tower"）及其迴旋上升的樓梯（"winding stair"）來呈現，表示上升到永恆的夜，所有思維完成的領域。但此 "gyre" 意象所用語言，其關鍵處意義似乎有所模稜；我個人認為，有點沙特所說的 "bad faith" 的味道；所謂 "bad faith" 者，心裡兩個矛盾思維同時進行，而自己對自己此刻所表現的信念也沒有絕對的信心；故象徵感官與肉體的東方寶劍與其裹鞘的刺繡發聲時，得以逆轉其論辯。詩結尾處，形體與靈魂的對話以「正反合」的「合」作結，調和二者而以宗教意味的智慧出之，使人為之廓然開朗。我國魏晉期間，引進佛學，而佛學界往

往有論辯之會；陶淵明處此文化環境，寫有〈形影神〉一詩，內容涉及靈識與形體的課題，本講解〈餘話〉處，略作比較，以見東西生命情境之追求及智慧之所及。

講解

在這首詩裡，靈魂與自我有如華山論戰，各出法寶。靈魂先出招：「我召喚出那迴旋入荒遠的梯子」（"I summon to the winding ancient stair"）。"summon" 就是把特有的東西召喚出來以作為某種支撐之意。葉慈再一次使用神秘的 "gyre" 意象，責令自我的思維沿著這 "gyre" 意象，沿著那陡峭上升的梯子，過城堞，入雲霄，終至穹蒼最荒遠最隱秘為北極星所標志之處，也就是「那所有思維均告完成的區域」。「然誰能分辨黑暗與靈魂？」這句話語義模稜，是說黑暗與靈魂不易分辨，但差之毫釐，謬遠千里？還是說黑暗與靈魂恐難分辨，即兩者實為一體？

自我反制之武器則為寶劍及裹紮劍鞘的刺繡，作為感官世界的象徵：「那奉獻的寶劍在我膝上，／那是佐藤古老的寶劍」。「奉獻」是說那寶劍原為獻給君王貴族，故下接宮人。為何在膝上？蓋此為日本武士刀也。刺繡，撕自宮人的衣裳；我們可以想像，宮廷裡領軍的武士戰勝歸來朝覲國君，某宮人撕下一片衣裳擲下賞賜，而武士即當場以之裹紮劍鞘，何其浪漫也。如今寶劍，「一如昔日，／利如髯刀，亮如鏡子，／歷盡世紀而絲毫不損」；意謂感官世界並不如靈魂所說的那樣倏忽，亦可獲致持久，甚至永恆。我們得注意，在西方文化的表義系統裡，西方往往代表知性與思維，而東方則為感性與感官世界。何以日本武士刀？原來，葉慈獲贈武士刀於友人佐藤。換言之，葉慈把一把尋常的武士刀轉化為昔日獻給王侯的寶劍，虛構出浪漫的武士軼事，以象徵自我與感官世界的迷人與浪漫，以及其剎那即永恆的可能。我上回在〈航向拜占庭〉講解中說，葉慈詩句「為這可朽的衣裳每一破片高聲歌唱」，即可救贖逝去的

青春生命；而在這首詩裡，葉慈似乎回應了這個救贖的可能。

　　接著在第三詩節，靈魂對自我的寶劍與刺繡作出回應：「青春遠逝的人其想像為何竟／憶起那些象徵愛情／和戰爭的情事？」。真是高手過招，自我一出手，靈魂就立刻知道其意所在：那劍那宮女的刺繡乃是愛情與戰爭的象徵，是軀體的浪漫與體力與榮譽的象徵。靈魂提醒他已早生華髮！接著，靈魂換了一個象徵，那就是沿著 "gyre" 上達的荒遠的夜，說「那夜卻能領你脫離生與死的罪惡」。意思是說，生是罪惡，而夜能帶領自我超越生死的輪迴。靈魂在發聲中，加入了現實、想像、知性三者構成的位階，由下而上；「想像」會嘲笑現實的無助與僵固，而「知性」會嘲笑「想像」的游移不定，唯「知性」得臻完美之永恆。這個論辯的小枝丫，為這首詩加重了它的哲學性。

　　第四詩節自我繼續他的命題。沒錯，刺繡的花朵，是心之紫色，是愛情。那劍那刺繡，是用來「擬作白日的象徵來對抗那迴梯之塔——／黑夜的象徵」。此刻，我們面前彷彿是兩套對峙的象徵系統正在交鋒。接著，自我勇敢犯難說，「並以戰士的權利要求／一紙特許狀去再犯一次罪惡」；直接迎接靈魂的命題：生之欲乃是罪惡。可謂氣勢逼人。

　　第五詩節輪到靈魂再發聲。此回不再以象徵交鋒，而是用更知性的語言，挑戰自我的定位。首先，感官與知性是對立的，當感官區域（愛情與戰爭）溢滿流瀉到知性區域的底層，則人會變成聾啞而盲，而知性則失去原來的能力。此時，「知性不再懂得辨別／是與應該，知識主體與知識對象」（"For intellect no longer knows ／ *Is* from the *Ought*, or *Knower* from the *Known*."）。猶記昔日授課時，問及學生能否分辨 *"Is"* 與 *"Ought"*, *"Knower"* 與 *"the Known"* 時，學生往往搖頭以對，然後是哄堂大笑。可見，靈魂對人底知性的要求是很高的。靈魂的結語當然是請自我提升到天國的高度，並重複陳述生之罪惡，謂只有死亡才能被寬宥。有趣的是靈魂的結句，在意義上也不免是模稜的：「但當我想及此我的舌頭成了石」（"But when I think of that my tongue's a stone."）。就猶如所

有的「喻況」都不免模稜，「如石」這一個「喻況」，可解作「堅如磐石」的堅決肯定，也可以有舌頭打結吾欲無言的聯想，也就是前面所說的沙特的 "bad faith"。

最後一節是自我的發聲。這樣的安排自然讓自我在辯論中得勝。自我的結辯手法是推向反的極端，然後逆轉過來，達到更高層次的合。即使生命是理盲，如果生命是罪惡，再活一次又何妨？人的形象本來就是殘缺的，又怎能「在天國的名義下就能躲開／那污穢而殘缺的形象？」。接著，葉慈用了一個出色的意象來表達：「鏡中惡意的眼睛，／反射到他眼底，直至最後／他想那形象必然是自己的形象」。人都不願意承認自身的殘缺，但終究被迫承認這事實。到此，自我的論辯再向反面推進到底，然後逆轉為一個生命的肯定與歌頌。「我滿意於再活一次，／並且再一次，即使生命被／投入那盲男人壕坑的蛙卵裡／一個盲人亂打著一群盲人；／或者投入那最肥沃的壕坑」。自我把情慾作了最骯髒而醜陋的描述，把生命作了最殘酷的描述；然而，我滿意（不僅是願意）於再活一次，並且再一次。接著是一個對愛情無端無奈無理的淒涼的句子：「男人往往作出蠢事，／並為此而痛苦，那就是他求愛／向一個與他靈魂不相屬的驕傲女人」。這裡含有一個矛盾，既然靈魂不相屬，他為什麼會向她求愛？難怪希臘神話裡，愛神是一個淘氣鬼，而且亂射愛情之箭。她，又偏偏是一個驕傲的女人！唉，氣人也！我們不免會聯想會問：這是葉慈對其愛戀一生的 Maude Gonne 的靈光一閃的剎那的反思？剎那的醒悟？也許，我們真的要從有情世界覺醒過來；然而，「覺有情」意謂菩薩，我們究竟是凡人啊！

在此節中的最後結尾，自我的聲音從激昂轉為略帶沉思的緩和調子。當自我「滿意於追溯事物的本源」，他就跳躍到一個超越從前的境地；他領悟到命運之不可抗拒，並原諒命運，眼前瞬間廓然開朗：「量度命運，寬恕命運，／當如此我擺脫了悔恨，／一大股甘美流入胸間」。此刻真有荒漠甘泉的感覺。此刻頓悟後的「我們必須笑我們必須歌，與前〈航向拜占庭〉（"Sailing to Byzantium"）的「為這可朽的衣裳每一破片高聲歌唱」是不一樣的，前者是一種愉悅，後者則是生命的救贖，並不免帶有點歇斯底里的況味。這生命的領悟，這笑與歌，背後是純然的宗教情操：「我們為任何事物所祝福，／我們目之所及的所有事物同樣被祝福」（"We are blest by everything，/Everything we look upon is blest."）。無論每一人或物的命運如何，我們是活在祝福中。這結尾是靈魂與自我對話「正反合」辨證過程中的「合」，是超越正反矛盾而跳躍到更高層次的融合。

　　最後，說明一下一個中譯。此節中的「尚未完成的人（"unfinished man"）與自身的痛苦／面面相對，以自身的笨拙。／完成的人（"finished man"）仍得身陷對敵群中？」，我用了字面譯，讓讀者直接對「尚未完成的人」與「完成的人」直接領悟與解讀。葉慈原文的 "unfinished man" 與 "unfinished man" 意義上顯然超過生未成年及成年的意涵，其含義模稜而豐富。簡單來說，這完成與未完成的含義，必然牽涉到個人生涯與事業成就，甚或個人抱負與生命情境。

結語

　　葉慈〈自我與靈魂的對話〉把這個命題與象徵表達推向最高峰。在這首詩裡，葉慈為靈魂與自我創造了各自的象徵系統以表達他們的理念。前者是葉慈反覆出現的 "gyre" 意象，此回以迴旋上升的梯子來表達，以及 "gyre" 相屬的的塔與夜，代表知性的完美的永恆世界；後者則是東方的寶劍與刺繡，代表愛情與戰爭，代表感官世界，雖倏忽，但剎那亦可變成另一種永恆。自我與靈魂的對話與交鋒，一方面是以象徵的法寶進行，一方面也在這些象徵所表達的理念中進行，真是難得。

　　這首詩的論辯，也就是這個靈與肉、理性與感官的論辯，是以正反合的辯證進行，而論辯的結尾，也就是其超越矛盾的更高層次的合。那合是生命的肯定，生命的領悟，是一種帶有宗教意味的智慧。「我們為任何事物所祝福，／

我們目之所及的所有事物同樣被祝福」。萬物是活在祝福中。葉慈這宗教結尾，可回溯至華茲華斯〈汀潭修院〉中所表達的萬物祝福的氛圍：「我們目之所及／都是滿盈的祝福」（"all which we behold/Is full of blessings"），兩者相若，輝映千秋。

餘話

葉慈這首以靈肉二元辯證為基調的詩作，讓我們想到陶淵明的〈形影神〉這首與之類似而各有所趣的詩。葉慈這首詩經過正反辯證後的合，富含宗教意味；當自我追溯事物本源後的頓悟，領悟到世界萬物冥冥中給祝福著，亦可視為類似「與萬化冥合」的宗教經驗。

陶淵明處於佛教傳入中國並道家化之魏晉時代。其時，有慧遠大師，宣揚佛法，闡「形盡而神不滅」之旨。陶淵明作〈形影神〉詩，闡述其融匯儒釋道又加入個人生命情調之生命觀。論者有謂陶詩或因慧遠所說而發。近人楊勇說，「遠公以佛說四大皆空，唯神識不滅立論，淵明則明道家自然委運之理」。陶詩分形贈影、影答形、神釋三則，「形贈影」中論肉身之不可恃，「適見在世中，奄去靡歸期」，遠不如「天地長不沒，山川無改時」；「影答形」則言「身沒名亦盡，念之五情熱。立善有遺愛，胡為不自竭？」，在此「影」可視為儒家名教立德立言立功價值觀的代表，認為既然肉身有時而盡，不如竭力於立善。以上經過形與影的論辯之後，神釋兩者之惑：「三皇大聖人，今復在何處？」、「老少同一死，賢愚無復數」。總之，形盡無處追尋，生前汲汲營營，身沒名亦盡；那麼不如「縱浪大化中，不喜亦不懼，應盡便須盡，無復獨多慮」，從而超然於物我及形體限制之上而得精神之自由逍遙。

在此「神」指的是神識，而非宗教意義的神明。陶淵明許多詩談生死，並

不曾深入於哲學或宗教領域，就像儒家敬鬼神而遠之，未知生焉知死，六合之外的事情存而不論。他也排斥道教練丹求長生成仙。也不曾說形盡而神何所歸，只見其詩句「死去何足道，托體同山阿」表達一種回歸大地順其自然的態度。

雖說淵明並不存宗教意義的神明，但他卻藉神識言：「大鈞無私力，萬理自森著。人為三才中，豈不以我故。與君雖異物，生而相依附」。形影神相依附，而人之能位列天地人三才之中，乃因有此「神識」故；而在「神識」之上顯然還有一個形而上的「大鈞」，無私無為而萬物森然，自生自滅。這「大鈞」幾可等同葉慈詩的「事物的本源」；而淵明「縱浪大化中，不喜亦不懼」的自在超然，不正是葉慈所謂「量度命運，寬恕命運」，不再對立，不悔不恨，萬物都在祝福中的境界嗎？

可以說陶詩經過形影神的正反辯證來到「合」的層次，竟然與葉慈詩的旨趣不謀而合，真可謂東西輝映憑添佳話。

63 政治
威廉・葉慈
（Politics, by William Yeats）

在我們的時代，人類的命運以政治詞彙來呈現它底意義。
——湯曼斯・曼

那女郎站在那裡，我怎能
固定我的注意力
在羅馬或者在俄羅斯
或者西班牙的政治？
雖然這裡有一旅人，
他確知他講的是什麼東西，
而這裡有一個政治家，
他曾讀書並且思考，
而也許他們所講都是事實，
關於戰爭以及戰爭的警鐘。
但啊！願我重獲青春，
把她攬進我的臂彎裡。（1938年）

引言

先說寫作的歷史背景。愛爾蘭於一九二二年獲得憲政上的自主獨立，成為英聯邦內的愛爾蘭自由邦（Irish Free State），葉慈被邀請為參議員，前後兩屆共六年，積極參與國政。我們可以想像，這個參政經驗促使葉慈特別留心國際形勢，而本詩寫於一九三八年（葉慈翌年逝世），詩中特別提到義大利、俄國、及西班牙三國的政治狀態。其時，義大利處於墨索里尼執政的法西斯年代；一九三五年，義大利向外擴張，發動戰爭，翌年攻占阿比西尼亞（Abyssinia），為第二次世界大戰掀開序幕。俄國十月革命發生於一九一七年，接著是內戰，最終於一九二三年成立蘇維埃體制的蘇聯（Soviet Union）。西班牙內戰始於一九三六年，軍頭佛朗哥結合國內右翼及其他反動分子，從摩洛哥領軍渡海，企圖推翻一九一六年二月獲得選舉勝利的左翼合法西班牙共和國。內戰期間，雙方皆尋求國際支援，最後合法的共和國被軍政府推翻。其中最為世所稱道與感傷者，為幾無裝備的國際志願兵團（International Brigades），先後共四萬個懷抱理想正義的年青人，參與共和國保衛戰，前仆後繼，犧牲慘重，把生命與熱血揮灑在異國戰場上；也是因為這史詩般的英勇行為，西班牙內戰永遠為世人所懷念所謳歌。

本詩的結構，建立在青春愛戀與戰爭警報的張力上。詩人表面上說，即使此刻世局混亂而瀕臨戰爭，年邁的他寧願重獲青春，把眼前的少女攬在臂彎裡，但實質上是要把這危險的國際形勢，以這樣的側筆呈現出來。這兩面手法，有如中國武器中的三節棍，詩人執其中，而兩側任意揮打。

講解

　　正文之前，詩人引用了德國小說家湯曼斯・曼（Thomas Mann）發人深省的警語：「在我們的時代，人類的命運以政治詞彙來呈現它底意義」。（"In our time the destiny of man presents its meanings in political terms"）。湯曼斯的意思是說，我們處於一個政治的年代，政治理念與體制如雨後春筍般萌生，人類或個人底命運就看它作了怎樣的選擇，而生命的意義就在這選擇裡呈現。

　　詩開頭就是一個帶有張力的表達：「那女郎站在那裡，我怎能／固定我的注意力／在羅馬或者在俄羅斯／或者西班牙的政治？」。青春女郎當前，教我如何把我的心思放在目前的政治上？這個青春女郎當前的尋常意象，卻顛覆了風馳雲湧的國際動蕩環境；詩人筆力，可謂舉重若輕。詩人點出了當前義大利、俄國，及西班牙的政治狀態，使人驚心動魄的應該是它們背後的政治理念：法西斯主義、蘇聯蘇維埃體制、西班牙反動（軍頭）與正義（共和國）的鬥爭。葉慈對政治的態度一直是模稜的，此回似乎也是。然而，我們得注意，其時德國第三共和（Adolf Hitler's Third Reich；即納粹德國）已興起，而葉慈也認知到英國面臨的立刻威脅來自德國，何以闕如詩中？奧秘也許就在這裡。我個人的看法，葉慈對義大利法西斯主義、蘇聯蘇維埃體制、西班牙內戰的正義犧牲，有所觀望，有所猶豫；這些政治新思潮，葉慈尚需時間消化。但對德國納粹就似乎完全的否定，因而不與前三者放在一起。回到當時環境，我們要理解葉慈對義大利法西斯主義的態度。葉慈的晚輩，大詩人龐德就熱衷義大利法西斯主義，大概因其集體主義，以其高度效能干預國家經濟，如對抗三〇年代近乎全球性的大蕭條的績效，恰與龐德的反資本主義，以及古典而保守的政經理念相近。不幸的是，法西斯主義走向極端民族主義，向外擴張，帶來人類極大的禍害。龐德在其史詩傑作《篇章集》（Cantos），在涉及中國上古時，就說在陶唐氏時，乾旱，面臨大饑荒，陶唐氏便打開所有的穀倉，並開銅礦鑄造銅錢分發給子民，讓子民好去領穀食。此可見龐德經濟觀之一斑。龐德的反猶太，

也可說是反資本主義的延伸，龐德視資本主義為高利貸（usury）行徑，剝削貧民，而猶太人在經濟上的壟斷，可謂資本主義的典型象徵。當然，龐德作為一個詩人，他走向法西斯主義，也應該是用以對抗中產階級的庸俗、世俗，與物質主義。龐德並以此理念灌輸葉慈，但葉慈有所保留。也許，我們可以說，葉慈引用湯曼斯‧曼的警語，意謂這些政治取向是擺在人類面前的選擇，而生命的意義就在選擇中。

接著詩人承上說明戰爭警鐘來自政治家與旅人的資訊，真實性很高。有意思的是，這位政治家是肯讀書並且思考的政治家；言下之意是說政治人物往往既不讀書也不思考。詩人採取旅人的話，因為他說的是他親身經歷過的，因而他知道他自己說什麼；言下之意是說，一般人往往只是道聽途說，百犬吠聲，自己都不知道自己說什麼，就如一個常用的英文句子所說的："you don't know what you are talking about"。這背後的人間經驗，這不落痕跡的小小諷刺，使到這些貌似平凡的句子非常耐讀；葉慈之成為大詩人，實非偶然，而是每處都看到他的思維與文字功力。

末尾的句子「但啊！願我重獲青春，／把她攬進我的臂彎裡」（"But O that I were young again/And held her in my arms."。這是一個假設語氣，經由 "But O that I were" 來表達，只是一個不可能的願望。詩人似乎把青春愛情凌駕在時局變幻的關切上，但詩前引用湯曼斯‧曼的警語裡，卻又似乎逆反了這表面的愛情凌駕。這應該是一個模稜而富張力的同時呈現吧！

結語

這是一首一氣呵成而又略有轉折的短詩，呈現了詩人對時局變幻的關切與青春愛戀的懷舊。在表義上比較特殊，詩前所引湯曼斯‧曼關於世局風雲的警語，人類的命運以政治的詞彙決定，與全詩結尾的只願重獲青春，把面前的少女攬進臂彎裡對青春愛戀的緬懷，可說是互為解構，產生一種富有張力的模

稜。同時，詩中所暗中涉及的義大利法西斯主義、蘇聯蘇維埃體制、西班牙內戰的正義之聲，應該是撥動著詩人對人類前程的關切；也因為這樣，這首詩為歷史關鍵的一刻作證，使詩更耐讀，使人不免有所思。

64 | 古哈嵐的慰藉
威廉·葉慈

（Cuchulain Comforted, by William Yeats）

那人有著六處致命的傷口，那人
暴烈而顯赫，在死人群中大步而行——
許多眼睛從樹枝背後窺視然後消失。

一些穿著壽衣的鬼魂交頭接耳，
來了又離去。　那人背靠著樹
彷彿正沉思著其傷口與血。

一個看來有權威的穿壽衣的鬼魂
從鳥形的群儕裡走來，放下
一束麻布。　穿壽衣的鬼魂兩個三個地

匍匐上來，因那人沉默如昔。
攜麻布的一個遂說：
「您底生命將更為甜美如

您遵從古訓縫製一件壽衣；
我們唯一所知的乃是：
武器的鏗鏘使我們心驚。

讓我們替你穿線入針孔，幹喲

就得一起幹喲！」。事畢，那人

拿起最近身的針線開始縫製。

「我們現在要歌唱，盡情去歌唱；

但請先讓我們道出我們的身分。

我們全是認罪了的懦夫，為親屬所懲殺

或驅逐離家而在恐懼中死去。」

他們歌唱。他們歌唱如常，但

唱出來的卻不再是人的音調與語言。

他們已經變換了喉舌而有著鳥之喉。（1938 年）

解讀

引言

我把此詩之標題譯作〈古哈嵐的慰藉〉而不譯作〈被慰藉的古哈嵐〉是因為我認為前者更符合此間現代詩的標題成規與語法，而詩中之關注應是「慰藉」之所在多於「古哈嵐」本身。在我的讀法裡，慰藉之所在乃是這一群為軍令狀所殺或驅逐而死的「懦夫」竟對因殺伐而顯赫的古哈嵐服務，替他穿針引線，勸他縫製壽衣以求生命更甜美，其間所表現出來的人性及文化上的溫厚感。換言之，古哈嵐最終獲得之慰藉乃是回歸於以「壽衣」作為象徵的溫柔敦厚的古訓。

這首詩可看作葉慈戲劇上的傑作《古哈嵐傳奇劇組》（"The Cuchulain Cycle"）的尾聲（epilogue），就讓我們在下面介紹一下《古哈嵐傳奇劇組》的梗概。《古哈嵐傳奇劇組》是以愛爾蘭本土凱爾特傳說（Celtic saga）古代英雄古哈嵐（Cuchulain）為題材的劇作。全劇由五個不同先後寫成的單劇組成完整系列，先後寫於一九〇三至一九三八年間；稍早的單劇在成立不久的愛爾蘭劇場演出，其中兩劇更融入日本能劇（Noh）的藝術形式。這五個單劇若以故事為經緯的次序則為：1. "At the Hawk's Well"；2. "The Green Helmet"；3. "On Baile's Strand"；4. "The Only Jealousy of Emer"；5. "The Death of Cuchulain"。這些單劇雖源於凱爾特傳說，然皆自成格局，涉及死亡、不朽、愛情、妒忌、詛咒、神界介入、戰爭、英雄、榮譽等古代史詩常有的母題，而學者亦有以愛爾蘭獨立運動以及葉慈與 Maud Gone 的愛戀作其中局部之詮釋者。

《古哈嵐傳奇》最後一劇〈古哈嵐之死〉，源於葉慈一八九二年同名的九十六行的詩作；此劇初稿於一九三八年之秋而於當年聖誕節之前完成（此日期據 W.B. Yeats, Selected Plays, edited by A.W. Jeffares, 1964），而〈古哈嵐的慰藉〉則寫於翌年一月十三日（此日期據 W.B. Yeats, The Collected Poems of W.B. Yeats, 1956）。此詩書寫之時，距葉慈之死已不遠（死於同年同月二十八日），故在這一意義上，此詩可看作葉慈對古哈嵐系列的總結。

最後，根據 Dorothy Wellesley 的陳述，葉慈此詩源於一九三九年一月的夢境。那麼，就佛洛伊德的夢理論而言，夢者與夢中主角往往有所認同（identification）。換言之，這首詩也是葉慈自己生命的投射。

講解

在詩篇體制上，這首詩以三行為一小節，其句法的的特殊處是其通篇的跨節的詩行。末尾則是單行句，特別醒目，扮演結語的功能。至於尾韻，看來沒有傳統的規則樣式，但各行行尾仍有斷續的諧韻。

古哈嵐的悲劇英雄形象以及死後的場景，一開首就在簡練有力的詩句裡呈現：「那人有著六處致命的傷口，那人／暴烈而顯赫，在死人群中大步而行——／許多眼睛從樹枝背後窺視然後消失」。古哈嵐的悲壯與顯赫清晰地與其他鬼魂區隔開來，鬼魂們僅敢躲在樹枝背後偷窺，不敢靠近；古哈嵐與其他鬼魂的生命層次顯然不可同日而語。接著的描述，「一些穿著壽衣的鬼魂交頭接耳，／來了又離去。／ 那人背靠著樹／彷彿正沉思著其傷口與血」。同樣刻畫了古哈嵐的英雄形象以及與其他鬼魂的分隔。我個人強調這個分隔，因為以後這是詮釋上的一個關鍵問題。

接著是小小的戲劇性的變化。穿著壽衣的鬼魂們躡手躡腳地把縫製壽衣用的麻布擲放在古哈嵐面前。「您底生命將更為甜美如／您遵從古訓縫製一件壽衣」。這讓我們覺得古哈嵐此刻還是在生死的彌留時間，等到他縫製並穿上壽衣，才過渡為死者為鬼魂。這古訓有點神秘色彩。在陽間親人為死者穿上壽衣，在陰間死者卻得再次為自己縫製壽衣；那麼，陽間的禮儀只是陰間禮儀的模仿與象徵而已。

這禮儀會使死者的生命帶來甜美；那麼，這自製壽衣其象徵為何？我們推想，應該是一種自我救贖，因而得到靈魂的安詳與甜美。接著上句，穿壽衣的鬼靈說，「我們唯一所知的乃是：／武器的鏗鏘使我們心驚」。這當然是針對殺伐一生的史詩英雄古哈嵐而言，這救贖的良方就是古訓的智慧，也就是老子所說的：「兵者，不祥之器也」。武器的鏗鏘，只是一個象徵，可以根據不同的人生際遇，輻射到其他的生命層面的救贖上。

於是，這些穿壽衣的鬼魂為古哈嵐穿針引線，而我們這位悲劇英雄也就拿起身邊的麻布縫製壽衣。接著是一個戲劇常用的洩露身分的手法：「我們現在要歌唱，盡情去歌唱；／但請先讓我們道出我們的身分。／我們全是認罪了的懦夫，為親屬所懲殺／或驅逐離家而在恐懼中死去」。一個英雄與懦夫的強烈對比就在古哈嵐與這群穿著壽衣的鬼魂間產生。接著，一個怪異的現象出現

了。他們歌唱的卻不再是人的音調與語言，而是鳥的聲音。也許，這時我們才想到他們出場時為鳥形，但卻講著人的語言，及至此刻歌唱時才變為鳥的聲音。在帶有民俗的這首詩裡，人在陰間經過多重的蛻變。進入陰間之際，人尚未真正死去，而是在受傷在彌留中。等到縫製並穿上壽衣，可以說是成為鬼魂了。接著是人形到鳥形的變化，而最終是人聲到鳥聲的變化。這梯次的蛻變就是我們前面講解葉慈神秘哲學時所說的「相位」（phases），而這「相位」的概念應是人類觀察月亮從滿到缺到消失得來的吧！

結句「他們已經變換了喉舌而有著鳥之喉」。（"They had changed their throats and had the throats of birds."）呈現了一個詮釋上的關鍵的模稜性。「他們」僅指這群原已變為鳥形的穿壽衣的懦夫，還是包括古哈嵐？兩者意義截然不同。如果包括古哈嵐那就表示英雄與懦夫平等，意味深長，而古哈嵐生前武器鏗鏘殺伐之聲歸於沉寂。如果不包括古哈嵐，那麼古哈嵐仍保持著他自身的歌唱。在前面〈自我與靈魂的對話裡〉，「自我」贏了論辯，而「靈魂」的話「只有死亡才獲得寬宥」此回卻獲得了認證。讀來使人不免有所思。轉化為鳥形與鳥聲時，他們歌唱什麼呢？古哈嵐歌唱什麼呢？那是開放的，每位讀者就讓自己隨性想像吧！

65 大象其配對也徐緩

大衛‧赫伯特‧勞倫斯

（The Elephant is Slow to Mate, by D.H. Lawrence）

大象這龐大而古老的獸，

其配對也徐緩。

雄象找到牠底雌象；牠們

不倉促，牠們等待

那份共感，從牠們龐大而

羞澀的兩顆心緩慢

緩慢地升起；牠們沿著河床

漫遊，飲水與吃草，

與象群一起恐慌地衝越叢林的障礙；

在龐然的寂靜中

睡去，同時醒來，

一語沒說。

兩顆龐大熾熱的心緩慢地

滋長著滿滿的慾望；

兩隻龐大的獸終於秘密交配，

卻一直隱藏著牠們的火。

牠們是最古老最智慧的獸，

懂得最後如何

去等待這孤獨的盛宴，去享受

這份完整的全餐。

牠們從不抓奪，從不撕取；

渾然龐然的血液，

湧動如月之潮，近，更近，及至

牠們相觸於那洪湧。（1922 年）

解讀

引言

　　勞倫斯（D. H. Lawrence）以其小說《查泰來夫人的情人》（*Lady Chatterley's Lover*；一九二八寫於美國）的「性」描寫轟動當時的文學界。勞倫斯的詩在詩壇上也是別出一格，享有盛譽，而此詩則是寫大象的性愛。在目前所謂「後現代」的情境裡，我們開始懂得尊重動物的自然生存狀態，本詩以大象的群聚與物種的特性而敘寫其戀愛及交配，可謂得動物「生態詩」之先。這生態視野或得力於其作為小說家的客觀視覺與白描訓練。此詩源自勞倫斯於一九二二年赴美途中短暫逗留 Ceyron（即今之 SriLanka〔斯里蘭卡〕）；斯里蘭卡為大象之王國，故其宜也。

　　全詩六節，每節四行；而這分節分行，並非根據內容或句法，只是形式上的斷開，作長短行的安排。這形式安排，符合現代詩的新創體制。本詩仍有押韻，樣式為最常見的 ABAB。我的中譯也盡量以長短句為之。

講解

這首詩一開首就點題：「大象這龐大而古老的獸，／其配對也徐緩」。詩人抓住大象的龐大的特色，而這特色貫穿全詩，成為了各細節著墨之處。詩人稱大象為獸（"beast"），也與龐大的聯想一致。龐大的野獸，其交配緩慢持久，也就在想像之中。原詩 "slow to mate" 其義為「其交配也遲」，即大象相識以後甚久才交配。今譯作「大象其配對也徐緩」，不僅呈現大象不急躁的個性，更深得詩中雌雄二象交往與交配過程之韻致，有若樂曲中優雅徐緩的行板。

如動物界之常規，雄象先找雌象。詩人對牠們的相愛寫得出色，讀來很有感覺：「牠們／不倉促，牠們等待／那份共感，從牠們龐大而／羞澀的兩顆心緩慢／緩慢地升起」。大象是群聚的獸，牠們這一雙情侶在象群裡如何自處呢？牠倆在象群裡一同飲水，吃草，在河畔漫游，跨越叢林的障礙；在象群裡一同睡去，醒來，沒有互相講話，默默傳情。換言之，牠倆保密著，等待成熟的時機。

這是前三詩節的劇情。及至，「兩顆龐大熾熱的心緩慢地／滋長著滿滿的慾望」，牠倆終於秘密交配。龐大熾熱的心，滿滿的慾望，是對大象的龐大而著墨。就在此刻（第五詩節），詩人插入對大象的讚美，說「牠們是最古老最智慧的獸」，說「牠們懂得如何／去等待這孤獨的盛宴」。這插話有類第三人稱小說體「敘述者」的闖進故事裡，對正在發生的情事加以評論。末節，也就是這交配時刻的描寫了：「渾然龐然的血液，／湧動如月之潮，近，更近，及至／牠們相觸於那洪湧」。這更是對大象的龐大特質的縱橫渲染了。把雌雄雙象的交配，把牠倆渾然龐然的血液，與月之潮（"mood-tide"），與洪湧（"in flood"）結合一起，彷彿與大地以及大地的律動融為一體。勞倫斯對動物的性描寫，是直接的依實況而渲染，可說是生態自然的。

結語

　　這是一首第三人稱敘寫大象雌雄性愛的生態詩。這首詩有押韻，敘寫簡單清晰。這首詩的特色是不用擬人的喻況，而是基於自然主義（naturalism）或生物之自然，以想像力進入大象的性愛世界，而摹寫之。全詩抓住大象身體龐大這一物種特色，在雌雄追求、相戀、性愛的諸多層面循序著墨渲染，寫來非常出色；同時，也寫出雌雄一對在群體中的隱秘性，符合大象的群聚生態。這是詩人之筆，也是小說家之筆。

　　當然，性愛的描寫是本詩最為殊色的地方。「渾然龐然的血液／湧動如月之潮，近，更近，及至／牠們相觸於那洪湧」。這龐然大獸的交配，緩慢厚重，彷彿融進了大地的律動。勞倫斯六年後寫的《查泰來夫人的情人》第十章的「性」描寫，與這大象的性描寫可謂視覺相通，不知是否有受到前者的啟發？然而，同為自然生態的直寫，然物種不同，自有區隔；就美學而言，或可以秀美與雄渾區隔之。

眾樹

菲利普・拉金

（The Trees, by Philip Larkin）

眾樹正要長出葉子，

就像語言含而未發之際；

新發的芽苞──鬆綻而蔓延，

它們綠的色調是一種悲傷。

是否它們會再生

而我們卻老去？不，它們也同樣會死去。

它們每年看來再新再生的把戲

寫在一圈圈紋理粗糙的年輪上。

然而，騷動的城堡蓁蓁然其

枝葉，繁茂稠密於每個五月。

它們好像說，去歲已逝，

現在是絮絮作響的復甦，復甦，復甦。（1967 年）

解讀

引言

　　拉金（Philip Larkin）是英國五〇年代被稱為 "Movement"（運動派）的本

土與寫實的詩潮流的主要人物。運動派可說是對艾略特、龐德、葉慈所代表的現代主義（Modernism）的反動。運動派在詩風上以觀念的闡明、記錄般的視覺、實證的精神，與理性的思維為其共同的特質；而在辭藻上、語法上，則反對現代主義的國際性、語言的前衛試驗，以及對英語結構的背離。在成長過程裡，哈金無可避免地受到現代主義的多面影響，但不久他便回歸英詩的典範，而在語言經營上則更為精準而純粹；這回歸除了詩流變上必然有的新生代對對前行代的反動外，亦應與他的國家主義（Nationalism）及有感於大英帝國的沒落有關。本詩及下一首皆選自他的詩集《高窗》（ *High Windows,* 1974）。在我心目中，這兩首詩呈現了其運動派鄉土寫實，以及與此相表裡的清晰簡練的結構及文字風格。這也就是我選讀這兩首的原因。

講解

這一首短詩寫於一九六七年六月。全詩共十二行，而結構上可分為三節，每節四行，皆以句號作結。音律（metrical pattern）則為每行由四個抑揚步（iambic foot）構成，其押韻樣式為 ABBA，兼具工整與流暢。

這首詩一出手就不平凡。「眾樹正要長出葉子，／就像語言含而未發之際」（ "The trees are coming into leaf / Like something almost being said." ）。語言簡練精純，而其中的「喻況」同時深得自然（喻旨；tenor）與語言（喻依；vehicle）的神韻。這「喻依」帶有語言哲學的意味，我讀來頗有感覺。接著，詩人帶來一點懸疑：我們會問：為什麼葉子蔓延所成的「綠的色調是一種悲傷」呢？

接著的四行可說是一種突轉。它打破了對自然的周而復始的視野。「它們每年看來再新再生的把戲／寫在一圈圈紋理粗糙的年輪上」。樹木與人一樣，都不免老去死去，樹木看來每年煥然一新的更生只是掩飾的詭計，樹的年輪就洩露了這每年老去的事實。詩人的視覺不限於表面的枝葉繁茂，而是進入其內

部的生命結構，而這生命不是浪漫時期的「超越主義」（Transcendentalism）的觀照視野，而是樸素的真實的觀察。這小節可說是一種觀念的批判與闡述。

最後四行卻又是一個回到當下的逆轉。「然而，騷動的城堡蓁蓁然其／枝葉，繁茂稠密於每個五月」。樹木每年煥然一新雖然只是一種騙人的把戲，五月的此刻眾樹究竟還是生意盎然煥發於詩人面前。「騷動的城堡」（"unresting castles"）是「喻況」表達，是指大樹如城堡，騷動則是指繁枝茂葉生長有如騷動。「它們好像說，去歲已逝，／現在是絮絮作響的復甦，復甦，復甦」。末句原文 "Begin afresh, afresh, afresh" 的 "afresh" 源自 "fresh"，重新開始來過之意。但就聽覺而言，"afresh, afresh, afresh" 帶來枝葉不斷開放生長的感覺，是枝葉生長的聲音模擬。我們又如何在中文翻譯裡用字音加以模擬？現在譯為「絮絮作響的復甦，復甦，復甦」，亦算得其神韻，只是「復甦」二字明顯了些。結尾的這詩行代表詩人對英國再生的希望，其時大英帝國已沒落。於是，我們領悟到，前面的「它們綠的色調是一種悲傷」（"Their greenness is a kind of grief"），也同樣是詩人對英國沒落而卻目睹五月裡大樹枝葉繁茂盛放所產生的感喟。然而，這再生的希望是在「它們好像說」（"they seem to say"）的引領下，詩人似乎也對這再生有所期待，也有所懷疑。從美學上來說，這最後兩句開出了一個視覺與知性之間的游離空間，這可是此時的迷人之處；這倒有點像哈代〈世紀的畫眉〉的結尾。

結語

這首小詩，結構上仍有跌宕變化。無論意象及語言都精準簡純。「喻況」更是出色：以「語言含而未發之際」以比喻葉子含苞欲放的狀態，以「騷動的城堡」比喻枝葉繁茂滋生的狀態，深得其神韻。「絮絮作響的復甦，復甦，復甦」（"Begin afresh, afresh, afresh"）更是難得的精純的眾枝葉生長的聲音模擬。

衡諸拉金的國家主義及時代背景，在我個人的閱讀裡，詩中對眾樹的摹寫

或象徵詩人對大英帝國沒落的感喟與其再生的渴望。這國家主義與帝國沒落的感喟，在《高窗》裡的另一首〈向政府致敬〉（"Homage to a Government"；寫於 1969 年 1 月）裡，詩人則換以對帝國海外殖民終結的感喟。〈向政府致敬〉以反諷體（irony）來書寫，但其殖民主義視野清晰不過。

〈向政府致敬〉
明年我們就會把士兵帶回家，
因為沒有錢；那無所謂了。
他們守衛或者維持秩序的地方，
就得讓他們自己守衛或者自己維持秩序了。
我們寧願不工作，就是要把錢
留給自己國內用；那無所謂了。
究竟誰要讓這樣的事發生很難說，
現在已決定了就沒人介懷。
那些地方離我們遠得很，不在這兒，
那就無所謂，而且我們聽說，
士兵駐守在那兒只會製造麻煩。
明年我們就活得心安些了。
明年我們就活在這麼的一個國家，
把士兵帶回來因為沒有錢。
那些雕像會如常豎立在樹木陰蔽的廣場，
看來差不多一如昔日。
我們的孩子們不會知道國家自此已非昔日的國家。
我們此刻能希望的就是留給他們多點錢了。

最後來個餘話。拉金「騷動的城堡」的喻況，讓我想起顏元叔的散文〈夏樹是鳥的莊園〉。枝葉婆娑的大樹真的像一個綠色城堡，鳥雀得以棲身，是鳥的莊園。我個人非常喜愛顏氏這篇散文，尤其是其中樸素的生命感與儒家民胞物與的精神。按：顏文原發表於《聯合報》副刊，後收入其《夏樹是鳥的莊園》一書。

67 | 週五夜宿皇家鐵路大飯店

菲利普·拉金

（Friday Night at the Royal Station Hotel, by Philip Larkin）

大廳高處吊燈盞盞，光線黯淡地灑落，
椅子對著椅子，空蕩蕩，
給塗抹上不同層次的明暗。
透過打開的門，飯廳呈現出
刀與叉更深的寂寞，而
寂靜躺在那兒一如地毯。門房閱讀著
一份沒賣出的晚報。幾個鐘頭過去，而
所有的經紀商都已回到 Leeds 府城，
只剩會議室滿滿的煙灰缸。

不見鞋蹤的走廊上，燈盞燃起。
多孤立啊，就像一座城堡。
信箋，印有飯店名稱，好讓人寫回家
（假如還有家）流放的家書：*此刻，*
夜降臨，浪花在村落背後折疊湧來。（1966 年）

引言

　　哈金這首小詩在藝術表達上是即景的摹寫，筆觸沉靜，幾乎給人靜物畫的感覺。誠然，鐵路大飯店是社區風景的一部分，是人們生活的一個場所；這首詩也就可以歸入鄉土寫實的範疇。

　　值得我們注意的是，詩中所表達的是一種孤寂的狀態，帶有流放或自我流放的意識。詩人似乎並不覺得他屬於這個周遭，這個文化環境。什麼東西讓詩人有這樣的意識與感受？

講解

　　全詩共十四行，分為行數不等的兩節（首節九行，次節五行），因而造成押韻得跨越詩節，成為 ABABCDCDE FGEFG 的特殊樣式。

　　這首詩用現代時態來表達，帶來現場感。我們感覺到詩人保持著某種冷漠，從飯店大廳裡沉默地凝視著周遭。首三行富有畫的品質，顏色有明暗的層次。「椅子對著椅子，空蕩蕩」。這是寫實，同時也是觀者的心理投射。「透過打開的門，飯廳呈現出／刀與叉更深的寂寞，而／寂靜躺在那兒一如地毯」。這晚餐過後無人用餐、無人走動的尋常場景，卻在詩人視覺裡如此特殊如此孤寂；我們驚嘆詩人筆力之餘，不免要問：詩人心境何以如此沉寂？「透過打開的門」一語，讓我們很清晰地察覺到詩人的存在，並隨著他的視覺去感受這周遭：視覺的移動有點像電影鏡頭的移動，從打開的門移到刀叉，以一個拉近的鏡頭在眼前停頓；然後鏡頭從刀叉沉默地沉落地面，久久地停在那兒靜止不動；這讓我們沉湎在這深深的孤寂裡。「門房閱讀著／一份沒賣出的晚報」。人的活動終於出現了，也點出了時間點。接著的場景是當下的會議廳。

英國的大飯店往往設有會議廳，作為經紀商等企業人士及其他高端人士開會之用。「所有的經紀商都已回到 Leeds 府城／只剩會議室滿滿的煙灰缸」。Leeds 是英國西郡（West Yorkshire）的郡府所在地，為當地的文化、金融、商業中心。這更一步點明目前場景的所在地：作為鄉土寫實，所在地必然得點出。我們讀者可以想像，詩人離開了大廳，經過會議廳，停駐一下，然後走向他的旅館房間。這個猜想，在下一詩節開端裡即獲得了證實。

第二詩節。「不見鞋蹤的走廊上，燈盞燃起」。可見他孑然一身，走廊上只有他自己的鞋蹤。「多孤立啊，就像一座城堡」。此刻，詩人應已在他的房間，並不禁在心中呼喊，他所在的這座大飯店就像一座孤立的城堡。接著，詩人面對著大飯店提供的信箋。"headed paper" 是指印有飯店等名稱的專用信箋。詩人說，這些信箋是「讓人寫回家／（假如還有家）流放的家書」。流放（"exile"）的意味最終出來了。最後的句子，「*此刻，夜降臨，浪花在村落背後折疊湧來*」（中譯依原詩用斜體字），視野為之開闊。那視覺印象，也應帶有相伴的聽覺意象吧！浪花在村落背後折疊湧來，帶來的是更悠遠的寂寞流放感，還是無垠的大自然的慰藉？或者兩者兼備？那就不得而知了。

我們開頭問詩人何以如此孤寂？現在我們會進一步問，詩人的流放本質是什麼？在我反覆閱讀上首〈眾樹〉及這首〈週五夜宿皇家鐵路大飯店〉的過程裡，一種詩人自傳式的詮釋方向油然而生；換言之，即以詩人拉金本人的生命情懷來作為兩首詩的最終解釋。拉金帶有右翼與種族主義的思維，這從他與舊日同窗好友 Colin Gunner 於一九七一年的書信往來裡清楚地看到。評論家 Terence Hawkes 說，拉金的詩歌有一種對大英帝國的失落感（loss）。大英帝國沒落前，英國是自得於與他者作區別以界定其優越的英國性（"Englishness"）；沒落後，英國就得回過頭來界定自身以肯定自己了。拉金臨終，遺囑燒毀他寫的日記；所有隱秘便從燒毀中消失（以上拉金資料參《維基百科》Philip Larkin 條：https://en.wikipedia.org/wiki/Philip_Larkin）。燒燬的日記中有沒有這

類的右翼與種族主義的內容，就不得而知了。

　　我在前面〈眾樹〉的解讀裡，我把詩中的情懷稱之為國家主義以及與之相伴的大英帝國沒落的失落感，並佐證以他的詩篇〈向政府致敬〉。沿著這個方向來閱讀這首〈周五夜宿皇家鐵路大飯店〉，就得以解釋詩人孤寂的視覺與自我流放的根源所在；這也就是詩中內涵最終極的地方。

結語

　　拉金的〈眾樹〉與〈週五夜宿皇家鐵路大飯店〉表現了英國五〇年代興起的運動派的鄉土寫實朝向，而拉金這兩首詩可說是其中的珍品。就東方美學而言，這兩首詩都很有意境，而語言簡純而有創意。

　　從詩的意涵來說，從詩人的生命情懷與詩篇相結合的詮釋方向而說，拉金這兩首詩的終極意涵，可說是詩人對大英帝國沒落的感懷與自我流放情懷。

68 | 子宮門前出生考

特德·休斯

（Examination at the Womb-Door, by Ted Hughes）

誰擁有這雙瘦小的腳？　　死亡

誰擁有這粗短毛看來燒焦的臉？　　死亡

誰擁有這還好仍在工作著的雙肺？　　死亡

誰擁有這多肌實用的外衣？　　死亡

誰擁有這不可言說的五臟六腑？　　死亡

誰擁有這令人置疑的腦袋？　　死亡

所有這亂糟糟的血液？　　死亡

這雙低效能的眼睛？　　死亡

這惡毒的小小的舌？　　死亡

這偶爾的清醒？　　死亡

這懸而未決的審判——是一種給予、偷來、還是被抓住？

被抓住。

誰擁有這雨淋與岩石嶙峋的大地？　　死亡

誰擁有這全部的空間？　　死亡

誰強於希望？　　死亡

誰強於意志？　　死亡

強於愛？　　死亡

強於生？　　死亡

那誰強於死亡呢？
我，顯然地。

通過了，烏鴉。（1970 年）

引言

　　休斯是英國的桂冠詩人。他的《烏鴉集》（*The Crow*, 1970）是他最重要的詩作，這首及下一首即選自這詩集。休斯也是兒童文學作家，他的兒童詩或者寫給兒童的詩篇，文字精煉，有深度，也有意境，頗為難得。《烏鴉集》創造了擬人的主角烏鴉，刻畫了烏鴉的生命史，略有史詩的況味，其中含有變形神話、基督教神話的仿諷、強者哲學等豐富內涵。我個人蠻喜歡這本詩集。

　　休斯以《烏鴉集》為代表的詩作，能夠別樹一幟，卓然有成而為學界肯定與贊揚者，乃由於詩中經營出一種原屬於人類的原始的、野蠻的，甚至是暴力的生命態度與精神面貌，以對抗今日文明社會之沉湎於安逸（complacency）而缺乏原始生命力的境況，並在詩風上散發出一份陽剛之氣。

講解

　　此詩篇的形式可說是繼自由詩 （*vers libre*）的餘緒，而略有特殊的經營。左側為問號結尾的詩句，而右側為答案，而答案除幾處例外，皆為死亡。換言之，以形式表意，謂萬物皆存活在死亡的陰影裡。我的中譯保持原詩的形式。

對生長在此間，在試場上身經百戰的讀者來說，這一個子宮門前生死考特別來得有共鳴。出生也要經過考試，考不過就不能出生，就沒有存在。考試的題目似乎經過深思熟慮而有變化。第一組是簡答題，接著來一個三選一的選擇題，然後又回到簡答題去。第一組是針對烏鴉的身體結構發問，第二組則是針對宇宙與大地發問，而兩者都是以「誰擁有」（"Who owns"）這一形而上問題作為問題的核心。接著，轉移問題核心為「誰強」（"Who is stronger than"）。我們不難想像烏鴉考試時之鎮定與自信，因為除了兩個問題以外，其他所有問題的答案皆是「死亡」（"Death"），而烏鴉能把這唯一的答案堅持到底。最後烏鴉通過考試，得以出生。

為什麼出生也要考試呢？其意義為何？因為要能生存，要能應付「這懸而未決的審判」（"pending trial"），當然要有充分的身心準備，否則生下來便會因不適應而死去，豈非帶來絕種的危險。詩人以生命為懸而未決的審判；誠然，個人生命的論定，必須等到蓋棺之日。第一組問題的精華在於一系列的形容詞，暴露了烏鴉同時是人的先天不足：瘦小、醜陋、身體隨時罷工、可置疑、亂糟糟、低效能、惡痛、偶爾的清醒等。這饒有「反諷」（"irony"）的趣味，而這「反諷」指向人類。腦袋是可疑的，並不如我們所誇耀的知性；血液是亂糟糟的，不是什麼澎湃熱血，更遑論《哈利波特》（*Harry Potter*）所說的 "Pure Blood"（「純種」）了；眼睛是低效能的，過遠過近過大過下過亮過暗都看不到，更遑論近視遠視及眼睛疲勞了；人類舌頭的狠毒，更不在話下；而我們只有偶然的清醒，即使學生在課堂上也如此。猶記昔日上課時，每回說到「你們上課時也只是偶然的清醒而已」時，學生都會哄堂大笑。

烏鴉之作為人之象徵，在第四組的問題裡更趨明朗：誰強於希望？誰強於意志？強於愛？強於生？我們注意到，問題從烏鴉同時是人的身體結構此刻移到它或他精神的結構了。希望、意志、與愛是人類精神的支柱，也是生命的意義所在。若我們預先知道這些精神支柱都不免歸於無，就猶如打了預防針，不

至於由於這精神支柱的幻滅而自裁；換言之，也就是為人類種性的延續預作考驗。然而，誰「強於生？」，「死亡」是答案，也是生之底調，一切回歸於死亡，回歸於無，也就是道家所謂的有無相生。

然而，我們的生命來自何方？居前第二節的選擇題裡表達得最清楚：「這懸而未決的審判——是一種給予、偷來、還是被抓住？」。答案是被「抓住」（"held"）。生命不是給予的（上帝給予人生命的宗教假設在此被否定），也不是偷來的，而是在這一刻裡剛剛為你所抓住。這是海德格式的存在哲學——存在就是這一刻裡為你所抓住。「存在」戰勝了「死亡」才得以存在，那是顯然的，否則就沒有所謂「存在」。所以，當烏鴉被問及「誰強於死亡呢」，有力地回答說：「我，顯然地」（"Me, evidently."）。於是，詩以簡而清晰的「通過了，烏鴉」（"Pass, Crow."）作結。

結語

這場出生考放在子宮門前的場景，有生物學的意味，也有人文的氛圍，真是出色。我們甚至可以想像小烏鴉躲在子宮門前蠢蠢欲動的身姿。烏鴉是烏鴉，也是人的象徵。詩篇透過精心設計的考題，觸發我們許多的人文思考，尤其是深入人類種性的思考。這首詩表達了強者的存在哲學，只有強者才能克服自身軀體的先天不足，克服種性內在的精神支柱（如希望、意志、與愛）的幻滅，只有強者才能肩負這生存困境而繼續活下去，讓物種得以延續。這就是這場出生考的存在意義。我個人認為，烏鴉與人同享生命種性的特質，只是人類自我中心把人類放在特殊的位階而已。

此詩在形式上貌似機械，其實機械中有其變化。此詩為某年度臺灣師範大學英語系英詩朗誦比賽的指定詩，在合誦而加以適度變化之下，效果不錯，可見此詩在平實與規律的表面下，仍有其變化流動之美。

69 烏鴉之墜落

特德·休斯

（Crow's Fall, by Ted Hughes）

起初烏鴉為白色時，他認為太陽太白。

他認為太陽白亮得過分。

他認為須擊之敗之。

他奮其力而全身發亮。

他緊其爪而使其怒增。

他以尖喙對準日之央。

他大笑，身心震動大笑

而擊之。

於其戰伐聲中眾樹突然老去，

樹影扁而平。

而太陽更亮——

更亮將起來而烏鴉歸來如炭黑。

他張嘴，而吐氣如炭之黑。

他乃設想說：在上頭

白乃是黑而黑乃是白，故我贏。（1970 年）

解讀

引言

上一首是寫烏鴉的出生，這首則是寫烏鴉之為黑色的神話故事。這是一個變形神話（transformation myth），然所牽涉的不是形而是顏色。事實上，整本《烏鴉集》是詩人休斯創造的一本烏鴉的神話史（Mythology）。

如果上一首表達的是強者的存在哲學，這裡則是我們熟悉的阿 Q 精神，雖然詩篇背後仍迴盪著強者哲學。我們不知道休斯有沒讀過魯迅的《阿 Q 正傳》，然兩者何其神似啊。

最後，詩題「墜落」（"Fall"）一詞，含「墮落」之意，與米爾頓（Milton）《失樂園》（*Paradize Lost*）撒旦（Satan）從天國戰敗「墜落」，從悲劇英雄「墮落」為詭計誘惑夏娃的蛇同一含義。於是，"Fall" 一詞，語義從「墜落」演變為帶有道德與宗教含義的「墮落」。

講解

詩篇一開頭便是烏鴉挑戰太陽的場景，可謂單刀直入。「起初烏鴉為白色時，他認為太陽太白。／他認為太陽白亮得過分。／他認為須擊之敗之」。原文 "decided"（中譯「認為」弱了些）用得很出色，表現強者的氣魄，而且連用三次；所謂一山不能藏二虎，強者哲學也隱含其中了。休斯在此創造了一個小小的神話，說烏鴉本來是白色的，乃因與太陽作戰落敗而變焦黑。

接著是描寫烏鴉作戰時的雄姿，「他緊其爪而使其怒增」，真是神氣畢現。

「他大笑，身心震動大笑」，表示其輕敵之意。而接著「而擊之」，單獨成為一個跨段句子，在詩行的形式上，最為特出；簡潔有力，充分發揮了自由詩體的潛能。

烏鴉與太陽作戰而敗，「眾樹突然老去／樹影扁而平」，側寫烏鴉與太陽大戰的慘烈，有山河為之動容之勢，同時富有洪荒神話的色彩。接著，烏鴉戰敗歸來，太陽更亮，而烏鴉張嘴伸舌，「而吐氣如炭之黑」。烏鴉之所以由白轉黑的神話於此告終。畫面栩栩如生而不乏幽默之趣。

結尾：「他乃設想說：在上頭／白乃是黑而黑乃是白，故我贏」。烏鴉以阿 Q 精神解套；烏鴉的黑白邏輯與魯迅的「兒子打老子」以自解，可謂各有千秋。

結語

全詩創造了烏鴉所以為黑色的神話。烏鴉不滿意太陽太白，欲擊之敗之的心理，與我國神話夸父逐日競跑，有異曲同工之趣。夸父渴而死，而烏鴉則成炭黑。夸父渴死植其杖化為鄧林，寓含了變形神話中「死亡—再生」之原始類型；但烏鴉的表現則屬現代的阿 Q 精神。全詩富戲劇結構，甚至可視之為小戲劇。文字洗練有力，這語言風格對強者形象與戰爭之刻畫，相得益彰。

最後，以宗教或文學的繼承而言，烏鴉挑戰太陽，被打敗而從天空墜落，從勇者「墮落」（"Fall"）為阿 Q，這與米爾頓《失樂園》（*Paradise Lost*）撒旦之挑戰上帝之戰及其後從悲劇英雄「墮落」為狡猾的蛇相類似，可看作是一種淡淡的諷仿。

70 夜降臨時

喬恩·希金

（At Nightfall , by Jon Silkin）

夜降臨，把門打開，而泉水
聖洗著裸身；子宮與它底
嬰兒微弱地相互呼喊著。
母親的奶，清而甜美，
滴自它底柔軟的尖端口。

星星才算數，而它們卻逃離我們；
以我們短暫的人生
來掩卻它們的缺席。而我們死去，
就永遠死去。

我們終於清楚地知道：銀河
噴出茫茫一片的光亮於
其已消逝的位置。星河們
潑出他們的奶。

沒有東西可以持久。

聖洗清澈的水，兩度歡迎：
像兩隻熟練的手相配搭，

或者，像橄欖與

它底油籽。（1976 年）

引言

　　希金是猶太裔的英國詩人。這首詩選自他的小詩集《小小的時間守護者》
（*The Little Time Keeper*, 1976），這本詩集帶有一點科幻文學的趣味，這也是我
把這首詩作為本詩集結尾的原因。希金的文字非常簡練，意義有時不免模稜，
解讀除了需要仔細思考外，還得運用一些相關的科幻及宗教知識。

講解

　　詩篇開頭是聖洗的儀式：「夜降臨，把門打開，而泉水／聖洗著裸身；子
宮與它底／嬰兒微弱地相互呼喊著。／母親的奶，清而甜美，／滴自它底柔軟
的尖端口」。這描寫嬰兒出生的片刻，骨肉相連的感覺，而聖洗（"baptize"）
為這生命的誕生賦予猶太教的宗教蘊涵及神聖的意義。我們得注意，目前這個
場景是宇宙場景，那麼，這誕生不僅僅是人類嬰兒的誕生，而是隱喻宇宙的誕
生。

　　誠然，科學與科技帶給了人文思考很大的衝擊。當我們浸淫在科學的宇宙
觀裡，在夜降臨時面對繁星閃爍的天空，與從前的時代感覺就頗為不一樣。接
著，希金用獨特的語言描寫了這嶄新的感覺：「星星才算數，而它們卻逃離我
們／以我們短暫的人生／來掩卻他們的缺席」。這視覺的背後是「宇宙膨脹
論」。近代科學家們認為，宇宙的形成原是能源的爆炸，碎片（後成為眾多的
星球）向外飛散，故整個宇宙在擴展中；當這擴展終止，宇宙也就死亡。而我

們所看到的星星，事實上它們已不在我們所看到的位置，甚至毀滅了也說不定。詩人接著更殘酷地說，「而我們死去，／就永遠死去」。這有點荒涼感。

接著是一個使人驚豔的對我們居住的銀河星系的描寫。「銀河／噴出茫茫一片的光亮於／其已消逝的位置。星河們／潑出他們的奶」。唯美、科幻，而帶有一點唏噓。它更清楚表達了星際的光傳到地球時，那些星星已不在我們看到的位置，解釋了前一節語言過度簡潔而產生的詮釋上的困難。同時，也是對首節母親泌乳的呼應。於是，視野從人類情境擴展到星系的生命。

最後一節詮釋上的困難度更高了。「聖洗清澈的水，兩度歡迎：／像兩隻熟練的手相配搭，／或者，像橄欖與／它底油籽」。詮釋的核心落在「聖洗」（"baptize"）與「兩度歡迎」（"twice welcome"）上。我們注意到，詩首節與末節都用了「聖洗」（"baptize"）一詞，那兩度歡迎就意味對生命誕生與死亡的先後兩次的歡迎。此回詩末的洗禮，是下葬時的淨身。一雙熟練的手的和諧配搭或者橄欖與油籽的裡外一體，是象徵生與死的相互融合。「歡迎」的感覺，緩解了死亡的悲傷：我們深深地體會到全詩的宗教氛圍與救贖。

結語

這首詩文字精練，也同時增加了解讀的困難度。詩中諸意象美而簡純，呼應甚好，因而得以從人類個體的生命過渡到宇宙的生命，並相互融合。

詩中蘊含著近代科學對宇宙誕生的理論，也就是，宇宙膨脹論。我們今日看到的星星已經不在它們的位置上，甚至也許已經死去。人及宇宙終將死去而不復返。這不免帶來一點淒涼。但這美、科幻、荒涼的場景背後，詩人希金體會到一種宗教的氛圍。

也許，在這「膨脹中的宇宙」這樣的科學觀背景下，希金詩中悠揚的宗教調子，就像哈代〈黑暗中的畫眉〉中隱藏的福音般的歌聲與希望，在二十以及二十一世紀人類的心靈裡挑逗著、撫慰著，然而面對殘酷的客觀現實，我們又

無法完全信任它。

　　無論如何，讀著這首詩，看著夜空的繁星，我們會從心底說：真的，今夜天空很科幻。或者說，今夜的天空，很有宗教氣氛。

附錄

美國後現代主義詩專輯及導讀

導讀

　　Paul Hoover 所編的《美國後現代詩》（*Postmodern American Poetry*, 1994）一書以戰後為「後現代」詩歌的編輯立場。對此，我不予苟同。事實上，「後現代」是一個複雜甚或互為矛盾的現象。「後現代」可以從不同的角度來切入，所得風貌各有不同。從學術風潮而言，這也許是「後現代」最重要的內涵，則可界定為與「後結構主義」相表裡。從經濟層面來說，可界定為「後資本主義」或「後工業社會」。從全球政治來說，其特質或可從「後殖民社會」裡去著眼；或者，從霸權的角度而言，從冷戰的結束，到目前美國唯一強權，而到晚近才開始的權力多中心化朝向來著墨。從「媒介」的角度而言，可說是當代科技所開發出來的、以大眾消費為導向的、以聲音影像為主的浮光掠影與海市蜃樓、如電影、錄影帶、DVD、電腦等的傳媒世界的狂飆。此外，不能忽略的另一切入點，就是「性別」問題，也就是當代「女性主義」的獨領風騷。這些林林總總的切入點與特質，雖互有關聯，卻又並非類同或平行，而是有著矛盾與張力，使到所謂的「後現代」顯得複雜而光怪陸離。無論如何，這些特質與傾向大致上都在六十年代（西元）見其端倪。故歷史總是連綿中有斷離、斷離中有連綿的難捨難分狀態。若一定要為西方「後現代」作一時間的座標，應以六十年代作為其始端較為恰當，而不宜把「後現代」與「戰後」等同。誠然，據我的觀察，六十年代中葉以後的美國詩歌與學術上的「後現代／後結構」才產生

某種若「即」若「離」的關係，並表現出其「後現代」視野與風格。職是之故，我把與「後結構／後現代」主義相平行或稍後在「後結構／後現代」主義氣氛下書寫的詩歌稱為「後現代」詩歌。同時，把其中與「後結構／後現代」思維關係密切的局部加以標識出，稱之為「後現代主義詩歌」，這也就是本譯輯旨趣之所歸。

　　美國「後現代主義」詩歌大致上把自己定位為「反傳統」、「實驗」、「前衛」，而其所繼承者主要為龐德（Ezra Pound）和威廉斯（William Carlos Williams）的兩大傳統：前者在詩學／語構上的前衛與實驗及文化層面思考，後者從國際主義回歸美國日常生活與口語的地方色彩與「反詩情畫意」（anti-poetic）詩學。

　　英美詩歌一般都比我國詩歌在篇幅上來得長，而且長詩的耕耘特別來得熱絡。因此，美國「後現代主義」在詩底敘事／發展架構上，作了一些嘗試，打破以事構／理則／連貫性為依歸的傳統結構，而代之以鬆散章回式的（serial）結構，或者以若干片段／音節／行數或其他機械性或偶然性的重複的所謂「偶發」（aleatory）結構：其哲學涵是謂在我們的後現代裡，「真實」與「理則」已不可得，而事物間的「關聯性」就剩下鬆散的「間續」或偶發的「碰撞」而已。

　　約翰‧凱茲（John Cage, 1912-1992）所創的「嵌字法」（mesostics）即為這後現代思考的實驗與產物。他在〈以 Ezra Pound《篇章集》入詩〉及〈Allen Ginsberg 的《吼》入詩〉二長詩中，或在單行裡嵌入大寫的 EZRA 或 POUND 這幾個字母，或在眾行裡依次嵌入大寫的 ALLEN GINSBERG 以成小詩節，其目的即在打破「必然性」，要獲致有如《易經》般讓各爻偶然互疊而成卦般的不確定性。後面「詩輯」中，林綠（丁善雄）教授譯出凱茲的長詩〈以〈吼〉入詩〉的首節，即可窺見一斑。可注意者，無論詩中的意境與句法如何，都可隱約看到龐德打破英語法與傳統美學的痕跡。

　　同時，大衛‧安汀（David Antin, 1932-2016）的「脫口秀詩」（talk

poem）也是詩實驗的一大突破。他對詩歌原有的「口傳」與「即興」傳統作當代的試驗。他即席對著聽眾作詩的脫口秀，純口語與即興的而且內容往往是當今美國最日常生活的情事，看看是否能把這些日常情事在這日常口語與即席即興下的演出裡，改變為詩的。在這「演出」的事後，詩人才再把「演出」迻錄為書寫的詩篇。相對於凱茲的詩風，安汀的「脫口秀詩」可說是威廉斯傳統的進一步的實驗與開拓，更走向口語與散文化，後面林綠（丁善雄）教授譯出其長詩〈公共場所的私人場合〉兩節，沒有標點符號及大寫，則又是康明思（e.e.cummings）的遺留。就「後現代主義」的角度而言，本詩偏向布尼亞德（Jean Baudrillard）所謂的多音的、異質的、生活局部的「小論述」（*petits recits*），而其中「公共場所」與「私人場合」的打破與模稜兩可，對平面印刷成為霸權以來的「詩篇」書寫的「解構」，以及各種思考上的「不確定性」（indeterminacy），都在在流露出「後現代主義」的特質。原詩甚長，包含甚多，單就譯出的兩小節而言，即涉及詩學、婚姻、美國本土與歐洲的特殊關聯、隱私與公眾等問題，這些都拼貼在一起，毫無斧鑿的轉折安排，而是「即興」成章。

　　約翰‧亞述伯里（John Asberry, 1927-2017）是「紐約學派」（New York School）的靈魂人物，迄今已出版了二十本詩集。他的詩風以知性及高困難度著稱，其詩質則以「不確定性」為依歸。今所選詩兩首，或可相當地看到「後結構／後現代」思維的迴盪。在〈唯一能拯救美國的東西〉裡，無論其對「中心」、「情緒」、「視覺」、「私我」，以及美國的「危機」，在在表現了不同程度的「不確定性」，而其「不確定性」似乎尚帶有史提芬斯（Wallace Stevens）的「形而上」視覺的韻味。而其中開頭的對「中心」的「不確定性」視覺追詢，已達到「解構」的地步，迴盪著德希達（Derrida）的「去中心」思維。〈矛盾與反詞語境〉本身就是一個「後現代」的「後設書篇」（meta-text），處理作者、讀者、詩篇三者的關係，而這個「後設書篇」最終落實到具體的層

面，成為一個有生活況味的實際的書篇，堪稱是「後現代主義」詩篇的珍品。就對「後結構／後現代」思維的迴盪而言，詩中就直接對目前學界已流行的「嬉遊」（"play"）和「開放的結尾」（"open-ended"）直接引用，然後以亞述伯里自己特有的觀點加以承認後回應，也就使這些文學理念亞述伯理化。同時，其中的「你抓住它，但事實沒抓住它」、「那是那又同時是其他」、「然而你卻不在」等，也就是詩題所謂的矛盾與反詞與境，再度發揮了其所有的「不確定性」詩學特質，不過這回變得更加乾脆俐落。

西方的十四行詩詩體自建立以來，其體制及內涵屢經變遷，及至泰德・貝里根（Ted Berrigan, 1934-1983）的《十四行詩集》（ *The Sonnets*; 1967），又可說是別創新局，推進了後現代詩學的境地。貝里根《十四行詩集》的整體，可說是一個無所不包的大雜陳拼貼，語言與內容生活化，而各詩間其意象、母題，及某些形式機制，往往有所自由碰撞，而又非遵循傳統的結構嚴謹。這種後現代特色，在單獨的詩篇就沒這樣明顯。然而，第十七首裡，從對「樹」的沉思而鬆懈地切入到「書信　鳥兒　微風　書本／潰敗之事是沒有的」；第二十九首裡，「聖杯」、「黑髮」、「玩具夾」、「沖繩島」、「晚報／體育版」等等異質的現實鱗片，雜湊成大拼貼；處處呈現出後現代的美學處理。

查爾斯・伯斯丹（Charles Bernstein, 1950-）是「語言學派」的靈魂人物。顧名思義，「語言學派」乃是以詩為語言的特殊經營，著重語言在詩學上的探索與實驗。在此語言詩學的基本視野上，伯斯丹提出「不容滲透性」（impermeability）的詩學理念（即讓詩質稠厚以致不易以理念或濫情來反應），而強調詩歌的人工性、乏味性、離散性、叉出性、斷裂性、越軌性等。這裡所選的〈關於時間與線〉不啻是好例子。作者人工地經營著「線」（"line"）的眾義性：直接的直線、詩行（線）、一排（線）女裝、女裙圍邊（線）、毛路線、界線、襯衫的拉鍊（線）、作為詩圍邊（線）的押韻、想像的紋路（線）、詩分行（線）、封鎖線、血統（線）、排隊的長線、救濟粥線等；最後更以英

文的「線」（"line"）與「西檬」（"lime"）音近形近，帶來詼諧效果的「但只要一個 lime（西檬）／就可以調好一杯 Margarita 酒」。藉此拼貼手法，詩人把現實裡政治、性別、詩學等層面拼貼在一起，嚴肅與詼諧並置、產生一種後現代的揶揄。同時，伯斯丹也對超媒體有所興趣，創作了許多不錯的「錄影帶詩」（video poems）及詩畫相配搭的筆者在這裡稱之為「海報詩」的作品。其〈Verdi 與後現代主義〉以見其「海報詩」的一斑。因不易處理故，只譯出題目。讀者上國際網站自由地賞心悅目去吧！

在美國後現代詩歌裡，散文詩是一個重要的詩類。卡娜・哈黎曼（Carla Harryman, 1952-）也是「語言學派」的一員，其詩更帶有女性主義的格局。所選的〈男性〉一詩，由於篇幅及時間所限，這裡只譯出其最為精彩的開頭，其後是詩中的男性與女性出遊登小丘，而對話仍不脫美學及性別的揶揄。在詩裡，我們看到男性／女性關係的大顛倒。男性愚昧、沉默、害怕洩露自己、不能專注等等，不是女性主義者所攻擊的父系社會下的女性嗎？同時，男性更被描寫為沒有品味以及千篇一律。「男人的鬆餅」極盡女性對男性的揶揄——其中還牽扯到美學的層面。詩中與其說是對話，不如說是咄咄迫人的詰問與無情的揶揄。然而，在又顛倒又恍惚真實的性別形象顛倒裡，我想讀者會邊讀邊發笑，獲得美學的樂趣。最後，筆者不得不指出，這裡所選的後現代主義詩人，他們並不見得樂於其詩被範疇化並貼上「後現代主義」的標籤——他們寧願在無框的詩世界裡自由邀翔。然而，他們這些詩歌確實屬於學界所公認以及筆者所界定的「後現代主義」。本輯所選詩人都是經典的大詩人，本輯可視為美國後現代詩篇經典小輯。（原載《海鷗》詩刊，第 27-28 期，2002 年。刊登時謂「古添洪、陳鵬翔、丁善雄、曾珍珍輯譯」；實際上，詩輯及導讀皆為本人一人包辦，譯詩則共同分擔；謹在此紀念我們昔日為臺灣詩壇努力的合作）。

01 以〈吼〉入詩　約翰・凱茲
（丁善雄 節譯）

看 sAw 見

他 themseLves 們

尋找 Looking for 著

hipstErs 嬉皮

星光燦爛的 starry dyNamo 發電機

興奮高高 hiGh sat 坐著

他們 thelr 的

天 heaveN 堂

看 Saw 見

發 puBlishing 表

詩 odEs on 歌在

室 Rooms 內

傾聽著 listeninG to the terror 恐懼

鬍子們 beArds returning through 回來了從

拉雷多 Laredo 市

衝 beLt 向

紐 for nEw york 約

在 iN

毒 druGs 品

帶 with 著

酒精 alcohol aNd 和

睪丸 ballS 中

盲 Blind

在 in thE mind 心中

朝 towaRd 向

啟蒙 illuminatinG 的

晨 dAwan 曦

閃 bLinking 亮的

光 Linght 芒

thE 這

冬天 wiNter 的

光 liGht 芒 [1]

---

1 林綠按：此為約翰·凱茲（John Cage）的「離合詩」（mesostics），句中嵌入《吼》詩
  作者愛倫·金斯堡（Allen Ginsberg）的名字，並以該詩的內容入詩。《吼》詩的詳介可
  參閱：林綠〈金斯堡的自剖詩〉《隱藏的景》（臺北市：華欣文化事業中心，1974 年）
  及翱翱：〈從《怒吼》去看金斯堡詩的風格〉，《當代美國詩的風貌》（臺北市：環宇
  出版社，1972 年）。

② 唯一能拯救美國的東西　約翰‧亞述伯里

（古添洪　譯）

有甚麼東西是中心所在的呢？
投擲在大地上的果園、
市區的林木、鄉下的農場、膝高的小丘是嗎？
地名，是中心嗎？
榆樹林、阿德科克角落、童書農莊是嗎？
這些名字從眼簾的高度衝刺過來，
強打進你原已饜飽的眼睛。
謝了，不用，謝了！
而聲名赫赫或無人問津的地名繼續湧來，
有如帶暗的風景，
潮濕的原野，過茂的叢藪。

這些都與我的美國版相關，
但精華卻是在別處。
今晨我從你的房間出來，
早餐後眼睛前後瞻顧，
向後進入亮光，
向前進入不熟習的亮光。
那就是我們的作息？
生活的原料與骨幹？
生活的量度與計算？

光束交錯成的鷹架，

清冷的市中心陰影，

某種迅即遺忘，

今晨卻又一回抓住我們的況味？

我知道，我把不經意走向我的諸多事物視覺，

作了太多自己的編織。

他們原是私我的並永遠也是。

何處這些私人況味的事情

注定其後會轟然迴響如從摩天塔樓

散下來落在城市上的金黃的鈴聲？

如我告訴你發生在我身上那些怪趣的事，

你立刻知道其意蘊？

什麼蜿蜒小徑才可達的荒僻果園

隱藏著它們？而其根其源在那兒？

那是生命的衝擊與磨難，

讓我們是否成名，

是否我的命運可成典範，如星。

其餘是等待，

一封一直沒有來的信，

日復一日，不安，

一直到最後你不知其為信而已把它打開。

兩截信封躺在盤子上。

訊息是說要聰明點，看來

老早以前就已讀寫就。

其真可超越時空，但它的時機

尚未到，訴說危險，以及

防範危險的有限步驟，

在此刻在將來，在清涼的庭院，

在我們鄉下寧靜的小房舍，

在籬笆圍成的空間，在清涼林蔭的街道。（1975 年）

③ 矛盾與反詞語境　約翰・亞述伯里
　　　　　　　　　　　　（古添洪　譯）

本詩關切語言的平凡層面。

看，它正在向你說話。你看著窗外

或者假裝不安。你抓住它，但事實沒抓住它。

你失卻它，它失卻你。你們互相失卻。

詩篇感到憂傷因為它希望屬於你，而不能。

甚麼是平凡層面？那是「那」又同時是「其他」。

把東西帶進系統性裡嬉遊。嬉遊？

晤，真的，誠然是，但我以嬉遊為

深邃及以外的東西，為夢想的角色與樣式，

猶如這些長長的八月天在美的份額上

沒有認證。開放的結尾。你來不及知道，

它已失落在打字機起勁的卡叉卡叉聲裡。

它已重演了一回。我想你的存在只是

要逗弄我重演它，以你的層面；然而你卻不在，

或者已經採取了不同的態度。而詩篇

把我溫柔地置於你身旁。詩是你。[2]（1981 年）

④ 公共場所的私人場合　大衛·安汀

（丁善雄　節譯）

我認為我是詩人但我不讀詩　你當看到

　　我沒帶書來　雖然我寫了不少書　我

對閱讀的觀念有一種可笑的關係　　要是你聽不到

　我會很感激如果你靠近些　因為這並不是

我準備誇大其辭的地方……　我來這裡是為了要讓一首

詩　說話　要談一首詩　　那就是　　一切

　事務皆不等　因為我要談某些

2　古添洪按：結尾「詩是你」（"The poem is you"）可能意指詩篇與讀者合一，詮釋空間
　泯滅。

事　那出現的狀況當詩人來到一個地方

　　做一些屬於一首詩的事…… 談話就只是談話　大家談話的樣子

而　詩就是進步的談話　此談話的結尾有點

好笑　它押韻說話　或者畫出音調　或者

用不平常的奇怪的方式說它該說的　這沒有什麼

　　不對　很多人都這樣做…… 帶著一點私人的理由來到公共場所

我是說　你們都在這裡　而這是公共場所　我是對

公開場合說話　我在做很多詩人做了很久的

事　他們用私人的意義說出來　有時是

出自私人的需要　但他們說出來卻是在一種特殊的

情況下　讓人去偷聽　這很奇怪　就是

有人會來這裡跟你說話　不認識你

你也不認識他而你會在乎他要說的

一切　這很奇特　總是有點怪怪的

除了我們共有一些人性面　這或許

　　不那麼奇特　就是　我們知道很多人

　　會走進酒吧　找一個他們不認識的人

和這個人交談　告訴他們自己的人生故事

然後消失不再見他們…… 我要講一些比較私人的而不是合理的

　　在這公共場合　正因為不合理

　　　所以我談人如何選擇到公共

場合帶著一大堆自己的生平　我呢湊巧　像

　　很多人一樣　結了婚　我老婆正在

歐洲旅行在開畫展或在歐洲開一系列的畫展

她是一位藝術家她的錄影正在這兒播放　她的名字叫

愛麗諾　愛麗諾在歐洲我曾有在電話中

　　跟她講話的經驗　有一次　那兒有一位

接線生　帶著德國口音在電話中問我是不是願意

接受這個愛麗諾打來的付費電話　而我想「如果我

說不願意會怎樣？」　這會令人吃驚　我沒說不願意我

說好　她就打來了和我講話　她告訴了我

我說在科隆一切如何一切如何　　我現在

對科隆一點印象都沒有　　我沒想到科隆很多年

很多年了……　我曾經說過你不可能創作一首不是完全即興的

詩作　或者諸如此類　後來我想　一旦

我說了出來　一個禮拜後我做的卻是完全不同

的詩　因為當你強力的採取了一種立場

你馬上就在那立場的邊界上　　它使

你直接看到邊界的另外一邊　　　同時

讓你想為何你不能完全做你心中正想的

相反　　這和你有所意圖時的意思

　有關　這就像畫家說我要畫

一條直線而他畫了一條　像

直線的線條……（1976 年）

⑤ 十四行詩兩首　泰德‧貝里根作
（陳鵬翔　譯）

No. 17 ——致卡洛‧克利福特

每一棵樹都獨自寂靜地站立著

許多年之後仍一無所有

風的願望乃樹之需求

樹靜立著

風來回吹拂

檢視海岸長長的自我

她之漫無目的乃樹之脈博

脈博以微弱的脈動拍打

它興奮之中毫無型態的型態

書信　鳥兒　乞丐　書本

潰敗之事可是沒有的

樹木　土地　微風　這些都

那麼親切、但願這棵樹等你入眠

性感、堅實、寂靜、獨自搖曳在微風中的樹

No. 29

現在她在恐懼之廟堂守衛聖杯

暴風雨前的寧靜。可妳憂思的眼睛

抑或順從，很快就不再是答案。

作為一種表達的方式，妳柔滑的黑髮

可變成無可承受之重。有時候

在一種罕見的、無意識的時刻，

單獨地。這種突然來的黑暗在玩具匣裡，

典型美人克莉斯汀，沖繩島

發笑（秋天已消逝而春天尚還遙遠）

正在是愛著妳

當需要逾越了手段

我閱讀世界晚報／體育消息

連環漫畫、重要的統計數字、新聞：

對我而言，沖繩島是一齣約翰・韋恩電影。[3]（1967 年）

⑥ 關於時間與線　查爾斯・伯斯丹

（古添洪　譯）

喜劇家 George Burns 堅持謂他常採用

直線；他嘴唧的雪茄是某種行間

留空的手法以使人發笑。他以惡棍流氓

的敘述體把行句編織一體。

3　古添洪按：歡笑的美人克莉絲汀愛妳，是對孩子們的一種慰藉，為消費文化的象徵。
　「這種突然來的黑暗」，寫得出色，是詩人深沉的感受，耐人尋味。「沖繩島／發笑」
　（"Okinawa / To Laugh"）原文「發笑」首字大寫，可能是詩人看到如此場景的發笑。

Hennie Youngman 就不同，他的行句乃是

絕對的簡句並置。[4] 家父推著一排

女裝——不是放在購物車

推下街心，而是上樓推到辦公室。

家母更關心的是她裙裾的

圍邊線。毛主席提出他的毛路線，但目前大部分地區

已放棄，代之而起的是在這邊喧嘩

流行的東西方冷戰線。「抑揚」音步的盛譽

晚近已大大衰退，因為在「俺是」誰與誰「是您」裡

已不復那麼清晰。劃線時得要好好想想

你把什麼劃在線內什麼劃在線外，

和你把自己劃在界線上的哪一邊。世界是這樣

劃分的啊（雖然亞當描述多於賦名）！

每首詩得有詩韻學的圍邊，但有些聽起來

竟像夏天襯衫拉開拉鍊嗖的一聲。歷史的刀尖

把想像的線紋刻劃在社會的肉體上。

近日，人們以有無分行來指認詩篇；

假如是散文形式，很有機會

它是詩啊！線給我們的教訓莫過於

尖刺封鎖線，而引起大災難者

莫如血統線。在蘇聯人人都擔心排隊

的長線；回到美國，那就必然是

救濟粥線了。「拿小斧去書寫」，但對演員而言，

---

4 古添洪按：George Burns 和 Hennie Youngman 皆為美國喜劇戲劇家。

劇行有待後台的提詞。或者，如數學所言，

兩條線才能成角，但只要一個 lime（西檬）

就可以調好一杯 Margarita 酒。（1991 年）

⑦ 男性　卡娜・哈黎曼
（古添洪　譯）

你願意來個例子？鬆餅？還是字？

噢，我已給作例子多回了。男性說。我想我⋯⋯我在想嗎？男性說。

鬆餅好啊！我提醒他。

假如我說了些話，我就洩露了我某些自己：我的愚笨、傲慢無理、或者不會選東西。我不能說⋯⋯。男性說。

只要你做個選擇，我就能說，如，噢，男性喜歡鬆餅，那一定表示些什麼。我也許可以說，語言使男性痛苦。然後，我就可以應用這資訊作為例子。每個人都能從「男人的鬆餅」這個表達裡獲得意會。在畫廊裡，我就可以指著一個遠祖的畫像說：「男人的鬆餅」，而每個人都會樂得發笑。這樂源自言與物馬匹般並排一起來用因而各自改變而意義特別豐富。

我一向都喜歡「馬匹般並排一起」這個陳述，男性說。他好像為靈感所動，或給遠處一個影子吸引，並慢慢爬過他的額頭。

你沒有專心！

專──專心？男性說。專心的壓力真沉重。我猜想。（後略）

附錄 2

九十年代問：什麼是社會主義？

〔放在前面的跋〕

我把馬克思主義放在社會主義的大潮流裡並視之為其中最重要的成分。在目前的西方學界裡，馬克思主義還是享有崇高的地位，尤其是其中的辯證思維法與異化論，兩者仍舊具有對社會現象與發展的高度解釋能力，而馬克思（Karl Marx, 1818-1883）本人更被美譽為二十世紀的良心。本文對馬克思主義著力之處，乃是引進當代馬克思主義發展出來的一些關鍵理念，對稍後馬克思主義發展中可能有的機械化與庸俗化作了三次我稱為「解縛」的工作，希望能回歸經典馬克思主義的精神，並提供一個溫和與易於了解的視野。我個人的心得是：在人文領域裡，辯證思維是所有思維中最高最有解釋能力，而未經異化的生命主體的回歸，或者說，異化的積極揚棄，則是馬克思主義生命情境的骨髓。我個人認為，這也是林林總總的社會主義可以繼承並加以發揚的。

同時，我在文中也回顧了社會主義的流派並中華文化裡與社會主義思維相近的變法與理念。這裡我有兩個心得願與大家分享，一是社會正義可說是社會主義的同義詞；換言之，沒有社會正義就沒有社會主義。一是馬克思的異化論最能在文學裡獲得印證；換言之，文學的背後我們會聽到隱藏在人類種性的未經異化的生命主體的呼喚。誠然，我在文章裡引了《詩經》及英國浪漫詩人雪萊（Shelley）的詩句來印證這既美麗又哀愁的聲音。當然，這也是本文能得以置入本書的原因。

其實，社會主義與資本主義，並非勢如水火，只要真正脫離冷戰的對抗格局，兩者都可以相互借鑒，成為康莊大道。我很喜歡本論文結語所表達的願望，讓我抄在這裡先與大家見面：「也許，社會主義與資本主義在各自完善的旅程上，能殊途而同歸於我們前景所及的康莊大道上。這將是人類的福祉，人類種性的回歸」。

這篇論文寫於遙遠的昔日，但對我而言，卻恍如昨日。（2021年1月18日）

一　什麼是社會主義？

（一）社會正義為其同義詞

究竟什麼是社會主義呢？首先，社會主義並非是近代社會的專利品，只是自工業革命以來，藉科技之助，「資本」表現了它史無前例的活動量與霸權，使到「社會主義」在當代相對地以其史無前例的，甚至是戰鬥的形式，與之相抗衡。這也就是辯證程序「正」與「反」二對立面在近代歷史舞臺上的「激化」演出。從「歷史」作「縱」的觀察，從「理論」作「橫」的思考，我們不難發現，「社會主義」幾乎是「社會正義」的同義詞。社會主義是一種「社會正義」的朝向，它不專屬於任何時代，而是以不同的「形式」出現，帶上不同時代的「烙印」與「局限」，與當時的「非正義」的格局與走向相對待。柏拉圖的「理想國」，是對「正義」（fair or justice）理念的哲學沉思而下及國家體制的構想，認為「正義」終究最為有利，而其「理想國」以政經輪廓正與「雅典」作為一個主要「城邦」（state）相表裡。中國遠古的「大同思想」帶上了周朝封建體制及其「崩潰」的烙印，《詩經》裡為我們記載了家天下的侯國間戰爭而帶來的鰥寡孤獨，貴族階級的不稼不穡卻享有一切，堪可謂禮記〈大同篇〉底詩形式的反面註腳。誠然，無論在東方或西方，最古的社會主義都是以烏托邦的形式出現。

（二）以經濟為其基調

社會主義往往以「經濟」為其基調。經濟是生活的基礎，而經濟上不公平，也是最易看到的。管子說：「衣食足，然後知榮辱」。下層的架構歪了，上層怎麼能公正地豎立呢？〈大同篇〉說：「貨惡其棄於地也，不必藏於己；力惡其不出於身也，不必為己」。著眼點是打破相輔相成的「私心」與「私有權」，以「公」為歸，並標幟了勞動本身的神聖價值。「理想國」雖是以哲學為思考，並以哲學家作為最高的「state」（邦國）領袖，但柏拉圖一點也沒有忽略經濟這層面，而是明白指出此層面為生活之基礎。他討論分工與交換的原理，分工以適合人們各自的職業傾向，交換以「公正」為依歸，而「公正」則是建立在包括從事經濟生產與非經濟生產的族群關係上。然而，人類所處的「現實」如何呢？在遠古的中國，我們聽到這樣的歌聲：「不稼不穡，胡取禾三百廛兮，不狩不獵，胡瞻爾庭有縣貆兮！」（《詩經》〈伐檀篇〉），生產與分配不公正，百姓自然期待著貴族統治的瓦解。

在十九世紀的英國，當一八一九年的工運被武力壓制之後，我們也聽到這樣的詩章：「種子您們播，別人獲／財富您們造，別人享／美服您們紡，別人穿／武器你們鑄，別人持」（雪萊，"A Song: Men of England"），生產與分配不公正，人們自然期待著無產階級的革命。到此，我們不難了解，為什麼近代社會主義的共同堅持是：「生產資料，也就是資本、土地或者是房地產，其所有權與控御權必須為全社區所擁有，其操作與運用應與全社區之全體利益為依歸」。[1]

（三）向上一路的人文領域

有意義的是，帶有社會主義傾向的思想家，大都擁有熱愛人類的情懷，他

1　見 David Sills and Robert Merton , eds., *International Encyclopedia of Social Sciences* [國際社會科學百科全書] (Macmillan, 1968) 中的社會主義條，該條內容豐富，長達 28 頁。

們對「正義」的執著，正反映著他們對人類本質多持正面看法這一傾向。顯然，柏拉圖認為 "fair"（公正）是人類本質之所在，朝這個方向建國符合人類的利益，而中國古代社會主義先河的孟子，即認為「向善」為人類種性之所趨。換言之，社會主義者所揭櫫之人文領域為人類向上的一路。

法國大革命以其激昂的語調，高唱自由、平等與博愛，確實符合社會主義這個向上的人文基調。然而一些歷史學家稱法國大革命為中產階級的民主革命，恐怕只得事實的一面，只是由於其中的社會主義傾向在革命後被閹割，只是由於中產階級這一族群以其優勢而獨佔成果，而不讓其他弱勢的階級（如正在成長中並參與了革命的工人階級）所共享。

另一個社會主義人文特質就是「群」或「社群」。社會主義者相信，只有在「群」這一個無私的理念裡，只有在「我」與「他者」，「人」與「自然」相互不再對立時，個體的潛能，方得以充分發揮，個體的心智，方得以健康發展。換言之，只有在「社群」裡，個體才能發揮自由、平等、博愛的真諦及這些理念的延伸，才能發揮它底向上的、光明的人類之種性。如果我們引進青年時代馬克思底富有德國哲學風味的「異化」（alienation）理論，我們上述的「群」的人文理念其完美的形式不啻是馬克斯所謂的人的自我異化的積極揚棄：只有在「群」的理念裡，只有在「異化」被積極揚棄的「社群」裡，才是「人和自然之間，人和人之間的矛盾的真正解決，是存在與本質，對象化和自我確認，自由和必然，個體和類之間的鬥爭的真正解決」。[2] 誠然，「異化」理論的提出，正反映著自工業革命以來人類自我「異化」的駭人狀況：現代人對工作、對人、對社會、對自然、對自我、對人類底種性的高度異化。自我異化的積極揚棄，也就是「通過人並且為了人而對人的本質的真正佔有；因此，它是

---

2 馬克思，《一八八四經濟學哲學手稿》。坊間單行版，缺出版社及譯者名。引文見頁88。

人向自身、向社會的（即人的）人的回歸」。[3]用一般的詞彙而說，就是人的解放，人之回復人的種性之本然（馬克思對人類底種性持正面的看法，殆無疑義）。從人類極端「異化」的現代，在歷史之流裡向上追溯，於是我們想到莊子的「逍遙」與「齊物」，想到宋儒的「則天去私」與「民胞物與」，於是我們想到佛學裡的「自在」、「無礙」與「平等」（此為《華嚴經》之所屢言，可閱〈初發心功德品〉）。要之，這些古典哲學裡的人類種性之復歸，皆是社會主義的人文精神的表達。誠然，社會主義是一種道德選擇，一種生活方式，一種人文境界。

（四）女性問題為社會主義的試金石

男女二性的地位問題，理所當然地成為社會主義的試金石。柏拉圖認為男女應享有同樣的教育，並負有同樣的社會責任；但遺憾的是，囿於偏見，或囿於生物觀點的局限，柏拉圖認為女性在各項社會服務裡，其才具都遜於男性，只能擔任較次的職責云云。

在傳統的父系社會裡，女性所受到的不公平的待遇，可謂罄竹難書；而於資本主義惡質化的現代，女性淪為洩慾工具的傾向，更為激化。在這個立場上，馬克思的話，最發人深省；他說：「拿婦女當作共同淫樂的犧牲品和婢女來對待，這表現了人在對待自身方面的無限的退化」。[4]誠然，男女二性的不平等，是人類種性無限的退化。

在中國方面，對男女平等的觀念，思考得很少。只有在民間文學裡略帶有烏托邦色彩的部分，才偶然雕塑出女性美好的形象與接近男女平等的情景。一直到清末康有為的《大同書》，我們終於看到男女平等的哲學性的思考，並以此作為大同的必然基礎。康有為說：「全世界人欲去家界之累乎？在明男女平

3　同上註，同頁。

4　同上註，頁 87。

等各有獨立之權始也，此天賦人之權也；全世界人欲去私產之害乎？在明男女平等各自獨立始也，此天賦予人之權也」。[5]自民國以來，下及於一九四九年，我們看到婦女運動在中國的大地上波瀾壯闊地展開，及其可觀的成就。

晚近西方女性主義對男女兩性的關係，以及其與文學的關係，提出了很多煥然一新的看法。其中「兩性同體」（Androgyny）的概念，打破了女權運動中長久以來的男女對立，而主張男性及女性皆原擁有陽剛及婉約二面，只是男女在社會分化後而有所偏，而理想的追尋，則是發揮個體內在同時擁有的陽剛與婉約的積極面，而非把二者割離；同時，在此視野裡，男女二性是處在「非對立」的關係上。

二　歷史小鳥瞰

近代社會主義運動隨著法國三大運動而波瀾壯闊（一七八九的法國大革命，一八四八的勞工運動，一八七一的巴黎公社），席捲歐洲，其餘波及到全球，孫中山先生的三民主義及中國共產黨之成立（1912），可說是流風所及。孫中山先生主張平均地權，節制資本。遠在一九一二年，解職臨時大總統之際，在同盟會的餞別會上即說：「地為生產之原素，平均地權後，社會主義自易行」。同年稍後，於〈民生主義之真諦〉又說：「反對少數人佔經濟之勢力，壟斷社會之富源。……故民生主義者，即國家社會主義也」。中國共產黨初期與國際共產主義共享相同的思想型態，但慢慢與本土結合，積極走向農民運動而生根茁壯。

（一）近代社會主義初期發展源流

近代社會主義的思想導師，早期有法國的聖西門（St. Simon, 1760-1825）、福利葉（Charles Fourier, 1772-1837），英國的奧文（Robert Owen.

5　鍾賢培編（集體撰寫），《康有為思想研究》（廣州高等教育出版社，1988），頁 92。

1771-1818），和葛德文（William Godwin, 1756-1836）。馬克思將這些社會主義前行者人歸於烏托邦的社會主義，因為馬克斯認為他們的理想提出時，社會條件尚未成熟云云。從現在回顧的角度來看，每一社會主義思想，都是一個多元的複合體，有它「烏托邦」的一面，有它所處時空的「現實面」，甚或有它「方案性」的實行面。

即使是馬克思本人的社會主義思想，也難逃其「烏托邦」的一面。葛德文則為後世稱為「安那淇主義」（Anarchism）的奠基人。安那淇者，其原意為「去強權」之謂也，而政府亦是一強權，故亦有譯作「無政府主義」者。葛德文認為人類的終極將是財富之平均分配與及政府強權之消失。同時，葛德文也是英國浪漫主義時期詩人華茲華斯（Wordsworth）、柯勒律治（Coleridge）和雪萊（Shelley）等年輕時期的精神導師。[6]

自第一國際成立以來（1864），除了上述早期的社會主義思想之先驅外，社會主義的主要指導思想有二；即安那淇主義及馬克思主義；但兩派不久即互相傾軋。一八七二年的海牙大會，巴枯寧竟被開除，馬克思在其後的國際社會運動裡終於逐步掌握了指導權，在其後的無產階級革命及學界裡，更幾乎定為一尊。安那淇或無政府主義的三大尊師，如眾所知，是浦魯東（Proudhon, 1809-1865），巴枯寧（Bakunin, 1814-1876）和克魯泡特金（Kropotkin）。無政府主義者以其反強權等立場，與其他社會主義流派相左，同時，更受到以「權力」為依歸的各國政府的百般迫害，於是，手段亦隨之轉向激烈與暴力。三巨頭皆先後坐牢、流亡，在孤寂中死去；他們顛沛的一生正是大多數安那淇主義者堪憐的寫照。不過，我們當記得，五一勞動節是犧牲了八位無政府主義者的生命所換來的：時在 1886 年的美國，是為了支持勞工爭取每日八小時的工作制。

6　參雷岱爾《社會主義思想史》，鄭學稼譯（帕米爾書店，1972），第八至第十章。

根據克魯泡特金的說法，安那淇主義源自平民創造和建設的能力，自由組織各種協調互助的組織，反對各式的強權以及強權之重建。他們想根據平等、自由、公道及工作原理，但並非回復個人主義本位，來建設一個新社會，一個更為普遍、更為分權和接近平民社會的自治聯合體，一個「無統治的社會主義制度」。他們認為，生產資料及各種大眾生存所賴的運輸工具等，不得為少數人所控御，而要移到生產者和消費者手裡。他們對資本主義體制下的病態和不公，其抨擊亦毫不留情：安那淇主義者「以為那現今流行的土地私有制，和為著利息的資本主義生產，代表一個壟斷，這不特違背公道的原理，也不是有利的規則。他們是近世技術不能為一切人類幸福服務的障礙」。他們反對以「強權」維持這個「壟斷」的「國家」，反對使這「強權」合理化的「議會制度」。議會制度在各黨派的所謂「協調」及「妥協」下，只是同流合污，只是維護既得者的利益，並麻痺了人們真正徹底改革的意志。他們的方法論，是採取自然科學所賴的「歸納的演譯法」，對馬克思的「剩餘價值論」亦有所質疑。他們認為研究經濟，應從「消費」入手，改良「消費」習慣與制度，使人人皆能滿足其衣食住行的慾望。[7]這個看法最具創意，對我們當前的經濟現實，或亦有所啟發。

（二）詭譎多變的社會主義運動

　　社會主義的運動形式，大致說來，是發展職工組合、革命工團、社會政黨，以及各式的社會運動，而這些職工組織、工團、政黨等，更作國際性的聯合，以統籌社會主義的發展，先後有第一國際（職工聯合為主，以英法為主幹），第二國際（政黨為主，德國社會民主黨為主導）及第三國際（以執政的俄國共產黨為領導）的成立。由於各勞動組織及政黨所繼承的歷史因素及社會主義思想之差異，由於勞動組織取向與政黨取向之迥然有異，由於安那淇派與馬克思

7　參克魯泡特金，《無政府主義》，天均等譯（帕米爾書店，1977）。

派的互相傾軋，由於國際主義取向與國家主義取向之衝突，使到近代社會主義運動波瀾多變而略有詭譎。最後，無論是職工取向的國際聯合，無論是安那淇主義所追求的沒有政府強權干預的社會主義，無論是馬克思主義中的無產階級世界，都須在全球的視野裡進行；最少，也得在「非社會主義取向」的各國的「不干涉」下自主發展，方有可能。顯然，二次世界大戰以來的「冷戰」體制，使這個「可能」落空；最少，使到這個社會主義發展產生了若干「扭曲」。

三　馬克思主義之「解縛」

（一）前言

在我們這個廣延的社會主義視野裡，就猶如許多論述社會主義的文獻，把馬克思主義當作是社會主義的一環，並且是一個重要的局部。但在這裡，筆者提議或願意把馬克思社會主義的宗主地位，加以鬆動，好讓其他流派有更大的發展空間，好讓各種「本土化」更能發揮其主體性，適合目前多元化的世界格局。同時，把馬克思主義加以「解縛」，並略為描繪「解縛」後的馬克思社會主義形象。誠然，馬克思社會主義，就像任何一個強有力的、嚴謹的、系統化的所謂社會科學理論，其本身內部必然帶有相當強度的束縛與局限，也會帶來遵循這模式的人們精神上的某種緊繃，在我們這個革命浪漫情懷已不復的年代，在我們這個為所謂「後現代主義」所籠罩的九十年代，我們需要的恐怕是一個較為「鬆動」的格局。

如大家所熟識的，馬克思社會主義，其思想模式為辯證法，其歷史進化理論為唯物史觀，其人文體認為異化理論，其社會結構為以經濟作為下層建築與意識形態為上層建築的二重架構（當然，我這裡只是遵循一般的簡化說法），以及從這方面而引伸出來的意識形態理論、階級理論，及最終極的無產階級的共產理想。然而，所有這些馬克思的理念，在當代都受到了某程度的挑戰。這

些「挑戰」，一方面是由於馬克思理論對某些面向的強勢論證，使人認為他完全忽略其他面向；一方面是後人把馬克思理論加以教條化、機械化、簡單化以造成有所謂的「庸俗」馬克思主義，一方面是由於「冷戰」體制以來的安全及管制措施而造成的某些扭曲（上述這些原因，如能回到經典的馬克思主義，大致可以解除），一方面是由於前面所說的任一強勢模式的必然局限（新馬克思主義對這方面有所努力與建樹，對原來的模式有所擴大與寬鬆），一方面是由於時代推移而某些觀念與追求不得不面臨各種晚近的學術的質疑與挑戰。要面對這些「挑戰」，馬克思主義最佳的方法，莫如自我「解縛」——這自我「解縛」將最終成為自我充實、開拓與時（當代）空（本土）化。

在此以上述最為人所津津樂道的二重架構為例。馬克思的追隨者往往把這二重架構抽象化、簡單化、教條化、絕對化，以下層架構的「經濟」來「解釋」、「決定」與「反映」上層架構的「意識型態」的成形，以上層架構的意識型態為下層架構之基礎之「反映」，而其「解釋」、「決定」與「反映」在這些追隨者手裡又往往是「直接的」、「強勢的」、「必然的」。於是，產生了許多讓人置疑之處，也產生了馬克思一生的合作者恩格斯的「釐清」；恩格斯的「釐清」，可說是馬克思主義之第一次「解縛」。恩格斯（Friedrich Engels, 1820-1895）在幾篇釐清〈歷史唯物論〉的信函裡，對歷史的發展指出一個廣延的視野。恩格斯指出，他與馬克思同樣認為人的實際生活及其生活的再造乃是決定歷史發展的最終極的因素；換言之，歷史之發展乃基於人的實際生活的需求。經濟並不是決定歷史發展的唯一因素，它如政治、哲學等結構，也產生著若干影響，甚至在某些時空裡更成為決定各種「衝突」與「矛盾」的主要元素及基礎。簡單來說，「經濟」之作為「基礎」，因為人的生活中最基層者乃是經濟。人類歷史是在某些特有的條件與前提裡進行，而經濟的條件與前提則是最具決定性，故得作為歷史發展及隨之而來的各上層架構發展之基礎。在這廣延的視野裡，恩格斯指出每一上層建築的結構，有其相對的獨立

性；在某些條件與限制之下，依照自己結構本身的本質與規律而進行。同時，上層的結構可反撲而影響、甚至改變下層的經濟基礎。[8] 最後，讓我們指出，在恩格斯的討論裡以及在馬克思的著作裡，這二重架構有時以三重架構的形式出現，即經濟基礎、國家與法律，然後是哲學、宗教等等的意識型態。

（二）二度解縛：「中介論」與「從上決定論」的提出

新馬克思主義在某些地方不啻是對「馬克思主義」的第二次「解縛」。環繞著這「二重架構」而「解縛」的，沙特（Jean-Paul Sartre）及阿圖塞（Louis Althusser）都有所貢獻。首先，沙特在《方法的尋求》一書提出了「中介」的理論，指出各種的關係與影響，都是採取「中介」的形式，而非直接的。那麼，下層建築的經濟與上層建築的各種意識型態之間，則有著一個「中介」的空間而有所迴旋，而非直接的反映與決定。他企圖在「馬克思主義」的「社會架構」裡，注入其「存在主義」所強調的個人生存情境，合兩者為一，重獲人的社會性與主體性。他同時企圖注入「社會學」的方法，來討論各種中介，如「具體的人」與其生存裡的「經濟物質條件」、「人際關係」與「生產關係」、「個體」與「階級」的中介，並強調「家庭」可扮演的「中介」角色。沙特的「中介」是在「歷史的整體化」裡進行，每一「結構」都可說是一個「中介」的空間，而不再是機械化的必然、從下而上的反映。[9] 阿圖塞在《給馬克思》一書裡，提出了「從上多元決定」（"overdetermination"）的概念。他指出，歷史在辯證的發展過程上，所產生的每一「矛盾」都並非單純的演出，其演出所採取的樣式與特質，都是由這「矛盾」所處的歷史整體從上作多元性的決定，而這歷史整體的架構並非是一個由下而上的二元架構。同時，討論歷

8　參 Friedrich Angels, "Letters on Historical Materialism." [關於歷史唯物論的信函] Lewis Fever, ed., *Marx & Engels: Basic Writings on Politics & Philosophy* (Anchor, 1959), pp. 395-412.

9　參 Jean-Paul Sartre, *Search for a Method* [方法的尋求] (Alfred A. Knopf, 1963).

史的辨證發展時，討論「矛盾」的樣式時，要分析歷史整體裡每一結構，每一因素實際所做的有效影響，換言之，即回到歷史的本身來考察。[10]他的「從上多元決定」理論，並非浮泛的多元決定論，而是結構主義式的。換言之，歷史的整體自成一個結構系統，含攝著一個高下層次的位階結構（hierarchy），含攝著一個「主導」的結構（dominance），而每一「矛盾」的樣式與特質即是由這歷史整體的結構主義式的系統所「從上」決定。在「資本主義」的年代，就其辯證發展的總體而論，其「主導」的地位就無可避免地落在經濟這一個要元上了。即使如此，在某些歷史時刻裡，其歷史整體的高下層次結構可能重組，而其「主導」也可能落在意識形態及其他歷史處境上。

（三）三度解縛：解構二重模式

第三次的「解縛」，可說是正在進行中，而「後結構主義」（Poststructuralism）的興起可視為這「解縛」的始點。Richard and Fernande De George 二人所編的結構主義選集，把馬克思及佛洛依德視作結構主義的先驅，因他們的理論與結構主義的思維模式相若；[11]這觀點饒有啟發性，蓋其為馬克思主義作了適當的定位，我們可以藉此看出馬克思主義在理論模式上的特質與可能局促。如前所言，阿圖塞是把馬克思主義進一步結構主義化，而隨著「後結構主義」之興起，從「結構主義」的內部起革命，對結構主義式的「系統」或「結構」理念有所質疑，以及做了某程度的「揚棄」或「解縛」——在「後結構主義」的陣營裡，德希達（Derrida）的「解構理論」（deconstruction）已成為當代知識分子耳熟能詳、津津樂道的了。隨著思維模式上「後結構主義」的誕生，隨著經濟領域上的「後資本或後工業時代」的誕生，隨著在廣大的人

10 參 Louis Althusser, For Marx [給馬克思] (Verso, 1990; German original 1965). See Chapter 3 "Contradiction and Overdetermination," pp. 89-128.

11 Richard and Fernande De George, eds , *The Structuralists: from Marx to Levi-strauss* [結構主義者選集：從馬克思到李維史托]（ Anchor Bay , 1972）.

文領域上的所謂「後現代」的誕生，馬克思主義是注定要在這歷史的洪流裡再接受質疑與挑戰，再接受一次新的「解縛」。就馬克思「意識形態上層建築／經濟基礎」的二重模式而言，據筆者的觀察，也反映在「結構主義」各大家的思維裡，反映在佛洛伊德心裡分析學上的「意識／潛意識」上，反映在索緒爾（De Saussure）結構語言學上的「記號具／記號義」上，表現在李維史陀（Levi Strauss）神話學上的「表層結構／深層結構」上。二重模式裡的「斜槓」（原為隔開上下的橫槓，只是書寫不便於此處改為斜槓；橫槓代表兩者上下與顯隱的關係），卻是整個思維模式的癥結，恐怕得作一些「解縛」的工作。然而，我在這裡只願作這一個初步的觀察，無意論述當下學術裡進行中的各種「解縛」行為。最後，筆者願意指出，歷史是不斷地辯證發展中（當然，這是馬克思最根本的觀點），當今的這些所謂後結構、後資本、後工業、後現代，我們會在其中駐足，但我們終究會從其中走出。

（四）展望與未來態勢

回顧兩大陣營解凍以來，一方面東歐諸國，淡出社會主義陣營，蘇聯解體，一方面中國大陸要建設有中國特色的社會主義。事實上，所有昔日的共產主義國家，都是向市場經濟開放，只是開放程度及步驟及成功度不一而已，而其原有的共產主義，其烙印（無論是好是壞）將仍長久地存在著。同時，西歐各國自法國大革命以來即蓬勃發展的各社會黨派，如德國的社民黨、法國的社會黨、英國的工黨，在國內仍是主導或僅次於主導的地位。當然，如前面所說，這些社會黨派是在資本主義的架構下發展，受到資本主義的從上決定，有其健康的一面，也有其局限。社會主義當權的國家，尚有北歐的瑞典與丹麥，其過去及今日的成就，都是有目共睹，是所謂社會福利國的典範。最後，我們回顧歷史，不妨提醒自己說，自第二次世界大戰結束而冷戰掀開序幕以來，共產主義陣營的國家，是在以美國為主導的西方圍堵政策下求存，而非在廣闊自

主的大地上生存，有其扭曲與不健康之處，自所難免，亦使人遺憾。筆者誠心希望，「冷戰」真正結束，讓社會主義（包括共產主義）享有不受壓迫的空間而自我發展、自我完善，同時，讓歐洲及其他地區具有社會主義傾向的黨派，跳出「冷戰」架構的局限，而得以重新定位。也許，社會主義與資本主義在各自完善的旅程上，能殊途而同歸於我們前景所及的康莊大道上。這將是人類的福祉，人類種性的回歸。（原載《臺灣立報》，世新大學出版，一九九四年五一國際勞動節；文長分三天刊登）

文化生活叢書・詩文叢集 1301061

英詩經典中譯及解讀 70 首

作　　者　古添洪	
責任編輯　官欣安	
特約校稿　林秋芬	

發 行 人　林慶彰

總 經 理　梁錦興

總 編 輯　張晏瑞

編 輯 所　萬卷樓圖書股份有限公司

　　　　　臺北市羅斯福路二段 41 號 6 樓之 3

　　　　　電話 (02)23216565

　　　　　傳真 (02)23218698

發　　行　萬卷樓圖書股份有限公司

　　　　　臺北市羅斯福路二段 41 號 6 樓之 3

　　　　　電話 (02)23216565

　　　　　傳真 (02)23218698

　　　　　電郵 SERVICE@WANJUAN.COM.TW

香港經銷　香港聯合書刊物流有限公司

　　　　　電話 (852)21502100

　　　　　傳真 (852)23560735

ISBN　978-986-478-478-3

2021 年 10 月初版

定價：新臺幣 620 元

如何購買本書：

1. 劃撥購書，請透過以下郵政劃撥帳號：

　　帳號：15624015

　　戶名：萬卷樓圖書股份有限公司

2. 轉帳購書，請透過以下帳戶

　　合作金庫銀行 古亭分行

　　戶名：萬卷樓圖書股份有限公司

　　帳號：0877717092596

3. 網路購書，請透過萬卷樓網站

　　網址 WWW.WANJUAN.COM.TW

大量購書，請直接聯繫我們，將有專人為

您服務。客服：(02)23216565 分機 610

如有缺頁、破損或裝訂錯誤，請寄回更換

國家圖書館出版品預行編目資料

英詩經典中譯及解讀 70 首/古添洪著. -- 初

版. -- 臺北市 :

萬卷樓圖書股份有限公司, 2021.10

　面 ；　公分. -- (文化生活叢書. 詩文叢

集 ;1301061)

ISBN 978-986-478-478-3(平裝)

873.51　　　　　　　　　　　110009037